조선후기 몽유록
朝鮮後期 夢遊錄

편역자 신해진(申海鎭)

경북 의성 출생
고려대학교 국어국문학과 및 동대학원 석·박사과정 졸업(문학박사)
현재 전남대학교 인문대학 국어국문학과 교수

저역서 『권칙과 한문소설』(보고사, 2008)
『서류 송사형 우화소설』(보고사, 2008)
『역주 내성지』(보고사, 2007)
『조선조 전계소설』(월인, 2003)
『한국 고수필문학』(월인, 2001)
『조선후기 가정소설선』(월인, 2000)
『역주 조선후기 세태소설선』(월인, 1999)
『조선후기 우화소설선』(공편, 태학사, 1998)
『조선중기 몽유록의 연구』(박이정, 1998)
이외 다수의 저역서와 논문

조선후기 몽유록 朝鮮後期 夢遊錄

초판 발행 2008년 9월 24일
편역자 신해진
펴낸이 이대현
편 집 권분옥·이소희·김지향
펴낸곳 도서출판 역락
주 소 서울 서초구 반포4동 577-25 문창빌딩 2층
전 화 02-3409-2060(편집부), 2058(영업부)
팩 스 02-3409-2059
등 록 1999년 4월 19일 제303-2002-000014호
이메일 youkrack@hanmail.net

정 가 20,000원
ISBN 978-89-5556-628-4 93810

조선후기 몽유록

朝鮮後期 夢遊錄

신 해 진 편역

도서출판 역락

머리말

현전하는 몽유록 가운데 유일한 국문 몽유록인 <泗水夢遊錄>의 본격적인 校註는 이 책이 처음이라 할 수 있다. 물론 李明善이 소개한 것도 있지만, 그것은 필사본을 활자화한 것 말고는 다른 의의를 부여할 수가 없을 정도이다.

> "괄호 속의 한자는 내가 단시일에 임시로 기입한 것으로 극히 미비한 것이며 착오도 적지 않을 것이다. …(중략)… 여기에 찍힌 구두점은 내가 그저 임시로 찍은 것으로 이것 역시 誤讀한 데가 적지 않을 것이다. <泗水夢遊錄>에 대한 조선소설사 상에서의 위치라든가 문학적 위치라든가는 후일에 이 방면의 전문가를 기다리기로 하고, 여기서는 다만 이러한 소설도 있다는 것을 알리고저 할뿐이다."(『인문평론』 2권 6호, 1940, 193면)

이는 이명선이 <사수몽유록>을 소개하면서 쓴 「序言」의 일부이다. 물론 겸양의 미덕을 표명한 그의 언사일 수도 있다. 그렇지만 지문과 대화문에 대한 구분은 기호로야 표시했으나 행 나누기를 하지 않았고, 무엇보다도 띄어쓰기와 문단나누기가 제대로 되어 있지 않아서, 그가 교주한 것을 수월하게 읽어내려 갈 수가 없다. 또한 문맥을 파악하기 어려울 정도로 오자가 많다. 이런 실정이고 보면, 그가 후학들에게 남겨준 과제는 매우 심중한 것이다. 한자병기를 해야 할 곳에 제대로 되어 있지 않은 점과, 주석이랄 것도 할 수 없는 점 등에 대해 보완하고, 틀린 곳을 수정해야 할 몫은 온전히 후학들의 것이라 하겠다.

그럼에도 이러한 작업은 소홀히 하고 이본에 대해 정밀한 검토를 하지 않은 채, 이 이본을 연구의 텍스트로 삼는 현실이 못내 안타까울 따름이다. 이에, 쏟아야 하는 품은 논문 쓰는 것보다도 훨씬 더하지만 그 고생은 알아주지 않는 현실임을 잘 알면서도 누군가는 해야 하는 기반작업이기에 <사수몽유록>을 교주하고 현대역하였다. 국문 작품의 교주작업은 정말 한문 작품의 그것보다 더 난관의 연속인데, 이 작품도 햇수로는 약 3년 정도 걸린 것 같다. 그 이본인, 한국학중앙연구원 장서각 소장본 <문셩궁몽유록>과 대교했는데, 이를 부록으로 첨부하였다. 이 원전 자료를 영인할 수 있도록 기꺼이 허락해 주신 장서각 최진옥 관장께 이 지면을 빌려 심심한 고마움을 표한다. 이 책을 통해, <문셩궁몽유록>이 오히려 연구텍스트로 삼아야 할 善本임을 자연스레 알게 될 것이다. 단, 작품 제목이 '文宣宮夢遊錄'의 잘못일 것으로 판단된다.

한편, 金壽民(1734~1811)이 1757년(영조 33)에 지은 <奈城誌>를 지난해 주석 작업과 함께 처음으로 완역하여 상재한 바 있다. 이 과정에서 한문 몽유록에 대한 역주 상황을 점검하였던 적이 있다. 그 상황은 다음과 같다. 개별 작품의 역주서는 사례로 들고 있는 다음 서적의 범주에서 크게 벗어나지 않기 때문에 제외하였다.

① 임명덕 편, 『한국한문소설전집』 3(동서문화원, 1986)
② 양언석 역, 『한국 한문소설 작품연구』(국학자료원, 1997)
③ 한석수 역, 『몽유소설』(개신, 2003)
④ 장효현 외, 『교감본 한국한문소설 몽유록』(고려대학교 민족문화연구원, 2007)

①은 원전을 활자화하면서 구두표기만 하였다. 수록작품은 <안빙몽유록>, <부벽몽유록>, <금화사몽유록>, <수성궁몽유록>, <달천몽유록(윤계선)>, <강도몽유록>, <원생몽유록>, <대관재몽유록>, <피생몽유록>,

<금생이문록> 등 10편이다. ②는 활자화하지 않고 13편의 원전만 영인하였고, 그 중 <달천몽유록(황중윤)>을 제외한 12편을 주석 없이 번역만 하였다. 수록작품은 <대관재기몽>, <몽사자연지>, <용문몽유록>, <금오몽유록>, <금산몽유록>, <몽광록해>, <안빙몽유록>, <피생명몽록>, <달천몽유록(윤계선)>, <원생몽유록>, <강도몽유록>, <부벽몽유록> 등 12편이다. ③은 원전을 활자화하면서 구두표기를 하지 않았다. 그리고 번역과 주석을 하였다. 수록작품은 <강도몽유록>, <금생이문록>, <금화사몽유록>, <달천몽유록(윤계선)>, <대관재몽유록>, <부벽몽유록>, <수성궁몽유록>, <안빙몽유록>, <원생몽유록>, <피생명몽록> 등 10편과 <영영전>을 부록으로 첨가하였다. 이는 임명덕이 수록한 작품과 정확히 일치한다. ④는 원전을 활자화하면서 구두표기를 하였고, 다른 이본들과 비교하여 교감하였다. 수록작품은 <대관재기몽>, <안빙몽유록>, <원생몽유록>, <금생이문록>, <달천몽유록(윤계선)>, <피생명몽록>, <달천몽유록(황중윤)>, <취은몽유록>, <용문몽유록>, <강도몽유록>, <부벽몽유록>, <금화사몽유록>, <내성지>, <하생몽유록>, <선유문답>, <금산몽유록>, <왕회전>, <만옹몽유록> 등 18편이다.

이러한 기존의 성과를 살핀 결과, 조선 중기까지의 몽유록에 대해서는 구두작업과 함께 활자화하면서 역주가 거의 이루어졌음을 알 수 있었다. 물론 조선후기에 해당하는 몽유록에 대해서도 이루어진 것이 있다. 하지만 <달천몽유록(황중윤)>, <용문몽유록>, <내성지>, <금산몽유록> 등처럼 전형적인 몽유록 모습, 몽유록의 새로운 역사적 기능, 몽유록의 새로운 서술구조 등을 보이는 작품에 대해서는 아직 본격적인 역주가 이루어지지 않고 있었다. 이 가운데, <내성지>는 편역자에 의해 원전이 활자화되면서 구두작업과 함께 번역과 주석이 이루어진 바 있다.

<달천몽유록>과 <용문몽유록>은 유일본이지만, <금산몽유록>은 그간 계명대학교 도서관 소장 목활자본을 유일본으로 여긴 터이나, 이번에

국립중앙도서관 소장 ≪梧淵遺稿≫ 속의 한문필사본을 발굴함으로써 이제는 유일본이 아닌 셈이다. 이 필사본을 영인하도록 허락해 주신 국립중앙도서관 관장께 이 지면을 빌려 심심한 고마움을 표한다.

<달천몽유록>은 이 책에 의해서 처음으로 번역과 주석이 되는 것이되, <용문몽유록>과 <금산몽유록>의 주석은 처음으로 행해지는 것이고 그 번역은 기존 번역이 있어서 재번역된 것임을 우선 밝힌다. 황중윤의 <달천몽유록>은 이미 구두작업이 되어 졸저 『조선중기 몽유록의 연구』(박이정, 1998)에 부록으로 활자화된 바 있고, 또 그 책의 작품론에서 상당 부분이 번역되어 있었기에 이를 활용할 수밖에 없었다. 한편, <용문몽유록>과 <금산몽유록>의 출간된 기존 번역은 오역이 너무 심하여 이 책에서의 번역이 초역을 방불케 한다. 그런데 주석작업을 제외한 이 두 작품의 번역에는, 작년 『역주 내성지』(보고사)를 발간하며 머리말에서 밝혔듯, 대학원 시절의 몽유록 작품을 읽기 위한 소모임 구성원들의 공이 일정 정도 포함된 것이다. 이번에도 최종적인 책임은 나에게 있지만, 번역의 잘된 점은 그들의 공으로 돌린다.

번역은 직역을 원칙으로 하되, 가급적 원전의 뜻을 해치지 않는 범위 내에서 의역을 통해 자연스럽게 풀고자 했다. 주석은 단지 어휘 풀이만 하는 것을 지양하고, 그러한 작업에다 보다 다양한 정보를 제공하고자 노력했다. 전고의 출전, 인용 문헌 정보, 표현 어휘나 문장에 대한 배경 정보 등 창작의 원천 및 환경을 이해할 수 있는 단서까지 제공하고자 한 것이다. 그럼에도 미진한 면이나 오류가 없지 않을 것인바, 諸賢께서 애정어린 질정을 해주시면 다음 기회에 보충하고 수정하도록 하겠다.

국문 몽유록 <사수몽유록>과 함께 한문 몽유록 <㺚川夢遊錄(黃中允)>, <龍門夢遊錄>, <錦山夢遊錄> 등이 17세기부터 19세기까지 걸친 작품들인지라, 이제 이 작품들을 『조선후기 몽유록(朝鮮後期 夢遊錄)』이라는 제명하에 한 권의 책으로 묶었다. 이렇게 되면 현전하는 몽유록은 대부분 역주가 되는 셈이다. 몽유록으로 학문의 출발을 알렸던 나로서는 이제야 조그마한 소임이라도 한 것 같다. 이 책이 몽유록의 연구에 일조라도 할 수 있다면 다행이겠다. 나아가 초학자들에게는 조선후기 몽유록을 이해하는 데 도움이 되기를 간절히 바란다.

그 이전부터 마무리하지 못한 채 미뤄두고 있던 작업들을 작년 9월부터 시작된 연구년 동안 작심하였더니 일부나마 정리할 수 있어서 나는 행복했다. 그렇지만 아내와 아이들은 '연구년'의 또 다른 이름으로도 쓰이는 '안식년'이 아니었다고 걱정들이 많다. 말 그대로 편안하게 쉬지도 않았고, 강철만 같았던 남편, 아빠가 꽤 많이 아팠기 때문이다. 또 어떤 과욕이 발동할지 예측할 수 없지만, 사랑하는 그들에게 특히 연로하신 어머님께 걱정을 그만 끼치기 위해서라도 현재로서는 이 책의 출간을 계기로 생활의 완급이 있기를 희망한다. 나를 늘 지탱해 주는 가족들이어서 더욱 그러하다. 9월이면 다시 교수의 일상으로 돌아가야 한다.

직접 편집을 맡아 아담한 책으로 태어나는 데 수고해 주신 권분옥 씨를 비롯한 도서출판 역락 가족들의 노고에 심심한 사의를 표한다.

2008년 8월
빛고을 용봉골에서
신해진 謹識

차 례

간략 해제

일러두기

이 책은 다음과 같은 요령으로 엮었다.

1. 역문은 직역을 원칙으로 하되, 가급적 원전의 뜻을 해치지 않는 범위 내에서 호흡을 간결히 하고, 더러는 의역을 통해 자연스럽게 풀고자 했다.
2. 원문은 저본을 충실히 옮기는 것을 위주로 하였으나, 활자로 옮길 수 없는 古體字는 今體字로 바꾸었다. 이 책에 수록된 작품의 저본은 다음과 같다.
   - <사수몽유록> : 이명선 교주 국문활자본. 『인문평론』(2권 6호, 1940) 191-211면에 특별부록으로 수록.
     이본 <문성궁몽유록>은 한국학중앙연구원 장서각 소장본인데, 이 책의 부록으로 첨부함.
   - <달천몽유록> : 한문필사본. 後孫家 소장본. 『黃東溟小說集』(문학과언어연구회, 1984) 275-294면에 영인. 김동협 교수의 해제가 있음.
   - <용문몽유록> : 한문필사본. 일본 大阪府立圖書館本. <金烏夢遊錄>과 합철. 『한국문학연구』(14호, 동국대학교 한국문학연구소, 1992)에는 <용문몽유록>이 147-150면에 영인. 강동엽 교수의 해제가 있음.
   - <금산몽유록> : 한문목활자본. 계명대학교 소장본. 『梧淵集』(권4, '雜著' 1928년 간행) 32-35면에 영인.
     이번에 새로 발굴된 한문필사본 <금산몽유록>은 국립중앙도서관 소장본인데, 이 책의 부록으로 첨부함.
3. 원문표기는 띄어쓰기를 하고 句讀를 달되, 그 구두에는 쉼표(,), 마침표(.), 느낌표(!), 의문표(?), 홑따옴표(' '), 겹따옴표(" "), 가운데점(·) 등을 사용했다.
4. 주석은 원문에 번호를 붙이고 하단에 각주함을 원칙으로 했다. 독자들이 사전을 찾지 않고도 읽을 수 있도록 비교적 상세한 註를 달았다.
5. 주석 작업을 하면서 많은 문헌과 자료들을 참고하였으나 지면관계상 일일이 밝히지 않음을 양해바라며, 관계된 여러분들께 감사드린다.
6. 이 책에 사용한 주요 부호는 다음과 같다.
   1) ( ) : 同音同義 한자를 표기함.
   2) [ ] : 異音同義, 出典, 교정, 읽을 수는 없지만 그럴 것으로 추측되는 글자 등을 표기함.
   3) □ : 저본의 결함으로 읽을 수 없는 글자 등을 나타냄.
   4) " " : 직접적인 대화를 나타냄.
   5) ' ' : 간단한 인용이나 재인용, 또는 강조나 간접화법을 나타냄.
   6) < > : 편명, 작품명, 누락 부분의 보충 등을 나타냄.
   7) 「 」 : 시, 제문, 서간, 관문, 논문명 등을 나타냄.
   8) ≪ ≫ : 문집, 작품집 등을 나타냄.
   9) 『 』 : 단행본, 논문집 등을 나타냄.

국문 몽유록

泗水夢遊錄

작자미상

1. 原文

▸이 작품은 국문본으로 전해지는 몽유록의 하나로, 이명선 선생이 교주한 원전 그대로 옮긴 것이다. 단, 지문과 대화문의 구분, 문단나누기만 편역자가 했음을 밝힌다.

중원(中原)의 한션배이시니, 고금을너비통하고, 학문을본대됴화하야, 황권가온대, 옛셩현을대하매, 가연이탄식을내하여갈오대,

『하날이, 엇디공자(孔子)갓탄셩인을내시고, 시졀을만나디못하야, 마참내텬하의셔방황하시게하고, 안증자맹(顔曾思孟, 자는사의誤書?)갓탄대현으로도, 님군을만나, 도랄행티못하고, 그남은칠십자와, 송적의낙군현이, 다간세한재조와, 출뉴한덕으로, 마참내초야의간믈하야, 사해창생으로하야곰, 요순(堯舜)시졀을보디못하게하시니, 실로하날뜻을 ……』(半行剝落)

……감술을취하면, 분하믈이긔지못하야, 칼흘빼혀, 셔안을텨탄하야갈오대,

『당위(唐虞)임의머릿고, 요순(堯舜)이임의몰하여시니, 우흡다, 부자여, 되행티못하릿뎌』

하고, 분개하믈마디아하더니,

홀연피곤하야, 셔안을비겨잠을드니, 두청의동자(靑衣童子)학을모라, 알패와녜하고, 갈오대,

『규벽냥션군(奎壁兩仙君)이, 특별이청하시더이다』

생이갈오대,

『나난하계우맹이오, 규벽(奎壁)은샹텬녕션이니, 엇디시러곰만나리오』

동재대왈,

『션생은사양티말고, 다만학의등의오라면, 자연이가리라』

하고, 드대여청학을가져꿀리리거날, 생이학의우해오라매, 학이두어번날개랄부차니, 발셔반공의올라, 가인을구버보니, 붉은뜻글아닥하야덥혓고, 장안(長安)이바독낫만하야뵈고, 사해잔의믈갓더라。

져근덧하야한곳의니라니, 큰마알이잇고, 문의써시대 유청문챵뷔라하엿더라。동재드러가보하더니, 즉시나와청하야, 드러가, 슈졍섬아래니라니, 두션관이, 백옥교위우해안잣다가, 생을보고, 교우예나려읍하고, 좌의올리거날, 말석의올라, 재배부복한, 대션관이우어갈오대,

『그대어이, 놉흔션배로셔, 옛글을만히닑어, 텬니랄알려든, 하날뜻을모라고, 망녕도이하날을원망하난다。하날이중니(仲尼)랄내여, 그위랄엇디못하고, 텬하의쥬류하게하믄, 다란뜻이아니라, 만일텬자위랄맛뎌, 셰상을다사려, 만방이협화하고, 백셩이오변하믄, 이블과일시공회오。하위예굴하야, 사문을흥긔하야, 목탁(木鐸)으로도로의순하야, 이왕셩인의도랄닛게하고, 장내학문을여러, 텬하의아닥한거살깨닷게하믄, 이만셰예덕택이오。귀하미텬재되고, 가유열므사해랄두미니, 블과일시존귀하미오。만고에도덕을뎐하야, 사해안과팔황밧기며, 우흐로텬자로브터, 아래로셔인가디, 졍셩을갈하고, 마암을다하야, 공경하고, 차봉하야, 혈식을쳔고의펴티아니하니, 엇디일시의다살며, 일의귀함갓타리오。하믈며우리둘히, 사문을쥬량하엿난디라, 옥뎨(玉帝)엿자와, 사속(泗涑)우해봉하야, 국호랄쇠(素)라하고, 왕호랄문셩(文成)이라하며, 만고유현을다리고티화랄펴, 하날이거차고, 따히늙어도, 망할적이업게하여시니, 엇디당우(唐虞)삼대예녁년과비하리오。이제그대랄청하야오믄, 한번소왕(素王)긔뵈여, 하날뜻을알게하고, 우리사문을떠러바리디아니하

믈, 알게하고, 우리미니라』
하고, 즉시동자랄명하야, 옥패하나흘주어, 생을다려가, 사슈(泗水)우해가, 소왕(素王)긔됴회하라, 하거날。생이절하야하딕하고, 학을타, 동조랄조차가더니,

한따해다다라니, 일월이명낭하고, 화한긔운이쏘이며, 길해남녜길흘분하고, 늙으니짐을아니지고, 밧가나니가을새양하고, 어린아해들은강구의노래브라며, 늙으니난격양시랄읇거날。

생이동자다려문왈,

『이어나곳이완대, 완연이태고적긔상이며, 당우(唐虞)적풍속이뇨』

동재왈,

『이난사슈(泗水)지경이오, 소국(素國) 문셩왕(文成王)의나라히라』
하고, 생을인도하야, 국도에드러가니, 더옥풍속이순화하고, 인심이 고박(古朴)하더라。

궐밧긔다다라。생을세우고, 몬져드러가거날。생이둘러보니, 군장이수인이나하고, 그문을드디못하면, 그종묘에미함과백관에부하믈, 보디못할러라。이윽하야, 한관원이동자와함긔나와, 뎐지하야브라신다하여날。생이츄창하야드러가보니, 한뎐이이셔, 크게금자로써시대, 대셩뎐(大成殿)이라하고, 뎐안해일위왕재안자게시니, 그니마난뎨요(帝堯)갓고, 목은고요(皐陶)갓고, 그엇게난뎡자산(鄭子產)갓고, 허리로써아래난, 하우씨(夏后氏)게삼촌은밋디못디하고, 입시울이놉고, 니드러나며, 두귀낫해셔희니, 놉흐믄하날갓고, 그밝으믄일월갓타니, 뫼해비컨대, 태산갓고, 믈의비컨대 하해갓타며, 녕이하믄거린(麒麟)갓고, 상셔로오믄봉황(鳳凰)갓타니, 생민이이시므로브터이오, 갓탄재업산디라。온냥하시며, 곰검하며, 신신하시며, 요요하시대, 그씩씩하믄, 츄양을폭하닷하며, 강을탁한닷한디라。니로형상하야, 긔록디못할러라。

머리예쥬면으쓰시고, 몸의순상을닙어겨시고, 손의백옥홀을쥐여겨시더라。좌우에네셩인이뫼셔시니, 동남뎨일위예난, 연국공안연(顏淵)이니, 삼춘화한

긔운갓고, 둘재위예난, 국공공급(孔伋)이니, 자난자새(子思)오, 섭남데이위예난, 츄국공맹가(孟軻)니, 자난자여(子輿)시니, 태산이암암한긔상이러라。안연(顔淵)은태새(太師)되엿고, 공급(公伋)은태뷔(太傅)오, 증삼(曾參)은태보(太保)니, 이삼공이라。왕을도와, 티도랄의논하고, 맹가(孟軻)난총백관총재(總百官冢宰)되여시니, 백관을거나려, 사해를다사리니, 이옛날쥬공(周公)하엿던벼살이러라。

또두줄로열사람이버러시니, 비공민손(閔損)은, 자난자건(子騫)이니, 쇼새(少師)오。설공염옹(冉雍)은, 자난중궁(仲弓)이니, 쇼뷔(少傅)오。염경(冉耕)은, 자난백유(伯牛)요, 쇼뷔(少保)니, 이난삼괴라。삼공을도와, 티도랄의논하고, 녀공단목사(端木賜)의자난, 자공(子貢)이니, 대종백(大宗伯)을하얏고, 위공중유(仲由)의자난, 자로(子路)니, 대사마(大司馬)랄하얏고, 위공복상(卜商)은, 자난자하(子夏)니, 대사구(大司寇)랄하엿고, 셔공염구(冉求)난, 자난유(有)대사공(大司空)을하엿고, 오공언언(言偃)은자난자유(子游)니, 대사도(大司徒)랄하엿고, 평음후(平陰侯) 유약(有若)은, 상태우랄하엿고, 제공자여(宰予)난, 자난자이(子我)니, 우대언을하야, 왕명을출납하더라。

동셔두줄로백여인이뫼셔시니, 뎐하에다고금대현이라。위의제제하고, 긔상이은은하더라。그중의행인공셔젹(公西赤)이, 띄랄띄고, 홀을잡고, 뎐의올라, 주왈,

『밧긔아홉사람이와시니, 다동국사람이라。셜총(薛聰)안향(安珦)이란사람은, 구타여학문중사람이아니로대, 셩문의공이잇고, 최티원(崔致遠)이란사람은, 또한학문이업사대, 동방의문교랄, 처음으로창거하야, 사람으로하여금, 문한을알게하니, 이셩문의젹디아닌공이오。뎡몽쥐(鄭蒙周)란사람은, 학문이유여하고, 통셩이관일하고, 그남은다삿사람은, 다학문이고명하고, 도덕이정심하야, 중국사람의게지디아니대, 말자셔난사람은, 더옥긔질이순규하고, 도덕이고명하야, 넉넉이당의올라, 실에드럼작하오니, 알외나이다』

왕이갈오샤대,

『그러면드러오미 맛당타』

하신대, 아홉사람이일시의드러와, 사배하기랄맛고, 동셔로갈나셧더니, 셔젹(西赤?)이또알외대,

『또두어사람이와, 머뭇거려디못하니, 문딕흰재꾸지져믈리더니, 믈러갓다가왓나이다』

왕이잠간우사시고, 명하야드러올라하신대, 이인이드러와, 왕긔뵈옵고, 동셔말항에셧더니, 왕이갈오샤대,

『자(咨)홉다。백규야, 뉘능히분용하야, 내일을빗나게 할고』

모다갈오대,

『맹가(孟軻)총재(冢宰)되엿나니이다』

왕왈,

『유(兪)라, 자(咨)홉다。맹가(孟軻)아, 네내도랄뎐하야시니, 이에힘쓸디어다』

맹재절하고, 머리랄두다려, 쥬희(朱熹)의게사양한대, 왕이 갈오샤대,

『유(兪)라, 너쥬희(朱熹)아, 내도랄네니어, 만고에몽학을여니, 내이제아람다이네기나니, 네가흠(欽)하라』

왕이왈,

『언(偃)아, 백셩이친디아니며, 오품이손티아닐새, 네사되(司徒)되엿나니, 오곤랄삼가베프대, 너그럽게하라』

언(偃)이머리조아, 뎡호(程顥)의게사양한대, 왕왈,

『격(格)하라, 너호(顥)아, 도학이행티못하고, 텬해무도하야, 그향할바랄아디못하거날。네내홀로뎐티못한도랄, 경셔가온대어더내여, 황연이다시텬하의밝게하믄, 이너의공이라。내아람다이너가나니, 이제널로써, 쇼사도(小司徒)랄하이나니, 네왕하야, 흠(欽)하라』

왕이왈,

『격(格)하라, 상(商)아, 네사귀(司寇)되엿나니, 형을을휼할디어다』

상(商)이돈슈하야, 뎡이(程頤)의게사양한대, 왕왈,

『격하라, 너이(頤)아, 널로사구랄하이나니, 한가지로하라』

왕이갈오대,

『사(賜)아, 너종백(宗伯)이되엿나니, 네녜악을이라혀, 신인을다사리며, 상하랄화케하라』

단목새(端木賜)계슈하야, 쇼옹(邵雍)의게사양한대, 왕이 갈오샤대,

『옹(雍)아, 네한가지로하라』

옹(雍)이고사하야갈오대,

『신이이소임을당티못하리니, 각별이한사람을쳔거하리이다。한의한사람이이시니, 셩명을제갈냥(諸葛亮)이오, 삼대상인믈이라。거의녜악을하리니, 이사람이시방예오디아녓거니와, 원컨대대왕은브라쇼셔』

왕이즉시뎐지하야, 브라시니, 이윽고냥(亮)이드러와뵐새, 웅용온아하야, 진짓유쟈의긔상이러라。왕왈,

『격하라, 너냥(亮)아, 네냥인을도아, 녜악을니라혀라』

왕이갈오샤대,

『격(格)하라, 네 냥재(張載, 냥은장의誤書?)아, 널로쇼사마(小司馬)랄하나이, 너난육사랄거나려, 나라흘평케하라』

왕왈,

『격(格)하라, 너사마광(司馬光)아, 널로써딜종을삼나니, 네왕하야흠(欽)하라』

왕왈,

『격(格)하라, 너쥬듣이(周惇頤)아, 널로쇼사공(小司空)을하이나니, 민시와디리랄아라, 흠재(欽哉)하라』

왕왈,

『격(格)하라, 너한유(韓愈)아, 널로써납언(納言)을삼나니, 내의명을출납하대, 오직윤하야, 내허믈을네도으대, 면종하고, 믈러가훗언을두디말라』

왕왈,

『격(格)하라, 쇼옹(邵雍)아, 네호텬을흠약하며, 일월셩신을녁상하야, 인시랄삼가맛디고, 써칠정(七政)을가작이하라。 너쥬희(朱熹)아, 이제경셰잔멸하야, 사학이밝디못하니, 네셩의랄밝혀, 셰인으로하야곰, 명백히알게하라』

쥬재(朱子)배슈왈,

『녀조겸(呂祖謙)장식(張栻)과, 한가지로하여지이다』

왕왈,

『격하라, 식(栻)조겸(祖謙)아, 네와하야흠(欽)하라。 격(格)하라, 사마광(司馬光)아, 사학이오래밝디못하야, 춘츄미묘한뜯을, 니오리업사니, 네대사긔랄닷그라』

광이계슈왈,

『신이재죄업서, 문장은항유(韓愈, 항은한의誤書?)만못하고, 해박하기난, 좌구명(左丘明)뉴향(劉向)공냥공(穀梁公)공양(公羊)등만못하니, 두리건대, 중임을당티못할가하나이다』

왕이왈,

『격(格)하라, 쇼옹(邵翁)아, 복희시(伏羲氏)몰하므로브터, 팔괘랄알리업사니, 네쥬역을강명하야, 음양지니랄밝히라』

옹(翁)이배왈,

『신은역슈랄알고, 역니랄모라니, 뎡이(程頤)과한가지로하믈, 청하나이다』

『격(格)하라, 너이(頤)아, 한가지로하라』

군신을명하믈마차매, 정히백공으로더브러, 도랄의논하더니, 홀연우셰(郵書)급히드러와, 보하대,

『양쥐(楊朱)란사람과, 믁젹(墨翟)이란사람이, 각각십여만인을거나려, 중원(中原)백셩을반남아항복밧고, 우라디게랄범하야시니, 양쥬(楊朱)난본대제몸만위하니, 한터럭을빠혀, 텬하랄니케하리라하야도, 아니하고, 믁젹(墨翟)은, 사람너비사랑하고, 머리로브터, 발가지니라러도, 텬하일을니케하리라하면,

다하니, 이두사람은님군업고, 아비업산무리라。급히쳐, 업시티아니하면, 타일큰환이 되리이다』

왕이좌우랄도라보아, 갈오샤대,

『가히이도젹을쳐평할고』

중유(仲由)분연이내다라, 갈오대,

『신이청컨대, 삼군을거나려, 나가한칼로쓰러바리리이다』

왕이생긔여, 갈오샤대,

『범을주먹으로티고, 믈을헤여건너, 죽어도, 뉘웃디아닛뇨쟈난, 필부의용이라。내취티아닛나니, 믈읫장쉬란거산, 일을님하야두려하고, 꾀랄됴히너겨야, 이긔나니라』

맹재(孟子)뎐압해나아가, 주왈,

『신이청컨대, 나가, 이도적으쓰러바리리이다』

왕이허하신대, 맹재(孟子)하딕고나와, 샴쳔뎨자랄거나려, 양목(楊墨)과대딘할새, 딘상의셔, 크게꾸지져갈오대,

『네음난한행실과, 샤특한말로, 인심을함닉하고, 우리길어자러이니, 내이제소왕(素王)명을밧자와, 션셩의도랄붓드러, 너해샤특뉴랄막자라노라』

이인이대쇼하고, 꾸지저왈,

『우리난, 인이텬디에덥헛고, 의사해예펴졋난디라。엇디너해왕의, 조곰안도갓타리오。빨리말게나려, 항복하야, 만대에우음을업게하라』

맹재(孟子) 대로하야, 딘문을크게열고, 열서달(달은말의誤書?)달니며, 담붕을둘러, 크게헤티니, 양목(楊墨)이대패하야, 사방으로헤여뎌, 다라나니, 맹재(孟子)헤쳐휜츨이하고, 개가랄볼러, 도라와, 왕긔뵈오니, 왕이갈오샤대,

『되(都)라, 옛날하우시(夏后氏)슈도(水道)랄평뎡하엿더니, 네이제양목(楊墨)을파하니, 그공이우의아래잇지아니타』

하시더라。

또촌매급보왈,

『쵸고현(楚苦縣)사람, 노담(老聃)이라할재, 스사로칭하대, 뱅양진인(伯陽眞人)이로라하고, 청정무위하믈로도덕을삼아, 텬하사람을속여닐오대, 황뎨훤원시도랄, 행하노라하니, 텬하사람이미연히좃차니, 그슈하에두대인이이시니, 하나흔뎡(鄭)따사람, 녈어귀(列禦寇)니, 자호랄어풍재(御風子)라하고, 나나흔몽(蒙)따사람, 장쥬(莊周)니, 자호랄남화션(南華仙)이라하니, 이두사람이, 황당한말과, 젹제한글을지어, 대왕을반모하고, 우리랄긔룡하야, 모욕하미심한디라。이제진나라해드러와, 왕샤의무리로더브러, 합셰하야, 우리랄침노하니, 청컨대왕은, 인의옛군사랄니라혀, 티쇼셔』

왕이좌우다려무러갈오대,

『뉘날을위하야, 이도적을평할고』

사마(司馬)장재(張載)가믈원하거날。왕이허하신대, 장재(張載)즉시인의병삼천을거나려, 나아가, 노담(老聃)을막자랄새, 두편이딘문을고대하니, 노담(老聃)이몸의우의랄닙고, 머리예황관을쓰고, 일척청우랄타시니, 붉은긔운이하날의쏘이고, 상뫼비범하야, 니마의날빗치잇고, 살히피갓도, 낫채금광이어래고, 신장이일(?)。

장재(張載)녀셩대맹왈,

『네구구하인과, 혈혈한의랄, 스사로도덕이로라하야, 우리대왕을업슈이너기고, 우리도랄해하니, 이진짓니란바, 우믈속에안자, 하날을보며, 갈오대, 하날이적다, 하미라。이제내대왕명을바다, 와, 너해랄탕멸하랴하니, 너이제항복하면, 죽기랄면하리라』

하니, 노담(老聃)이장녈(莊列)두장슈로하야곰, 나가대적하라한대, 냥인이응셩하야나올새, 녈어구(列禦寇)난바람을타고, 쟝쥬(莊周)난구람을타고, 딘밧긔나, 크게웃고, 채로써가라쳐, 크게꾸지저왈,

『네지극한도덕을모라니, 내시험하야니라리라。네태고지덕지계예난, 금슈로더브러, 한가지로쳐하며, 만믈로더브러, 무리하야, 백셩이노홀매, 자다사리대, 그음식을달게너기며, 그거쳐랄평안이너겨, 화음업시화하더니,

도당시긔니라러, 비로소인의을맨다라, 도덕을허러바리니, 텬하대란하야, 졈졈나려, 하우시(夏后氏)와, 은왕탕(殷王湯)과, 문왕창(文王昌)과, 무왕발(武王發)의미쳐난, 우흐로일월의밝은거살패하며, 아래로산쳔의경긔라삭하고, 가온대로사시예, 화랄떠러바리니, 초목금슈의무리, 다텬성을일흐니, 이난크게텬하랄어자러이미라。이제우리노군(老君)이, 넙은도덕을펴, 텬하랄건져내랴하시니, 너해조고만무리, 감히큰말을하난다』

장재(張載)대로하야, 의마랄노코, 심원을모라, 싸화십여합의, 장녈(莊列)이대패하야, 본딘의도라와, 노군(老君)긔알왼대, 노군(老君)이탄왈,

『당당한딘과, 경셩한군을, 당키어려오니, 아직잠간믈너가, 도랄닷가, 다시옴만갓디못하다』

하고, 드대여셔랄바라며, 다라나더니, 함극관(函谷關)의다다라, 관녕윤의(尹喜)랄만나, 도덕경(道德經)을지어주고, 가니라。

사다(司馬, 다는마의誤書?)장재(張載)승전하고, 회군하고도라와, 알왼대, 왕이대희하야, 갈오샤대,

『이제난텬해태평하야, 간사한무리랄다쓰러바려시니, 맛당이경등을위하야, 한잔채랄여러, 공을하례하리라』

하더니, 믄득뉴셩매급보왈,

『셔방텬축(天竺)국에, 대셩이나시니, 그날제, 따해년꼿치나고, 긔이한상셰만터니, 이제텬축국(天竺國)극낙셰계(極樂世界)예이셔, 아란가셥(阿難迦葉)과, 관음보살(觀音菩薩)과, 문슈보현미륵(文殊, 普賢, 彌勒)과, 오백나한(五百羅漢)과, 팔대금강(八大金剛)과, 삼쳔뎨자랄다리고, 스사로칭하대, 청정법신(淸淨法身)을대하야, 쥬세하야, 중생을제도하노라, 하니, 일홈은석가여래(釋迦如來)라。법녁이무량하야, 텬디랄바리며, 귀신을호령하고, 블생블명하며, 청정정녈하므로, 도법을삼아, 자비지심을내여, 억만중생을구제하고, 삼쳔셰계랄통관하야, 화슈욕마지옥을베프고, 눈회보응대법을지어, 어딘쟈로하여곰, 권하게하며, 사오나온쟈로하야곰, 딩계하게하니, 그법이호대하고, 그되측냥

티못할디라。 백셩을다래여, 혹게하고, 사람을권하야, 됴케하니, 처음의한명졔(漢明帝)마자, 밧드러 오니, 중국의드러와, 진위냥송슈당(晉魏梁宋隋唐), 모든님군을항복바다다거나리니, 그중에냥무뎨(梁武帝)와, 당헌죵(唐憲宗)이, 더욱숭봉하난디라。 이제해외팔십이국과, 해내십대군현을거나려, 중원(中原)을다함믈하고, 우리디계랄, 반남아아삿나이다』

왕이텬파의, 근심하야, 갈오샤대,

『석시(釋氏)강하미, 이러탓하니, 우리나라해큰화근이오。 양묵(楊墨)노자(老子)의비할배아니라。 뉘능히, 이오랑캐랄제어할고』

뎐하의, 한유(韓愈)출반쥬왈,

『신이재죄업사나, 원컨대, 왕을위하야, 이도적을막잘나, 화근이업게하리이다』

왕왈,

『흠재(欽哉)하라』

하시니, 한유(韓愈)승명출사하야, 냥군이대딘하니, 한유(韓愈)말내여, 석가(釋迦)와말하쟈한대, 여래(如來)머리에칠보장엄관을쓰고, 몸의금노오색가사랄닙고, 목의마리여의쥬랄결고, 발에좌리혀랄신고, 손의금년화한가지랄쥐고, 취보거랄맛티고, 년화대랄타고, 셔시니, 머리우해, 열두금광이둘럿고, 백장흰긔운이니러나니, 셔긔총농하더라。 좌우의삼천제블과, 오백나한(五百羅漢)이, 버러시니, 위의정제하고, 긔되엄연하더라。

두장쉬몬져나와, 싸호쟈하니, 하나흔문슈보살(文殊菩薩)이니, 청사재랄타고, 손의디혜검을잡고, 하나흔보현보살(普賢菩薩)이니, 흰코기리랄타고, 손의반야봉을잡앗더라。 한유(韓愈)인의티랄셰우고, 네의간을드러, 싸화백여합을싸호니, 문슈보현(文殊普賢)이대적디못하야, 다라나거날。 한유(韓愈)승셰하야, 딸와즛티니, 석가(釋迦)대패하야, 셔녁흐로다라니, 한유(韓愈)군사랄거나려, 도라와, 왕긔뵈오니, 왕이갈오샤대,

『네이번공이, 족히맹가(孟軻)와갓타리로다』

말이맛디못하야, 쇼졸이보하대,

『석가여래(釋迦如來), 노담(老聃)과합셰하야, 또와침노하니, 이번은그셰더옥큰디라。매젹키어려올러이다』

왕이갈오샤대,

『이도적은, 심상한도적이아니라, 츌믈반복하야, 자로우리디계랄침노하니, 반다시대장을보내여, 공을일우라』

하시고, 맹자(孟子)랄불너, 닐너갈오샤대,

『네이제, 고금제현을다리고, 나가, 뎌도적을쓰러, 영영화근을업시하야, 다시화랄짓게말나』

맹재(孟子)배슈하고, 나와츌사할새, 장재(張載)로통군사말(統軍司馬?)랄삼고, 쥬희(朱熹)로대션봉(大先鋒)을삼고, 뎡호뎡이(程顥程頤)으로좌우장군(左右將軍, 좌는좌의誤書?)을삼고, 한유(韓愈)로종사랄삼아, 나갈새, 군용에운장엄하믈, 니로긔륵디못할러라。

행하야냥국이대딘하매, 맹재(孟子)딘밧긔말을셰우고, 사람브려석가(釋迦)과, 말하쟈한대, 석개(釋迦)또한, 말을내여, 딘밧긔셔거날。맹재(孟子)소래랄가다담아, 꾸종하야갈오샤대,

『밋친오랑캐귓거시, 감히어자러온말을하여, 생민을요혹게하고, 자로우리디계랄침노하야, 화란을짓난다。이제황텬이짓노하샤, 아등을명하야, 너해뉴랄, 쓰러바리게하시난디라。내텬명을밧드러, 이에와시니, 빨리항복하야죄랄면케하라』

석개(釋迦)합장하야, 읍하고, 소왈,

『그대난하날을두려, 날을저히거니와, 우리난하날을브리고, 따흘지휘하니, 황텬후퇴, 다내의휘해라。엇디그대의도갓티, 젹으리오。이제우리그대왕, 병녁을결오디말고, 도랄결워, 자웅을결하미, 엇더하뇨』

맹재(孟子)왈,

『그대리할거시니, 네몬져니라라』

석개(釋迦)왈,

『우리도덕은, 자비로웃듬을삼고, 돈오하믈귀히너겨, 불심업을알면, 블셩을아나니, 생함도업고, 멸함도업고, 팔해육통하야, 망상을다업시한휘면, 이니른대, 원각이라。 십방셰계랄께보고, 억만중생을제도하나니, 이제그대도난, 블과마암잡기로, 웃듬을삼나니, 우리마암업시함과, 엇더하며, 너해도난, 블과유의하믈, 웃듬을삼나니, 우리무나함과, 엇더하뇨。 너해도난블과, 셩졍을됴히너기거니와, 우리졍멸함과, 엇더하며, 너해도난블과, 하날을의탁하야, 밧드노라하거니와, 우리난하날을브리니, 엇더하며, 너해난귀신을공경하거니, 우리난귀신을지휘하니, 엇더하뇨』

말이맛디못하여셔, 맹자(孟子)딘중에, 육자뎡(陸子靜)이내다라, 맹자(孟子)긔알외대,

『석씨(釋氏)의말을드라니, 과연우리도예서나으니, 허리랄굽혀, 항복함만갓디못하다』

한대, 쥬재(朱子)꾸지져갈오대,

『그대소견이, 이러탓밝디못하니, 만생학문하던공뷔, 어대잇나뇨』

자뎡(子靜)이참괴하야, 믈러나더라。 맹재(孟子)재손으로, 석가(釋迦)랄가라처, 꾸지져왈,

『아비업고, 님군업산놈이, 감히샤득한말을하야, 셰상을속이고, 백셩을혹게할다, 네말이근니한닷하나, 진짓도에, 크게어자러온디라。 네이제, 너다려니라리라。 사람이세상의나매, 군신과, 부모와, 부부와, 장유와, 붕위이, 오륜이라。 사람이오륜곳업사면, 사람이아니어날。 이제너난, 도말하대, 반다시텬육을졀하야, 스사로청졍졍멸하믈, 일카라니, 부모곳아니면, 네몸이어대로셔나, 도랄행하며, 부부곳아니면, 사람이뉘아조업서, 생생지홰긋처지리니, 어나사람이어셔, 네도랄뉘뎐하며, 군신이업사면, 텬하백셩을, 통녕하리업사리니, 가강한재, 약한쟈랄삼키고, 쳔한재, 악한쟈랄이긔디못하리니, 이런작, 뉘다시금하야, 네도랄좃게하리오。 금슈비록미믈이나, 오

히려모자와, 군신이며, 자웅이잇고. 개야미와벌이, 오히려금슈만갓디못하도다(?)。옛날우리셩인, 곳업사면, 사람의뉴, 아조업선디오랄디라。금슈로더브러, 한가지쳐하면, 사람은, 짓과, 터럭과, 비날이업사니, 엇디찬 대와, 더온대와, 추진대랄, 써거하며, 톱과, 엄니업사니, 엇디음식을, 다타와먹으리오。이러믈, 셩인이, 충샤와, 금슈랄몰아, 산님텬택의내티고, 칩거든, 오슬닙고, 주리거든, 밥을먹고, 나모우해이시면, 병들거시매, 집을지어잇게하고, 공장으로하야곰, 그라살쓰게하고, 장사로하여곰, 이심업사믈통케하고, 의약을맨다라, 요절믈구하고, 영장하고, 제사하야, 그은애랄갑게하고, 녜문을맨다라, 션후랄차례하고, 풍뉴랄맨다라, 울적하믈펴게하고, 정사랄맨다라, 그게어란뉴랄다사리고, 형벌을맨다라, 그샤오나온거살덜게하고, 인신과, 마되와, 저울을맨다라, 서라속이디못하게하고, 셩곽과, 갑병을맨다라, 서라앗디못하게하니, 그되밝히기쉽고, 그되행키쉬온디라。이러므로, 내몸을위하면, 순하고, 자셔하며, 사람을위하면, 사랑하고, 공번되여, 마암을다사리면, 화평하고, 텬하국가랄다사리면, 태평하나이, 엇디너의도갓타리오。네스사로닐오대, 무의하라하면, 네몸의의복을닙고, 입의음식을먹으며, 집속의셔너해무리로더브러, 법을닉이니, 엇디무의한작시리오。네욕심이업사롸하대, 보시랄만히하고, 슈륙을셩히하면, 비록악한재라도, 복을엇난다하니, 엇디무욕한작시며, 네닐오대, 사람이된다하니, 이더옥맹낭한말이라。초목이한번죽으매, 그나모의플이, 다시다란초목이되디아니하고, 블이한번꺼딘후, 다시블이되디아니하니다。(다는라의誤書?) 사람이만믈과다라미업산디라, 한번죽으매, 석은나모등걸과, 꺼딘재갓타니, 어나긔운이이셔, 다시사람이되며, 네또닐오대, 사오나온사람은디옥이이셔, 형벌로다사린다하니, 사람이죽은후의혼백이다홋터시니, 어나곳의형벌을베플리오。이다, 요탄니밧긔말이라。블과어린백셩을다래여, 혹게하려니와, 엇디감히, 군자의압해, 이런말을내리오。빨리항복하야, 뎡도의도라오게하라』

석개(釋迦)이말을듯고, 낫빗치흙갓타여, 능히말을못하거날. 쥬재(朱子), 냥

뎡자(兩程子)와, 장자(張子)등을거나려, 일시의내다라, 티니, 석개(釋迦)대패하야, 셔텬을바라고, 다라날새, 맹재(孟子)이때랄타, 쳐멸하야, 아조화근을업시크져하야, 급히따로더니, 왕이대종백(大宗伯)자공(子貢)을뵈내여, 닐오대,

『내텬수랄보니, 음긔졈졈셩하니, 이도적이음긔랄타난난디라。아조멸티못할거시오。병법의, 궁구랄막추(窮寇莫追)라, 하여시니, 그만하야도라』

하신대, 맹재(孟子)군현을거나려, 도라와, 왕긔뵈온대, 왕왈,

『되(都)라, 이단의해랄업시하고, 오도랄밝게하믄, 다너의공이라』

하시더라。

구자해출반주왈,

『이제양목노불(楊墨老佛)의해더러시나, 진왕녀정(秦王呂政)이포악무도하야, 우리뎨자랄, 붓질러죽이고, 경셔랄블디라니, 그죄샤티못할디라. 네이제셰상의나가, 녀산(驪山)을뭇딜러, 선배뭇디란죄랄, 다사리고, 아방궁(阿房宮)을블딜러, 경셔뭇디란죄랄, 다사리라』

항젹(項籍)의명을바다, 나가, 녀산(驪山)을뭇디라고, 아방(阿房)을블지라고, 자영(子嬰)을죽여, 그죄랄다사리니라。

공셔젹(公西赤)이텬의올라, 주왈,

『한뎨뉴방(漢帝劉邦)이, 래뢰랄드리고, 뵈옴믈청하나이다』

왕이드러오라하시니, 한뎨(漢帝)드러와, 고두사배한대, 왕왈,

『되(都)라, 너방아, 전국이쟁병하므로븟터, 텬해대란하야, 다왕도랄쳔히너기고, 패도랄숭상하야, 날을차자리업선디, 수백여년이러니, 이제네와, 처음으로뵈니, 가장아람다온디라。내일노써, 사백년긔업을, 뎐케하노라』

왕이배샤하고, 믈러와다。또한무뎨(漢武帝)와, 한명뎨(漢明帝)와, 당태종(唐太宗)과, 싀세종(柴世宗)과, 송(宋)적모든님군과, 대명고황뎨(大明高皇帝), 다태뢰랄드리고, 뵈와지라하거날。왕이블러, 됴회랄밧고, 위로하시더니, 한명뎨(漢明帝)와, 송신종(宋神宗)과, 효종(孝宗)을블러대책하야갈오샤대,

『네명뎨(明帝)난, 무단이블법을드려와, 만대예화랄깃치고, 너신종(神宗)과,

효종(孝宗)은뎡호(程顥)뎡이(程頤)장새(張載, 새는재의誤書?)소옹(邵雍)사마광(司馬光)쥬희(朱熹)랄, 쓰디아니하고, 쇼인을신임하니, 이엇디뎨왕의도리리오。빨리믈러가라』
하신대, 삼뎨대참하야, 믈러가니라。

왕이한고뎨(漢高帝)랄, 닐러갈오샤대,

『네관활달하야, 뎨왕의긔상이이시니, 맛당이패도랄내티고, 왕도랄행하야, 녜악지치랄니라혀, 삼대랄니업작하거날。마참내공니해하믈, 면치못하니, 가히앗갑도다』

고뎨(高帝)대왈,

『신이본대, 칼쓰기와, 말달리기랄알고, 유슐을아디못하고, 신해또, 이윤(伊尹)쥬공(周公)갓타니이셔, 나라을왕도로, 도으리업고, 다만육가(陸賈)수하(隋何)의무리랄다리고, 엇디삼대지티랄하리잇가』
하더라。

당태종(唐太宗)을, 닐러왈,

『너난, 나라흘다사리매, 옛뎨왕의나리디아하대, 다만셩심이업고, 가법을뎡티못하니, 공이비록만흐나, 명교중죄인이되리로다』

태종(太宗)이붓그려, 감히우러러보디 못하더라。

송태조(宋太祖)랄, 닐오샤대,

『너난중문음훤히여러, 시학을깨닷고, 텬하랄아의게뎐하야, 요순(堯舜)의마암을법바드니, 흠할거시업사대, 다만딘교회군한일이, 더러온일홈을, 면티못할디라。가히앗갑거니와, 이또한텬슈라, 현마엇디하오리』

송뎨(宋帝)대왈,

『이난신의죄아니라, 석슈신(石守信)등이, 협박한배니이다』

왕이미쇼왈,

『네진짓마암이업사면, 엇디다란사람의협박할배리오』

송뎨(宋帝)고개랄숙이고, 믁연하더라。

이따나라해일이업산디라, 왕은남면하야, 도로팔장꼬고, 뎐우해서, 죠용이도랄의논할새, 쥬희(朱熹)주왈,

『젼의니라시대, 셩상근이나습상원이라(性相近, 習相遠)하시니, 긔엇디니라시미니잇가』

왕이갈오샤대,

『셩이란거산, 하날이삼겨내신디라。본대어딜고, 사오나오미, 업거니와, 그러나사람이날제, 긔품이한가지아냐, 청긔랄타난쟈도잇고, 탁긔랄타난자도이시니, 공부랄드려닉이면, 탁한재라도, 청하야지고, 청한사람도, 공부랄드리디아니하면, 탁하나이, 이러므로습상원(習相遠)이라하니, 이난긔질지셩을니라고, 본연지셩을, 니라미아니라』

뎡이(程頤)주왈,

『인심이유위하고, 도심이유미(人心惟危, 道心惟微)란말이, 어니라미니잇가』

왕왈,

『사람이, 비록셩인이라도, 인욕이업디못하고, 블쵸한재라도, 도심이업디아니하니, 인심은위태하야, 평안티아니하나, 도심은미묘하야, 보기어려오니, 이러므로, 오직졍하고, 일하여야, 그중을잡나니라』

쇼옹(邵翁)이주왈,

『복희시(伏羲氏)팔괘랄하므로브터, 상과수과니, 그가온대이시대, 셰상사람이, 이혹그상을보와, 그수랄알리도이시며, 그니만알니도이시니, 엇디하야올흐니잇가』

왕왈,

『쥬역이란거시, 음양쇼장지니이시니, 니랄바리고, 수만젼쥬하면, 이난수학이라。그폐복셔의뉴되고, 쥬역이변쾌무상하니, 니만젼쥬하고, 수랄바리면, 이난니학분이라。엇디고굴신왕내하난묘리랄, 알리오』

한유(韓愈)주왈,

『젼국이후로, 종행지슐과, 형명지학을숭상하야, 인의랄알재업더라。오

직뉴국시순경(荀卿)과, 왕망(王莽)적양웅(揚雄)이, 홀로인의랄행하야, 대왕의도랄존숭하니, 가히블러썸작하니이다』

쥬희(朱熹)소래질러왈,

『한유(韓愈), 제학문이머리업산학문이라, 시비불명하야, 망녕도이알외나이다。순경(荀卿)이닐오대, 사람의텬셩, 사오나오니라하니, 그데자니새(李斯), 그학을뎐하야, 션배랄죽이고, 경셔랄불디라니, 이다순경(荀卿)의죄오。양웅(揚雄)은닐오대, 사람의텬셩이, 본뎡한거시업서, 사오나옴과, 어딜미, 섯기엿다하고, 태현법언을지어내여, 망녕도이셩인으로자쳐하니, 가장참남하고, 왕망을섬겨, 미신탁을지어, 아당하니, 이두사람은, 오도에적이고, 셩문에죄인이라。엇디브라리잇가』

왕이갈오샤대,

『차이인의비록그러하나, 그재죄앗가오니, 블러가라쳐, 경히하리라』

하고, 즉시브라니, 양인이드러와, 배복하거날。왕이책하야, 갈오샤대,

『사람의텬셩이, 본대어딜거날, 경이엇디사오납다하며, 내도난하나흘께엿거날, 웅(雄)이엇디션악이흔하다하며, 또웅(雄)이역적을섬겨, 븟그러오믈모라니, 이엇디군자의졀이리오』

냥인이샤죄할분이러라。

또동중셔(董仲舒)와, 왕통(王通)과, 허형(許衡)을블러, 갈오샤대,

『동중(董仲舒, 셔이 落書?)의니란바, 도에크근본이, 하날에셔나닷말과, 도랄밝히고, 니랄혜디말라함과, 왕통(王通)의니란바, 담은크고져하고, 심은젹고져한다하니, 그말이, 다내의도난아난말이라。내가장아람다이너기노라』

또허형(許衡)을블러, 대책왈,

『네학문을깁히중하고, 도의랄너비아라, 군자의사람이어날。출쳐대졀을몰라, 오랑캐게허리랄굽혀, 섬김을달게너기난다。네노중년(魯仲連)은, 제나라한션배로대, 진나라황데되믈븟그려, 동해랄발아, 죽으려하고, 관중(管仲)이, 이적을믈리쳐, 쥬실(周室)을존하니, 군재크게너기니, 이제너난, 관중(管

仲)과, 노중년(魯仲連)의, 죄인이로다』

형(衡)이면색여토하야, 대답할말이업더라。

군신이또의논하기랄마자매, 왕이갈오샤대,

『너해각각뜻을니라라。누고난므삼거슬, 하고쳐하난일이이시며, 누고난므삼붓그러온일이이시며, 누고난므산즐겨하난일이잇나뇨。다각각닐러숨기디말라』

자뢰(子路)내다라, 갈오대,

『나난청승나라흘다사리고, 삼군을거나려, 적국의횡행하믈, 하고져하나이다』

왕이잠쇼하시더라。

안연(顔淵)이갈오대,

『나난누황의이셔, 일곽소와, 일포음으로이실디라도, 대왕의도랄배화, 몸의편하니, 이즐거온배러이다』

맹재(孟子)갈오대,

『나난회연지긔랄잘티니, 그긔운이지극히크니, 텬디사이예가닥한디라。텬하안택에이셔, 텬하평뉴의행하오니, 우러러, 하날긔붓그러오미업고, 굽어, 사람의게붓그러오미업사니, 이가장즐거오미러이다』

뎡회(程顥)쥬왈,

『사슈(泗水)가의노라, 꼬사잘차자며, 버들을딸와, 봄빗츨귀경하니, 이즐거오미러이다』

쥬돈이(周惇頤)갈오대,

『갠달빗과, 빗난바람이, 가삼의빗최니, 쇄락하야한졈 뜻글이업사니, 래한즐거오미러이다』

사마광(司馬光)이주왈,

『신은님군을만나시대, 왕안석(王安石)의공척한배되여, 종시도랄행티못하니, 이효하난배로소이다』

쥬희(朱熹)갈오대,

『중원(中原)이이적의따히되고, 이뎨븍막의가티여시대, 쇼인이화의로, 님군을속여, 종시회복을못하니, 이한하난배로소이다』

쇼옹(邵雍)이주왈,

『나난몸이월궁의놀고, 발이텬근을발와, 팔녹의쥬류하니, 막힌거시업사니, 이즐거오미러이다』

뎡이(程頤)주왈,

『텬하의도랄행하야, 우흐로님군을, 요슌(堯舜)을맨다디못하고, 아래로난백셩을, 당우(唐虞)랄맨다디못하니, 이내의븟그리난배로소이다』

제갈량(諸葛亮)이주왈,

『동으로손권(孫權)이웅거하고, 북으로조죄(曺操)종행하야, 게유익쥬(益州)랄어드대, 중원(中原)을회복디못하고, 녜악지티랄니라디못하니, 내의한하난배로소이다』

군신이, 각각언거하기랄마차매, 왕이자공(子貢)을불러, 갈오대,

『네평알, 인물비방하기랄잘하더라。네군신을일일히의논하야, 고하랄뎡하라』

자공(子貢)이대왈,

『신이식견이업사니, 엇디감히, 고금셩현을의논하리잇가』

왕왈,

『너난사양말고, 소견을다하라』

자공(子貢)이배샤하고, 믈러나, 군신을둘러보고, 차례로의논할재, 안연(顔淵)을가라쳐, 왈,

『차인은하나흘드러, 열흘알고, 사욕을이긔여, 텬니랄회복하니, 셩인의톄덕이가잣난디라。봄긔운이, 만믈을화생하난긔상이라。족히하우시(夏后氏)와, 엇게랄가작이하리이다』

또증삼(曾參)을가라쳐, 왈,

『차인은날마다, 세가지일을살피고, 일작일관한도랄드러, 힘써행하야, 주기예니라러도, 졍도에어그릇디아니하니, 족히셩탕(成湯)의게, 머리랄사양티못하니이다』

또자사(子思)가라쳐, 왈,

『셩도에종파랄어더, 중용(中庸)을지어, 도학에톄용밝히고, 텬니의예은을알게하니, 이난족히역단을지으신문왕(文王)과, 갓탈거시오. 맹자(孟子)난, 텬셩의본션하믈닐러, 도의랄뇌디아니케하고, 패도랄내쳐, 왕도랄존하고, 이단을막잘라, 오도랄븟드니, 셩인의버금이로이대, 긔운이너모발월하고, 자최너모드러나니, 목야(牧野)의듀(紂)랄티던, 무왕(武王)과, 갓타니다。중궁(仲弓)은, 위인이간약하니, 인군의톄되잇고, 민자건(閔子蹇)은, 효행이지극하니, 사람이의논할말이업고, 염백유(冉伯牛)난, 셩인의덕이잇고, 자로(子路)난, 용과의, 사람의게디나나, 너모강강하고, 츄순하야, 졍미한도랄모라고, 자가아(宰我, 가는無用?)난, 말삼이행하난바에디나가고, 염유(冉有)난, 뜻이비루하고, 유(游)난, 놉흐대, 부허하고, 자하(子夏)난, 독실하대, 변통이업고, 자장(子張)은, 당당하대, 인이브족하고, 원헌(原憲)은, 너모고집하고, 고쇠난, 너모우딕하고, 증점(曾點)칠됴대(漆雕開, 대는개의誤書?)난, 임의대의랄보와, 셩인의긔상이이시나, 광견하야, 재티못하고, 쥬돈이(周惇頤)난, 쇠락하믄, 증졈(曾點)갓타대, 실행이낫고, 뎡하(程顥, 뎡하는뎡호의誤書?)난, 샹셔의날, 화하난비갓타니, 안연(顔淵)의무리오。뎡이(程頤)난, 조백의문이며, 숙속의맛갓하니, 자사(子思)에뉴요。장재(張載)난, 고비랄한번박차, 지극한도의나가니, 증자(曾子)의짝이오。쇼옹(邵雍)은, 영매하미뛰여나고, 호긔로오미텬디홀로셔니, 백이(伯夷)와방블하고, 사마광(司馬光)은, 심의와대대로덕이이시며, 공이이시니, 이윤(伊尹)과비할거시오。쥬희(朱熹)난, 됴슈백쳔을살피고, 우레만호연닷하니, 맹자(孟子)곳아니면, 다톨재업살거시오。장식(張栻)은, 념계예제월이비최고, 긔슈의춘풍을쏘이니, 복(?), 자하(子夏)의버금이될거시오。녀조겸(呂祖謙)은, 팔셰예문헌을니어, 인신의중화랄닐위니, 언자유(言子游)랄븟그리디아닐

거시오。제갈량(諸葛亮)은, 긔상은유쟈갓고, 디혜난귀신갓타니, 강자의게좌랄사양티아니리이다』

자공(子貢)이, 의논하기랄다하매, 왕이웃고, 갈오샤대,

『네군신의논하난말이, 명감을비쵠닷하야, 일호도그라미업사니시험하야, 날을의논하라』

자공(子貢)이재배왈,

『신이엇디감히, 대왕을의논하리잇가。하날우러러보매, 그놉흔줄을비록아나, 그놉흔발랄엇지알며, 일월이비록밝은줄아나, 그밝은줄을엇디알리잇가。신이소견으로, 대왕을의논할딘대, 대굼그로하날을보기갓타며, 조개겁질로, 바다흘림가탄디라。신이엇디알리잇가。그러하나, 임의명이이시니。감히외람한말로알외오리이다。나시난바의화하고, 존하신바의신긔로와, 풍뉴랄드러, 졍사랄알며, 그사람을보와, 네도랄아라시믄, 밝셰아래로말매암아, 백셰왕의게어긔디아닐디라。텬디로더브러, 그덕이합하고, 일월노더브러, 그길흉이합하며, 하날우해몬져하매, 하날이어긔디아니코, 하날이후의하며, 텬시랄밧드니러시니, 그어디라시미, 요순(堯舜)의디나시미머라시니이다』

왕이갈오샤대,

『이엇딘말고, 네너모과도히닐러, 날로하여곰, 붓그리게하난도다。네날을의논하니, 내또너랄의논하리라。너난영오하미졀뉸하고, 자용하며, 낙이하야, 군자의풍되이시니, 비컨대, 고은옥을맨단그라새, 살로꿈밈갓단디라。내의, 심히사랑하난배라』

하니, 자공(子貢)이, 배샤하믈마디아니하더라。

왕이명하야, 잔채랄배설하야, 군신으로더부러즐길새, 대사공(大司空)염유(冉有), 연슈랄찰히고, 대사도(大司徒)자위(子游)풍, 악을 준비할새, 화연이지지하고, 위의제제하더라。회준의술을자로부어, 두고어순디나매쇼자도령희태샹을드러(?)팔음을졀주하고, 대사도(大司徒)유(游), 소고셩을주하니, 육뉼이

화하고, 오음이골라, 귀신과사람이화하고, 오채봉황은, 돗우해셔우의하고, 일각린은, 섬아래셔춤추더라。 왕이스사로, 다삿줄거문고랄어라만디며, 노래지어갈오샤대,

하날명을이에흠명하시니, 백셩이쇼명하고, 만방이협화하난도다。 셔젹이다회하니, 백공이이에니라도다。

맹재(孟子)배슈계슈하고, 말을드러, 갈오대,

『그덕을적하야, 목명필해하리이다』

이에노래하야갈오대,

왕의덕이너비운하며, 빗치사됴의닙히도다。 덕을명하야, 민을함하니, 하날로브터명하야, 이에보하도다。

백공이셔라화답하야, 노래블러갈오대,

경화의구람이, 니러나미여, 샹셔의날이기럿도다。 우리님군이, 신명하미여, 먼리삼황(三皇)의디나도다。 쳔츄만셰에, 휴명이무강하도다。

한유(韓愈)출반주왈,

『오날셩하믄, 당우(唐虞)제도업산일이라。 맛당이긔록하야, 셰샹의뎐하야, 대왕의지극한티화랄알게하쇼셔』

왕이한유(韓愈)랄명하야, 지으라하실새, 한유(韓愈)승명하야, 글을지을새, 젼후슈말을일일히다긔록하니, 문장은강하랄기우리고, 필녁은귀신을놀내난디라, 모다칭찬하더라。

이때문챵부동재, 생을다리고잇다가, 파연하믈보고, 나가쟈재촉하거날。 생이왕긔배사한대, 왕왈,

『네학을힘써, 도랄행하니, 내가장람다이너기나니, 네셰샹의나가, 이글을뎐하고, 내도학을빗나게하야, 만대예꼿다온일흠을, 드리오게하라』
하시고, 한유(韓愈)의지은글을, 주시거날。생이바다사매예녀코, 재배하딕고, 나와, 섬을을나리다가, 실족하야, 깨달라니, 남가일몽(南柯一夢)이라。

황연이몸이화석(華胥)의노라, 군텬을꿈군닷하고, 사매속의넌흔바, 한유(韓愈)의지은글이이셔, 젼후슈미랄, 보난다시긔록하엿난디라。이에필연을나와, 삼가긔록하야, 셰샹의뎐하노라。(完)

▎人文評論 所載

『人文評論』 2권 6호(1940년 6월)의 191-211면에 특별부록으로 수록되어 있다.

2. 校註

중원[1]의 한 션배[2] 이시니, 고금(古今)을 너비[3] 통(通)하고 학문을 본대 됴화하야, 황권[4] 가온대 옛 셩현(聖賢)을 대(對)하매, 가연[5]이 탄식(歎息)을 내하여 갈오대,[6]

"하날이, 엇디 공자(孔子) 갓탄 셩인(聖人)을 내시고 시졀(時節)을 만나디 못하야 마참내 텬하(天下)의셔 방황(彷徨)하시게 하고,[7] 안증자맹[8] 갓탄 대현(大賢)으로도 님군을 만나 도(道)랄 행(行)티 못하고, 그 남은 칠십자[9]와

1) 중원(中原) : 漢族의 발상지인 황하 일대. 변경에 대하여 '천하의 중앙'을 의미하는데, '중국'을 달리 일컫는 말이다.
2) 션배 : 션비. '선비'의 옛말.
3) 너비 : '널리'의 옛말. 넓게.
4) 황권(黃卷) : 책 또는 서적. 옛날에 책이 좀먹는 것을 막기 위하여 黃蘗나무의 內皮로 염색한 황색 종이를 썼으므로 일컫는 말이다.
5) 가연 : '慨然'의 오기. 억울하고 원통하고 몹시 분함.
6) 몽유자의 탄식 부분은, 중국에서 삼대까지를 經術이란 것이 임금이 몸소 실천하고 마음으로 체득하는 가운데 있어 사해가 모두 경술의 안에서 보호되었던 홍성의 시기로 전제한 것이다. 이 전제하에, 공자에서 宋나라 朱熹까지 經學의 내용이 군주에게서는 실천되지 않고 성현에게서만 밝게 빛나고 있음을 탄식한 것이다.
7) 노나라 大司寇였던 공자가 주위의 사람들이 자신의 정책을 지지하지 않는다는 것을 깨닫고 56세 때 노나라를 떠나 67세 때 고향에 돌아오기까지 12년간 수레를 타고 천하를 두루 돌아다녔던 사실을 일컬음.
8) 안증자맹 : '顔曾思孟'의 오기. 顔回, 曾子, 子思, 孟子를 말함. 孔子 사당에는 '顔曾思孟'이라 하여 안자(復聖公), 증자(宗聖公), 자사(述聖公), 맹자(亞聖公) 四賢을 공자의 좌우로 배향하고 모두 五聖賢이라 하였다. 顔回는 字가 子淵으로, 공자의 제자로서 十哲의 으뜸으로 꼽힌다. 安貧樂道하여 덕행으로 이름이 높았다. 曾子는 공자의 제자로 이름은 參이고 字는 子輿인데, 효행으로 이름이 높았다. 子思는 공자의 손자로 이름은 伋인데, 학업은 증삼에게 배웠고 ≪中庸≫을 지었다. 孟子는 공자의 유교사상을 子思의 문하생에게서 배운 사람으로 이름은 孟軻인데, 자신의 도덕적인 왕도정치가 제후들에게 받아들여지지 않자 고향에 은거하며 제자교육에 전념하였다.
9) 칠십자(七十子) : 孔子의 72弟子. 공자의 제자 중에서 六藝에 통한 일흔 두 사람을 일컫는다.

송(宋) 적의 낙군현[10]이 다 간세[11]한 재조[12]와 출뉴[13]한 덕(德)으로 마참내 초야(草野)의 간믈[14]하야 사해(四海) 창생[15]으로 하야곰 요순시졀(堯舜時節)을 보디 못하게 하시니, 실로 하날 뜻을 …" (半行剝落)

… 감술을 취하면 분하믈 이긔지 못하야 칼흘 빼혀 셔안[16]을 터 탄(歎)하야 갈오대,

"당위[17] 임의[18] 머럿고[19] 요순(堯舜)이 임의 몰(沒)하여시니, 우흡다![20] 부자[21]여. 되(道가) 행(行)티 못하릿뎌!"

하고, 분개(憤慨)하믈 마디 아하더니.[22]

홀연 피곤하야 셔안을 비겨[23] 잠을 드니, 두 청의동자[24] 학(鶴)을 모라 알패[25] 와 녜(禮)하고, 갈오대,

"규벽[26] 냥(兩) 션군(仙君)이 특별이 청(請)하시더이다."

생(生)이 갈오대,

---

10) 낙군현(洛群賢) : <문성궁몽유록(이하 '문')>을 보면, '濂洛群賢'의 脫字. 濂洛六君子을 지칭. 宋나라의 神宗・과 哲宗 때 濂溪와 洛陽의 여섯 사람 碩儒인데, 周敦頤・邵翁・司馬光・程顥・程頤・張載이다. 이들은 현실세계에서 변화하고 있는 자연만물의 이치를 궁구하여 인간 자신의 본래성을 회복하려는 新儒學을 열었다.
11) 간세(間世) : 여러 세대를 통하여 썩 드물게 있음.
12) 재조(才操) : '재주'의 원말.
13) 출뉴(出類) : 같은 무리 중에서 뛰어난 것.
14) 간믈 : '看物'의 오기. '格物'의 뜻인 듯, 곧 사물의 이치를 궁구함.
15) 창생(蒼生) : 세상의 모든 사람.(=蒼氓. 蒼民)
16) 셔안(書案) : 책을 넋는 새내식 색상.
17) 당위(唐虞가) : 당우는 중국의 陶唐氏와 有虞氏로, '堯舜시대가(태평성대가)'.
18) 임의 : 이미.
19) 머럿고 : 멀었고. 요원하고.
20) 우흡다 : <문>을 보면, '오흡다(於, 乎)'의 오기. 감탄사로 '아아'의 의미.
21) 부자(夫子) : 賢人의 존칭으로, '孔夫子'를 가리킴.
22) 아하더니 : '아니 하더니'의 오기.
23) 비겨 : 비스듬하게 기대어.
24) 청의동자(靑衣童子) : 푸른 옷을 입은, 나이 어린 사내아이.
25) 알패 : 앞에.
26) 규벽(奎壁) : 28수 중의 규수(奎宿)와 벽수(壁宿). 두 별은 文運을 주관하기에 보통 文苑을 비유한다.

"나난 하계(下界) 우맹[27]이오, 규벽(奎壁)은 샹텬(上天) 녕션(靈仙)이니, 엇디 시러곰[28] 만나리오?"

동재(童子가) 대왈(對曰),

"션생은 사양티 말고, 다만 학(鶴)의 등의 오라면[29] 자연이 가리라." 하고, 드대여 청학(靑鶴)을 가져 꿀리리거날[30] 생(生)이 학의 우해 오라매, 학이 두어 번 날개랄 부차니[31] 발셔 반공[32]의 올라, 가인[33]을 구버보니 붉은 뜻글[34] 아닥하야 덥혓고,[35] 장안(長安)이 바독낫[36]만 하야 뵈고, 사해(四海) 잔(盞)의 믈 갓더라.

져근덧[37] 하야 한 곳의 니라니, 큰 마알[38]이 잇고 문(門)의 써시대 「유청문챵뷔라.[39]」 하엿더라. 동재 드러가 보(報)하더니 즉시 나와 청하야, 드러가 슈졍섬[水晶階] 아래 니라니, 두 션관(仙官)이 백옥(白玉) 교위[40] 우해 안잣다가 생을 보고 교우[交椅]예 나려 읍(揖)하고 좌(座)의 올리거날, 말석(末席)의 올라 재배부복(再拜俯伏)한대,[41] 션관(仙官)이 우어[42] 갈오대,

"그대 어이, 놉흔 션배로셔 옛글을 만히 닑어 텬니(天理)랄 알려든, 하날

---

27) 우맹(愚氓) : 어리석은 백성.
28) 시러곰 : '능히'의 옛말. '시러'의 강조형이다.
29) 오라면 : 오르면.
30) 꿀리리거날 : 꿇리거늘. 본문 중에는 '리' 글자가 중복되어 있다.
31) 부차니 : 바람을 일으키니.
32) 반공(半空) : 그다지 높지 않은 공중. '半空中'의 준말이나, 여기서는 '높은 공중'의 의미로 전이되었다.
33) 가인(家人) : 집과 사람.
34) 뜻글 : '티끌'의 황해도 방언.
35) 덥혓고 : 덮였고.
36) 바독낫 : 바둑 낱. 바둑 낱알. '손바닥만 하다'와 같은 '작다'의 의미이다.
37) 져근덧 : 퍽 짧은 동안. 잠깐. 잠시 동안.
38) 마알 : '마을'의 오기.
39) 유청문챵뷔라 : '유천문챵뷔(幽天文昌府이)라'의 오기. 하늘의 북서쪽에, 인간의 운명을 관장하고, 과거를 보는 선비의 수호신인 文昌帝君이 있는 곳.
40) 교위 : '交椅'의 오기. 의자.
41) 원문의 구두가 '부복한, 대선관이'으로 되어 있는데, 잘못임.
42) 우어(偶語) : 두 사람이 서로 마주하여 이야기함.

뜻을 모라고 망녕(妄靈)도이 하날을 원망하난다?[43] 하날이 즁니(仲尼)랄 내여 그 위(位)랄 엇디 못하고 텬하의 쥬류[44]하게 하믄 다란[45] 뜻이 아니라, 만일 텬자위(天子位)랄 맛뎌[46] 세상을 다사려 만방이 협화[47]하고 백셩이 오변[48]하믄, 이 블과일시공회오.[49] 하위(下位)예 굴하야[50] 사문[51]을 흥긔(興起)하야 목탁[52]으로 도로(道路)의 순(巡)하야 이왕 셩인의 도랄 닛게 하고, 장내(將來) 학문을 여러 텬하의 아닥한 거살 깨닷게 하믄, 이 만셰(萬世)예 덕택이오. 귀하미 텬재 되고 가음열믄[53] 사해(四海)랄 두미니,[54] 블과일시 존귀[不過一時尊貴]하미오? 만고(萬古)에 도덕을 뎐하야 사해(四海) 안과 팔황[55] 밧기며 우흐로 텬자로브터 아래로 셔인(庶人)가디 졍셩을 갈(竭)하고 마암을 다하야 공경하고 차봉[56]하야 혈식[57]을 쳔고(千古)의 폐티[58] 아니하

43) ≪論語≫<八佾篇>의 "儀땅의 수비대장이 공자 뵙기를 청하였다. '군자께서 이 땅에 이르시면 내 일찍 아니 뵈온 적이 없었다.' 공자의 시종들이 뵙게 해 주었더니, 그가 뵙고 나와서 말했다. '그대들은 어찌하여 선생께서 지위를 얻지 못하고 유랑하심을 걱정하는가? 천하에 도가 없은 지 오래되었다. 하늘은 장차 선생님을 목탁으로 삼으실 것이다.' (儀封人請見, 曰 : '君子之至於斯也. 吾未嘗不得見也.' 從者見之, 出曰 : '二三子何患於喪乎? 天下之無道也久矣. 天將以夫子爲木鐸.')" 구절을 염두에 둔 책망.

44) 주류(周流) : 두루 돌아다님.(=周遊. 周徧)

45) 다란 : 다른.

46) 맛뎌 : 맡겨.

47) 협화(協和) : 서로 협력하여 화합함.

48) 오변(於變) : '於變時雍'의 준말. 백성이 善道에 이르러 서로 화목하여 천하가 잘 다스려지는 것을 말함.

49) 블과일시공회오 : <문>을 보면, '불과일시공휘(不過一時公侯이)오'의 오기. 한 때의 공후에 불과하나.

50) 굴(屈)하야 : 몸을 굽혀서.

51) 사문(斯文) : 유교에서, 유교의 도의 또는 그 문화를 이르는 말.

52) 목탁(木鐸) : 세상 사람을 깨우쳐 인도할 만한 사람을 비유적으로 이르는 말.

53) 가음열면 : '가암열믄'의 오기. 풍성함. 넉넉함.

54) 귀하미~두미니 : "도를 체득한 임금은 귀하기로는 천자가 되고 부유하기로는 사해를 소유한다.(有道之君, 貴爲天子, 富有四海, 而不自有其富貴.)"(≪道德眞經≫ 64장, 吳幼淸 註)라는 구절을 인용한 것임.

55) 팔황(八荒) : 八方의 멀고 너른 범위. 곧, 온 세상.(=八極. 八紘)

56) 차봉 : '嗟服'의 오기. 매우 감동하여 마음으로 따름.(=歎服)

57) 혈식(血食) : 國典으로 제사를 지냄. 犧牲을 올리고 제사 지냄.

58) 폐티 : <문>을 보면, '폐티(廢치)'의 오기. 없애지.

니, 엇디 일시의 다살[59]며[60] 일[61]의 귀함 갓타리오? 하믈며 우리들히 사문(斯文)을 쥬량[62]하엿난 디라![63] 옥뎨(玉帝) 엿자와 사속[64] 우해 봉(封)하야 국호(國號)랄 쇠(素)라 하고 왕호(王號)랄 문셩[65]이라 하며, 만고(萬古) 유현(儒賢)을 다리고 티화[66]랄 펴 하날이 거차고[67] 따히 늙어도 망할 적이 업게 하여시니, 엇디 당우(唐虞)・삼대(三代)예 녁년[68]과 비(比)하리오? 이제 그대랄 청하야 오믄 한 번 소왕(素王)긔 뵈여 하날 뜻을 알게 하고, 우리 사문(斯文)을 떠러 바리디 아니하믈 알게 하고 우리미니라."[69]

하고, 즉시 동자랄 명하야 옥패(玉佩) 하나흘 주어 '생을 다려가 사슈(泗水) 우해 가 소왕(素王)긔 됴회[70]하라.' 하거날. 생이 절하야 하딕(下直)하고, 학을 타 동재랄 조차 가더니.

한 따해 다다라니, 일월(日月)이 명낭(明朗)하고 화(和)한 긔운(氣運)이 쏘이며, 길해 남녜(男女가) 길흘 분(分)하고, 늙으니 짐을 아니 지고, 밧 가나니 가을 새양[71]하고,[72] 어린 아해들은 강구의 노래[73] 브라며, 늙으니난 격양

59) 다살 : 사랑. '愛'를 15세기의 <訓蒙字會>는 'ᄃᆞᄉᆞᆯ'로, 16세기 편찬 ≪광주천자문≫도 'ᄃᆞᆺ오ᇫ'로 풀이하고 있는데, '괴로워도 참는' 의지적인 측면이 강한 것으로 보인다.

60) 일시의 다살며 : <문>에는 없는 부분. '다살'의 뜻은 각주 58)과 같으나, 문맥상 '다스림'인 것으로 보인다.

61) 일 : <문>을 보면, '一時'의 탈자.

62) 쥬량 : <문>을 보면, '쥬댱(主掌)'의 오기. 책임지고 맡음.

63) 디라 : '뒤랴'의 오기. 뒤임에랴.

64) 사속(泗涑) : 이는 이명선이 교주한 것이나, <문>을 보면 '사슈'로 되어 있는데, 후자가 옳음. 泗水는 공자가 제자들을 가르치던 곳이기 때문이다. 또한 사수는 山東省 泗水縣에서 발원하여 淮水로 흘러 들어가는 강이나, 涑水는 山西省에서 발원하여 黃河로 흘러 들어가는 강이기 때문에 하나의 지명으로 묶일 수가 없다.

65) 문셩 : '문션(文宣)'의 오기. 唐나라 玄宗이 내린 공자의 諡號.

66) 티화(治化) : 어진 정치로 백성을 다스려 인도함.

67) 거차고 : '거칠고'의 오기.

68) 녁년(歷年) : 한 왕조가 왕업을 누린 햇수.

69) 알게 하고, 우리미니라 : <문>을 보면, '알게 하미니라'의 오기.

70) 됴회(朝會) : 모든 관리가 正殿에 모여 임금에게 문안을 드리고 政事를 아뢰던 일.

71) 가을 새양(辭讓) : '골(고랑) 사양'의 오기인 듯. 고랑(또는 이랑)을 서로 양보함.

72) 길해~새양하고 : ≪詩經≫<大雅・文王>의 "虞나라 왕과 芮나라 왕이 서로 국경문제로 끝없는 싸움을 벌이다가, 문왕에게 해결책을 구하기 위해 주나라에 갔다. 周나라에 가니

시74)랄 읇거날.

생이 동자다려 문왈(問曰),

"이 어나 곳이완대 완연(宛然)이 태고(太古) 적 긔상(氣像)이며, 당우(唐虞) 적 풍속이뇨?"

동재 왈,

"이난 사슈(泗水) 지경(地境)이오, 소국(素國) 문셩왕75)의 나라히라."

하고, 생을 인도하야 국도(國都)에 드러가니, 더옥 풍속이 순화(諄和)하고 인심이 고박76)하더라.

궐77) 밧긔 다다라, 생을 세우고 몬져 드러가거날. 생이 둘러보니, 군장이78) 수인이나 하고79) 그 문(門)을 드디 못하면, 그 종묘(宗廟)에 미(美)함과 백관(百官)에 부(富)하믈 보디 못할러라. 이윽하야 한 관원(官員)이 동자와 함긔 나와 뎐지80)하야 '브라신다.' 하여날. 생이 츄챵81)하야 드러가 보니, 한

밭을 가는 자는 밭이랑을 양보하고, 길을 가는 자는 길을 양보했다. 고을에 들어가니, 남녀가 길을 달리하고, 나이든 어른은 손에 무거운 물건을 들고 다니지 않았다. 조정에 들어가니 선비는 대부의 벼슬을 사양하고, 대부는 공경의 벼슬을 사양했다. 이 모습을 본 두 왕은 서로 사양하며 싸움을 중단했다."는 것에서 인용함.

73) 강구의 노래 : 康衢謠. 堯임금이 남루한 옷차림으로 시정을 살피러 나갔는데, 아이들이 불렀다는, 임금의 덕을 찬양하는 노래. 곧, "임금님이 백성을 잘 살피니 어느 구석에도 부러운 게 없구나. 알듯 모를 듯 우리 모두가 임금님 은덕에 산다네.(立我烝民, 莫匪爾極. 不知不識, 順帝而則.)"이다.(≪十八史略≫<帝堯篇>)

74) 격양시(擊壤詩) : 擊壤歌를 지칭. 堯임금이 남루한 옷차림으로 시정을 살피러 나갔다가 康衢謠를 듣고 이를 믿을 것이 아니라고 여겨 다른 마을을 갔는데, 백발 성성한 농부가 풍년이 들어 불렀나는, 태평한 세월을 즐기는 노래. 곧, "농이 트면 일하고 해가 지면 쉰다네. 우물 파서 물마시고 농사지어 밥먹으니 임금의 힘이 내게 무슨 상관이랴.(日出而作, 日入而息. 鑿井而飮, 耕田而食, 帝力于我何有哉.)"이다.(≪十八史略≫<帝堯篇>)

75) 문셩왕 : '문션왕(文宣王)'의 오기. 공자의 謚號.

76) 고박(古朴) : 거짓이나 꾸밈이 없이 순수하며 인정이 두터움.(=淳朴)

77) 궐(闕) : 궁의 출입문 좌우에 설치하였던 망루를 지칭하는 말. 宮은 천자나 제왕, 왕족들이 모여 사는 규모가 크고 웅장한 건물을 일컫는다.

78) 군장이 : <문>을 보면, '궁장이'의 오기. 대궐에 궁성이 있고 궁성 사면에 수백 보를 물려서 담을 쌓아 둘러놓는 것.(=궁성, 외성)

79) 수인이나 하고 : '수인(數人)이나 하니'의 오기인 듯. 사람 키의 두어 배나 높으니.

80) 뎐지(傳旨) : 왕의 뜻을 받아 전하는 일.

81) 츄챵(趨蹌) : 예의를 갖추어 허리를 굽히고 종종걸음 치는 모양.

뎐(殿)이 이셔 크게 금자(金字)로 써시대 대셩뎐(大聖殿)이라 하고, 뎐 안해 일위(一位) 왕재(王者가) 안자 게시니, 그 니마난 뎨요[82] 갓고, 목은 고요[83] 갓고, 그 엇게난 뎡자산[84] 갓고, 허리로써 아래난 하우씨[85]게 삼촌(三寸)은 밋디 못하고,[86] 입시울이 놉고, 니[齒] 드러나며, 두 귀 낫해셔 희니.[87] 놉흐믄 하날 갓고 그 밝으믄 일월(日月) 갓타니, 뫼해 비(比)컨대 태산(泰山) 갓고 믈의 비컨대 하해(河海) 갓타며, 녕이(靈異)하믄 거린[88] 갓고 상셔(祥瑞)로오믄 봉황(鳳凰) 갓타니, 생민이 이시므로브터이오[89] 갓탄 재 업산디라.[90]

82) 뎨요(帝堯) : 중국 전설상의 堯임금. 陶唐氏이다.
83) 고요(皐陶) : 중국 고대의 전설상의 인물. 舜帝의 신하로, 九官의 한 사람이다. 정치가로 法理에 통달하여 법을 세우고 형벌을 제정하였으며, 獄을 만들었다고 한다.
84) 뎡자산(鄭子產) : 春秋 때 鄭나라 大夫인 公孫僑의 字. 簡公·定公·獻公의 三朝에 걸쳐 國政에 참여하기 40여 년 동안 晉·楚 양국으로 하여금 침략을 못하게 하였다. 政事를 봄에 恩威를 보이고, 正道를 밟았으므로 孔子는 그를 가리켜 惠人이라 하였다.
85) 하우씨(夏禹氏) : 중국 夏나라의 禹임금을 이르는 말. 夏后氏라고도 하는데, 后는 禪讓으로써 임금이 되었으므로 일컫는 美稱이다.
86) 그 니마난~못하고 : 공자가 천하를 주류할 때 鄭나라까지 왔을 무렵 제자들과 서로 길이 어긋났는데, 정나라 사람이 스승을 찾고 있는 子貢에게 한 말. 곧, "그 이마는 堯임금과 닮았고, 그 목덜미는 皐陶와 닮았고, 그 어깨는 鄭子產과 닮았다. 그러나 허리 이하는 禹임금보다 3寸이 짧으며, 풀 죽은 모습은 마치 喪家의 개와 같았다."이다. 이 말을 자공이 공자에게 전하자, 공자가 흔쾌히 웃으며 "한 사람의 모습이 어떠냐 하는 것은 그리 중요한 것이 아니다. 그런데 '상가의 개'와 같다고 한 말은 매우 잘했구나." 하였다는 일화가 있다.(≪史記≫<孔子世家>)
87) 입시울이~희니 : 莊子가 공자에 대해서 묘사한 것이라 하여 정리한 "눈은 나오고, 코는 높고 콧날개는 넓으며, 목젖이 튀어 나왔고, 귀는 처져 있었으며, 이빨은 입술 밖으로 나와 입이 약간 벌어진 상태였다."는 것이 참고가 됨.(『공자』, 피에르 도딘 저, 김경애 역, 한길사, 1998, 114면) 그런데 이 책은 그 근거가 될 만한 출전을 밝히지 않고 있다. 현전하는 공자의 영정을 통해 어느 정도 확인할 수 있다.
88) 거린[麒麟] : 聖君이 이 세상에 나올 前兆로 나타난다고 하는 상상의 상서로운 동물.
89) 이시므로브터이오 : <문>을 보면, '이시므로부터 오므로'의 오기. 이래로. ≪孟子≫<公孫丑 上>의 "세상에 사람이 생겨난 이래로 공자보다 더 뛰어난 성인은 아직 없었다.(自生民以來, 未有盛於孔子也.)"는 구절을 인용한 것임.
90) 뫼해~업산디라 : 孔子의 모습에 대한 有若의 대답 활용. "어찌 사람만이 그러하랴? 기린은 달리는 짐승의 무리지만 그 무리에서 뛰어나고, 봉황은 나는 새의 무리이지만 그 무리에서 뛰어나고, 泰山은 언덕의 무리이지만 그 무리에서 뛰어나고, 河海는 도랑물의 무리지만 그 무리에서 뛰어났다. 聖人도 일반 사람들과 같은 무리이지만 그 무리에서 가장 뛰어난 사람이다. 그러나 세상에 사람이 생겨난 이래로 공자보다 더 뛰어난 聖人은 아직 없었다.(有若曰 : 豈惟民哉? 麒麟之於走獸, 鳳凰之於飛鳥, 太山之於邱垤, 河海之於行潦, 類也.

온냥하시며 곰검하며,[91] 신신하시며 요요하시대,[92] 그 씩씩하믄 츄양(秋陽)을 폭(曝)하닷 하며 강(江)을 탁(濯)한 닷한디라.[93] 니로 형상(形象)하야 그록디 못할러라.

※[94]머리예 쥬면[95]을 쓰시고, 몸의 순상[96]을 닙어 겨시고, 손의 백옥홀을 쥐여 겨시더라. 좌우에 네 셩인[97]이 뫼셔시니, 동남(東南) 뎨일위(第一位)예난 연국공 안연[98]이니 삼춘(三春) 화(和)한 긔운 갓고, 둘재 위예난 국공 공급[99]이니 자(字)난 자새(子思)오. 섭남[100] 뎨<일위예난 셔국공 증삼[101]이

聖人之於民, 亦類也. 出於其類, 拔乎其萃, 自生民以來, 未有盛於孔子也.)"(≪孟子≫<公孫丑上>)

91) 온냥하시며 곰검하며 : 子禽이 子貢에게 공자의 행위에 관하여 묻자, 자공이 대답한 것에서 나옴. "자금이 자공에게 물었다. '선생님께서 이 나라에 오시어 반드시 그 정사를 물어보시니, 임금에게 구하시는 것입니까? 그렇지 않으면 임금에게 주시는 것입니까?' 자공이 대답하였다. '선생님께서는 온화하고, 어질고, 공손하고, 검소하고, 겸양의 덕이 있음으로 그런 결과를 얻게 되는 것이니, 선생님께서 추구하시는 것은 다른 사람들이 추구하는 것과는 다르다.'(子禽問於子貢曰 : '夫子至於是邦也, 必聞其政, 求之與? 抑與之與?' 子貢曰 : '夫子溫良恭儉讓以得之. 夫子之求之也, 其諸異乎人之求之與?)"(≪論語≫<學而>) '곰검'은 '공검'의 오기이다.

92) 신신하시며 요요하시대 : "공자가 한가로이 계실 적에 용모를 펴시고 얼굴빛이 온화하셨다.(子之燕居 申申如也 夭夭如也)"에서 나옴.(≪論語≫<述而>)

93) 그 씩씩하믄~탁한 닷한디라 : 子夏와 子張, 子游가 有若을 孔子 섬기던 바로써 섬길 것을 주장하자 曾子가 말한 구절. 곧, "불가하다. 강수와 한수에 씻고 가을 햇볕에 쪼인 것이라 희고 희어서 더할 나위 없다 하였다.(不可. 江漢以濯之, 秋陽以暴之, 皜皜乎不可尙已.)"(≪孟子≫<滕文公 上>)이다.

94) 이하의 좌정은 '朝鮮王朝神位 釋奠'의 일부를 그대로 옮겨 놓은 것이다.

95) 쥬면(朱冕) : 붉은 면류관. 帝王의 正服에 갖추어 쓰던 관.

96) 순상 : '수상(繡裳)'의 오기인 듯. 袞衣繡裳. 용이 그려진 상의와 꽃무늬를 수놓은 바지이다. "우리 님 뵈오니, 용 그린 웃옷에 수놓은 바지 입으셨네.(我覯之子, 袞衣繡裳.)"(≪詩經≫<豳風>「九罭」)가 참고된다. 이때 '之子'는 周公을 가리킨다.

97) 네 셩인 : '孔門 四聖'을 일컬음.

98) 연국공(兗國公) 안연(顔淵) : 文廟祭禮樂의 <文宣王釋奠樂章>에 쓰이는 雅樂 15곡 가운데 하나인 南呂宮에 나옴.(≪세종실록≫<樂譜・宣王釋奠樂章>)

99) 국공 공급 : <문>을 보면, '긔국공(沂國公) 공급(孔伋)'의 탈자. 文廟祭禮樂의 <文宣王釋奠樂章>에 쓰이는 雅樂 15곡 가운데 하나인 南呂宮에 나옴.(≪세종실록≫<樂譜・宣王釋奠樂章>)

100) 섭남 : <문>을 보면, '서남(西南)'의 오기.

101) 셔국공 증삼 : <문>도 '셩국공(郕國公) 증삼(曾參)'의 오기. 文廟祭禮樂의 <文宣王釋奠樂章>에 쓰이는 雅樂 15곡 가운데 하나인 南呂宮에 나옴.(≪세종실록≫<樂譜・宣王釋奠

오, 데>[102]이위(第二位)예난 츄국공 맹가[103]니 자(字)난 자여(子輿)시니 태산이 암암한[104] 긔상이러라. 안연은 태새[105] 되엿고, 공급은 태뷔[106]오, 증삼은 태보[107]니, 이 삼공[108]이라. 왕을 도와 티도(治道)랄 의논하고. 맹가난 총백관(總百官) 총재[109]되여시니 백관을 거나려 사해를 다사리니, 이 옛날 쥬공[110] 하엿던 벼살이러라.

또 두 줄로 열 사람[111]이 버러시니, 비공 민손[112]은 자(字)난 자건(子騫)이니 쇼새(少師)오. 설공 염옹[113]은 자난 중궁(仲弓)이니 쇼뷔(少傅)오. 훈공

樂章>)

102) < > 부분은 원문에서 누락된 것으로, <문>을 보고 보충한 것임. 이하 동일한 방식으로 보충하여 삽입했다.

103) 츄국공(鄒國公) 맹가(孟軻) : 文廟祭禮樂의 <文宣王釋奠樂章>에 쓰이는 雅樂 15곡 가운데 하나인 南呂宮에 나옴.(≪세종실록≫<樂譜・宣王釋奠樂章>)

104) 태산(泰山)이 암암(巖巖)한 : "태산이 우뚝 솟아, 노나라 어디서나 바라보인다.(泰山巖巖, 魯邦所詹.)"에서 그 예가 보임.(≪詩經≫<魯頌・閟宮>)

105) 태새(太師가) : 三公의 하나. 문관의 最高位. 天子의 師法이 될 만한 사람이라는 뜻으로 이름지었음.

106) 태뷔(太傅이) : 三公의 하나. 天子를 도와 德으로 인도한다는 뜻으로 이름지었음.

107) 태보(太保) : 三公의 하나. 天子의 德을 保安한다는 뜻으로 이름지었음.

108) 삼공(三公) : 가장 높은 세 가지의 벼슬. 곧, 周나라의 太師・太傅・太保이다.

109) 총재(冢宰) : 周나라 때 六官의 長. 지금의 國務總理와 같다.

110) 쥬공(周公) : 周나라 초기의 정치가. 文王의 아들이자 武王의 아우로, 이름은 旦이고 시호는 元. 문왕과 무왕을 도와 은나라 紂를 치고, 무왕이 죽은 후 나이 어린 成王을 도와 왕실의 기초를 세우고 제도와 예악을 정하여, 주나라의 문화 발전에 이바지한 바가 크다.

111) 열 사람 : '孔門十哲'을 일컬음.

112) 비공 민손(費公閔損) : 東配享 第一位. 춘추시대 魯나라 사람. 字는 子騫. 민손의 사람됨은 공자가 "온화하도다(誾誾如也)."라고 했듯 恭謹端整하였으며, 沈靜하여 말이 없었지만 말을 하면 반드시 사리에 맞는 말만 하였다. 또한 그는 덕행과 효로서도 뛰어났다. 공자가 만년에 제자의 德行에 대한 평가에서 안연과 같은 반열에 둘 정도였고, ≪初學記≫ 권17에는 "효를 이야기할 때는 반드시 증삼과 민손을 들지 않음이 없다."라고 할 정도였다. 唐나라 玄宗 때 '孔門十哲'로 列入되었고 費侯로 추증되었으며, 宋나라 때 費公으로 改封되었다.

113) 설공 염옹(薛公冉雍) : 東配享 第二位. 춘추시대 魯나라 사람. 공자가 "중궁은 군왕의 자리에 앉을 만하다(雍也可使南面)."(≪論語≫<雍也篇>)고 한 것처럼, 중궁은 마음이 넓고 크며 간략하고 중후하였다. 또한 德行에 뛰어나고 禮를 강조하였다. 東漢 明帝 때 '공문십철'에 열입되었고 薛侯로 추증되었으며, 宋나라 때 天下邳公으로 가봉되었다가 薛公

염경[114]은 자난 백유(伯牛)요 쇼뷔(少保)니, 이난 삼괴[115]라. 삼공을 도와 티도랄 의논하고.

녀공 단목사[116]의 자난 자공(子貢)이니 대종백[117]을 하얏고, 위공 중유[118]의 자난 자로(子路)니 대사마[119]랄 하얏고, 위공 복상[120]은 자난 자하(子夏)니 대사구[121]랄 하엿고, 셔공 염구[122]난 자(字)난 유[123]니 대사공[124]을 하엿고, 오공 언언[125]은 자난 자유(子游)니 대사도[126]랄 하엿고, 평음후

으로 改封되었다.

114) 훈공 염경 : '운공 염경(鄆公冉耕)'의 오기. 西配享 第一位. 춘추시대 魯나라 사람. 자는 伯牛. 공자가 제자들의 德行에 대해 평가할 때 안연 , 민자건, 염백우, 중궁을 들었을 정도로 덕행이 뛰어났으며, 맹자는 그에 대해 "성인의 전체를 갖추고 있다."(≪孟子≫ <公孫丑 上>)고 평가했다. 唐나라 玄宗 때 '공문십철'에 열입되었고 鄆侯로 추증되었으며, 宋나라 때 東平公으로 추봉되었다가 鄆公으로 개봉되었다.

115) 삼괴(三孤이) : 周代의 三公 다음가는 세 벼슬. 少師, 少傅, 少保를 이른다.

116) 녀공 단목사(黎公端木賜) : 東配享 第三位. 춘추시대 衛나라 사람. 웅변가로 정치력이 있었고, 理財에도 능하였다. 唐나라 현종 때 '공문십철'에 열입되었고 黎侯로 봉해졌으며, 宋나라 때 黎陽公으로 추봉되었다가 黎公으로 개봉되었다.

117) 대종백(大宗伯) : 周代에 예악과 제사를 관장한 벼슬.

118) 위공 중유(衛公仲由) : 東配享 第四位. 춘추시대 魯나라 사람. 성질이 순박하고 용맹하며 의를 숭상하였고, 공자의 극진한 사랑을 받았다. 뒤에 衛나라에서 벼슬하였는데, 내란이 일어났을 때 전사했다. 唐나라 현종 때 '공문십철'에 열입되었고 衛侯로 증직되었으며, 宋나라 때 河內公으로 가봉되었다가 衛公으로 개봉되었다.

119) 대사마(大司馬) : 周代에 주로 軍務를 맡은 벼슬.

120) 위공 복상(魏公卜商) : 東配享 第五位. 춘추시대 魏나라 사람. 魏나라 文侯가 자신의 스승으로 삼고자 했으나 받아들이지 않았다. 유가의 경전을 전승하는 데 지대한 공이 있었다. 특히 詩와 藝에 능통했다. 唐나라 현종 때 '공문십철'에 열입되었고 魏侯로 봉해졌으며, 宋나라 때 東阿公으로 가봉되었다가 魏公으로 개봉되었다.

121) 대사구(大司寇) : 周代에 형벌·도난 등의 일을 맡은 벼슬.(=有司)

122) 셔공 염구(徐公 冉求) : 西配享 第三位. 춘추시대 魯나라 사람. 政事에 뛰어났다. 唐나라 현종 때 '공문십철'에 열입되었고 徐侯로 추봉되었으며, 宋나라 때 彭城公으로 봉해졌다가 徐公으로 개봉되었다.

123) 유 : '子有 또는 冉有'의 오기.

124) 대사공(大司空) : 周代에 土地와 民事를 관장한 벼슬.

125) 오공 언언(吳公言偃) : 西配享 第四位. 춘추시대 吳나라 사람. 子夏와 더불어 문학에 뛰어났으며 禮樂政治를 몸소 실천하였다. '남방의 공자(南方夫子)'로 불렸다. 唐나라 현종 때 '공문십철'에 열입되었고 吳侯로 봉해졌으며, 宋나라 때 丹陽公으로 가봉되었다가 南宋 때 吳公으로 개봉되었다.

126) 대사도(大司徒) : 周代에 教育을 맡은 벼슬.

유약[127]은 상태우[128]랄 하엿고, 제공 자여[129]난 자난 자[130]이니 우대언[131]을 하야 왕명을 출납하더라.

동셔 두 줄로 백여 인이 뫼셔시니, 뎐하에 다 고금대현(古今大賢)이라. 위의[132] 제제[133]하고, 긔상(氣像)이 은은[134]하더라. 그 즁(中)의 행인[135] 공셔젹[136]이 띄랄 띄고 홀을 잡고 뎐(殿)의 올라 주왈(奏曰),

"밧긔 아홉 사람이 와시니, 다 동국[137]사람이라. 설총[138]·안향[139]이란

127) 평음후 유약(平陰侯有若) : '공문십철'의 한 사람인 '穎川侯 顓孫師' 대신에 좌정한 인물인데, 작가의 의도적 착각인지 비의도적 착각인지 알 수가 없다. 유약은 춘추시대 魯나라 사람. 공자 말년의 제자. 사람됨이 강직하고 박학다식했으며 옛 사람들의 학문을 공부하는 것을 좋아했는데, 공자 사후 공자학단을 주도했던 인물이다. 반면, 전손사는 西配享 第五位. 춘추시대 陳나라 사람. 자는 자장. 그는 용모에만 익숙하고 성실성이 부족하다고 여겨졌지만, 공자의 가르침을 항상 공경히 듣고는 꼭 띠에 써서 그렇게 행하도록 노력하여 게을리 하지 않아 마침내는 공자의 우수한 제자 중의 한 사람이 되었다. 唐나라 현종 때 陳伯으로 봉해졌고, 宋나라 때 宛丘侯로 가봉되었다가 穎川侯로 봉해졌다. 南宋의 道宗 때 陳國公으로 가봉되었고 '공문십철'로 올려서 聖廟에 從享되었다.

128) 상태우 : '상대부(上大夫)'의 오기인 듯. ≪周禮≫에 "六官의 長은 모두 卿이라 했다"고 하는데, 상대부가 卿으로 불리었기 때문이다.

129) 제공 자여 : '제공 재여(齊公宰予)'의 오기. 西配享 第二位. 춘추시대 魯나라 사람. 통칭 '宰我'로 불리기도 한다. 지혜가 뛰어났고 언변에도 능하였다. 唐나라 현종 때 '공문십철'에 열입되었고 齊侯로 추봉되었으며, 宋나라 때 臨淄公으로 봉해졌다가 齊公으로 개봉되었다.

130) 자 : '자아(子我)'의 오기.

131) 우대언(右代言) : 왕명의 出納 및 궁중의 宿衛와 軍機에 관한 정무를 맡아 본 부서에 딸린 벼슬.

132) 위의(威儀) : 위엄과 예의.

133) 제제(濟濟) : 많고 盛한 모양.

134) 은은(殷殷) : 우렁차고 힘참.

135) 행인(幸人) : '幸臣'을 말함. 총애를 받는 신하.

136) 공셔젹(公西赤) : 春秋時代 魯나라 사람. 字는 子華. 孔子의 제자. 공자가 "赤은 예복을 입고 띠를 두르고서 조정에 서서 빈객들과 응대할 수 있는 사람"이라고 평하였다.(≪論語≫ <公冶長>) 그가 대인교섭에 재주가 뛰어났음을 알 수 있다. 또한 그는 공자의 장례를 주재하였다고 한다.

137) 동국(東國) : 우리나라의 別稱. 중국 동쪽에 위치하였다 하여 부르는 것이다. ≪東國通鑑≫, ≪東國輿地勝覽≫, ≪東國地理志≫ 등의 書名은 여기서 유래된다.

138) 설총(薛聰) : 新羅 경덕왕 때의 학자. 字는 聰智. 號는 氷月堂. 元曉大師의 아들, 어머니는 瑤石宮 公主이다. 신라 十賢의 한 사람으로 벼슬은 翰林을 지냈고 주로 왕의 정치에 자문 역할을 했다. 儒學과 문학을 깊이 연구한 학자로서 일찍이 國學에 들어가 학생들을

사람은 구타여 학문(學問) 중 사람이 아니로대 셩문[140]의 공(功)이 잇고, 최티원[141]이란 사람은 또한 학문이 업사대, 동방의 문교(文敎)랄 처음으로 챵거[142]하야 사람으로 하여금 문한(文翰)을 알게 하니, 이 셩문(聖門)의 젹디 아닌 공이오. 뎡몽쥐[143]란 사람은 학문이 유여(有餘)하고 통셩이 관일(寬一)하고, 그 남은 다삿 사람은 다 학문이 고명(高名)하고 도덕이 졍심(正心)하야 중국 사람의게 디지 아니대, 말(末)자[144] 셔난 사람은 더옥 긔질이 순규[145]하고 도덕이 고명하야 넉넉이 당(堂)의 올라 실(室)에 드럼작[146] 하오니, 알외나이다."

왕(王)이 갈오샤대,

"그러면 드러오미 맛당타."

하신대, 아홉 사람이 일시의 드러와 사배(四拜)하기랄 맛고[147] 동셔로 갈나셧더니, 셔젹(公西赤)이 또 알외대,

---

가르쳐 유학의 발전에 기여했으며, 그가 창제한 중국 문자에 토를 다는 방법은 당시 중국학문의 섭취에 커다란 도움이 되었다.

139) 안향(安珦, 1243~1306) : 고려의 학자로, 字는 士蘊. 號는 晦軒. 文敎의 진흥을 위해 贍學錢이라는 육영재단을 설치했으며, 國學 大成殿을 낙성하여 공자의 초상화를 비치하고 祭器・樂器와, 六經・諸子・史 등의 서적을 사들였다. 이로써 유학이 크게 떨치게 되어 우리나라 최초의 朱子學者로 지칭된다.

140) 셩문(聖門) : 공자의 문하.

141) 최티원(崔致遠, 857~?) : 新羅末 육두품 학자. 號는 孤雲, 海雲. 869년 당나라에 유학하여 874년 과거에 급제하고 宣州漂水縣尉가 되었다. 879년 黃巢의 亂 때 高騈의 從事官으로 참가하여 <討黃巢檄文>을 쓰기도 하였다. 885년 귀국하여 국정에 참여하기도 했지만, 亂世를 비관하며 각지를 유랑하다가 가야산 海印寺에 들어가 여생을 마쳤다고 한다.

142) 챵거 : <문>을 보면, '챵긔(創起)'의 오기. 처음으로 설립함.

143) 뎡몽쥐(鄭蒙周, 1337~1392) : 고려말의 학자이자 충신. 字는 達可. 號는 圃隱. 成均館 學監으로 있으면서 五部 學堂 및 鄕校를 세워 교육 진흥을 꾀하였다. 排元親明 정책에 반대하고 신흥세력인 이성계를 거부하여 끝까지 고려를 받들다가 이방원이 보낸 조영규 등에게 피살되었다. 中宗 때 文廟에 배향되었다.

144) 말(末)자 : '말째'의 옛말. 맨 끝의 차례.

145) 순규 : <문>을 보면, '슌슈(純粹)'의 오기.

146) 드럼작 : 들임직.

147) 맛고 : 마치고.

"또 두어 사람이 와 머믓거려 디[148] 못하니, 문 딕흰 재(者가) 꾸지져 믈리더니,[149] 믈러갓다가 <다시> 왓나이다."

왕이 잠간 우사시고 명하야 '드러올라.' 하신대, 이인(二人)이 드러와 왕긔 뵈옵고 동셔 말항(末行)에 셧더니.

왕이 갈오샤대,

"자홉다,[150] 백규[151]야! 뉘 능히 분용(奮勇)하야 내 일을 빗나게 할고?"

모다 갈오대,

"맹가(孟軻) 총재(冢宰) 되엿나니이다."

왕 왈,

"유[152]라. 자(咨)홉다, 맹가아! 네 내 도랄 뎐하야시니, 이에 힘쓸디어다"

맹재(孟子가) 절하고 머리랄 두다려 쥬희[153]의게 사양한대, 왕이 갈오샤대,

"유(兪)라. 너 쥬희(朱熹)아! 내 도랄 네 니어 만고에 몽학[154]을 여니, 내

---

148) 디 : <문>을 보면, '드디'의 오기. 들어오지.

149) 믈리더니 : 물러가게 하였더니.

150) 자홉다 : '자(咨)홉다'의 오기. 탄식함을 나타내는 감탄사.

151) 백규(百揆) : 백관. 곧, 신하.

152) 유(兪) : 그렇다고 대답하는 소리.

153) 쥬희(朱熹) : 南宋의 大儒學者. 字는 元晦 또는 仲晦. 號는 晦庵・晦翁. 북송 이래 理學을 집대성하고 사상체계를 정립하였는데, 程顥・程頤의 理氣論을 계승하여 天理와 人欲의 대립을 강조하면서 私欲을 버리고 천리에 복속할 것을 요구하는 등 理의 先在를 주장하였다. 그는 經學에 정통하여 宋學을 집대성한 것인데, 그 學을 朱子學이라 일컫는다. 우리나라 조선시대의 유학에 큰 영향을 미쳤다.

154) 몽학(蒙學) : 어린아이의 공부. 여기서는 ≪小學≫을 일컫는다. ≪소학≫은 남송 때 朱子[朱熹]가 제자 劉子澄에게 어린아이들을 학습시켜 교화시킬 수 있는 내용의 서적을 편집하게 하여서는 그 자신이 교열하고 加筆한 것이다. 1185년에 착수하여 2년 뒤 완성하였는데, 주자가 <小學書題>와 <小學題辭>를 붙이고, 또 詩賦를 생략하고 고금의 사례와 선철에 대한 자료를 덧붙여 편찬한 것이다. 책의 구성은 내편 4권과 외편 2권으로 모두 6권이다. 주자는 <소학제사>에서 "夏殷周의 소학에서는 灑掃應對 및 진퇴와 관련된 아동의 일상생활 규범과 愛親・敬長・親友의 도리 등을 가르쳤으며, 이는 修身齊家治國平天下의 근본이 된다."고 하였는데, 소학이 초학교육의 근본정신을 밝히기 위하여 편찬되었음을 알 수 있다.

이제 아람다이[155] 네기나니.[156] 네가 흠[157]하라.”

왕이 왈,

“언(偃)아! 백셩이 친디 아니며 오품이 손(遜)티 아닐새, 네 사되 되엿나니 오곤[158]랄 삼가 베프대 너그럽게 하라.”[159]

언이 머리 조아 뎡호[160]의게 사양한대, 왕 왈,

“격하라.[161] 너 호(顥)아! 도학이 행(行)티 못하고, 텬해 무도하야 그 향할 바랄 아디 못하거날, 네 내 홀로 뎐(傳)티 못한 도랄 경셔(經書) 가온대 어더 내여 황연[162]이 다시 텬하의 밝게 하믄, 이 너의 공(功)이라. 내 아람다이 너기나니. 이제 널로써 쇼사도(小司徒)랄 하이나니,[163] 네 왕(往)하야 흠(欽)하라.”

왕이 왈,

“격(格)하라. 상(商)아! 네 사귀(司寇가) 되엿나니, 형(刑)을 휼[164]할디어다.”

상(商)이 돈슈[165]하야 뎡이[166]의게 사양한대, 왕 왈,

---

155) 아람다이 : 훌륭히.
156) 네기나니 : 여기나니.
157) 흠(欽) : 공손히 따르라.(=欽若)
158) <문>을 보면, ‘오교(五敎)’의 오기.
159) 백셩이~하라 : ≪書經≫<舜傳>의 구절을 ≪소학≫<入敎篇>에 인용한 글. 곧, “舜임금이 설(契)에게 명하기를, ‘백성이 친목하지 않으면 五品이 화순하지 않다. 너를 사도에 임명하니 五倫의 가르침을 펴되 관대하게 하라.’라고 하셨다.(舜命契曰 : ‘百姓不親, 五品不遜, 汝作司徒, 敬敷五敎, 在寬.’)”이다.
160) 뎡호(程顥) : 北宋의 大儒. 字는 伯淳. 號는 明道. 아우 程頤와 같이 周敦頤의 門人이다. 宇宙의 본성과 사람의 性이 본래 동일한 것이라고 보아 道學을 강조하여 道를 먼저 깨닫고 물질세계로 나가야 한다고 주장하였으며, 易에 造詣가 깊었다.
161) 격(格)하라 : 들어오게 하라. ≪書經≫<舜傳>의 註에 “格, 來.”로 되어 있다.
162) 황연(晃然) : 밝고 환한 모양.
163) 하이나니 : 삼으니.
164) 휼(恤) : 恩恤. (형벌을) 너그럽고 관대하게 베풂.
165) 돈슈(頓首) : 머리가 땅에 닿도록 절함.
166) 뎡이(程頤) : 北宋의 학자. 字는 正叔. 號는 伊川. 程顥의 아우이다. 利川伯을 봉한 까닭에 伊川先生이라 부른다. 처음으로 理氣의 철학을 제창하여 유교 도덕에 철학적 기초를 부여하였다.

"격하라. 너 이(頤)아! 널로 사구(司寇)랄 하이나니, 한가지로 하라."

왕이 갈오대,

"사(賜)아! 너 종백이 되엿나니, 네[167] 녜악(禮樂)을 이라혀[168] 신인(神人)을 다사리며 상하랄 화(和)케 하라."[169]

단목새 계슈[170]하야 쇼옹[171]의게 사양한대, 왕이 갈오샤대,

"옹(雍)아! 네 한가지로 하라."

옹이 고사(固辭)하야 갈오대,

"신(臣)이 이 소임을 당(當)티 못하리니, 각별이 한 사람을 쳔거하리이다. 한(漢)의 한 사람이 이시니, 셩명은 제갈냥[172]이오, 삼대상(三代上) 인믈이라. 거의 녜악을 하리니, 이 사람이 시방(時方)예 오디 아녓거니와, 원컨대 대왕은 브라쇼셔."

왕이 즉시 뎐지(傳旨)하야 브라시니, 이윽고 냥(亮)이 드러와 뵐새, 웅용은아[173]하야 진짓 유자(儒者)의 긔상이러라.

왕 왈,

"격하라. 너 냥(亮)아! 네 냥인(兩人)을 도아 녜악을 니라혀라."

왕이 갈오샤대,

---

167) 네 : 원문의 불필요한 글자.

168) 이라혀 : 세워. 일으켜.

169) 너 종백(宗伯)이~화(和)케 하라 : ≪書經≫<周書・周官>의 "宗伯, 掌邦禮, 治神人, 和上下." 구절을 풀어 씀.

170) 계슈(稽首) : 머리가 땅에 닿도록 공손히 절을 함.

171) 쇼옹(邵雍) : 北宋의 학자. 字는 堯夫. 시호는 康節. 李之才에게 河圖・洛書・圖書先天象數의 학문을 배우고, 象數에 의한 신비적 우주관・자연 철학을 설명하여 二程과 朱子에게 큰 영향을 미쳤다.

172) 제갈냥(諸葛亮) : 三國시대 蜀나라의 宰相. 字는 孔明. 隆中에 은거하고 있을 때, 劉備의 三顧草廬에 못 이겨 出仕한 후, 유비로 하여금 蜀나라를 건국케 하였다. 유비가 죽은 뒤, 遺詔를 받들어 後主인 劉禪을 보필하다가 魏나라의 司馬懿와 五丈原에서 싸우다가 陣中에서 죽었다.

173) 웅용은아 : <문>을 보면, '온용유아(溫容幽雅)'의 오기. 온화한 얼굴빛에 그윽한 품위가 있음.

"격하라. 네 댱재[174]아! 널로쇼 사마(司馬)랄 하나이, 너난 육사[175]랄 거나려 나라흘 평(平)케 하라."[176]

왕 왈,

"격하라. 너 사마광[177]아! 널로써 딜종[178]을 삼나니, 네 왕(往)하야 흠하라."

왕 왈,

"격하라. 너 쥬듣이[179]아! 널로쇼 사공(司空)을 하이나니, 민시[180]와 디리랄 아라 흠재하라."[181]

왕 왈,

"격하라. 너 한유[182]아! 널로써 납언[183]을 삼나니, 내의 명을 출납하대 오직 윤하야[184] 내 허믈을 네 도으대, 면종하고 믈러가 홋언을 두디 말

174) 댱재(張載) : 북송의 유학자. 字는 子厚. 橫渠先生이라 칭한다. 유학과 노자의 사상을 조화시켜 우주의 일원적 해석을 설파하고 二程, 朱子의 학설에 영향을 주었다.

175) 육사(六師) : 천자가 통솔하는 六軍의 각 지휘관을 말함.

176) 널로쇼~평(平)케 하라 : ≪書經≫<周書 · 周官>의 "司馬, 掌邦政, 統六師, 平邦國." 구절을 풀어 씀.

177) 사마광(司馬光) : 북송의 학자이자 정치가. 字는 君實. 號는 迂夫 또는 迂叟인데 통칭은 司馬溫公. 神宗 때 王安石의 新法에 반대하다가 실각하고, 哲宗 때 재상이 되자 신법을 폐하고 구법으로 회복하였다.

178) 딜종(秩宗) : 禮를 관장하는 벼슬.(=禮官)

179) 쥬듣이(周惇頤) : 宋代의 유학자. 字는 茂叔. 營道縣 濂溪 가에서 世居하였으므로 세상에서 濂溪先生이라 일컫었다. 太極圖說 · 通書 등을 지어 理氣學의 開祖가 되었다. 程顥 · 程頤 형제는 모두 그의 제자이다.

180) 민시 : '사민(四民)'의 오기. 士農工商.

181) 널로쇼~흠재(欽哉)하라 : ≪書經≫<周書 · 周官>의 "司空, 掌邦土, 居四民, 時地利." 구절을 풀어 씀.

182) 한유(韓愈) : 唐나라의 문인이자 정치가. 字는 退之. 號는 昌黎. 唐宋八大家. 四六騈儷文을 비판, 古文을 주장하였다. 排佛論者였으며, 유교를 존중하고 시에 뛰어났다.

183) 납언(納言) : 임금의 뜻을 선포하고, 백성의 뜻을 임금에게 上奏하던 벼슬.

184) 널로써~윤(允)하야 : ≪書經≫<虞書 · 舜典>의 "순임금이 말하였다. '용이여! 짐은 아첨의 말과 거친 행동이 짐의 백성을 놀라게 하는 것을 싫어한다. 그대에게 납언의 직을 명하노니, 이른 아침부터 밤까지 짐의 명을 전하고 알리는데 오직 진실을 기하라.'(帝曰 : '龍, 朕聖讒說殄行, 震驚朕師, 命汝作納言, 夙夜出納朕暨命, 惟允.')" 구절을 활용함.

라."[185)]

왕 왈,

"격하라. 쇼옹(邵雍)아! 네 호텬(昊天)을 흠약(欽若)하며, 일월셩신을 녁상[186)]하야, 인시[187)]랄 삼가 맛디고써,[188)] 칠정[189)]을 가작이[190)] 하라."[191)]

"너 쥬희(朱熹)아! 이제 경셰(經書가) 잔멸[192)]하야 사학(斯學)이 밝디 못하니, 네 셩의(聖意)랄 밝혀 셰인(世人)으로 하야곰 명백히 알게 하라."

쥬재(朱子가) 배슈[193)]왈,

"녀조겸[194)] · 장식[195)]과 한가지로 하여지이다."

왕 왈,

"격하라. 식(栻) 조겸(祖謙)아! 네 와[196)]하야 흠하라."

"격하라. 사마광(司馬光)아! 사학이 오래 밝디 못하야 춘츄 미묘한 뜰[197)]

185) 내 허믈을~두디 말라 : ≪書經≫<虞書 · 益稷>의 "내가 도에 어긋날 때 나를 도우라. 그대들은 내 앞에서 면종하고 뒤에서 군말을 하지 말라.(予違汝弼, 汝無面從, 退有後言.)"는 구절을 활용함.

186) 녁상(曆象) : 천체의 운행을 헤아려 알아냄.

187) 인시(人時) : 인민의 生業에 필요한 時期. 곧 봄에 갈고 여름에 매고 가을에 거두는 각각 적당한 시기.(=民時)

188) 네 호텬을~삼가 맛디고써 : ≪書經≫<虞書 · 堯典>의 "이에 희씨, 화씨에게 명하여서 밝은 하늘을 받들고 순종하며 일월성신을 자주 관찰하여 삼가 사람들에게 때를 알려주도록 하라고 명하였다.(乃命羲和, 欽若昊天, 曆象日月星辰, 敬授人時.)"는 구절을 풀어 씀.

189) 칠정(七政) : 해 · 달과 화 · 수 · 목 · 금 · 토의 다섯 별. 그 운행이 節度가 있어 국가의 政事와 비슷하므로 이름.

190) 가작이 : 'ᄀᆞ족ᄒᆞ다'의 활용형. 가지런하다.

191) 칠정을 가작이 하라 : ≪書經≫<虞書 · 舜典>의 "옥으로 장식된 혼천의를 살피시어 日月五星의 운행을 바로잡으셨다.(在璿璣玉衡, 以齊七政.)"는 구절을 활용함.

192) 잔멸(殘滅) : 해침을 받아 다 없어짐.

193) 배슈(拜手) : 두 손을 맞잡고 절함.

194) 녀조겸(呂祖謙) : 남송 시대의 유학자. 字는 伯恭. 號는 東萊. 유학을 수학하여 張栻, 朱熹와 더불어 동남의 三賢이라 불린다.

195) 장식(張栻) : 南宋의 道學者. 字는 敬夫. 張浚의 아들. 세상에서 南軒先生이라 일컬으며, 朱熹의 친구이다. 유학을 수학하여 呂祖謙, 朱熹와 더불어 동남의 三賢이라 불린다.

196) 와 : <문>을 보면, '왕(往)'의 오기.

197) 뜰 : <문>을 보면, '뜻'의 오기. 뜻.

을 니오 리[198] 업사니, 네 대[199] 사긔(史紀)랄 닷그라."[200]

광(光)이 계슈(稽首)왈,

"신(臣)이 재죄(才操가) 업서 문장은 향유[201]만 못하고, 해박하기난 좌구명[202] 뉴향[203] 공냥공[204] 공양[205] 등(等)만 못하니, 두리건대[206] 중임을 당(當)티 못할가 하나이다."

왕이 왈,

"격하라. 쇼옹(邵翁)아! 복희시[207] 몰(沒)하므로브터 팔괘(八卦)랄 알 리[208] 업사니, 네 쥬역(周易)을 강명[209]하야 음양지니(陰陽之理)랄 밝히라."

옹이 배왈,

---

198) 니오 리 : 이을 사람.

199) 대 : <문>을 보면, '녁대(歷代)'의 오기.

200) 사마광이 ≪資治通鑑≫의 편찬자임을 염두에 둔 말. ≪자치통감≫은 周나라 威烈王이 晉나라 3경(三卿 : 韓・魏・趙氏)을 제후로 인정한 BC 403년부터 五代 後周의 世宗 때인 960년에 이르기까지 1362년간의 역사를 1년씩 묶어서 편찬한 편년체 역사서이다. 周紀 5권, 秦紀 3권, 漢紀 60권, 魏紀 10권, 晉紀 40권, 宋紀 16권, 齊紀 10권, 梁紀 22권, 陳紀 10권, 隋紀 8권, 唐紀 81권, 後梁紀 6권, 後唐紀 8권, 後晉紀 6권, 後漢紀 4권, 後周紀 5권 등 모두 16紀 24권으로 구성되었다. 이를 통해, 역대 史實을 밝혀 정치의 규범으로 삼으며, 또한 왕조 흥망의 원인과 대의명분을 밝히려 한 데 그 뜻이 있었다. 편년체는 연대에 따라서 편찬한 역사편찬의 한 체제이다.

201) 향유 : <문>을 보면, '한유(韓愈)'의 오기.

202) 좌구명(左丘明) : 춘추시대 魯나라의 역사가. 관직은 太史에 이름. 공자의 춘추에 해석을 붙인 ≪春秋左氏傳≫을 짓고, 또 실명한 뒤로 ≪國語≫를 지었다. 이로 인하여 그를 盲左라고도 한다.

203) 뉴향(劉向) : 前漢시대의 학자. 字는 子政. 궁중도서 교정에 노력하고, 그 해제서 ≪別錄≫을 편집하기도 했다. ≪說苑≫, ≪新序≫, ≪列女傳≫ 등이 있다.

204) 공냥공 : '곡양공(穀梁公)'의 오기. 戰國시대의 학자. 子夏의 제자로 ≪春秋≫의 주석서인 ≪穀梁傳≫ 11권을 저술했다.

205) 공양(公羊) : 戰國시대의 학자. ≪春秋≫의 주석서인 ≪公洋傳≫을 저술하였다.

206) 두리건대 : 두려워하건대.

207) 복희시(伏羲氏) : 三皇의 첫머리에 꼽는 중국의 전설상의 제왕으로서, 蛇身人首의 모습을 했는데, 끈으로 매듭을 지어 그물을 만듦으로써 사냥을 하고 고기를 잡아먹는 법을 가르쳤다고 하며, 또 八卦를 만들어 천문지리와 인간의 길흉화복을 예견했다고도 함.

208) 알 리 : 알 사람.

209) 강명(講明) : 연구하여 밝힘.

"신은 역슈[210]랄 알고 역니[211]랄 모라니, 뎡이(程頤)과 한가지로[212] 하믈 청하나이다."[213]

"격하라. 너 이(頤)아! 한가지로 하라."

군신(群臣)을 명하믈 마차매, 정히[214] 백공[215]으로 더브러 도랄 의논하더니, 홀연 우셰[216] 급히 드러와, 보(報)하대,

"양쥐[217]란 사람과 믁젹[218]이란 사람이 각각 십여만 인을 거나려 중원(中原) 백셩을 반(半)남아[219] 항복밧고 우리 디계[220]랄 범(犯)하야시니. 양쥬난 본대 제 몸만 위하니 한 터럭을 빠혀[221] 텬하랄 니(利)케 하리라 하야도 아니하고, 믁젹(墨翟)은 사람 너비 사랑하고 머리로브터 발가지 니라러도[222] 텬하일을 니케 하리라 하면 다하니,[223] 이 두 사람은 님군 업고 아

210) 역슈(易數) : 음양에 의하여 길흉화복을 미리 아는 술법.

211) 역니(易理) : 易의 理致.

212) 한가지로 : 함께.

213) 신(臣)은~청하나이다 : ≪二程外書≫의 "소옹이 역수에 정통하니, 정이가 이를 책망하며 소옹에게 물었다. '역수를 알면 천리를 알게 되는가? 주역의 이치를 알면 천리를 알게 되는가?' 소옹이 대답했다. '모름지기 주역의 이치를 알아야 천리를 알게 될 것이네.(邵雍精通于易'數', 程頤如此責問邵雍 : '知易數爲知天, 知易理爲知天?' 邵雍答 : '須還知易理爲知天.')"라는 일화를 활용함.

214) 졍(正)히 : 곧바로.

215) 백공(百工) : 모든 벼슬아치.(=百官)

216) 우셰(郵書가) : 驛站을 통해 보내는 전갈.

217) 양쥐(楊朱이) : 戰國시대의 학자. 노자 사상의 일단을 이은 염세적 인생관으로 자기중심적인 쾌락주의를 주장하였다. 곧, 爲我說이다.

218) 믁젹(墨翟) : 戰國시대 노나라의 사상가. 墨家의 始祖. 유가에게 배웠으나 유가의 仁은 差別愛라 하여 무차별적 박애의 兼愛를 설파하고 평화론을 주장하여 유가와 견줄 만한 세력의 학파를 이루었다. 곧, 兼愛說이다.

219) 반(半)남아 : 반(半)도 넘게.

220) 디게 : <문>을 보면, '지계(地界)'의 오기.

221) 빠혀 : 뽑아.

222) 니라러도 : 잃더라도. 부서지더라도.

223) 양쥬(楊朱)난~다하니 : "양자는 爲我만 취하는데 한 터럭을 뽑아 천하를 이롭게 한다 해도 행하지 않으며, 묵자는 兼愛를 취하는데 머리부터 발끝까지 부서지더라도 천하를 이롭게 하는 일이라면 행한다.(楊子取爲我, 拔一毛利而天下, 不爲也. 墨子兼愛, 摩頂放踵, 利天下, 爲之.)"(≪孟子≫<盡心章 下>)의 구절.

비 업산 무리라.[224] 급(急)히 쳐 업시티 아니하면 타일(他日) 큰 환(患)이 되리이다."

왕이 좌우(左右)랄 도라보아 갈오샤대,

"<뉘> 가(可)히 이 도젹을 쳐 평[225]할고?"

중유(仲由) 분연(奮然)이 내다라 갈오대,

"신이 청컨대 삼군을 거나려 나가 한 칼로 쓰러바리리이다."

왕이 생긔여[226] 갈오샤대,

"범을 주먹으로 티고 믈을 헤여 건너 죽어도 뉘웃디 아닛뇨[227] 쟈난 필부(匹夫)의 용(勇)이라 내 취(取)티 아닛나니, 믈읫 장쉬(將帥)란 거산 일을 님(臨)하야 두려하고 꾀랄 됴히 너겨야 이긔나니라."[228]

맹재 뎐(殿) 압해 나아가 주왈(奏曰),

"신이 청컨대 나가 이 도적을 쓰러바리리이다."

왕이 허(許)하신대, 맹재 하딕(下直)고 나와 샴쳔 뎨자랄 거나려 양묵(楊墨)과 대딘(對陣)할새, 딘상(陣上)의셔 크게 꾸지져 갈오대,

"네 음난한 행실과 샤특한 말로 인심을 함닉[229]하고 우리 길흘 어자러이니, 내 이제 소왕(素王) 명을 밧자와 션셩(先聖)의 도랄 붓드러 너해 샤특

224) 이 두 사람은~무리라 : "양주는 자신만을 위해야 한다고 했으니 임금이 없는 것이고, 묵적은 차별없이 두루 사랑해야 한다고 했으니 아버지가 없는 것이니, 안중에 부모가 없고 군주가 없으면 이는 금수가 한 것이다.(楊氏爲我, 是無君也 ; 墨氏兼愛, 是無父也. 無父無君, 是禽獸也.)"(≪孟子≫<滕文公 下>)의 구절. 양주의 극단적인 '爲我'의 설과 묵적의 지나치게 희생적인 '兼愛'의 설을 비판한 것이다.

225) 평 : <문>을 보면, '평정(平定)'의 오기.

226) 생긔여 : <문>을 보면, '찡긔여'의 오기. (눈섭 따위를) 찡그리며.

227) 아닛뇨 : <문>을 보면, '아냣난'의 오기. 않는.

228) 범을~이긔나니라 : "공자께서 말씀하시기를, '맨주먹으로 범에게 달려들고 맨발로 黃河를 건너가다 죽어도 후회하지 않는 자와는 더불지 않으리고, 반드시 일에 임하여 두려워하며 미리 계획하여 성취하기를 좋아하는 자와 더불어 하리라.'고 했다.(子曰 : '暴虎馮河, 死而無悔者, 吾不與也 ; 必也臨事而懼, 好謀而成者也.')"(≪論語≫<述而篇>)는 구절을 활용.

229) 함닉(陷溺) : 酒色 등의 못된 구렁에 빠지게 함.

뉴(邪慝類)랄 막자라노라."[230]

이인(二人)이 대쇼(大笑)하고 꾸지저 왈,

"우리난 인(仁)이 텬디에 덥혓고 의(義) 사해예 퍼졋난디라,[231] 엇디 너해 왕의 조곰안[232] 도(道) 갓타리오? 빨리 말게[233] 나려 항복하야 만대(萬代)에 우음을 업게 하라."

맹재 대로하야 딘문(陣門)을 크게 열고 열서랄[234] 달니며 담붕[235]을 둘러 크게 헤티니, 양묵이 대패하야 사방으로 헤여뎌 다라나니. 맹재 헤[236]쳐 훤츨이[237] 하고 개가(凱歌)랄 볼러 도라와 왕긔 뵈오니, 왕이 갈오샤대,

"되라![238] 옛날 하우시(夏禹氏) 슈도(水道)랄 평뎡하엿더니,[239] 네 이제 양목(楊墨)을 파(破)하니 그 공이 우(禹)의 아래 잇지 아니타."

하시더라.

---

230) 네 음난한~막자라노라 : 公都子가 스승이 매일 왕들과 언쟁을 벌이는 이유에 대해 묻자 맹자가 대답한 말을 활용. 곧, "성인들의 도를 밝혀서 양주와 묵적의 설을 막으며 음란한 말을 추방하여 옳지 못한 말을 한 자가 일어나지 못하도록 하는 것이라.…(중략)…나도 또한 사람들의 마음을 바르게 하고 옳지 못한 이론이 잠잠하게 하여 사나운 행동을 막고 음란한 말을 추방하여 위의 세 성인의 뒤를 이으려 하는 것이니 내가 어찌 변설만을 좋아하겠느냐?(閑先聖之道, 距楊墨, 放淫辭, 邪說者不得作…(중략)…我亦欲正人心, 息邪說, 距詖行, 放淫辭, 以承三聖者, 豈好辯哉.)"(≪孟子≫<滕文公 下>)이다.

231) 우리난~퍼졋난디라 : "성왕이 일어나지 아니하매, 제후들이 방자하고 처사들이 제멋대로 의견을 토로하여, 양주와 묵적의 이론이 천하에 충만하게 되어, 천하 사람들의 말이 양주에게고 귀착되지 않으면 묵적에게로 귀착한다.(聖王不作, 諸侯放恣, 處士橫議, 楊朱墨翟之言盈天下, 天下之言, 不歸楊則歸墨.)"(≪孟子≫<滕文公 下>)는 구절을 염두에 둔 표현.

232) 조곰안 : 조그만.

233) 말게 : 말에서.

234) 열서(列西)랄 : 열의 서쪽을. <문>을 보면, '셔(西)로'임.

235) 담봉 : <문>을 보면, '담봉(談鋒)'의 오기. 날카로운 언변.

236) 양묵이~맹재 헤 : 이 부분이 <문>에는 두 번에 걸쳐 필사되어 있음.

237) 훤츨이 : 막힘없이 깨끗하고도 시원스럽게.(=훤칠히)

238) 되(都이)라 : 탄미하는 소리.

239) 옛날~평뎡(平定)하엿더니 : 중국 최초 왕조인 夏나라의 禹임금이 舜임금에게 천거되어 황하의 범람을 막아 물을 다스리게 했는데, "순임금은 우로 하여금 물을 관리하게 하였는데, 우는 땅을 파서 흘러넘치는 물을 바다에 흘러들어가게 했다.(使禹治之, 禹掘地而注之海.)"(≪孟子≫<滕文公 下>)는 구절을 가리킴.

또 촌매[240] 급보(急步) 왈,

“쵸(楚) 고현[241] 사람 노담[242]이라 할[243] 재(者가) 스사로 칭하대 뱅양진인[244]이로라 하고, 청정무위(淸淨無爲)하믈로 도덕(道德)을 삼아 텬하 사람을 속여 닐오대 황뎨 훤원시[245] 도랄 행하노라 하니, 텬하 사람이 미연히[246] 좃차니. 그 슈하(手下)에 두 대인(大人)이 이시니, 하나흔 뎡(鄭) 따 사람 녈어귀[247]니 자호(自號)랄 어풍재[248]라 하고, 나나흔[249] 몽(蒙) 따 사람 장쥬[250]니 자호랄 남화션[251]이라 하니, 이 두 사람이 황당한 말과 젹제[252]한 글을 지어 대왕을 반모[253]하고, 우리랄 긔롱(譏弄)하야 모욕하미 심한

---

240) 촌매(寸馬가) : 멀리 떨어져 있어서 작게 보이는 말.

241) 고현(苦縣) : 지금의 河南省 鹿邑縣.

242) 노담(老聃) : 春秋시대 楚나라 사상가 老子의 시호. 楚나라 苦縣 厲鄕 曲仁里 사람. 道家의 始祖. 姓은 李, 이름은 耳, 자는 聃 또는 伯陽이다. 현상에 구애되지 아니하고 만물의 근원인 道를 좇아서 살 것을 역설하고 無爲自然을 존중하였다.

243) 할 : <문>을 보면, ‘ᄒᆞᄂᆞᆫ(하는)’의 오기.

244) 뱅양진인 : <문>을 보면, ‘ᄇᆡᆨ양진인(伯陽眞人)’의 오기.

245) 황뎨 훤원시(黃帝軒猿氏) : 중국의 전설상의 제왕. 伏羲氏, 神農氏와 함께 三皇의 한 사람. 土德(五行에서 土는 黃色에 해당함)으로 왕이 되었기 때문에 黃帝라고 하였으며, 軒猿의 언덕 新鄭縣에서 낳았다고 하여 軒猿이라 하였다. 신농씨의 자손들이 나라를 다스리는 덕이 약해지자 창과 방패를 만들어 천하를 통일했다. 특히 蚩尤가 난을 일으키자 涿鹿에서 평정한 뒤 군주가 되었다. 그리고 배를 처음으로 만들었다고 한다.

246) 미연(靡然)히 : 어떤 세력을 붙좇아 따르는 모양.

247) 녈어귀(列禦寇이) : 道家 사상가 列子의 이름. 戰國시대 鄭나라 사람. 그의 학문은 黃老를 기본으로 하였으며 ≪列子≫ 8권을 지었다.

248) 어풍재(御風子이) : “열자는 바람을 탈 수 있다. 시원한 바람 속을 즐겁게 청행하여 한 번 나가면 15일 만에 돌아 올 수 있다.(夫列子, 御風而行, 冷然善也, 旬有五日而後反.)” (≪莊子≫<逍遙遊>)는 구절을 염두에 둔 호.

249) 나나흔 : <문>을 보면, ‘하나흔’의 오기.

250) 장쥬(莊周) : 戰國시대의 사상가 莊子의 이름. 道家 사상의 중심인물이다. 南華眞人이라 칭하여, 유교의 인위적인 禮敎를 부정하고 自然으로 歸依할 것을 주장하였다. 일찍이 자신의 고향인 蒙 땅의 漆園吏가 되기도 했다. ≪莊子≫가 있다.

251) 남화션(南華仙) : 唐나라 玄宗이 莊周가 南華山에 은거한 적이 있다 하여 그를 南華眞人으로 추대한 데서 나온 말.

252) 젹제 : <문>을 보아도 글자를 판독하기가 어려움. ≪莊子≫<天下篇>의 “无端崖之辭”에 해당하는 것으로 보여 “무계(無稽)한 글”로 판단했음.

253) 반모(叛謀) : 자기 나라를 배반하고 남의 나라를 좇기를 꾀함.(謀叛)

디라.[254] 이제 진(晉)나라해 드러와 왕사(王師)의 무리로 더브러 합셰하야[255] 우리랄 침노(侵擄)하니, 청컨대 왕은 인의(仁義) 옛 군사랄 니라혀[256] 티쇼셔."

왕이 좌우다려 무러 갈오대,

"뉘 날을 위하야 이 도적을 평(平)할고?"

사마(司馬) 장재(張載) 가믈[257] 원하거날. 왕이 허하신대, 장재 즉시 인의병(仁義兵) 삼쳔을 거나려 나아가 노담(老聃)을 막자랄새, 두 편이 딘문을 고[258] 대하니.

노담이 몸의 우의(羽衣)랄 닙고 머리예 황관[259]을 쓰고 일쳑[260] 청우[261]랄 타시니 븕은 긔운이 하날의 쏘이고,[262] 상뫼(相貌가) 비범하야 니마의 날빗치 잇고 살히 피갓도[263] 낫채[264] 금광이 어래고 신장이 일<당 이쳑

254) 이 두 사람이~심(甚)한디라 : ≪莊子≫<天下篇>의 "옛날의 도술에는 이런 경향의 것이 있었다. 장주는 이 가르침을 듣고 기뻐하였다. 아득한 이론에 황당무계한 말과 종잡을 데 없는 말로 논하였다. 때때로 자기 멋대로 논하였지만 치우치는 일이 없었고, 한 가지에만 적용되는 견해를 내세우지 않았다. 지금 천하는 침체하고 혼탁하여 올바른 이론을 펼 수 없다고 생각하였다.(古之道術有在於是者, 莊周聞其風而悅之. 以謬悠之說, 荒唐之言, 无端崖之辭, 時恣縱而不儻, 不以觭見之也. 以天下爲沈濁, 不可與莊語.)"는 구절을 염두에 둔 표현.

255) 이제~합셰(合勢)하야 : 莊子의 사상이 유행한 것은 魏晉 때부터 六朝시대에 이르기까지였음을 염두에 둔 표현.

256) 니라혀 : 일으켜.

257) 가믈 : 감을. 가겠음을.

258) 고 : <문>을 보면, '열고'의 오기.

259) 황관(黃冠) : 道士들이 쓰는 관. "太學博士王俊乂公開對抗道教曰 : '昔吾先聖與老聃同德比義, 相爲師友, 豈有摳衣禮黃冠者哉!'"(≪淸波雜志≫ 卷三)에 나옴.

260) 일쳑 : '일독(一犢)'의 오기. 한 마리 소.

261) 청우(靑牛) : 老子가 函谷關을 지나 西域으로 들어갈 때 타고 갔다는 푸른빛의 소. "후에 주나라의 덕이 쇠하자 靑牛가 끄는 수레를 타고 떠나 대진국으로 들어가는 길에 서관을 지나게 되었다.(後周德衰, 乃乘靑牛車去, 入大秦, 過西關.)"(≪列仙傳≫)에서 나온다.

262) 일쳑~쏘이고 : "노자가 서역으로 들어가고자 했을 때, 관문지기 윤희가 멀리서 붉은 기운이 관문 위로 쏘이는 것을 보았는데, 얼마 뒤 노자가 과연 靑牛를 타고 지나쳐 갔다.(老子西遊, 關令尹喜望見, 有紫氣浮關, 而老子果乘靑牛而過也.)"(≪列異傳≫) 구절 활용.

263) 피갓도 : '피갓고'의 誤記. '피와 같이 선홍빛이고' 의미인 듯.

264) 낫채 : 낯에.

이니,265) 곳곳히 신긔로운 뇽 ᄀᆞᆺ더라.266)

ᄉᆞ마>267) 장재 녀셩268) 대맹269) 왈,

"네 구구하270) 인과 혈혈271)한 의랄 스사로 도덕이로라 하야 우리 대왕을 업슈이 너기고 우리 도랄 해(害)하니, 이 진짓 니란 바 '우믈 속에 안자 하날을 보며 갈오대 하날이 적다.' 하미라.272) 이제 내 대왕 명을 바다 와 너해랄 탕멸(蕩滅)하라 하니, 너 이제 항복하면 죽기랄 면하리라."

하니, 노담이 장·녈(莊列) 두 쟝슈로 하야곰 '나가 대젹하라.' 한대, 냥인(兩人)이 응셩273)하야 나올새, 녈어구(列禦寇)난 바람을 타고 쟝쥬(莊周)난 구람을 타고 딘(陣) 밧긔 나 크게 웃고 채274)로 써275) 가라쳐 크게 꾸지저 왈,

"네 지극한 도덕을 모라니, 내 시험하야 니라리라. 네 태고 지덕지계276) 예난 금슈로 더브러 한가지로 쳐하며 만물로 더브러 무리하야 백셩이 노

265) 상뫼(相貌가)~이쳑이니 : ≪史記≫<老子列傳>의 '正義'에 있는 "身長八尺八寸, 黃色美眉, 長耳大目, 廣額疏齒, 方口厚脣, 額有三五達理, 日角月懸, 鼻有雙柱, 耳有三門, 足蹈二五, 手把十文."이 참고가 됨.

266) 곳곳히 신긔로운 뇽 ᄀᆞᆺ더라 : 공자가 노자를 만난 다음, "龍은 바람과 구름을 타고 하늘을 올라가니 용에 대해서 나는 아무것도 알지 못하는구나. 오늘 내가 노자를 만나보니 그는 마치 용과 같은 사람이었다.(至於龍吾不能知, 其乘風雲而上天. 吾今日見老子, 其猶龍邪!)"(≪史記≫<老子列傳>)라고 한 것에서 나옴.

267) < > 부분에 원문에는(?) 표시가 있는데, <문>을 보고 보완한 것임.

268) 녀셩(勵聲) : 성난 목소리.

269) 대맹 : <문>을 보면, '대매(大罵)'의 오기.

270) 구구하 : <문>을 보면, '구구(區區)한'의 오기. 변변하지 못한.

271) 혈혈(孑孑) : 외로움. 여기서는 '남들이 알아주지도 않음'의 의미.

272) 네 구구하~적다 하미라 : 韓愈의 <原道>에 나오는 "老子가 仁義를 하찮게 여긴 것은 그것을 헐뜯은 것이 아니라 그의 견식이 하찮았던 까닭이었다. 우물 안에 앉아서 하늘을 보고 하늘이 작다고 말하는 것은 하늘이 작은 것은 아니다.(老子之小仁義, 非毁之也, 其見者, 小也. 坐井而觀天曰天小者, 非天小也.)"는 구절인데, 老子의 識見이 매우 좁음을 이르는 말.

273) 응셩(應聲) : 상대편이 한 말이나 행동을 받아서 마주 응함.(應酬)

274) 채 : 채찍.

275) 써 : <문>을 보면, '쳐'의 오기.

276) 지덕지계 : <문>을 보면, '지덕지셰(至德之世)'의 오기.

홀매[277] 자[278] 다사리대,[279] 그 음식을 달게 너기며 그 거쳐랄 평안이 너겨 화음업시[280] 화(和)하더니.[281] 도당시긔 니라러 비로소 인의을 맨다라 도덕을 허러바리니 텬하 대란(大亂)하야, 졈졈 나려 하우시(夏禹氏)와 은왕 탕[282]과 문왕 챵[283]과 무왕 발[284]의 미쳐난, 우흐로 일월의 밝은 거살 패[285]하며, 아래로 산쳔의 졍긔(精氣)를 삭(削)하고, 가온대로 사시(四時)예 화(和)랄 떠러바리니, 초목·금슈의 무리 다 텬성을 일흐니, 이난 크게 텬하랄 어자러이미라.[286] 이제 우리 노군(老君)이 넙은 도덕을 펴 텬하랄 건

277) 노홀매 : 노니.

278) 자 : '잘'의 오기. 좋고 훌륭하게.

279) 녜 태고(太古)~다사리대 : "대저 至德의 세상에서는 짐승과 함께 같이 살았고 만물과 一家가 되어 함께 뭉쳤으니 어찌 君子니 小人이니 하는 구별을 알기나 했겠는가? 한가지로 무지하여 그 덕에서 떠나지 않고 한가지로 욕심이 없었으니 이를 일러 素樸이라 했다. 그렇게 소박하였으므로 백성들은 그 본성을 지킬 수 있었다.(夫至德之世, 同與禽獸居, 族與萬物竝, 惡乎知君子小人哉! 同乎无知, 其德不離, 同乎无欲, 是謂素樸, 素樸而民性得矣.)"(≪莊子≫<馬蹄篇>)는 구절을 인용.

280) 화음업시 : <문>을 보면, '희음업시'의 오기. 서로 부리는 것 없이.

281) 그 음식(飮食)을~화(和)하더니 : 사람들은 자연 속에서 "맛있게 먹고, 잘 입고, 편안히 살고, 제멋대로 즐긴다. 이웃 나라와 서로 마주보며, 이웃간의 닭이나 개 소리가 마주 들리기도 하지만, 백성들은 虛靜하게 살며 늙어 죽을 때까지 서로 번거롭게 왕래하는 일도 없다.(甘其食, 美其服, 安其居, 樂其俗. 鄰國相望, 鷄犬之聲相聞, 民至老死, 不相往來.)" (≪老子≫<제80章>)는 구절을 인용.

282) 은왕(殷王) 탕(湯) : 伊尹 같은 어진 측근을 두어 민심을 얻은 후 夏의 桀王을 내쫓고 천자의 자리에 오른 왕.

283) 문왕(文王) 창(昌) : 周나라 왕실의 기틀을 다진 왕으로서, 儒家로부터 聖君이라 불림. 또한 '西伯'으로도 불린다. 古公亶父의 손자이며 武王의 부친이다.

284) 무왕(武王) 발(發) : 文王의 아들. 민생을 풍족하게 하고 군사력을 키워 牧野 전투에서 殷나라 紂王을 물리치고 주나라를 세운 왕

285) 패 : '폐(廢)'의 오기.

286) 도당시긔(陶唐時期)~어자러이미라 : "성인이 나타나자 무리하게 인을 만들고 허겁지겁 의를 만들어내어 천하는 비로소 의심하게 되었다. 음탕한 생각으로 음악을 만들고 자질구레하게 예의를 만들자 천하는 갈라지기 시작한 것이다. 그러므로 순수한 나무 밑동을 깎지 않고서 어떻게 犧樽을 만들겠으며 백옥을 갈지 않고 누가 珪璋을 만들겠는가? 그와 같이 천연한 도덕을 廢하지 않고서 어떻게 인의를 내세우며, 원래의 性情을 떠나지 않고서야 어떻게 禮樂을 쓸 것인가? 또 五色을 어지럽히지 않고서 누가 文采를 만들며, 五聲을 어지럽히지 않고서 누가 六律을 연주할 수 있겠는가? 대저 나무 밑동을 깎아 그릇을 만든 것은 목공의 죄요, 도덕을 폐하고 인의를 만든 것은 성인의 허물이

져내랴 하시니, 너해 조고만 무리 감히 큰 말을 하난다?"

장재 대로하야 의마(意馬)랄 노코 심원(心猿)을 모라[287] 싸화, 십여 합(十餘合)의 장・녈(莊列)이 대패하야 본딘(本陣)의 도라와 노군긔 알왼대, 노군이 탄왈,

"당당한 딘과 정셩[288]한 군을[289] 당키 어려오니, 아직 잠간 믈너가 도랄 닷가 다시 옴만 갓디 못하다."

하고, 드대여 셔랄 바라며 다라나더니, 함극관(函谷關)의 다다라 관녕(關令) 윤의[290]랄 만나 ≪도덕경(道德經)≫을 지어주고 가니라.[291]

사마 장재 승전하고 회군하고 도라와 알왼대, 왕이 대희하야 갈오샤대,

"이제난 텬해 태평하야 간사한 무리랄 다 쓰러 바려시니, 맛당이 경 등(卿等)을 위야 한 잔채랄 여러 공(功)을 하례하리라."

하더니, 믄득 뉴셩매[292] 급보(急步) 왈,

"셔방(西方) 텬축국(天竺國)에 대셩(大聖)이 나시니, 그 날제 따해 년(蓮)꼿치 나고 긔이한 상세(祥瑞가) 만터니. 이제 텬축국(天竺國) 극낙셰계(極樂世界)

다.(及至聖人, 蹩躠爲仁, 踶跂爲義, 而天下始疑矣, 澶漫爲樂, 摘僻爲禮, 而天下始分矣. 故純樸不殘, 孰爲犧樽! 白玉不毁, 孰爲珪璋! 道德不廢, 安取仁義! 性情不離, 安用禮樂! 五色不亂, 孰爲文采! 五聲不亂, 孰應六律! 夫殘樸以爲器, 工匠之罪也, 毁道德以爲仁義, 聖人之過也.)"(≪莊子≫<馬蹄篇>)는 구절을 인용.

287) 의마랄 노코 심원을 모라 : 意馬心猿. 본래 佛家에서 쓰는 말로써, 중생이 번뇌 때문에 억누르지 못하는 情을, 성난 말과 촐랑대는 원숭이에 비유한 것이다. 곧, 원숭이가 이 나뭇가지에서 저 나뭇가지로 옮겨가듯이 우리의 마음은 끊임없이 이어서 가고, 우리의 생각은 말처럼 밖으로 내달리기만 한다는 것인데, 여기서는 그러한 속성을 반영하여 싸움터로 향하는 모습으로 치환한 것임.

288) 정셩 : <문>을 보면, '정졍(井井)'의 오기. 조리가 정연함.

289) 군을 : <문>을 보면, '군ᄌᆞ(君子)ᄂᆞᆫ'의 오기.

290) 윤의 : '윤희(尹喜)'의 오기. 戰國시대 秦나라 사람. 字는 公度. 벼슬은 函谷關尹에 이르렀다. 老子의 西遊 때에 道德經 三千言을 전수받고, 노자를 따라 나선 후, 소식이 끊겼다고 한다.

291) 셔(西)랄~가니라 : "관령 윤희가 기다렸다가 노자를 맞이한 뒤 진인임을 알고는 글을 써 달라고 억지로 부탁하자, 노자가 ≪도덕경≫ 상하 2권을 지었다.(關令尹喜待而迎之, 知眞人也, 乃强使著書, 作≪道德經≫上下二卷.)"(≪列仙傳≫)는 구절을 활용.

292) 뉴셩매(流星馬가) : 공무로 급히 가는 사람이 타던 말.(=파발마)

예 이셔 아란[293]・가섭[294]과 관음보살[295]과 문슈[296]・보현[297]・미륵[298]과 오백 나한[299]과 팔대 금강[300]과 삼쳔 뎨자랄 다리고 스사로 칭하대, '청경법신[301]을 대하야 쥬세[302]하야 중생을 제도[303]하노라.' 하니, 일홈은 석가여래(釋迦如來)라. 법력(法力)이 무량(無量)하야 텬디랄 바리며[304] 귀신을 호령하고 블생블명[305]하며, 쳥졍졍녈하므로[306] 도법(道法)을 삼아 자비지심(慈悲之心)을 내여 억만 중생(億萬衆生)을 구제하고, 삼쳔셰계(三千世界)랄 통관(通貫)하야 화슈[307]・욕마[308]・지옥(地獄)을 베프고 뉸회보응(輪廻報應)

293) 아란(阿難) : 석가모니의 사촌 동생으로, 10대 제자의 하나이자 16羅漢의 한 사람. 20여 년 간 석가모니를 모셨고 견문이 넓고 기억력이 좋아 석가 열반 후에 경전 結集에 중심이 되었다. 또 여인 출가의 길을 열었다.

294) 가섭(迦葉) : 小乘 飮光部의 조상으로, 이름은 善歲. 석가 入寂 후 300년 무렵의 사람이다. 점차 대중화화여 가는 上座部에 대하여, 그의 교의를 지키고자 하였다.

295) 관음보살(觀音菩薩) : 보살의 하나로, 괴로울 때 그의 이름을 정성으로 외면 그 음성을 듣고 구제하여 준다고 함.

296) 문슈(文殊) : 諸佛의 智慧를 맡은 보살. 석가여래의 왼쪽에 脇侍하여 오른쪽에 협시한 보현 보살과 더불어 三尊佛을 이룸. 오른 손에는 지혜검을 들고 왼손에는 靑蓮花를 쥐고 사자를 타고 있다.

297) 보현(普賢) : 보살의 이름. 불교의 진리와 수행의 德을 맡아 보며, 지혜의 文殊菩薩과 함께 석가를 脇侍하였다. 연화대 위에서 합장한 모습으로 나타나며 손에는 연꽃을 쥐는 경우도 있다. 코끼리를 타고 있다.

298) 미륵(彌勒) : 도솔천에 살며, 지금은 天人을 위하여 說法하고 있는 중이나 석가가 入滅한 지 56억 7천만 년 후에 미륵불로 세상에 나타나 중생을 제도한다는 보살.

299) 나한(羅漢) : 생사를 이미 초월하여 배울 만한 법도가 없게 된 경지의 부처.

300) 팔대 금강(八大金剛) : 靑除災金剛, 碧毒金剛, 黃隨求金剛, 白淨水金剛, 赤聲火金剛, 定除災金剛, 紫賢神金剛, 大神力金剛의 총칭.

301) 청경법신(淸淨法身) : 맑고 밝은 우주의 근본체. 생명의 근원.

302) 쥬세 : '유세(遊說)'의 오기. 설법을 베풂.

303) 제도(濟度) : 미혹한 세계에서 생사만을 되풀이하는 중생을 건져 내어 생사 없는 열반의 언덕에 이르게 함.

304) 바리며 : <문>을 보면, '부리며'의 오기.

305) 블생블명 : <문>을 보면, '불생불멸(不生不滅)'의 오기. 생겨나지도 않고 없어지지도 않고 항상 그대로 변함이 없음. 곧, 眞如實相의 존재.

306) 쳥졍졍녈하므로 : <문>을 보면, '쳥졍졍념(淸淨正念)을'로 되어 있음.

307) 화슈(花手) : 蓮花手. 아미타 3존의 하나인 관세음의 별칭.

308) 욕마(欲魔) : 煩惱魔. 四魔의 하나로, 몸과 마음을 어지럽혀 깨달음을 얻는 데 장애가 되는 일을 이름.

대법309)을 지어, 어딘 쟈로 하여곰 권(拳)하게 하며 사오나온310) 쟈로 하야곰 딩계(徵戒)하게 하니, 그 법이 호대(浩大)하고 그 되(道가) 측냥티 못할디라, 백셩을 다래여 혹311)게 하고 사람을 권하야 됴케 하니. 처음의 한 명졔312) 마자 밧드러 오니 중국의 드러와, 진(晉)·위(魏)·냥(梁)·송(宋)·슈(隋)·당(唐) 모든 님군을 항복바다 다 거나리니, 그 중에 냥무뎨313)와 당헌종314)이 더욱 숭봉하난디라.315) 이제 해외 팔십이 국과 해내 십대 군현을 거나려 중원을 다 함믈(陷沒)하고, 우리 디계랄 반(半)남아 아삿나이다."

왕이 텬파316)의 근심하야, 갈오샤대,

"석시(釋氏) 강하미 이러탓 하니, 우리 나라해 큰 화근이오. 양묵(楊墨)·노자(老子)의 비할 배 아니라. 뉘 능히 이 오랑캐랄 제어할고?"

뎐(殿) 하의 한유317) 출반쥬318) 왈,

---

309) 대법(大法) : 부처의 가르침을 높여 이르는 말.

310) 사오나온 : '나쁜'의 고어.

311) 혹 : <문>을 보면, '혹(酷)'의 오기.

312) 한명졔(漢明帝) : 漢 光武帝의 넷째 아들. 이름은 壯. 刑理에 아주 능했고, 法令에 밝았다. 또 儒學을 존중하였고, 辟擁에 친히 임하여 大射養老의 禮를 행했다. 또 일찍이 사신을 보내어 天竺에 이르게 해서 佛法을 구하였고, 沙門 迦葉摩騰·竺法蘭 등과 아울러 불경을 얻어 가지고 돌아오게 하였고, 白馬寺를 지었으니, 이로써 불교가 중국에 처음으로 들어오게 되었다.

313) 냥무뎨(梁武帝) : 梁 高祖 蕭衍의 시호. 雍州刺史로 있다가 齊나라의 내분을 틈타 양나라를 세운 인물. 사욕을 위해 불사를 중건하는 등 불교를 장려하다가, 侯景의 난을 맞아 臺城에서 굶주림과 질병으로 죽었다.

314) 당헌종(唐憲宗) : 鳳翔의 法門寺로부터 佛骨을 禁中에 맞이들인 왕. 이를 비판하는 글을 올린 한유를 廣東省의 潮州刺史로 좌천시키기도 했다.

315) 처음의~숭봉(崇奉)하난디라 : 韓愈의 <原道>에 보이는 "漢나라 때에는 黃老學이 성행하였으며, 晉·宋·齊·梁·魏·隋 사이에는 佛教가 성행하였다.(黃老于漢, 佛于晉宋齊梁魏隋之間)"라는 구절이 참고가 됨.

316) 텬파 : <문>을 보면, '쳥파(聽罷)'의 오기. 듣기를 끝마침.

317) 이 대목에서 韓愈가 등장하는 것은 그가 唐憲宗에게 올린 <論佛骨表>가 있기 때문인데, 佛骨을 禁中에 들이는 것에 부당함을 극간함. 한유는 黃帝 이후 불교가 들어오기 전까지의 역대 帝王으로서 장수하고 또한 오래 재위한 이를 열거하고, 불교가 들어온 漢明帝 때 이후로는 불교를 신봉하고서도 재위 기간이 짧고 복도 받지 못한 제왕을 들어 비교하여, 불교가 신봉할 것이 못됨을 설명하였다.

318) 출반쥬(出班奏) : 여러 신하가 모인 자리에서 맨 먼저 말을 꺼내어 아뢰는 것.

"신(臣)이 재죄 업사나, 원컨대 왕을 위하야 이 도적을 막 잘나 화근이 업게 하리이다."

왕 왈,

"흠재(欽哉)하라."

하시니, 한유 승명(承命) 출사(出師)[319]하야 냥군이 대딘(對陣)하니.

한유 말 내여 석가(釋迦)와 말하쟈 한대, 여래(如來) 머리에 칠보(七寶) 장엄관(莊嚴冠)을 쓰고, 몸의 금[320]노 오색 가사(袈裟)랄 닙고, 목의 마리여의쥬[321]랄 걸고, 발에 좌리혀[322]랄 신고, 손의 금년화[323] 한 가지랄 쥐고, 취보거[324]랄 맛티고,[325] 년화대[326]랄 타고 셔시니, 머리 우해 열두 금광이 둘럿고, 백장(百丈) 흰 긔운이 니러나니, 셔긔(瑞氣) 총농[327]하더라. 좌우의 삼쳔 제블(諸佛)과 오백 나한이 버러시니,

마곡사 석가모니불 괘불 탱화

319) 출사(出師) : 군대를 이끌고 나감.

320) 금(金) : 閻浮檀金. 閻浮樹 숲 속을 흐르는 강바닥에서 나는 사금. 적황색에 자주빛을 띠고 있어서 가장 고귀한 황금으로 평가되었다.

321) 마리여의쥬 : '마니여의주(摩尼如意珠)'의 오기. 악을 제거하고 탁한 것을 맑게 하여 禍를 없애주는 여의주. 용왕의 뇌 속에서 나온 것이라 하며 사람이 이 구슬을 가지면 독이 해칠 수 없고 불에 들어가도 타지 않는 공덕이 있다고 한다.

322) 좌리혀 : <문>을 보면, '타리혜'로 되어 있음. 어느 것 하나 정확한 어휘는 알 수 없고, 단지 '신발'임을 추측할 수 있다. 그런데 석가모니는 맨발이었으나, <제석본풀이>에는 당금애기에 의해 내쫓기는 석가여래가 신발을 신는 대목이 있다.

323) 금년화(金蓮花) : 부처께 공양하는 황금으로 만든 연꽃.

324) 취보거 : <문>을 보면, '취보긔'로 되어 있음. 둘 다 '취보개(翠寶蓋)'의 오기인 듯. 비취로 장식된, 佛像을 덮는 日傘.

325) 맛티고 : <문>을 보면, '밧치고(받치고)'의 오기.

326) 년화대(蓮花臺) : 연꽃으로 장식한 臺駕. 곧, 고귀한 사람이 타는 탈 것이다.

327) 총농(蔥籠) : 푸르고 성함. 朴成乾의 경기체가 "아! 아름다운 서기가 푸르고도 성한 광경, 그것이야말로 어떻습니까.(爲 佳氣蔥籠 景幾何如?)"(<錦城別曲>)에서 그 예가 보인다.

위의(威儀) 정제(整齊)하고, 그 되(道가) 엄연(儼然)하더라.

두 장쉬 몬져 나와 싸호쟈 하니, 하나흔 문슈보살(文殊菩薩)이니 청사재(青獅子)랄 타고 손의 디혜검(智慧劍)을 잡고, 하나흔 보현보살(普賢菩薩)이니 흰 코기리랄 타고 손의 반야봉(般若棒)을 잡앗더라. 한유 인(仁)의 티(幟)랄 셰우고 네(禮)의 간(干)을 드러 싸화 백여 합(合)을 싸호니, 문슈・보현이 대적디 못하야 다라나거날. 한유 숭셰[328]하야 딸와 즛티니,[329] 석가 대패하야 셔녁(西域)흐로 다라니.

한유 군사랄 거나려 도라와 왕긔 뵈오니, 왕이 갈오샤대,

"네 이번 공이 족히 맹가와 갓타리로다."

말이 맛디 못하야,[330] 쇼졸(小卒)이 보하대,

"석가여래 노담과 합셰하야 또 와 침노하니, 이번은 그 셰 더옥 큰디라 매젹[331]키 어려올러이다."

왕이 갈오샤대,

"이 도적은 심상(尋常)[332]한 도적이 아니라. 츌믈반복(出沒反復)하야 자로[333] 우리 디계(地界)랄 침노하니, 반다시 대장을 보내여 공(功)을 일우라."

하시고, 맹자랄 불너 닐너 갈오샤대,

"네 이제 고금 제현(諸賢)을 다리고 나가 뎌 도적을 쓰러 영영(永永) 화근(禍根)을 업시하야 다시 화랄 짓게 말나."

맹재 배슈하고 나와 츌사(出師)할새, 장재로 통군사말[334]랄 삼고, 쥬희로 대션봉(大先鋒)을 삼고, 뎡호(程顥) 뎡이(程頤)으로 좌우장군[335]을 삼고, 한유

328) 숭셰 : <문>을 보면, '승세(乘勢)'의 오기.
329) 딸와 즛티니 : 좇아가서 마구 짓이기니.
330) 맛디 못하야 : 마치지 못하여.
331) 매젹 : <문>을 보면, '대뎍(對敵)'의 오기.
332) 尋常(심상) : 대수롭지 않고 예사로움.
333) 자로 : 자주.
334) 통군사말 : <문>을 보면, '통군ᄉᆞ마(統軍司馬)'의 오기.
335) 좌우장군 : <문>을 보면, '좌우쟝군(左右將軍)'의 오기.

로 종사(從事)랄 삼아 나갈새, 군용(軍容)에 운장엄[336]하믈 니로 긔록(記錄)디 못할러라.

행(行)하야 냥국(兩國)이 대딘하매, 맹재 딘(陣) 밧긔 말을 세우고 사람 브려 석가(釋迦)과 말하쟈 한대, 석개 또한 말을 내여 딘 밧긔 셔거날. 맹재 소래랄 가다담아 꾸종하야 갈오샤대,

"밋친 오랑캐 귓거시[337] 감히 어자러온 말을 하여 생민(生民)을 요혹(妖惑)게 하고, 자로 우리 디게랄 침노하야 화란(禍亂)을 짓난다? 이제 황텬[338]이 진노하샤 아등(我等)을 명하야 너해 뉴(類)랄 쓰러바리게 하시난디라. 내 텬명을 밧드러 이에 와시니, 빨리 항복하야 죄랄 면케 하라."

석개 합장하야 읍하고 소왈(訴曰),

"그대난 하날을 두려 날을 저히거니와,[339] 우리난 하날을 브리고 따흘 지휘하니 황텬후퇴[340] 다 내의 휘해라.[341] 엇디 그대의 도(道)갓티 젹으리오? 이제 우리 그대왕[342] 병녁[343]을 결오디 말고 도랄 결워 자웅을 결하미[344] 엇더하뇨?"

맹재 왈,

"그대리[345]할 거시니, 네 몬져 니라라."

---

336) 운장엄 : <문>을 보면, '웅장엄숙(雄壯嚴肅)'의 오기.
337) 귓것 : '鬼神'의 옛말.
338) 황텬(皇天) : 天子.
339) 저히거니와 : 위협하지만.
340) 황텬후퇴(皇天后土가) : 하늘의 신과 땅의 신.
341) 그대난~휘해(麾下이)라 : 석가가 태어났을 때 일곱 걸음을 걸은 뒤에 오른손은 하늘을, 왼손은 땅을 가리키면서 한 "우주 가운데 나보다 존귀한 것은 없다.(天上天下唯我獨尊.)"는 말을 염두에 둔 표현인 듯. 생사 간에 독립하는 인생의 존귀함을 설파한 말이다.
342) 그대왕 : <문>을 보면, '그대와'의 오기. 그런데 문맥상 꼭 필요 있는 어구가 아님.
343) 병녁 : <문>을 보면, '병혁(兵革)'의 오기. 전쟁. 싸움.
344) 자웅(雌雄)을 결(決)하미 : 曆에서 나온 것으로서, 雌는 밤을 나타내고 雄은 낮을 가리키는 말. 그러니 낮과 밤이 서로 번갈아 가면서 세상을 자기 것으로 만드는 것에 비유해서 일진일퇴를 거듭하는 양상을 나타낸 것이라, '자웅을 겨루다'는 막상막하의 비등한 힘을 가진 상대끼리 승부를 겨루는 것을 가리킨다.
345) 그대리 : <문>을 보면, '그리'의 오기.

석개 왈,

"우리 도덕(道德)은 자비(慈悲)로 읏듬을 삼고 돈오[346]하믈 귀히 너겨 불심업[347]을 알면 블셩[348]을 아나니, 생함도 업고 멸함도 업고[349] 팔해육통[350]하야 망상(妄想)을 다 업시한 휘(後이)면 이 니른대 원각[351]이라. 십방셰계(十方世界)랄 꿰보고[352] 억만 중생(億萬衆生)을 제도[353]하나니. 이제, 그대 도(道)난 블과(不過) 마암잡기[354]로 읏듬을 삼나니 우리 마암업시함[355]과 엇더하며, 너해 도(道)난 블과(不過) 유의[356]하믈 읏듬을 삼나니 우리 무

346) 돈오(頓悟) : 불교의 참뜻을 문득 깨닫는 것. 이는, 부분적인 지식의 축적으로는 전체적인 깨달음에 이를 수 없다고 보고, 이론이나 지식에만 집착하는 교종의 방법을 비판한 것이라 한다.

347) 불심업 : <문>을 보면, '불심(佛心)'의 오기. 부처의 마음.

348) 블셩(佛性) : 모든 중생이 본디 가지고 있는 부처가 될 성질.

349) 생(生)함도 업고 멸(滅)함도 업고 : '不生不滅'을 풀어 쓴 것. 나지도 않고 멸하지도 않음.

350) 팔해육통(八解六通) : '팔해'는 八解脫의 약어. 번뇌의 속박에서 해탈하는 여덟 가지 禪定을 이른다. '육통'은 六神通의 약어로, 天眼通(먼 곳의 물체를 보는 능력), 天耳通(먼 곳의 소리를 듣는 능력), 神足通(공중을 날거나 모습을 보이지 않게 하는 능력), 宿命通(과거를 아는 능력), 他心通(다른 사람의 마음을 읽는 능력), 漏盡通(미래를 아는 능력)을 말하는데, 신묘하고도 거칠 것 없이 신통력을 발휘하는 지혜를 의미한다.

351) 원각(圓覺) : 석가여래의 원만한 깨달음. 원만한 깨달음의 경지인 청정한 본심.

352) 꿰보고 : 꿰어보고.

353) 제도(濟度) : 일체 중생을 부처의 도로써 苦海에서 건져 극락세계로 인도해 주는 것.(=衆生濟度)

354) 마암잡기 : 마음잡기(=正心). "이른바 修身이 正心에 있다함은 이러하다. 마음에 화나는 바가 있으면 情이 바름을 얻지 못하고, 두려워하는 바가 있으면 情이 바름을 얻지 못하고, 좋아하는 바가 있으면 情이 바름을 얻지 못하고, 걱정하는 바가 있으면 情이 바름을 얻지 못한다는 것이다. 마음이 거기에 있지 아니하면 보아도 보이지 않고, 들어도 들리지 않으며, 먹어도 맛을 모른다. 이것이 修身이 正心에 있다는 뜻이다.(所謂修身在正其心者, 身有所忿懥則不得其正, 有所恐懼則不得其正, 有所好樂則不得其正, 有所憂患則不得其正. 心不在焉, 視而不見, 聽而不聞, 食而不知其味. 此謂修身在正其心.)"(≪大學≫7장)의 '正心修身'을 일컬음.

355) 마암업시함 : 無心. 物慾에 팔리는 마음이 없고, 또 옳고 그른 것이나, 좋고 나쁜 것에 간섭이 떨어진 것, 곧 일체의 망상을 떠난 상태.

356) 유의 : '유위(有爲)'의 오기. 자연에서 떨어져 나와 독자적이고 바람직한 존재로 나아가고자 하는 실천행위. 이 가능성은 선천적으로 지닌 것으로 본다. 목적 추구의 의식적인 행위를 일컫는다. "사람은 불의한 일을 하지 않은 연후에야 의로운 일을 할 수 있는 것이다.(人有不爲也而後, 可以有爲.)"(≪孟子≫<離婁章 下>) 구절이 참고가 된다.

나[357]함과 엇더하뇨? 너해 도난 블과 셩졍을 됴히 너기거니와[358] 우리 졍멸[359]함과 엇더하며, 너해 도난 블과 하날을 의탁하야 밧드노라[360] 하거니와 우리난 하날을 브리니[361] 엇더하며, 너해난 귀신을 공경하거니[362] 우리난 귀신을 지휘하니[363] 엇더하뇨?"

말이 맛디 못하여셔, 맹자 딘즁(陣中)에 육자뎡[364]이 내다라 맹자긔 알외대,

"셕씨(釋氏)의 말을 드라니, 과연 우리 도(道)에서 나으니 허리랄 굽혀 항복함만 갓디 못하다."

한대, 쥬재(朱子가) 꾸지져 갈오대,[365]

"그대 소견이 이러탓 밝디 못하니 만생[366] 학문하던 공뷔(工夫가) 어대

357) 무나 : '무위(無爲)'의 오기. 규범으로부터 구속되었던 개인의 삶에서 탈피하여 간섭이 없는 자연 법칙에 따라 하는 행위. 목적 추구의 의식적인 행위를 인간의 후천적인 僞善과 迷妄이라 하여 부정하는 것이다.

358) 셩졍(性情)을 됴히 너기거니와 : 性情을 善하다고 여기거니와. 性善說.

359) 졍멸 : <문>을 보면, '젹멸(寂滅)'의 오기. 번뇌의 경지를 벗어나 생사의 괴로움을 초월한 상태.

360) 하날을 의탁(依託)하야 밧드노라 : 敬天. 天理를 경외함.

361) 하날을 브리니 : 帝釋天은 본래 인도 성전 ≪리그베다≫에 등장하는 天神 중 벼락을 신격화한 가장 강력한 힘을 지닌 신이었는데 부처님이 忉利天에 올라가 어머니 마야부인을 위해 설법할 때 獅子座를 설치하고 정성으로 부처님을 영접하였고, 梵天은 비인격적인 中性의 브라만[梵]을 남성형으로 인격화한 힌두교의 창조신이었는데 불타에게 설법을 권장하기도 하였다. 그런데 둘 다 불교에 수용되어서는 護法善神 역할을 맡게 된 것을 염두에 둔 표현이다.

362) 귀신을 공경하거니 : "번지가 지혜에 대해 묻자, 공자 말씀하시길, '백성이 의로움에 힘쓰게 하고 귀신을 공경하면서도 그것을 멀리 한다면 지혜롭다고 말할 수 있다.'(樊遲問知, 子曰 : '務民之義, 敬鬼神而遠之, 可謂知矣.')"(≪論語≫<雍也篇>)에서 나오는 구절.

363) 귀신을 지휘하니 : 天龍, 夜叉, 건달바, 阿修羅, 迦樓羅, 緊那羅, 摩喉羅迦, 天龍八部 등 여덟 神將이 佛法을 지키는 것을 염두에 둔 표현이다.

364) 육자뎡(陸子靜) : 南宋의 유학자 陸九淵의 字. 江西 金谿 사람. 號는 象山. 朱熹와 동시대인으로 서로 쌍벽을 이루었다. 陽明學의 선구자이다.

365) 주희가 "이상적인 도덕성은 인간의 본래성에 완전히 갖추어져 있다(性卽理)."고 주장한 것에 반해, 육구연은 "이상적인 도덕성은 인간의 현실적인 마음에서 완전히 발휘될 수 있다(心卽理)."고 주장하였다. 이러한 육구연에 대해 주희는 禪이라고 비난한 것을 염두에 둔 표현이다.

잇나뇨?”

자뎡이 참괴(慙愧)하야 믈러나더라. 맹재 재[367] 손으로 석가랄 가라처 꾸지져 왈,

“아비 업고 님군 업산 놈이 감히 샤득[368]한 말을 하야 셰상을 속이고 백셩을 혹(惑)게 할다! 네 말이 근니(近理)한 닷하나, 진짓 도(道)에 크게 어자러온디라. 네[369] 이제 너다려 니라리라. 사람이 세상의 나매 군신(君臣)과, 부모(父母)와, 부부(夫婦)와, 장유(長幼)와, 붕위(朋友)이 오륜(五倫)이라. 사람이 오륜 곳 업사면, 사람이 아니어날.[370] 이제 너난 도랄 하대[371] 반다시 텬육[372]을 절[373]하야 스사로 청정졍멸[374]하믈 일카라니, 부모 곳 아니면 네 몸이 어대로셔 나 도랄 행하며, 부부 곳 아니면 사람이 뉘[375] 아조[376] 업서 생생지홰(生生之化가) 긋처지리니 어나 사람 이어셔 네 도랄 뉘뎐하며, 군신이 업사면 텬하 백셩을 통녕[377]하 리 업사리니 가[378] 강한 재 약한 쟈랄 삼키고 쳔한[379] 재 악한 쟈랄 이긔디 못하리니 이런작[380] 뉘

---

366) 만생 : <문>을 보면, ‘반생(半生)’의 오기. 반평생.

367) 재 : <문>을 보면, 필요 없는 글자.

368) 샤득 : <문>을 보면, ‘사특(邪特)’의 오기. 요사스럽고 간특함.

369) 네 : <문>을 보면, ‘내’의 오기.

370) 사람이~사람이 아니어날 : ≪童蒙先習≫의 “하늘과 땅 사이의 만물 가운데 오직 사람이 가장 귀하니, 사람이 귀한 것은 오륜이 있기 때문이다. 그러므로 맹자가 이르기를 ‘父子有親하며 君臣有義하며 夫婦有別하며 長幼有序하며 朋友有信이라.’ 하시니 사람으로서 五常을 알지 못하면 금수에 가까워짐이 먼데 있지 않으니라(天地之間萬物之中, 惟人最貴, 所貴乎人者, 以其有五倫也. 是故, 孟子曰 : ‘父子有親, 君臣有義, 夫婦有別, 長幼有序, 朋友有信.’ 人而不知有五常, 則其違禽獸不遠矣.)”는 구절을 활용한 것임.

371) 하대 : ‘말하되’의 오기.

372) 텬육 : <문>을 보면, ‘텬는(天倫)’의 오기.

373) 졀 : <문>을 보면, ‘멸졀(滅絶)’의 오기.

374) 청졍졍멸 : <문>을 보면, ‘쳥졍젹멸(淸淨寂滅)’의 오기.

375) 사람이 뉘 : <문>을 보면, ‘사람의 뉘(類가)’의 오기.

376) 아조 : 아주.

377) 통녕(統領) : 일체를 통할하여 거느림.

378) 가 : <문>을 보면, 필요 없는 글자.

379) 쳔한 : <문>을 보면, ‘션(善)한’의 오기.

380) 이런작 : 이런즉.

다시금 하야 네 도랄 좃게 하리오? 금슈 비록 미믈(微物)이나 오히려 모자와 군신이며 자웅(雌雄)이 잇고, 개야미와 벌이 <오히려 군신지분을 아나니, 이제 너는>381) 오히려 금슈만 갓디 못하도다. 옛날 우리 셩인(聖人) 곳 업사면 사람의 뉴(類) 아조 업선 디 오랄디라. 금슈로 더브러 한가지 쳐(處)하면, 사람은 짓382)과 터럭과 비날383)이 업사니 엇디 찬 대와 더온 대와 추진 대랄 써 거(居)하며, 톱과 엄니384) 업사니 엇디 음식을 다타와 먹으리오? 이러믈385) 셩인이 충사(蟲蛇)와 금슈(禽獸)랄 몰아 산님텬택의 내티고,386) 칩거든 오슬 닙고 주리거든 밥을 먹고, 나모 우해 이시면 <업더지고 흙 가온대 이시면>387) 병들 거시매 집을 지어 잇게 하고, 공장(工匠)으로 하야곰 그라살 쓰게 하고 장사388)로 하여곰 이심업사믈389) 통케 하고, 의약을 맨다라 요절믈390) 구하고 영장(永葬)하고 제사하야 그 은애랄 갑게 하고, 녜문(禮文)을 맨다라 션후랄 차례(次例)하고 풍뉴(風流)랄 맨다라 울적하믈 펴게 하고, 졍사랄 맨다라 그 게어란391) 뉴(類)랄 다사리고 형벌을 맨다라 그 샤오나온 거살 덜게 하고, 인신(印信)과 마되392)와 저울을 맨다라

381) < > 부분은 누락된 것으로, <문>을 보고 보충한 것임.

382) 짓 : 깃.

383) 비날 : 비늘.

384) 엄니 : 어금니.

385) 이러믈 : <문>을 보면, '이러므로'의 오기. 그러므로.

386) 셩인(聖人)이~산님텬택(山林川澤)의 내티고 : "상고시대에는 사람은 적고 새나 짐승이 많으니, 사람들이 새, 짐승, 벌레, 뱀을 이기지 못하였다. 어느 성인이 일어나 나무를 얽어 집을 만들어서 여러 가지 해악을 피하도록 하니 백성들이 기뻐하고 천하의 왕으로 모시며 유소씨라고 불렀다.(上古之世, 人民少而禽獸衆, 人民不勝禽獸蟲蛇. 有聖人作, 搆木爲巢以避群害, 而民悅之, 使王天下, 號之曰有巢氏.)"(≪韓非子≫<五蠹>)는 구절을 염두에 둔 표현.

387) < > 부분은 누락된 것으로, <문>을 보고 보충한 것임.

388) 장사 : 장사치.

389) 이심업사믈 : 有無를.

390) 요절믈 : <문>을 보면, '요절(夭折)ᄒᆞᆫ믈'의 오기.

391) 게어란 : 게으른.

392) 마되 : 물건을 되는 말과 되.

서라[393] 속이디 못하게 하고, 셩곽과 갑병을 맨다라 서라[394] 앗디 못하게 하니,[395] 그 되(道가) 밝히기 쉽고 그 되(道가) 행키 쉬온디라. 이러므로 내 몸을 위하면 순(順)하고 자셔하며[396] 사람을 위하면 사랑하고 공번되여,[397] 마암을 다사리면 화평하고 텬하 국가랄 다사리면 태평하나이, 엇디 너의 도 갓타리오?[398] 네 스사로 닐오대 '무의[399]하라.' 하면, 네 몸의 의복을 닙고, 입의 음식을 먹으며, 집 속의셔 너해 무리로 더브러 법을 닉이니, 엇디 무의(無依)한 작(作)시리오? 네 '욕심이 업사롸.' 하대, 보시(布施)랄 만히 하고 슈륙[400]을 셩(盛)히 하면 비록 악한 재(者이)라도 복을 엇난다 하니,

393) 서라 : <문>을 보면, '서로'의 오기.
394) 서라 : <문>을 보면, '서로'의 오기.
395) 칩거든 오슬 닙고~서라 앗디 못하게 하니 : 韓愈의 <原道>에 있는 "옛날 사람들의 피해가 많았는데 聖人이 나타난 이후에 서로 도우며 살아가는 도리를 가르쳤다. 임금이 되고 스승이 되어 벌레와 뱀 짐승을 몰아내고 中原의 땅에 살게 하였다. 추워지자 옷을 만들게 했고 굶주리자 음식을 마련하게 했다. 나무에서 살다가 떨어지기도 하고 땅에서 살다가 병이 나자 집을 짓게 했다. 工法을 가르쳐주어 器物을 풍족하게 했고 장사방법을 가르쳐서 있는 물건과 없는 물건을 유통하게 했다. 의약을 만들어 일찍 죽는 것을 구제하고 장례와 제례를 만들어 은혜와 사랑을 길이 품도록 했고 禮法을 만들어 나이가 앞선 사람과 늦은 사람의 차례를 정했고 음악을 만들어 울적한 마음을 풀어주었다. 政制를 만들어 태만함을 다스렸고 형벌을 만들어 강포함을 없앴다. 서로 속이니 符節과 도장・도량형을 만들어 신의를 지키게 하였고 서로 빼앗으니 성곽과 갑옷・무기를 만들어 지키게 했다.(古之時, 人之害, 多矣. 有聖人者, 立然後, 敎之以相生養之道. 爲之君爲之師, 驅其蟲蛇禽獸而處其中土. 寒然後爲之衣, 飢然後爲之食. 木處而顚, 土處而病也, ,然後爲之宮室. 爲之工, 以贍其器用, 爲之賈, 以通其有無. 爲之醫藥, 以濟其夭死, 爲之葬埋祭祀, 以長其恩愛, 爲之禮, 以次其先後, 爲之樂, 以宣其湮鬱. 爲之政, 以率其怠倦, 爲之刑, 以鋤其强梗. 相欺也, 爲之符璽斗斛權衡以信之, 相奪也, 爲之城郭甲兵以守之.)"는 구절을 그대로 인용.
396) 자셔하며 : '자성(自成)하며'의 오기인 듯. 절로 이루어지며. 잘 되며.
397) 공번되여 : 공평하고 분명하여.
398) 이러므로~엇디 너의 도(道) 갓타리오 : 韓愈의 <原道>에 있는 "이런 까닭에 그것으로 자기를 다스리면 순조롭고 잘되며 이것으로 남을 다스리면 사랑하고 공평하게 된다. 이것으로 마음을 다스리면 평화롭고 공정하게 되며 이것으로 천하와 국가를 다스리면 어떤 경우에도 합당치 않은 일이 없다.(是故, 以之爲已則順而從, 以之爲人則愛而公, 以之爲心則和而平, 以之爲天下國家, 無所處而不當.)"는 구절을 그대로 인용.
399) 무의(無依) : 사물에 집착하지 아니함.
400) 슈륙(水陸) : 水陸齋. 바다와 육지에 홀로 떠도는 여러 귀신을 위하여 공양하는 齋.

엇디 무욕(無慾)한 작(作)시며, 네 닐오대 '사람이 <죽어는 회(廻)ᄒᆞ여 다시 사ᄅᆞᆷ이>[401] 된다.' 하니, 이 더옥 맹낭(孟浪)한 말이라. 초목이 한 번 죽으매 그 나모의 플이 다시 다란[402] 초목이 되디 아니하고, 블이 한 번 꺼딘 후 다시 블이 되디 아니 하니다,[403] 사람이 만믈과 다라미 업산디라 한 번 죽으매 석은[404] 나모 등걸[405]과 꺼딘 재 갓타니 어나 긔운이 이셔 다시 사람이 되며, 네 또 닐오대 '사오나온 사람은 디옥(地獄)이 이셔 형벌로 다사린다.' 하니, 사람이 죽은 후의 혼백이 다 흣터시니 어나 곳의 형벌을 베풀리오?[406] 이 다 요탄 니 밧긔[407] 말이라. 블과(不過) 어린 백셩을 다래여[408] 혹(惑)게 하려니와, 엇디 감히 군자의 압해 이런[409] 말을 내리오? 빨리 항복하야 뎡도(正道)의 도라오게 하라."

석개(釋迦가) 이 말을 듯고 낫빗치 흙 갓타여[410] 능히 말을 못하거날. 쥬재(朱子가) 냥(兩) 뎡자(程子)와 장자(張子) 등을 거나려 일시의 내다라 티니, 석개 대패하야 셔텬(西天)을 바라고 다라날새, 맹재 이때랄 타 쳐 멸하야 아조 화근(禍根)을 업시크져[411] 하야 급히 따로더니, 왕이 대종백(大宗伯) 자공(子貢)을 뵈내여, 닐오대,

"내 텬수(天數)랄 보니 음긔(陰氣) 점점 셩(盛)하니, 이 도적이 음긔랄 타난 난디라 아조 멸티 못할 거시오. 병법(兵法)의 '궁구랄 막추라.'[412] 하여시니,

401) < > 부분은 누락된 것으로, <문>을 보고 보충한 것임.
402) 다란 : 다른.
403) 하니다 : <문>을 보면, 'ᄒᆞᄂᆞ니'의 오기.
404) 석은 : 썩은.
405) 등걸 : 줄기를 잘라낸 나무의 밑동.
406) 베플리오 : <문>을 보면, '바드리오'의 오기.
407) 요탄(搖誕) 니(理) 밧긔 : <문>에는 '니 밧긔 요탄ᄒᆞᆫ'으로 되어 있음.
408) 다래여 : 달래어.
409) 이런 : <문>을 보면, '어린'의 오기. 어리석은.
410) 낫빗치 흙 갓타여 : 面如黑土.
411) 업시크져 : <문>을 보면, '업시코져'의 오기.
412) 궁구(窮寇)랄 막추(莫追)라 : 궁지에 빠진 자를 건드리면 해를 입으니 건드리지 말라는 뜻.(=窮鼠莫追)

그만하야 도라."413)

하신대, 맹재 군현(群賢)을 거나려 도라와 왕긔 뵈온대, 왕 왈,

"되(都)라! 이단의 해랄 업시하고 오도(吾道)랄 밝게 하믄 다 너의 공이라."

하시더라.

<대사>414)구(大司寇) 자해(子夏가) 출반주 왈,

"이제 양목노불[楊墨老佛]의 해(害) 더러시나, 진왕 녀정415)이 포악무도(暴惡無道)하야 우리 뎨자랄 붓질러 죽이고 경셔랄 <불질너 업시ᄒᆞ니,416) 맛당이 죄롤 무럼즉ᄒᆞ니이다."

왕이 ᄌᆞ하를 명ᄒᆞ야 '죄를 다ᄉᆞ리라.' ᄒᆞ신ᄃᆡ, ᄌᆞ해 마을의 악자417) 사롬 보내여 초인(楚人) 항뎍418)을 불너, 닐오ᄃᆡ,

"이제 진황 녀졍이 무도ᄒᆞ여 션비롤 뭇지ᄅᆞ고419) 경셔롤>420) 블디라니, 그 죄 사(赦)티 못할디라. 네 이제 셰상의 나가 녀산421)을 뭇딜러 선배 뭇디란 죄랄 다사리고, <아방궁422)을 블 딜러 경셔 뭇디란 죄랄 다사리

413) 도라 : <문>을 보면, '도라오라'의 오기.

414) < > 부분은 누락된 것으로, <문>을 보고 보충한 것임.

415) 진왕 녀정(秦王呂政) : 秦나라 제1대 황제인 始皇帝. 莊襄王의 아들. 이름은 政. 기원전 221년에 천하를 통일하고, 시황제라고 자칭하였다. 군현제에 의한 중앙 집권을 확립하고, 焚書坑儒에 의한 사상 통제, 도량형, 화폐의 통일, 만리장성의 증축, 阿房宮의 축조 등으로 위세를 떨쳤다.

416) 우리 뎨자(弟子)랄 붓질러 경셔(經書)랄 불질너 업시ᄒᆞ니 : 秦始皇이 학사들의 정치비평을 금하기 위하여, 經書를 태우고 학자들을 구덩이에 생매장한 사실을 일컬음. 곧 焚書坑儒이다.

417) 악자 : 미상.

418) 항뎍(項籍) : 秦末의 下相 사람. 字는 羽. 진말에 陳勝과 吳廣이 거병하자 숙부 梁과 吳中에서 병사를 일으켜 진군을 격파하고 스스로 西楚의 覇王이라 일컬었다. 漢 高祖와 천하를 다투다가 垓下에서 敗死하였다.

419) 뭇지ᄅᆞ고 : 묻지르고. '파묻고'의 옛말.

420) < > 부분은 누락된 것으로, <문>을 보고 보충한 것임.

421) 녀산(驪山) : 옛날의 長安 부근에 있는 산 이름. 秦始皇의 묘지가 있다. 唐나라 玄宗이 이곳에 華淸宮이라는 溫泉宮을 세웠는데, 楊貴妃가 목욕하던 곳이기도 하다.

422) 아방궁(阿房宮) : 秦始皇이 朝宮을 渭南 上林苑에 세우기 전, 前殿으로 阿房에 지은 궁전.

라>."[423]

항젹이 명을 바다 나가 녀산을 뭇디라고 아방을 블 지라고 자영[424]을 죽여, 그 죄랄 다사리니라.

공셔젹(公西赤)이 뎐(殿)의 올라 주왈(奏曰),

"한데(漢帝) 뉴방[425]이 래뢰[426]랄 드리고 뵈옴믈 청하나이다."

왕이 '드러오라.' 하시니, 한데 드러와 고두사배(叩頭四拜)한대, 왕 왈,

"되(都)라! 너 방(邦)아. 젼국(戰國)이 쟁병(爭兵)하므로붓터 뎐해 대란(大亂)하야 다 왕도(王道)랄 쳔히 너기고 패도(霸道)랄 숭상하야 날을 차자 리 업선 디[427] 수백여 년이러니, 이제 네 와 처음으로 뵈니 가장 아람다온디라. 내 일노써 사백 년 긔업(基業)을 뎐(傳)케 하노라."

왕이[428] 배사(拜謝)하고 믈러와다.

또 한무데[429]와 한(漢) 명데(明帝)와 당 태종[430]과 싀셰종[431]과 송(宋) 적

423) < > 부분이 <문>에는 누락되어 있음.

424) 자영(子嬰) : 秦나라 3대 황제. 姓은 嬴. 始皇帝의 손자. 2대 황제 호해가 환관 趙高에게 살해된 후 황제로 추대되었다. 재위 46일 만에 쳐들어온 劉邦에게 항복하여 진나라는 3대 15년 만에 亡하고, 또 뒤이어 침입한 項羽에게 잡혀 죽었다.

425) 뉴방(劉邦) : 前漢의 高祖. 字는 季. 楚나라 懷王의 命을 받고 項羽와 길을 나누어 秦나라를 공략하여 먼저 關中에 들어갔다. 그 후 項羽와 다투기 무릇 5년, 마침내 국내를 통일하고 漢朝를 세워, 長安에 도읍하였다.

426) 래뢰 : <문>을 보면, '태뢰(太牢)'의 오기. 국가의 제사.

427) 날을 차자 리 업선 디 : 나를 찾지 않은 지.

428) 왕(王)이 : '왕에게'의 오기.

429) 한무데(漢武帝) : 前漢 제7대의 임금. 景帝의 아들. 이름은 徹. 대학을 일으키고 儒教를 숭상하였으며, 통치기간 동안 강력한 중앙집권제를 구축해 서한 시기 가장 흥성한 국가를 이룩했다. 또 흉노를 몰아내고 張騫에게 서역을 개척케 했다.

430) 당태종(唐太宗) : 唐의 2대 황제인 李世民. 高祖의 次子. 이름은 世民. 隋나라 末年에 高祖를 도와서 사방을 정복하고 천하를 통일하였다. 그는 제도면에서 均田制, 租庸調, 府兵制를 시행하고 과거제도를 실시하였으며, 與民休息 등 부국강병의 정책을 폈는데, 이러한 훌륭한 치적을 가리켜 貞觀之治라 일컫는다.

431) 싀셰종(柴世宗) : 後周의 임금. 이름은 榮. 書史에 통달했고, 재위 시에 秦隴과 淮右를 평정해서 三關을 회복하니 위엄이 오랑캐와 중국을 떨쳤다. 禮樂을 닦고 제도를 제정하니, 다 후세에 본보기가 될 만한 것이었다. 평생 유학을 숭상하고 불교를 배척해서 일찍이 나라 안의 사찰을 다 폐하였고 銅으로 만든 佛像을 헐어서 돈을 만들었다.

모든 님군과 대명(大明) 고황뎨[432] 다 래뢰[太牢]랄 드리고 뵈와지라 하거날. 왕이 블러 됴회(朝會)랄 밧고 위로하시더니, 한명뎨와 송(宋) 신종[433]과 효종[434]을 블러 대책(大責)하야 갈오샤대,

“네 명뎨(明帝)난 무단이 블법(佛法)을 드려와 만대(萬代)예 화랄 깃치고, 너 신종과 효종은 뎡호(程顥)·뎡이(程頤)·장새[435]·소옹(邵雍)·사마광(司馬光)·쥬희(朱熹)랄 쓰디 아니하고 쇼인을 신임하니,[436] 이 엇디 뎨왕(帝王)의 도리리오? 빨리 믈러가라.”

하신대, 삼뎨(三帝) 대참(大慙)하야 믈러가니라.

왕이 한(漢) 고뎨(高帝)랄 닐러 갈오샤대,

“네 관[437]활달하야 뎨왕(帝王)의 긔상이 이시니 맛당이 패도(覇道)랄 내티고 왕도(王道)랄 행하야 녜악지치(禮樂之治)랄 니라혀 삼대랄 니업작[438] 하거날. 마참내 공니[439] 해하믈 면치 못하니[440] 가(可)히 앗갑도다.”

고뎨 대왈,

“신(臣)이 본대 칼 쓰기와 말 달리기랄 알고 유슐[441]을 아디 못하고, 신

432) 고황뎨(高皇帝) : 明나라 太祖인 朱元璋. 자는 國瑞.

433) 신종(神宗) : 송나라 6대 왕 趙頊. 英宗의 長子. 王安石의 新法을 행했으나, 민중들의 원성을 샀다.

434) 효종(孝宗) : 송나라 11대 왕 趙愼. 聰明英敏하여 필요 없는 관리의 숫자를 줄이고, 당시 남발기미가 보이던 會子(지폐)의 절제 및 농촌의 회복, 강남경제의 활성화 등 여러 가지 개혁을 추진하여 국력회복에 힘썼다.

435) 장새 : <문>을 보면, ‘쟝지(張載)’이 오기.

436) 너 신종(神宗)과~쇼인(小人)을 신임(信任)하니 : 조선 효종조의 金堉이 상소한 “송 효종에게 鐵杖과 木馬가 뜻을 가다듬어 원수를 갚는 데 무슨 도움이 되었습니까. 朱熹와 같은 때에 살면서도 주희로 하여금 수십 일도 조정에 있게 하지 못하였으니 정말 애석한 일이었습니다.(宋孝宗鐵杖木馬, 何益於銳意復讐, 而與朱熹同時竝生, 不能使立朝數十日, 誠可惜也.)”는 글이 참고가 됨.(≪孝宗實錄≫ 9년 9월 5일조)

437) 관 : <문>을 보면, ‘관인(寬仁)’의 오기. 마음이 너그럽고 어짊.

438) 니업작 : <문>을 보면, ‘니엄즉(이음직)’의 오기.

439) 공니(孔尼) : 孔子.

440) 공니 해(害)하믈 면치 못하니 : 漢高祖가 전란에 시달린 백성들에 대한 위무 및 파괴된 생산력의 회복을 위해 老子의 무위자연사상을 정치이념으로 삼은 것을 일컬음.

441) 유슐(儒術) : 유교의 도.

해(臣下가) 또 이윤[442] 쥬공 갓타 니 이셔 나라을[443] 왕도(王道)로 도으 리[444] 업고, 다만 육가[445] 수하[446]의 무리랄 다리고 엇디 삼대지티[447]랄 하리잇가?"

하더라.

당(唐) 태종(太宗)을 닐러 왈,

"너난 나라흘 다사리매[448] 옛 뎨왕의 나리디[449] 아하대,[450] 다만 셩심(誠心)이 업고 가법(家法)을 뎡(正)티 못하니, 공이 비록 만흐나 명교[451] 중죄인이 되리로다."[452]

---

442) 이윤(伊尹) : 湯王을 도와 夏나라를 멸하고 殷나라를 건국하는데 공을 세운 어진 재상. 본디는 밭을 갈고 살다가, 탕왕이 세 번이나 찾아가 초빙하므로 벼슬길에 나아갔다.

443) 나라을 : <문>을 보면, '날을(나를)'의 오기.

444) 도으 리 : 도울 사람.

445) 육가(陸賈) : 前漢시대의 정치가이자 학자. 楚나라 사람. 고조를 섬겨 太中大夫가 되어, 여씨의 난에 유씨를 도와 漢室을 지켰다.

446) 수하 : 이명선이 '隋何'로 한자 표기했으나, '蕭何'의 오기. 前漢의 정치가. 한신, 장량과 함께 3걸이라 하며, 고조 유방의 공신이다. 진나라의 법률, 제도, 문물의 취사 흡수에 힘쓰고 한나라 왕조 경영의 기틀을 세웠다. '律九章'을 만들었다.

447) 삼대지티(三代之治) : 중국 고대 夏·殷·周의 시대. 곧, 태평성대를 이르는 말.

448) 다사리매 : <문>을 보면, '다ᄉᆞ리미(다스림이)'의 오기.

449) 나리디 : 못하지.

450) 아하대 : <문>을 보면, '아니ᄒᆞ디'의 오기.

451) 명교(名教) : 유교를 달리 이르는 말.

452) 너난 나라흘~중죄인이 되리로다 : 鄭道傳의 <舍天道而談佛果>에 있는 "당나라 代宗이 처음에는 그리 부처를 중히 여기지 않았는데 재상인 元載와 王縉이 모두 부처를 좋아했고, 왕진이 더욱 심하였다.…(중략)…임금이 이로 인하여 부처를 깊이 믿어 항상 궁중에서 승려 백여 명에게 밥을 먹여 주었으며 도둑이 이르면 중으로 하여금 인왕경을 강하여 물리치게 하고 도둑이 물러가면 후하게 상을 줘서 좋은 전답과 많은 이익이 중 또는 절에 돌아갔다. 원재 등이 임금을 모시고 부처의 말을 많이 말하니 정사와 형벌이 점점 문란해졌다.…(중략)…저 당나라가 오랜 역사를 지나온 까닭은 太宗이 세상을 구제하고 백성을 편안하게 한 공임을 숨길 수 없는 것이요, 천하를 얻을 때 환난이 많았던 이유는 仁義綱常에 순수하지 못했고 예법으로 보아서 부끄러워할 만한 덕이 있었기 때문이다.(唐代宗 始未甚重佛, 宰相元載,王縉, 皆好佛, 縉尤甚.…(중략)…上, 由是, 深信之, 常於禁中飯僧百餘人, 有寇至 則令僧講仁王經以禳之, 寇去厚加賞賜良田美利多歸僧寺. 載等, 侍上, 多談佛事, 政刑日紊矣.…(중략)…夫唐之所以歷季者, 以太宗濟世安民之功, 不可掩也, 而所以多難者, 以其得天下也, 不純乎仁義綱常禮法所在有慙德焉.)"(≪佛氏雜辨≫)는 내용이 참고가 됨.

태종이 붓그려 감히 우러러 보디 못하더라.

송(宋) 태조[453]랄 닐오샤대,

"너난 중문(重文)을 훤히 여러 시학[454]을 깨닷고 텬하랄 아[455]의게 뎐하야 요순(堯舜)의 마암을 법바드니[456] 흠할 거시 업사대, 다만 딘교(陳橋) 회군(回軍)한 일이 더러온 일홈을 면(免)티 못 할디라 가히 앗갑거니와, 이 또한 텬슈(天數)라 현마[457] 엇디 하오리?"

송뎨(宋帝) 대왈,

"이난 신(臣)의 죄 아니라 석슈신[458] 등이 협박한 배니이다."

왕이 미소 왈,

"네 진짓 마암이 업사면, 엇디 다란 사람의 협박할 배리오."

송뎨 고개랄 숙이고 믁연(默然)하더라.

이따[459] 나라해 일이 업산디라. 왕은 남면(南面)하야 도로[460] 팔장 꼬고 뎐(殿) 우해서 죠용이 도랄 의논할새, 쥬희 주왈,

---

453) 송태조(宋太祖) : 趙匡胤. 처음에는 周나라 世宗을 섬겨 武功을 세웠다. 후에 契丹이 北漢과 함께 쳐들어오자, 군사를 이끌고 陳橋驛에 이르렀을 때 여러 壯士들이 추대를 하여 後周의 恭帝로부터 禪讓을 받아 帝位에 올라 국호를 宋이라 했다. 남방을 평정하고, 병권을 쥐고 있는 장수들을 무장 해제시키고, 지방관의 권한을 약화시키는 등 송나라 기틀을 세웠다. 특히, 文治主意 政策을 기반으로 하여 科擧制度의 공정성을 기하는 한편 學校시설을 증대하고 重文輕武의 문인우대정치를 펼쳤다. 만년에 병으로 자리에 눕게 되자, 모든 政事를 동생 趙匡義에게 위임하였다. 동생 조광의는 송나라 2대 황제가 된다.

454) 시학 : <문>을 보면, '심혹(心學)'의 오기. 여기서는 주희의 이학과 육구연의 심학으로 분기되기 이전의 '유학'을 일컬음.

455) 아 : '아우'의 오기.

456) 법(法)바드니 : 본받으니.

457) 현마 : '차마'의 옛말.

458) 석슈신(石守信) : 宋나라 浚儀 사람. 諡號는 武烈. 周나라에서는 洪州防禦使의 수령을 지냈고, 宋 太祖가 즉위할 때에 歸德軍節度使가 되어 李筠을 토평하고 鄆州를 진압했다. 무엇보다도 송나라 태조 조광윤이 진교에서 병변을 일으킬 때 王審綺와 함께 내응했던 인물이다.

459) 이따 : <문>을 보면, '이쩌(이때)'의 오기.

460) 도로 : <문>을 보면, 없는 글자임.

“젼(前)의 니라시대 ‘셩상근이나 습상원이라.’[461] 하시니, 긔 엇디 니라시미니잇가?”

왕이 갈오샤대,

“셩(性)이란 거산 하날이 삼겨[462] 내신디라. 본대 어딜고 사오나오미 업거니와, 그러나 사람이 날 제 긔품(氣稟)이 한가지 아냐 청긔(淸氣)랄 타난 쟈도 잇고 탁긔(濁氣)랄 타난 자도 이시니, 공부(工夫)랄 드려 닉이면 탁(濁)한 재(者이)라도 청(淸)하야지고, 청(淸)한 사람도 공부랄 드리디 아니하면 탁(濁)하나이, 이러므로 습상원(習相遠)이라 하니, 이난 긔질지셩(氣質之性)을 니라고 본연지셩(本然之性)을 니라미 아니라.”[463]

뎡이(程頤) 주왈,

“인심이 유위하고 도심이 유미란 말[464]이, 어 니라미니잇가?”[465]

왕 왈,

---

461) 셩상근(性相近)이나 습상원(習相遠)이라 : “공자께서 말씀하시기를, ‘사람의 天性은 서로 비슷하나 習性에 의하여 서로 차이가 나느니라.’ 하셨다.(子曰 : ‘性相近也, 習相遠也.’)”(≪論語≫<陽貨篇>)는 구절을 인용한 것임. 이어서 나오는 공자의 말, 곧 “오직 가장 지혜로운 자와 가장 어리석은 자는 옮길 수(바뀔 수) 없다.(子曰 : ‘唯上知與下愚不移.’)”는 구절과 함께 철학의 논쟁의 중심에 있는 구절이다.

462) 삼겨 : ‘생기게 하여’의 옛말.

463) “정자가 말하기를, ‘性은 理이다. 理는 요순으로부터 길가는 사람에 이르기까지 똑같은 것이다. 才는 氣에서 품수받은 것이다. 氣에는 淸濁의 차별이 있어 淸한 氣를 품수한 자는 賢者가 되고, 濁한 氣를 품수한 자는 愚者가 된다. 그러나 배워서 이치를 알게 되면 氣의 淸濁에 관계없이 모두 선에 이르러 性의 근본을 회복하게 된다. 湯과 武가 자신을 돌이켜보아 性을 성찰하였다는 것이 바로 이것이다. 공자가 말한 下愚者는 바꿀 수 없아는 것은 자포자기한 사람을 가리켜 말한 것이다.(程子曰 : ‘性卽理也, 理則堯舜至於塗人一也. 才吳於氣, 氣有淸濁, 吳其淸者爲賢, 吳其濁者爲愚. 學而知之, 則氣無淸濁, 皆可至於善而復性之本, 湯武身之是也. 孔子所言下愚不移者, 則自暴自棄之人也.’)”(≪孟子≫<告子章 上> 집주)는 구절을 염두에 둔 표현임.

464) 인심(人心)이 유위(惟危)하고 도심(道心)이 유미(惟微)란 말 : “사람의 마음은 불안하기만 하고, 도를 향한 마음은 미약하기만 하니, 오로지 정신을 하나로 모아 성실한 마음으로 中正의 도리를 지킨다.(人心惟危, 道心惟微, 惟精惟一, 允執厥中.)”(≪書經≫<大禹謨>)는 구절을 인용한 것임.

465) 어니라미니잇가 : <문>을 보면, ‘어이 니른 말이니잇가’의 오기.

"사람이 비록 셩인이라도 인욕이 업디 못하고 블쵸한 재라도 도심(道心)이 업디 아니하니, 인심(人心)은 위태하야 평안티 아니하나 도심은 미묘하야 보기 어려오니, 이러므로 오직 졍(精)하고 일(一)하여야 그 즁(中)을 잡나니라."466)

쇼옹(邵翁)이 주왈,

"복희시(伏羲氏) 팔괘(八卦)랄 하므로브터 상(象)과 수(數)과 니(理) 그 가온대 이시대, 셰상사람이 이(理) 혹(或) 그 상(象)을 보와 그 수(數)랄 알 리도 이시며 그 니(理)만 알 니도 이시니, 엇디 하야 올흐니잇가?"467)

왕 왈,468)

466) "마음의 虛靈과 知覺이 하나일 뿐이지만, 그러나 人心과 道心이 다름이 있다고 생각하는 것은 그 혹 形氣의 사사로움에서 생기고 혹 性命의 바름에 근원한 까닭으로서 지각하는 것이 같지 않기 때문이다. 이러한 까닭으로 혹 위태하여서 불안하고, 혹 미묘하여서 보기가 어려울 뿐이다. 그러나 사람이 이 形이 있지 않음이 없다. 까닭에 비록 上智라도 人心이 없을 수 없고, 또 이 性이 있지 않음이 없다. 까닭에 비록 下愚라도 道心이 없을 수 없으니, 두 가지가 마음 사이에 섞여서 다스리는 방법을 알지 못하면, 위태한 것은 더욱 위태해지고, 미묘한 것은 더욱 미묘해져서 천리의 공평함이 끝내 저 人欲의 사사로움을 이길 수 없게 되는 것이다. 정밀하면 저 둘의 사이를 살펴서 섞이지 않고, 한결 같으면 그 本心의 바름을 지켜서 떠나지 않는 것이다.(朱子曰 : '心之虛靈知覺, 一而已矣. 而以爲有人心道心之異者, 以其或生於形氣之私, 或原於性命之正, 而所以爲知覺者不同. 是以或危殆而不安, 或微妙而難見爾. 然人莫不有是形. 故雖上智不能無人心, 亦莫不有是性, 故雖下愚不能無道心, 二者雜於方寸之間, 而不知所以治之, 則危者愈危, 微者愈微, 而天理之公, 卒無以勝夫人欲之私矣. 精則察夫二者之間而不雜也, 一則守其本心之正而不離也. 從事於斯, 無少間斷, 必使道心常爲一身之主, 而人心每聽命焉, 則危者安微者著, 而動靜云爲, 自無過不及之差矣.')"(≪心經附註≫ 권1)는 구절을 염두에 둔 표현임.

467) 宋代에 象數易學과 義理易學으로 대별된 것을 염두에 둔 질문. 상수역학은 인간과 우주의 본질적인 문제를 象과 數를 가지고 규명하려 하였고, 의리역학은 ≪周易≫을 통하여 宋代의 새로운 시대이념과 윤리관을 정립하고자 하였다.

468) "공자가 말하기를, '나에게 몇 년을 보태 주어 50세에 이를 때까지 역을 공부할 수 있으면 큰 과오가 없게 될 것이다.'(子曰 : '加我數年, 五十以學易, 可以無大過矣.')"(≪論語≫ <述而篇>)라는 글에 대한 朱子의 註를 보면, "주역을 배우면 길흉소장의 이치와 진퇴존망의 이치에 밝게 되기 때문에 큰 잘못이 없게 될 것이다. 대개 성인이 주역의 무궁한 도에 심취하여, 이것을 사람들에게 배워야한다고 하며, 그것을 배우지 않으면 옳지 않음을 알리고, 또한 쉽게 배울 수 없음을 알게 한 것이다.(學易, 則明乎吉凶消長之理, 進退存亡之道, 故可以無大過. 蓋聖人深見易道之無窮, 而言此以教人, 使知其不可不學, 而又不可以易而學也.)"라 하였는데, 이를 염두에 둔 표현인 것으로 보임.

"쥬역(周易)이란 거시 음양쇼장지니(陰陽消長之理)이시니, 니(理)랄 바리고 수(數)만 젼쥬[傳授]하면 이난 수학(數學)이라, 그 폐[469] 복셔[470]의 뉴(類) 되고, 쥬역이 변홰(變化가) 무상(無常)하니, 니만 젼쥬하고 수랄 바리면 이난 니학(理學) 분이라,[471] 엇디 고[472] 굴신왕내[473]하난 묘리(妙理)랄 알리오?"

한유 주왈,

"젼국(戰國) 이후로 종행지슐[474]과 형명지학[475]을 숭상하야 인의랄 알 재(者가) 업더라. 오직 뉴국 시[476] 순경[477]과 왕망[478] 적 양웅[479]이 홀로 인의랄 행하야 대왕의 도랄 존숭(尊崇)하니, 가히 블러 썸작하니이다."[480]

469) 폐(弊) : 폐단.
470) 복셔(卜筮) : 길흉을 점치는 것.
471) 분이라 : 뿐이라.
472) 고 : <문>을 보면, '그'의 오기.
473) 굴신왕내(屈伸往來) : 변화무상한 이치.
474) 종행지슐(縱橫之術) : 전국의 合縱, 連衡에 의해서 강구하는 술책. 張儀와 蘇秦이 대표적 인물이다. "張儀者, 魏人, 與蘇秦俱事鬼谷先生, 學縱橫之術, 蘇秦自以爲不及也."(≪資治通鑑≫)
475) 형명지학(刑名之學) : 法으로서 나라를 다스려야 한다는 法家의 사상. 公孫鞅, 申不害와 韓非子가 대표적 인물이다. "公孫鞅者, 衛之庶孫也, 好刑名之學. 事魏相公叔痤, 痤知其賢, 未及進."(≪資治通鑑≫)
476) 뉴국시 : <문>을 보면, '뉵국시(六國時)'의 오기.
477) 순경(荀卿) : 戰國시대 趙나라의 유학자인 荀況의 존칭. 특히, 孟子의 性善說에 대해 性惡說을 주창하였다. 그때의 사람들이 荀 또는 孫이라 일컬어 존경하는 뜻으로 荀卿 또는 孫卿이라 하였다.
478) 왕망(王莽) : 前漢 말기의 정치가. 字는 巨君. 스스로 옹립한 平帝를 독살하고 제위를 빼앗아 국호를 新으로 명명했다. 漢나라 劉秀에게 피살되어 멸망했다.
479) 양웅(揚雄) : 前漢의 유학자이자 문인. 字는 子雲. 成帝 때의 궁정문인으로서 <甘泉賦>, <河東賦> 등 화려하면서도 성제의 사치를 풍자한 문장을 남겼다. ≪論語≫에 비겨 ≪法言≫, ≪周易≫에 비겨 ≪太玄≫, 창힐을 자처하여 ≪訓纂≫ 등을 지었다. 또 왕망이 정권을 찬탈한 후, 새 정권을 찬미하는 문장을 썼고, 괴뢰정권에 협조하였기 때문에 지조가 없는 사람으로 宋學 이후에는 비난의 대상이 되기도 했다.
480) ≪漢書≫의 "양웅은 어려서부터 학문을 좋아했으며, 章句의 뜻에만 연연하지 않고, 大意의 통달함만을 구하였다. 많은 책을 읽어 몹시 해박하였다.…(중략)…스스로 올바른 법도를 지녀, 성인의 서적이 아니면 보지 않았으며, 그들의 뜻에 어긋나면 비록 富貴한 것일지라도 구하지 않았다. 일찍이 사부를 좋아했다.(雄少而好學, 不爲章句, 訓詁通而已, 博覽無所不見.…(중략)…自有大度, 非聖哲之書不好也 ; 非其意, 雖富貴不事也. 顧嘗好辭賦.)"(<揚雄傳>)는 구절을 염두에 둔 질문임.

쥬희 소래 질러 왈,

"한워 제 학문이 머리 업산 학문이라[481], 시비 불명(不明)하야 망녕도이 알외나이다. 순경(荀卿)이 닐오대 '사람의 텬셩(天性)<이 본디>[482] 사오나오니라.'[483] 하니, 그 데자 니새[484] 그 학(學)을 던하야 션배랄 죽이고 경셔랄 블디라니, 이 다 순경의 죄오. 양웅(揚雄)은 닐오대 '사람의 텬셩이 본[485] 뎡한 거시 업서 사오나옴과 어딜미 섯기엿다.'[486] 하고, ≪태현(太玄)≫ · ≪법언(法言)≫을 지어내여 망녕도이 셩인(聖人)으로 자쳐[487]하니 가장 참남[488]하고, 왕망(王莽)을 섬겨 미신탁[489]을 지어 아당[490]하니. 이 두 사람은 오도(吾道)에 적이고 셩문(聖門)에 죄인이라. 엇디 브라리잇가?"

왕이 갈오샤대,

"차(此) 이인(二人)의 <죄>[491] 비록 그러하나 그 재죄 앗가오니 블러 가

---

481) 제 학문(學問)이 머리 업산 학문이라 : 한유가 <原道>에서 ≪大學≫의 經文을 인용하는 가운데 誠意 · 正心 · 修身 · 齊家만 말하였고 格物 · 致知를 언급하지 않은 것에 대해, 朱子가 '無頭學問'이라고 비난한 것을 염두에 둔 표현임. "原道中擧大學, 卻不說致知在格物一句. 蘇子由古史論擧中庸不獲乎上後, 卻不說不明乎善, 不誠乎身二句. 這兩箇好做對. 司馬溫公說儀秦處, 說立天下之正位, 行天下之大道, 卻不說居天下之廣居. 看得這樣底, 都是箇無頭學問."(≪朱子語類≫ 권137)

482) < > 부분은 누락된 것으로, <문>을 보고 보충한 것임.

483) 사람의 텬셩(天性) 사오나오니라 : "인간의 본성은 악하다. 그것이 선한 것은 인위적인 것이다.(人之性惡, 其善者僞也.)"(≪荀子≫<性惡篇>)는 구절을 인용.

484) 니새(李斯가) : 秦나라의 정치가. 한비자와 함께 순자의 문하로, 法家思想에 의한 중앙집권 정치를 주장하였다. 시황제의 승상으로서 군현제의 설치, 문자 · 도량형의 통일 등, 통일 제국의 확립에 공헌하였다. 시황제의 사후, 2세 황제를 옹립하고 권력을 발휘했으나 趙高의 참소로 실각하여 처형되었다.

485) 본 : <문>을 보면, '본딕'의 오기.

486) 사람의 텬셩이 본딕 뎡(定)한 거시 업서 사오나옴과 어딜미 섯기엿다 : "사람의 본성에는 선과 악이 섞여 있다. 선을 닦으면 선한 사람이 되고, 악을 닦으면 악한 사람이 된다.(人之性也善惡混, 修其善則爲善人, 修其惡則爲惡人.)"(≪揚子法言≫)는 구절을 인용.

487) 자쳐(自處) : 자기 자신을 어떤 사람으로 여기고 스스로 그렇게 처신함.

488) 참남(僭濫) : 분수에 맞지 아니하게 지나친 데가 있음.

489) 미신탁 : '劇秦美新論'을 지칭함. 진나라의 횡포를 비판하고 왕망이 세운 신나라를 찬미한 글이다.

490) 아당(阿黨) : 아첨.

491) < > 부분은 누락된 것으로, <문>을 보고 보충한 것임.

라쳐 졍(正)히 하리라."

하고, 즉시 브라니, 양인(兩人)이 드러와 배복(拜伏)하거날. 왕이 책(責)하야 갈오샤대,

"사람의 텬셩이 본대 어딜거날 경(卿 : 荀卿)이 엇디 사오납다 하며, 내 도난 하나흘 께엿거날[492] 웅(雄 : 揚雄)이 엇디 션악(善惡)이 흔하다[493] 하며, 또 웅이 역적을 셤겨 븟그러오믈 모라니 이 엇디 군자의 졀(節)이리오?"

냥인이 샤죄(謝罪)할 분이러라.

또 동중셔[494]와 왕통[495]과 허형[496]을 블러 갈오샤대,

"동중셔의 니란 배[所謂] '도에 큰 근본이 하날에셔 나닷' 말과, '도랄 밝히고 니(利)랄 혜디 말라함'과,[497] 왕통의 니란 바 '담(膽)은 크고져 하고 심(心)은 젹고져 한다.'[498] 하니, 그 말이 다 내의 도(道)를 아난 말이라. 내 가

492) 내 도(道)난 하나흘 께엿거날 : 공자가 증자와 문답하는 가운데서 "삼아, 내 도는 하나로 꿰었나느니라.…(중략)…증자가 말하기를, 선생님의 도는 忠恕일 따름이니라.(子曰 : '參乎! 吾道, 一以貫之,'…(중략)…曾子曰 : '夫子之道, 忠恕而已矣.')"(≪論語≫<里仁篇>)는 말을 인용.

493) 흔하다 : <문>을 보면, '혼(混)ᄒᆞ다'의 오기.

494) 동중셔(董仲舒) : 前漢의 유학자. 武帝를 섬기고, 법치 대신에 유가 사상을 정치의 근본 사상으로 할 것을 설득하였다. 이후 중국의 정치에 유교가 중요한 역할을 차지하게 되었다.

495) 왕통(王通) : 隋나라 말기의 유학자. 字는 沖淹. 王勃의 할아버지이다. 스스로 儒者임을 자부하고 강학에 힘을 쏟았는데, ≪論語≫를 토론하고 문인과의 대화를 정리・기록한 ≪文中子≫가 현존하고 있다.

496) 허형(許衡) : 元나라 때의 학자. 字는 仲平. 號는 魯齋. 원나라 사람들이 "북쪽에는 許衡이 있고, 남쪽에는 吳澄이 있다."고 일컬을 정도로 元代 유학에 있어서 거유였다. 원나라 세조를 섬겨 商議中書省事가 되었다. 주자학의 보급을 위해 힘썼다.

497) 동중셔의~말라함 : "도의 큰 근원은 하늘에서 나오니, 하늘이 변하지 않으니 도 역시 변하지 않는다.…(중략)…그 義만 바루고 그 利를 도모하지 아니하며, 그 도만 밝히고 그 공을 계교하지 아니한다.(道之大原, 出於天, 天不變, 道亦不變…(중략)…正其義而不謨其利, 明其道而不計其功.)"(≪漢書≫<董仲舒傳>)에서 인용.

498) 담(膽)은 크고져 하고, 심(心)은 젹고져 한다 : 膽欲大心欲小. 孫思邈이 한 "담력을 크게 가지되 마음을 작게 하고, 지혜를 원만하게 가지되 행실을 방정하게 할지니라.(孫思邈曰 : '膽欲大而心欲小, 智欲圓而行欲方.')"(≪唐書≫<隱逸傳>)는 말인데, 본문에서는 王通의 말로 잘못 인용됨.

장 아람다이 너기노라."[499)]

또 허형을 블러 대책왈,

"네 학문을 깁히 중하고[500)] 도의랄 너비 아라[501)] 군자의 사람이어날.[502)] 출쳐대절(出處大節)을 몰라 오랑캐게 허리랄 굽혀 섬김을 달게 너기난다? 네 노중년[503)]은 제(齊)나라 한 션배로대 진(秦)나라 황데 되믈 붓그려

499) 그 말이~아람다이 너기노라 : "대개 사람은 자기 몸에 성품이 있는 것을 알지만 그것이 하늘에서 나온 것임을 알지 못하고, 만사에 도가 있음을 알지만 그것이 성품에서 경유한 것임을 알지 못하고, 성인의 가르침이 있는 것은 알지만 그것이 나의 고유한 바에 따라 그것을 제재한다는 것임을 알지 못한다, 그러므로 자사는 이것에서 먼저 그것을 발명한 것이니, 동자(동중서)의 이른바 '도의 큰 근원이 하늘에서 나왔다.'는 것 역시 이런 의미이다.(蓋人知己知有性, 而不知其出於天, 知事之有道, 而不知其由於性, 知聖人之有教, 而不知其因吾知之所固有者裁之也. 故子思於此首發明之, 而董子所謂道之大原出於天, 亦此意也.)"(≪中庸≫ 1장 註)는 구절 등을 염두에 둔 표현. 단, 王通의 말로 인용된 구절은 제외한다.

500) 중하고 : <문>을 보면, '통ᄒᆞ고'의 오기.

501) 네 학문(學問)을~너비 아라 : "허형이 程伊川의 ≪易傳≫, 朱子의 ≪四書集註≫와 ≪小學≫ 등을 얻어 읽고는 깊이 감동하여 손수 베껴서 돌아온 뒤에 그를 따르던 학자들에게 말하기를, '이전에 내가 배우고 가르친 것은 모두 맹랑한 것이었다. 이제야 비로소 배움으로 나아가는 차례를 듣게 되었다. 만약 반드시 서로 따르고자 한다면 마땅히 이전의 배웠던 것들은 모두 버리고 ≪소학≫에서 제시한 청소하고 사람을 대하는 것을 행하는 것을 덕에 나아가는 기초로 삼아야 한다.'(乃還謂其徒曰 : '昔者授受, 殊孟浪也, 今始聞進學之序. 若必欲相從, 當率棄前日所學, 從事≪小學≫之灑掃應對, 以爲進德之基.')고 하였다."(≪魯齋遺書≫권13 및 ≪宋元學案≫)는 기록과 함께 그가 남긴 ≪語錄≫, ≪魯齋心法≫, ≪大學要略≫, ≪論明明德≫, ≪小大學或問≫, ≪大學直解≫, ≪中庸直解≫, ≪小學大義≫, ≪讀易私言≫, ≪孟子標題≫ 등을 염두에 둔 표현. 허형은 河南省 농민출신으로, 程頤·朱熹에게 깊은 영향을 받아 姚樞 등과 여러 학문을 연구했던 인물이다.

502) 군자의 사람이어날 : '군자로서의 도리를 아는 사람이었다.'는 의미. 이는 晏子가 절교를 청하는 越石父에게 그 이유를 묻자, 월석보가 "제가 듣건데 군자는 자기를 알아주지 않는 자에게는 자신의 뜻을 굽히지만 자기를 알아주는 자에게는 자신의 뜻을 드러낸다고 합니다.(吾聞君子詘於不知己而信於知己者.)"(≪史記≫<管晏列傳>)는 구절을 염두에 둔 표현.

503) 노중년(魯仲連) : 전국시대 齊나라의 웅변가. 높은 절개와 용기로 유명하다. 趙나라 平原君을 說伏하여 秦나라를 황제로 섬기지 못하게 하였다. 그리고 "그는 도망하여 해상에 숨어 살면서 '내 부귀하면서 남에게 굽실거리기보다는 차라리 빈천하여 세상을 경시하면서 내 마음대로 살라가리라.'하였다.(魯連逃隱於海上曰 : '吾與富貴而屈於人, 寧貧賤而輕世肆志焉.')"는 고사(≪史記≫<魯仲連列傳>)가 있다.

동해(東海)랄 발아 죽으려 하고, 관중[504]이 이적(夷狄)을 믈리쳐 쥬실(周室)을 존(尊)하니 군재 크게 너기니, 이제 너난 관중과 노중년의 죄인이로다."

형(衡)이 면색여토(面色如土)하야 대답할 말이 업더라.

군신이 또의[505] 논하기랄 마자매,[506] 왕이 갈오샤대,

"너해 각각(各各) 뜻을 니라라. 누고난 므삼 거슬 하고쳐 하난 일이 이시며, 누고난 므삼 붓그러온 일이 이시며, 누고난 므산 즐겨하난 일이 잇나뇨? 다 각각 닐러 숨기디 말라."

자릐(子路가) 내다라 갈오대,

"나난 청승[507] 나라흘 다사리고 삼군(三軍)을 거나려 적국(敵國)의 횡행(橫行)하믈 하고져[508] 하나이다."[509]

왕이 잠쇼(潛笑)하시더라.

안연(顔淵)이 갈오대,

"나난 누황[510]의이셔 일곽소[511]와 일포음(一瓢飮)으로 이실디라도[512] 대

504) 관중(管仲) : 춘추시대 齊나라의 재상. 이름은 夷吾. 반대편에 섰던 자신을 등용한 桓公을 섬겨 제나라를 강국으로 만들고, 환공을 중원의 패자가 되게 하였다. 그 과정에서 끝까지 자신을 믿어준 鮑叔牙와의 우정으로도 널리 알려졌는데, 이때 "나를 낳아준 이는 부모지만, 나를 알아준 사람은 포숙이다.(生我者父母, 知我者鮑子.)"는 말을 남겼다. (≪史記≫<管仲列傳>)

505) 또의 : <문>을 보면, '도의(道義)'의 오기.

506) 마자매 : <문>을 보면, '뭋ᄎ매(마치니)'의 오기.

507) 청승 : <문>을 보면, '쳔승(千乘)'의 오기.

508) 하고져 : 평정하고자 함.

509) 나난~하나이다 : 공자가 제자들에게 각자의 뜻을 묻자 자로가 대답한, "千乘의 나라가 大國 사이에 끼어서 적군의 侵入을 당하고, 饑饉으로 시달린다 할지라도, 제가 다스린다면 삼년 가량이면 백성들을 용감하게 만들고, 또 道義를 알도록 할 수 있겠나이다.(子路, 率爾而對曰 : '千乘之國, 攝乎大國之間, 加之以師旅, 因之以饑饉, 由也爲之, 比及三年, 可使有勇, 且知方也.)"(≪論語≫<先進篇>)는 구절을 염두에 둔 표현.

510) 누황 : '누항(陋巷)'의 오기. 누추한 마을.

511) 일곽소 : '일단사(一簞食)'의 오기. 한 소쿠리의 밥.

512) 나난~이실디라도 : "공자께서 말씀하셨다. 현자로다 안회여! 한 소쿠리 밥과 한 표주박 물로 누추한 곳에서 살고 있음을 사람들은 그 근심에 견디지 못하거늘, 안회는 그 즐거움을 고치지 아니하니, 정말로 현자로다 안회여!(子曰 : 賢哉! 回也. 一簞食, 一瓢飮, 在陋巷, 人不堪其憂, 回也, 不改其樂. 賢哉! 回也.)"(≪論語≫<雍也篇>)를 염두에 둔 표현.

왕의 도랄 배화 몸의 편(便)하니, 이 즐거온 배러이다."

맹재(孟子가) 갈오대,

"나난 회연지긔(浩然之氣)랄 잘 티니[513] 그 긔운이 지극히 크니 텬디 사이예 가닥한디라.[514] 텬하 안택[515]에이셔 텬하 평뉴(萍遊)의 행 하오니, 우러러 하날긔 븟그러오미 업고, 굽어 사람의게 븟그러오미 업사니, 이 가장 즐거오미러이다."[516]

뎡호(程顥가) 쥬왈,

"사슈 가의 노라 꼬사잘[517] 차자며 버들을 딸와 봄빗츨 귀경하니, 이 즐거오미러이다."[518]

---

513) 잘 티니 : 잘 치니. 잘 기르니.

514) 나난~가닥한디라 : "감히 여쭈건대, 선생님은 어느 면을 잘하시나이까? 나는 남의 말을 잘 이해한다. 그리고 나는 호연지기를 잘 기른다. 감히 여쭈건대, 무엇을 호연지기라 하나이까? 말로 설명하기는 어렵다. 그 기운은 몹시 크고 몹시 굳센 것으로, 그것을 곧게 길러 방해하지 않는다면 하늘과 땅 사이에 가득차게 된다. 그 기운은 정의와 정직에 맞는 것으로, 이 기운이 없으면 허탈해지게 된다. (敢問 : '夫子! 惡乎長?' 日 : '我知言. 我善養吾浩然之氣.' 敢問 : '何爲浩然之氣?' 日 : '難言也. 其爲氣也, 至大至剛, 以直養而無害, 則塞於天地之間. 其爲氣也, 配義與道, 無是, 餒也.')"(≪孟子≫<公孫丑 上>)는 구절을 염두에 둔 표현.

515) 안택(安宅) : "인은 하늘이 준 높은 벼슬이며 사람이 안주하는 집이다.(仁, 天地尊爵也, 人之安宅也.)"(≪孟子≫<離婁章 上>)에서 용례가 보임.

516) 우러러~즐거오미러이다 : "맹자가 말하였다. 군자에게 세 가지 즐거움이 있으나, 천하에 임금노릇하는 것은 여기에 들지 않는다. 부모가 다 살아 계시며 형제가 모두 무고함이 첫째 즐거움이요, 우러러 하늘에 부끄럽지 않고 구부려 사람들에게 부끄럽지 않은 것이 둘째 즐거움이요, 천하의 영재를 얻어 교육하는 것이 셋째 즐거움이다. 군자에게 세 가지 즐거움이 있으나, 천하에 임금노릇하는 것은 여기에 들지 않는다.(孟子曰 君子有三樂而王天下不與存焉 父母俱存 兄弟無故 一樂也 仰不愧於天 俯不怍於人 二樂也 得天下英才 而敎育之 三樂也 君子有三樂 而王天下 不與存焉)"(≪孟子≫<盡心章 上>)는 구절을 인용.

517) 꼬사잘 : <문>을 보면, '고잘(꽃을)'의 오기.

518) 사슈(泗水) 가의~즐거오미러이다 : 朱熹가 지은 <春日> "좋은 날 사수 강가를 산책 나가 꽃구경하니, 끝없는 광경이 일시에 새롭더라. 모르는 사이에 봄바람이 얼굴 알아, 울긋불긋한 것이 전체가 다 봄이더라.(勝日尋芳泗水濱, 無邊光景一時新. 等閑識得東風面, 萬紫千紅總是春)"는 시와, "늦은 봄철에 봄옷이 만들어지거든 어른 5,6인과 아이들 6,7인과 더불어 沂水에 목욕하고 舞雩에 올라 소풍하다가 시나 읊으면서 돌아오겠나이다.(莫春者, 春服旣成, 冠者五六人, 童子六七人, 浴乎沂, 風乎舞雩, 詠而歸.)"(≪論語≫<先進

쥬돈이(周惇頤) 갈오대,

"갠 달빗과 빗난 바람이 가삼의 빗쵀니 쇄락하야 한 졈 뜻글이 업사니,[519] 래[520]한 즐거오미러이다."

사마광(司馬光)이 주왈,

"신(臣)은 님군을 만나시대 왕안석[521]의 공척(攻斥)한 배 되여 종시(終始) 도랄 행티 못하니, 이 효[522]하난 배로소이다."

쥬희 갈오대,

"중원이 이적(夷狄)의 따히 되고 이뎨 븍막(北漠)의 가티여시대 쇼인(小人)이 화의(和議)로 님군을 속여 종시 회복을 못하니, 이 한(恨)하난 배로소이다."[523]

쇼옹(邵雍)이 주왈,

"나난 몸이 월궁[524]의 놀고 발이 텬근[525]을 발와 팔뇩[526]의 쥬류(周流)

篇>)의 구절 등이 참고가 됨. 泗水는 산동성 사수현 동쪽 陪尾山에서 시작하여 남서로 흘러 공자의 출생지인 曲阜縣을 거쳐 濟寧 부근에서 대운하와 합류한다.

519) 갠 달빗과~뜻글이 업사니 : 北宋의 시인이자 서예가인 黃庭堅이 周惇頤의 인품을 존경하여 쓴, "그의 인품이 심히 고명하며 마음결이 시원하고 깨끗함이 마치 맑은 날의 바람과 비갠 날의 달과 같도다.(其人品甚高, 胸懷灑落, 如光風霽月.)"(≪宋書≫<周敦頤傳>)는 구절을 염두에 둔 표현.

520) 래 : <문>을 보면, '쾌(快)'의 오기.

521) 왕안석(王安石) : 북송의 정치가·학자. 字는 介甫. 號는 半山. 부국강병을 위한 신법을 제정하여 실시하였다. 당송팔대가의 한 사람이다. 그런데 사마광과는 두 살 터울인 친구 사이였지만, 그는 신법당의 대표적인 인물이 되고, 사마광은 구법당의 대표적인 인물이 되었다. 끝내 神宗이 왕안석의 신법을 받아들이자, 사마광은 지방으로 나갈 수밖에 없었다.

522) 효 : <문>을 보면, '흔(恨)'의 오기.

523) 중원(中原)이~한(恨)하난 배로소이다 : 주희는 금나라를 하늘을 함께 이고 살 수 없는 원수로 여겼는데, 문화적으로 열등한 오랑캐 주제에 감히 중국을 넘본다는 철저한 우월주의 의식의 발로였다. 이민족에 대한 단순한 적개심의 발로가 아닌 이론적으로 제시한 것이 바로 華夷論이다. 따라서 그는 금나라와 타협하는 것을 철저하게 반대하였다. 이런 사실을 염두에 둔 표현이다.

524) 월궁 : '월굴(月窟)'의 오기. 陰으로 여자의 性.

525) 텬근(天根) : 陽으로 남자의 性.

526) 팔뇩 : <문>을 보면, '팔극(八極)'의 오기. 여기서는 '온 몸'을 의미.

하니 막힌 거시 업사니,[527] 이 즐거오미러이다."

뎡이(程頤) 주왈,

"텬하의 도랄 행하야 우흐로 님군을 요순(堯舜)을 맨다디 못하고, 아래로난 백셩을 당우(唐虞)랄 맨다디 못하니[528], 이 내의 븟그리난 배로소이다."

제갈량(諸葛亮)이 주왈,

"동(東)으로 손권[529]이 웅거(雄據)하고 북(北)으로 조죄[530] 종행하야 계우 익쥬(益州)랄 어드대, 중원을 회복디 못하고 녜악지티(禮樂之治)랄 니라디 못하니, 내의 한(恨)하난 배로소이다."[531]

군신(群臣)이 각각 언거[532]하기랄 마차매, 왕이 자공을 불러 갈오대,

---

527) 나난~거시 업사니 : 邵雍이 周易의 伏羲八卦를 보고 읊은 "눈과 귀가 총명한 남자 몸을, 홍균께서 내게 주시니 궁색지 않도다. / 월굴을 살펴본 연후에야 만물이 드러나는 이치를 알 것이요, 천근을 밟지 못한다면 어찌 사람의 근원을 안다 하랴. / 하늘이 바람을 만날 때 비로소 월굴을 볼 것이요, 땅이 우레를 만나는 곳이 곧 천근처이다. / 천근과 월굴을 한가로이 왕래하니, 삼십육궁이 모두 봄이더라.(耳目聰明男子身, 洪鈞賦予不爲貧. 須探月窟方知物, 未躡天根豈識人. 乾遇巽時觀月窟, 地逢雷處見天根. 天根月窟閒往來, 三十六宮都是春.)"는 觀物詩를 염두에 둔 표현. 朱熹는 <康節先生畫像贊>에서 이 시를 "手探月窟, 足躡天根."이라 했다. 곧, 음양이 한가로이 왕래하니 소우주인 육체가 모두 봄이 되어 완전하다는 뜻이다.

528) 텬하의~맨다디 못하니 : "염계 周敦頤선생이 말하기를 '聖人은 하늘과 같기를 바라고, 賢人은 성인이 되기를 바라며, 선비는 현인이 되기를 바란다. 伊尹과 顔淵은 大賢이다. 이윤은 그 임금이 요와 순이 되지 못함을 부끄럽게 여기고, 한 백성이라도 그 살 곳을 얻지 못하면 마치 자신이 저자에서 매 맞는 것 같이 생각했다.'(濂溪周先生曰 : '聖希天, 賢希聖, 士希賢. 伊尹顔淵, 大賢也. 伊尹恥其君不爲堯舜, 一夫不得其所, 若撻于市.')"(≪小學≫<嘉言>)는 구절을 활용.

529) 손권(孫權) : 吳나라의 초대 황제. 형 孫策의 뒤를 이어 江東을 領有하고 劉備와 동맹하여 曹操를 赤壁에서 격파하였다.

530) 조죄(曺操가) : 後漢 사람. 字는 孟德. 權謀에 능하고 詩를 잘하였다. 獻帝 때 宰相이 되고 魏王으로 封함을 받았다. 그의 아들 조가 제위에 올라 武帝로 追尊되었다.

531) 동(東)으로~한(恨)하난 배로소이다 : 삼국시대 때, 曹操가 189년 군사를 일으켜 黃巾賊을 격파하고 董卓을 토멸하여 후한의 獻帝를 옹립해서 화북의 지배권을 확립한다. 한편, 劉備는 형주를 손에 넣고 吳나라의 孫權과 동맹하여 조조의 남하를 저지하였으며, 211년에는 益州를 차지한다. 그 후 손권은 유비와 싸워서 형주를 손에 넣었으며, 揚子江의 중·하 유역을 세력 하에 두었다. 이와 같은 역사적 배경을 염두에 둔 표현이다.

532) 언거 : <문>을 보면, '언디(言志)'의 오기. 자기의 뜻을 이야기함.

"네 평알[533] 인물 비방[534]하기랄 잘하더니, 네 군신을 일일히 의논하야 고하랄 뎡(定)하라."[535]

자공이 대왈,

"신(臣)이 식견이 업사니, 엇디 감히 고금 셩현을 의논하리잇가?"

왕 왈,

"너난 사양 말고 소견(所見)을 다하라."

자공이 배사(拜謝)하고 믈러나 군신을 둘러보고 차례로 의논할식, 안연(顔淵)을 가라쳐 왈,

"차인(此人)은 하나흘 드러 열흘 알고[536] 사욕을 이긔여 텬니(天理)랄 회복하니,[537] 셩인의 테덕(泰德)이 가잣난디라. 봄 긔운이 만믈을 화생(化生)하난 긔상이라. 족(足)히 하우시(夏禹氏)와 엇게랄 가작이 하리이다."

---

533) 평알 : <문>을 보면, '평일(平日)'의 오기.

534) 비방(比方) : 서로 견주어 봄.

535) ≪論語≫<先進篇>의 "어느 날 제자인 자공이 공자에게 물었다. '선생님, 子張과 子夏 중 어느 쪽이 더 현명합니까?' 공자는 이렇게 말했다. '자장은 아무래도 매사에 지나친 면이 있고, 자하는 부족한 점이 많은 것 같다.' '그렇다면 자장이 낫겠군요?'라며 자공이 다시 묻자 공자는 이렇게 대답했다. '그렇지 않다. 지나침은 미치지 못한 것과 같다.'(子貢問 : '師與商也孰賢?' 子曰 : '師也過, 商也不及.' 曰 : '然則師愈與?' 子曰 : '過猶不及.')"는 일화 등이 참고가 됨.

536) 하나흘 드러 열흘 알고 : "공자가 子貢에게 '너와 回는 누가 더 나은가?'라고 묻자, '제가 어찌 감히 안회와 비교하겠습니까? 회는 하나를 들으면 열을 알고 저는 하나를 들으면 둘을 알뿐입니다.'라고 대답했다. 그러자 공자는 '그렇다. 그만 못하다. 나와 너는 그만 못하다.' 말했다.(子謂子貢曰 : '女與回也, 孰愈?' 對曰 : '賜也, 何敢望回? 回也, 聞一以知十, 賜也, 聞一以知二.' 子曰 : '弗如也. 吾與女, 弗如也.')"(≪論語≫<公冶長>)에서 인용.

537) 사욕(私慾)을 이긔여 텬니(天理)랄 회복(回復)하니 : 克己復禮. "顔淵이 인에 대하여 여쭈니, 孔子가 '나를 이기고 예로 돌아감이 인이 된다. 하루 동안 나를 이기고 예로 돌아가면 천하가 인으로 돌아간다. 인을 행함은 자기를 말미암은 것이니, 다른 사람에게 말미암겠는가?'고 말하였다. 안연이 다시 '청컨대 그 조목을 여쭙겠나이다.'고 하자, 공자가 '예가 아닌 것은 보지 말고, 예가 아닌 것은 듣지 말고 예가 아닌 것은 말하지 말고, 예가 아닌 것은 움직이지 말아라.'고 말하였다. 이에, 안연이 '제가 비록 불민하나 청컨대 이 말을 받들겠나이다.'고 말하였다.(顔淵問仁. 子曰 : '克己復禮爲仁. 一日克己復禮, 天下歸仁焉. 爲仁由己, 而由人乎哉?' 顔淵曰 : '請問其目.' 子曰 : '非禮勿視, 非禮勿聽, 非禮勿言, 非禮勿動.' 顔淵曰 : '回雖不敏, 請事斯語矣.')(≪論語≫<顔淵>)"는 구절을 활용.

또 종삼[538]을 가라쳐 왈,

"차인은 날마다 세 가지 일<노 몸>[539]을 살피고,[540] 일작[541] 일관(一貫)한 도랄 드러 힘써 행하야[542] 주기예[543] 니라러도 졍도(正道)에 어그릇디 아니하니,[544] 족히 셩탕(成湯)의게 머리랄 사양티 못하니이다."

또 자사(子思) 가라쳐 왈,[545]

"셩도(聖道)에 종파(宗派)랄 어더 중용(中庸)을 지어 도학에 톄용(體用) 밝히고 텬니의 예은을[546] 알게 하니,[547] 이난 족히 역단[548]을 지으신 문왕(文

---

538) 종삼 : <문>을 보면, '증숨(曾參)'의 오기.

539) < > 부분은 누락된 것으로, <문>을 보고 보충한 것임.

540) 날마다 세 가지 일노 몸을 살피고 : 一日三省吾身. "증자가 말했다. '나는 하루에 세 차례씩 내 스스로를 반성한다. 남을 위하여 일을 도모함에 있어 성실치 못하지는 않았던가? 벗과 더불어 사귐에 있어 신의가 없지는 않았던가? 익히지 않은 바를 남에게 전하지는 않았던가?'(曾子曰 : '吾日三省吾身. 爲人謀而不忠乎? 與朋友交而不信乎? 傳不習乎?')"(≪論語≫<學而>)는 구절을 인용.

541) 일작 : 일찍.

542) 일작~힘써 행(行)하야 : 一以貫之. "공자가 '삼아! 나의 도는 하나로 꿰뚫고 있다.'고 말하자, 증자가 '그렇습니다.'고 대답하였다. 그리고는 공자가 나가자, 문인들이 증자에게 '무슨 말입니까?' 물으니, 증자가 '선생님의 도는 忠과 恕일뿐이다.'고 대답하였다.(子曰 : '參乎! 吾道一以貫之.' 曾子曰 : '唯.' 子出, 門人問曰 : '何謂也?' 曾子曰 : '夫子之道, 忠恕而已矣.')"(≪論語≫<里仁>는 구절을 활용.

543) 주기예 : <문>을 보면, '쥭기의(죽기에)'의 오기.

544) 주기예~어그릇디 아니하니 : "생명을 빼앗길 수 있는 일에 임해서도 그 뜻을 뺏기지 않으면 그는 군자일 것이다. 참으로 군자일 것이다.(臨大節而不可奪也, 君子人與, 君子人也.)"(≪論語≫<泰伯>)는 구절을 활용.

545) "공자의 손자인 자사가 이 시기(十椎시기)에 태어나 ≪중용≫을 저술하셨고, 그 문인의 제자인 맹가가 제나라와 양나라에서 왕도정치를 진술하셨는데 도가 또 시행되지 못하여 ≪맹자≫ 7편을 저술하셨으나, 이단과 종횡과 공리의 학설이 성행해서 우리 유학의 도가 전해지지 못하였다.(孔子之孫子思, 生斯時, 作中庸, 其門人之弟孟軻, 陳王道於齊梁, 道又不行, 作孟子七篇, 而異端縱橫功利之說盛行, 吾道不傳.)"(≪童蒙先習≫)를 유념한 표현.

546) 텬니의 예은을 : <문>을 보면, '텬니예 비은을'로 되어 있음. 그러나 '텬니의 미온(未穩)을'인 것으로 보이는데, '미온'은 '立言未穩'이다. '입언미온'은 '가르침이 될 만한 말 가운데 온당치 못한 것'의 의미이다. '立言'은 ≪春秋左傳≫ 襄公 24년의 "첫째는 立德이요, 다음은 立功이요, 다음은 立言이니, 이것은 세월이 아무리 흘러도 없어지지 않기 때문에 不朽라고 하는 것이다."를 보면, '가르침이 될 만한 말'이란 의미이다.

547) 셩도(聖道)에~알게 하니 : "중용은 어찌해서 지음인고? 자사선생이 도학의 그 전함을 잃을까 근심이 되어서 지으심이니라.(中庸, 何爲而作也? 子思子, 憂道學之失其傳而作也.)"

王)과 갓탈 거시오."

"맹자(孟子)난 텬셩의 본션(本善)하믈 닐러 도의랄 뇌디[549] 아니케 하고, 패도(霸道)랄 내쳐 왕도(王道)랄 존(尊)하고, 이단을 막잘라 오도(吾道)랄 븟드니 셩인의 버금이로이대, 긔운이 너모 발월[550]하고 자최 너모 드러나니, 목야(牧野)의 듀[551]랄 티던 무왕(武王)과 갓타니다."

"중궁(仲弓)은 위인(爲人)이 간약[552]하니 인군의 톄되(體道) 잇고, 민자건(閔子騫)은 효행이 지극하니 사람이 의논할 말이 업고, 염백유[553]난 셩인(聖人)의 덕이 잇고, 자로(子路)난 용(勇)과의 사람의게 디나나 너모 강강[554]하고, 츄순[555]하야 졍미(精微)한 도랄 모라고, 자가아[556]난 말삼이 행하난 바에 디나가고, 염유(冉有)난 뜻이 비루(鄙陋)하고, 유(子游)난 놉흐대 부허[557]하고, 자하(子夏)난 독실(篤實)하대 변통(變通)이 업고, 자장(子張)은 당당하대 인이 브족하고, 원헌(原憲)은 너모 고집하고, 고쇠[558]난 너모 우덕하고, 증점(曾點) 칠됴대[559]난 임의 대의랄 보와 셩인의 긔상이 이시나 광견[560]하

(≪中庸≫<中庸章句序>)는 구절을 염두에 둔 표현.

548) 역단(易端) : 중국 상고시대 伏羲氏가 그린 卦에 대하여, 周의 文王이 총설하여 卦辭라 한 것을 이름. 뒤에 周公이 상설하고, 孔子가 심오한 원리를 붙인, 陰陽의 원리에 대한 책이 바로 周易이다.

549) 뇌디(懶之) : 게으르지.

550) 발월(發越) : 기상이 매우 뛰어남.

551) 듀(紂) : 殷나라의 마지막 왕으로 폭군으로 알려져 있음.

552) 간약(簡約) : 대범하고 要約함.

553) 염백유 : '염백우(冉伯牛)'의 오기.

554) 강강(剛剛) : 아주 단단함.

555) 츄순 : <문>을 보면, '추솔(麤率)'의 오기. 거칠고 차분하지 못함.

556) 자가아 : <문>을 보면, '직아(宰我)'의 오기.

557) 부허(浮虛) : 마음이 들뜨고 미덥지 못함.

558) 고쇠 : '공서(公西)'의 오기.

559) 칠됴대 : <문>을 보면, '칠조기(漆雕開)'의 오기. 공자의 제자. 字는 子若. "공자께서 칠조개에게 벼슬을 하도록 권하였다. 그가 대답하기를 '저는 벼슬살이 하는 것에 대해서 아직 제 자신을 믿을 수가 없습니다.'고 하자, 공자께서 기뻐하셨다.(子使漆雕開仕, 對曰 : '吾斯之未能信.' 子說.)"(≪論語≫<公冶長>)는 일화가 있다.

560) 광견(狂狷) : 지나치게 이상만 높고 실행이 따르지 못함.

야 재티 못하고, 쥬돈이(周惇頤)난 쇠락561)하믄 증졈 갓타대 실행(實行)이 낫고, 뎌하562)난 샹셔의 날[日]<과> 화하난563) 비564) 갓타니 안연(顔淵)의 무리오. 뎡이(程頤)난 조백의 문이며 숙속의 맛 갓하니565) 자사(子思)에 뉴(類)요. 장재(張載)난 고비랄 한 번 박차566) 지극한 도의 나가니567) 증자(曾子)의 짝이오. 쇼옹(邵雍)은 영매(英邁)하미 뛰여나고 호긔(豪氣)로오미 텬디 홀로 셔니 백이(伯夷)와 방불하고, 사마광(司馬光)은 심의568)와 대대로 덕(德)이 이시며 공(功)이 이시니 이윤(伊尹)과 비(比)할 거시오. 쥬희(朱熹)난 됴슈

561) 쇠락 : <문>을 보면, '쇄락(灑落)'의 오기.
562) 뎌하 : <문>을 보면, '뎡호(程顥)'의 오기.
563) 화하난 : <문>을 보면, '화흔(환한)'의 오기.
564) 비 : <문>을 보면, '빗(빛)'의 오기.
565) 조백의 문이며 숙속(菽粟)의 맛 갓하니 : <문>을 보면, '포뵉에 무리 슉속의 맛ᄀᆞᄒᆞ니'로 되어 있음. 둘 다 조금씩 오기가 있는데, '포백(布帛)의 문이며 숙속(菽粟)의 맛같으니'가 옳다. 이는 주희가 쓴 <六先生畫像贊>의 '이천선생'에 해당 부분인 "規와 같이 둥글고 矩와 같이 모나며 繩과 같이 곧고 準과 같이 평평하도다. 진실로 君子여! 진실로 크게 이루었도다. 布帛같은 문채요, 菽粟같은 맛이로다. 그 德音을 아시는 분 드무니, 뉘라서 그 귀함을 알손가.(規員矩方, 繩直準平. 允矣君子, 展也大成. 布帛之文, 菽粟之味. 知德者希, 孰識其貴.)"에서 나온다. 원문에 인용된 부분의 뜻은 '이천 선생의 인품은 질박한 베옷 같고, 콩이나 수수의 맛과 같이 담백하다.'이다.
566) 고비(皐比)랄 한 번 박차 : 고비는 본래 호랑이 가죽을 말함. 張載가 평소 <易>에 능했다고 여겼으나, 朱熹가 <易>을 강론함을 보고 감탄하여 깔고 앉았던 虎皮 방석을 박차고 일어났다는 故事에서 유래한 말이다.
567) 나가니 : <문>을 보면, '나아가니'의 오기.
568) 심의(深衣) : 신분이 높은 선비들이 입던 웃옷. 대개 흰 베를 써서 두루마기 모양으로 만들었으며 소매를 넓게 하고 검은 비단으로 가를 둘렀다. 사마광의 <獨步至洛濱> "연한 풀, 맑은 강물, 희미한 모래벌 언덕 / 손에는 죽장 짚고, 몸에는 긴 두루마기 옷 / 세상일을 잊은 지 오래임을 믿지 않고 / 나를 보는 백구는 버드나무 언덕을 가로난다.(草軟波淸沙岸微, 手攜筇竹着深衣. 白鷗不信忘機久, 見我猶穿柳岸飛.)"에서 나온다. 北宋의 司馬光이 獨樂園에 은거할 때에 ≪禮記≫의 古制에 의거하여 深衣를 燕居의 복식으로 지어 입었고 그것을 ≪書儀≫에 기록해두었는데, 南宋의 朱熹도 그것을 제작하여 입고 ≪家禮≫에 추거하자, 조선시대 유학자들의 선호하는 복식이 되었다고 한다. 한 예로 李瀷의 <紙被銘> "종이 이불 만든 일로, 사마광이 銘을 지었네. 몸 덮고 斂했으니, 사람들이 이를 칭송했네. 박한 물건이나 쓰임은 무거워, 가난한 방에 참으로 맞네. 내 이를 따르니, 후사들도 알기를 바라네.(維紙爲衾, 馬公銘詩. 周身庀斂, 人或謂之. 物薄用重, 貧室愜宜. 我則遵焉, 後嗣攸知.)"를 든다.

백천을 살피고[569] 우레만호 연 닷하니[570] 맹자 곳 아니면 다톨 재(者가) 업살 거시오. 장식(張栻)은 념계(濂溪)예 제월(霽月)이 비최고 긔슈(沂水)의 춘풍(春風)을 쏘이니 복[571]자하(子夏)의 버금이 될 거시오. 녀조겸(呂祖謙)은 팔셰(八世)예 문헌(文獻)을 니어 인신의 중화[572]랄 닐워니[573] 언[574] 자유(子游)랄 븟그리디 아닐 거시오. 제갈량(諸葛亮)은 긔상은 유자(儒者) 갓고 디혜난 귀신 갓타니 강자의게[575] 좌(座)랄 사양티 아니리이다."

---

569) 됴슈백쳔(鳥獸百川)을 살피고 : 날짐승과 들짐승의 현상과 땅의 형상을 살피고. "태호복희씨는…(중략)…위로는 우러러 하늘의 모양을 관찰하고 아래로는 굽어 땅의 모범을 관찰하였으며, 옆으로는 날짐승과 들짐승의 현상과 땅의 마땅함을 살펴 가까이는 자신의 몸에서 취하고 멀리는 모든 사물에서 비유를 취하여 팔괘를 처음으로 그림으로써 신명의 덕과 통하게 하여 만물의 상황을 종류대로 분류하였다.(太昊伏犧氏…(중략)…仰則觀象于天、俯則觀法于地；旁觀鳥獸之文與地之宜, 近取諸身, 遠取諸物, 始畵八卦, 以通神明之德, 以類萬物之情.)"(≪史記≫<三皇本紀>)는 구절이 참고가 됨.

570) 우레만호(雨雷萬戶) 연 닷하니 : 朱熹의 <答袁機仲論啓蒙> "홀연히 한밤중에 우레 소리 크게 나니, 만호 천문이 차례로 열리누나. 만약 없음[無] 속에 형상이 함유된 것을 안다면, 그대가 친히 복희씨를 뵈었다 하겠네.(忽然半夜一聲雷, 萬戶千門次第開. 若識無心含有象, 許君親見伏羲來.)"는 구절을 활용.

571) 복(卜) : 자하의 姓임.

572) 인신(人身)의 중화(中和) : '인신'은 人品과 才學. 中和는 치우치지 아니하고 바른 상태. 中和는 여조겸이 朱熹와 함께 편찬한 ≪近思錄≫의 <道體篇・中和>를 보면, "이천 선생이 말하였다. '희로애락의 감정이 밖으로 나타나지 않은 상태를 中이라 한다. 中이란 고요하고 움직이지 않는 상태에 있는 것을 말한다. 그래서 천하의 큰 근본이라고 하는 것이다. 그리고 희로애락의 감정이 밖으로 나타나서 절도에 알맞아 바르고 어긋남이 없는 것을 和라 한다. 和란 마음이 사물에 느끼고 두루 통함을 말한다. 그래서 천하에 두루 통하는 도라고 하는 것이다.(伊川先生曰 : '喜怒哀樂之未發, 謂之中. 中也者, 言寂然不動者也. 故曰天下之大本. 發而皆中節, 謂之和. 和也者, 言感而遂通者也. 故曰天下之達道.')"라고 설명하고 있다.

573) 팔셰(八世)예~중화(中和)랄 닐워니 : 여조겸(呂祖謙)의 집안은 呂蒙正에서부터 呂大器에 이르기까지 무려 8대 동안 "中原 文獻의 正傳을 계승했다.(祖謙之學本之家庭, 有中原文獻之傳.)"(≪宋史≫<本傳>) 고 칭송될 정도로 家學的 전통이 깊었다. 여러 학풍을 수용하면서 확립된 여조겸의 가학적 전통은 一師一說에 편중됨이 없었는데, 끝내 宋代 理學의 저명한 한 학파[呂學 또는 婺學]를 형성하였다. 이런 사실을 일컫는다.

574) 언(言) : 자유의 姓.

575) 강자의게 : <문>을 보면, '강ᄌᆞ아의게'로 되어 있음. 둘 다 오기로, 언변이 뛰어났던 '재아(宰我)'의 잘못이다.

자공(子貢)이 의논하기랄 다하매, 왕이 웃고 갈오샤대,

"네 군신(郡臣) 의논하난 말이 명감(明鑑)을 비쵠 닷하야 일호(一毫)도 그라미 업사니, 시험하야 날을 의논하라."

자공이 재배 왈,

"신(臣)이 엇디 감히 대왕을 의논하리잇가? 하날 우러러 보매 그 놉흔 줄을 비록 아나 그 놉흔 발랄576) 엇지 알며, 일월(日月)이 비록 밝은 줄 아나 그 밝은 줄을577) 엇디 알리잇가? 신이 소견으로 대왕을 의논할딘대, 대굼그로 하날을 보기578) 갓타며 조개겁질로 바다흘 림579) 가탄디라, 신이 엇디 알리잇가? 그러하나 임의 명(命)이 이시니, 감히 외람(猥濫)한 말로 알외오리이다. 나시난 바의 화(和)하고580) 존(存)하신 바의 신긔로와,581) 풍뉴(風流)랄 드러 정사(政事)랄 알며, 그 사람을 보와 녜도(禮度)랄 아라시믄, 밝셰582) 아래로 말매암아 백셰(百世) 왕의게 어긔디 아닐디라.583) 텬디로 더

576) 발랄 : <문>을 보면, '바를'의 오기.

577) 줄을 : '바를'의 오기인 듯.

578) 대굼그로 하날을 보기 : 사물이나 현상을 넓게 보지 못하고 좁게 보는 것을 이르는 말.

579) 바다흘 림 : '바다흘 가림'의 오기.

580) 나시난 바의 화(和)하고 : "喜怒哀樂이 아직 나타나지 않았을 때를 中이라 이르고 나타났지만 節에 맞게 함을 和라 하니, 中이라 하는 것은 천하의 큰 근본이요 和라는 것은 모두가 가야 할 길이니라.(喜怒哀樂之未發, 謂之中 ; 發而皆中節, 謂之和. 中也者, 天下之大本也 ; 和也者, 天下之達道也.)"(≪中庸≫ 1장)는 구절을 염두에 둔 표현.

581) 존(存)하신 바의 신긔(神奇)로와 : "공자가 말하기를 '역은 과연 지극한 것이다! 역은 성인이 덕을 숭상하고 사업을 넓게 펼치기 위해 만든 것이다. 지혜를 높고 원대히 하되 하늘처럼 하며, 실천은 땅과 같이 비근한 데로부터 시작한다. 천지가 자리잡으니 역이 그 사이에서 행해진다.'고 했다. 하늘의 도리에 따라 이루어진 마음의 본바탕을 그대로 지키고 지키는 것이 道義의 문이다.(子曰 : '易其至矣乎! 夫易, 聖人所以崇德而廣業也. 知崇禮卑, 崇效天, 卑法地. 天地設位, 而易行乎其中矣.' 成性存存, 道義之門.)"(≪周易≫<系辭上傳> 7장)는 구절을 염두에 둔 표현.

582) 밝셰 : <문>을 보면, '빅셰(百世)'의 오기.

583) 풍뉴(風流)랄~아닐디라 : "자공이 말하기를, '그 예법을 보고 그의 정사를 알 만하며, 그의 음악을 듣고 그 덕을 알 만한 것이니, 백세의 뒤로부터 백세 동안의 왕들과 비교 검토하여 본다면 틀릴 수가 없는 것이니 생민이 생긴 이래로 선생만한 분이 없나니라.'(子貢曰 : '見其禮而知其政, 聞其樂而知其德, 由百世之後, 等百世之王, 莫之能違也, 自生民以來, 未有夫子也.')"(≪孟子≫<公孫丑 上>)는 구절을 활용.

브러 그 덕이 합하고 일월노 더브러 그 길흉이 합하며,[584] 하날우해[585] 몬져 하매 하날이 어긔디 아니코 하날이 후의 하며 텬시(天時)랄 밧드니러시니,[586] 그 어디라시미 요순(堯舜)의 디나시미 머라시니이다."

왕이 갈오샤대,

"이 엇딘 말고? 네 너모 과도히 닐러 날로 하여곰 붓그리게 하난도다. 네 날을 의논하니, 내 또 너랄 의논하리라. 너난 영오(穎悟)하미 졀늒(絶倫)하고 자용[587]하며 낙이(樂易)하야 군자의 풍되(風度가) 이시니, 비(比)컨대 고은 옥을[588] 맨단 그라새 살로[589] 꿈밈 갓단디라. 내의 심(甚)히 사랑하난 배라."

하니, 자공이 배사(拜謝)하믈 마디 아니하더라.

왕이 명하야 잔채랄 배셜(排設)하야 군신(群臣)으로 더부러 즐길새, 대사공(大司空) 염유(冉有) 연슈[590]랄 찰히고, 대사도(大司徒) 자위[子游가] 풍악을 준비할새, 화연(華宴)이 지지하고[591] 위의(威儀) 제제(濟濟)하더라. 회준[592]의

584) 일월노 더브러 그 길흉이 합하며 : 이 부분은 잘못 필사했거나, 작가의 착란이 있었던 것으로 판단됨.

585) 하날우해 : <문>을 보면, '하늘의'의 오기.

586) 텬디(天地)로 더브러~텬시(天時)랄 밧드니러시니 : "대인은 천지와 그 덕이 합치하고, 일월과 그 밝음이 합치하고, 사시와 그 질서가 합치하고, 귀신과 그 길흉이 합치하는 사람이다. 그러므로 하늘보다 먼저 행하여도 하늘이 이를 어기지 않고, 하늘보다 나중에 하여도 하늘의 때를 받든다. 하늘도 또한 어기지를 않는데 하물며 사람이 어기겠는가? 귀신이 어기겠는가?(夫大人者, 與天地合其德, 與日月合其明, 與四時合其序, 與鬼神合其吉凶, 先天而天弗違, 後天而奉天時, 天且不違, 而況於人乎? 況於鬼神乎?)"(≪周易≫<乾卦>)는 구절을 활용.

587) 자용(自用) : 남의 말에 흔들리지 않고 자기 생각대로 함.

588) 고은 옥을 : <문>을 보면, '고운 옥[美玉]으로'의 오기. 이는 子貢이 공자를 미옥으로 비유한 적이 있는데, 이를 역으로 활용한 것으로 보임. 곧, "자공이 물었다. '아름다운 옥이 여기 있다면 궤 속에 넣어서 감춰 두시겠습니까? 또는 좋은 값을 놓는 사람을 찾아서 파시겠습니까?'(子貢曰 : '有美玉於斯, 韞匵而藏諸? 求善賈而沽諸?')"(≪論語≫<子罕>)이다. 여기서 '美玉'은 孔子를, '賈主'는 明君을 의미하고 있다.

589) 살로 : <문>을 보면, '구술로(구슬로)'의 오기.

590) 연슈(宴需) : 잔치에 드는 물건.

591) 지지하고 : 왁자지껄하고.

592) 회준(犧樽) : 술항아리의 한 가지.

술을 자(醡)로 부어 두고어 순 디나매, 쇼자도[593] 령희[594] 태샹을 드러[595] 팔음[596]을 졀주(絶奏)하고 대사도(大司徒) 유(子游) 소고셩(小鼓聲)을 주하니, 육늋(六律)이 화(和)하고 오음(五音)이 골라, 귀신과 사람이 화하고, 오채 봉황(五彩鳳凰)은 돗 우해셔 우의[597]하고, 일각린(一角麟)은 섬 아래셔 춤추더라.

왕이 스사로 다삿 줄 거문고랄 어라만디며 노래지어 갈오샤대,

> 하날 명(命)을 <바다> 이에 흠명하시니[598]
> 백셩이 쇼명(昭明)하고
> 만방(萬邦)이 협화하난도다.[599]
> 셔젹이 다 회하니
> 백공(百工)이 이에 니라도다.[600]

맹재 배슈계슈(拜手稽首)하고 말을 드러 갈오대,

"그 덕을 적(迪)하야 목명필해[601]하리이다."[602]

---

593) 쇼자도 : <문>을 보면, '쇼ᄉᆞ도(小司徒)'의 오기.

594) 령희 : <문>을 보면, '뎡희(程顥가)'의 오기.

595) 태샹을 드러 : 太常樂에 맞추어.

596) 팔음(八音) : 8가지 다른 재료에 의해서 만들어진 여덟 종류의 국악기에서 나는 음.

597) 우의(羽儀) : 날아가는 새의 날개 모양. 날개짓.

598) 흠명하시니 : <문>을 보면, '흠명(欽明)ᄒᆞ미여'의 오기. 欽明文思. 임금이 베푼 덕이 널리 퍼져나감을 칭송한 말. 欽은 '몸을 삼가다', 明은 '이치에 환하다'는 뜻으로, '삼가 밝힌다'는 의미이다.

599) 백셩(百姓)이~협화(協和)하난도다 : "요임금이 능히 큰 덕을 밝혀 구족을 친화하고 이에 따라 모든 백성들이 빛나고 밝게 되었으며 온 천하가 고루 화합하게 되었다.(克明峻德, 以親九族, 九族旣睦, 平章百姓, 百姓昭明, 協和萬邦, 黎民於變時雍.)"(≪書經≫<虞書・堯典>)는 구절을 인용.

600) 셔젹이~니라도다 : '니라도다'는 <문>을 보면, '니ᄅᆞ러도다[到]'의 오기. "백관이 잘 다스려지고 뭇 공덕이 모두 빛나게 되리라.(允釐百工, 庶績咸熙.)"(≪書經≫<虞書・堯典>)는 구절을 활용.

601) 목명필해 : '모명필해(謨明弼諧)'의 오기.

602) 그 덕을~하리이다 : "참으로 덕을 따라 나아가면 계획하는 일은 밝게 서고 보필함도 이루어질 것이다.(允迪厥德, 謨明弼諧.)"(≪書經≫<虞書・皐陶謨>) 는 구절을 활용.

이에 노래하야 갈오대,

왕의 덕이 너비 운(運)하며
빗치 사됴[603]의 닙히도다.
덕(德)을 명(明)하야 <민(民)을 함(含)하니
하날로브터 명(命)하야>[604] 이에 보(保)하도다.

백공(百工)이 셔라 화답하야 노래 블러 갈오대,

경화[605]의 구람이 니러나미여
샹셔(祥瑞)의 날이 기럿도다.
우리 님군이 신명(神明)하미여
만리(萬里) 삼황(三皇)의 디나도다.
쳔츄만셰(千秋萬世)에
휴명[606]이 무강(無彊)하도다.

한유(韓愈) 출반주 왈,

"오날 셩(盛)하믄 당우(唐虞) 제도[607] 업산 일이라, 맛당이 긔록하야 셰샹의 뎐하야 대왕의 지극한 티화(治化)랄 알게 하쇼셔"

왕이 한유랄 명하야 '지으라.' 하실새, 한유 승명(承命)하야 글을 지을새 젼후 슈말(前後首末)을 일일히 다 긔록하니, 문장은 강하(江河)랄 기우리고 필녁[608]은 귀신을 놀내난디라, 모다 칭찬하더라.

---

603) 사됴 : <문>을 보면, 'ᄉᆞ표(四表)'의 오기. "진실로 공손하시고 겸양하시어 빛이 사방에 미치다.(允恭克讓, 光被四表.)"(≪書經≫<虞書 · 堯典>)는 구절을 인용.

604) < > 부분이 <문>에는 누락되어 있음.

605) 경화(京華) : 수도. 京師, 京城, 京門 등도 모두 수도를 가리키는 말.

606) 휴명(休命) : 훌륭한 왕의 말씀. "누가 감히 훌륭하신 왕의 말씀을 받들고 따르지 않겠는가.(疇敬不祗若王之休命.)"(≪書經≫<尙書 · 說命上>)는 구절이 참고가 됨.

607) 제도 : 때도.

608) 필녁 : <문>을 보면, '필젹(筆跡)'의 오기.

이때 문창부(文昌府) 동재(童子가) 생을 다리고 잇다가 파연(罷宴)하믈 보고 나가쟈 재촉하거날. 생이 왕긔 배사한대, 왕왈,

"네 학(學)을 힘써 도(道)랄 행하니 내 가장 람다이[609] 너기나니, 네 셰상의 나가 이 글을 뎐하고 내 도학(道學)을 빗나게 하야 만대예 꼿다온 일흠을 드리오게 하라"

하시고, 한유의 지은 글을 주시거날. 생이 바다 사매[610]예 녀코 재배 하딕(下直)고 나와 섬을을[611] 나리다가 실족(失足)하야, 깨달라니 남가일몽[612]이라.

황연(惶然)이 몸이 화석[613]의 노라 균텬[614]을 꿈 군닷하고, 사매 속의 년흔 바 한유의 지은 글이 이셔 젼후슈미(前後首尾)랄 보난 다시 긔록하엿난디라. 이에 필연(筆硯)을 나와[615] 삼가 긔록하야 셰샹의 뎐하노라.

▌人文評論[616]

609) 람다이 : <문>을 보면, '아롬다이'의 오기.
610) 사매 : 소매.
611) 섬을을 : '섬돌을'의 오기.
612) 남가일몽(南柯一夢) : 唐나라 때 淳于棼이 자기 집 남쪽의 큰 느티나무 밑에서 술에 취하여 자고 있었는데, 꿈에 大槐安國 南柯郡을 다스리어 20년 동안이나 부귀를 누리다가 깨었다는 고사. 이는 李公佐의 <南柯記>에서 유래한 말로, '한때의 헛된 부귀와 영화'의 비유로 쓰인다. 여기서는 말 그대로 '사실이 아닌 꿈'을 이른다.
613) 화석 : <문>을 보면, '화서(華胥)'의 오기. 華胥之夢은 낮잠 또는 좋은 꿈을 이르는 말. (≪列子≫<黃帝篇>) 고대 중국의 황제가 낮잠을 자다가 꿈꾸었는데, 華胥라는 나라에 가서 그 나라의 어진 정치를 보고 깨어나서 깊이 깨달았다는 고사이다.
614) 균텬 : <문>을 보면, '균텬(鈞天)'의 오기. 옥황상제의 궁.
615) 나와 : 내와. 꺼내어서.
616) 『인문평론』 2권 6호(1940)의 191-211면에 특별부록으로 수록되어 있음.

3. 現代譯

중국에 한 선비가 있었으니, 고금을 널리 통달하고 학문을 본디 좋아하였다. 책 속에서 옛 성현을 대하고는, 몹시 분한 듯 탄식하며 말했다.

“하늘은 어찌하여 공자 같은 성인을 내놓고도 때를 만나지 못하여 끝내 수레를 타고 천하를 돌아다니게 만들며, 안회, 증자, 자사, 맹자와 같은 대현들도 임금을 만나 도를 시행치 못하게 하신단 말인가? 그 밖에 공자의 칠십 제자와 송나라의 염락육군자(濂洛六君子) 모두가 썩 드물게 뛰어난 재주와 덕을 지니고도 초야에서 사물의 이치만 궁구하여 세상의 모든 사람들로 하여금 요순과 같은 태평시절을 보지 못하게 하시니, 진실로 하늘의 뜻을 …” (반행인멸)

… 술에 취하면 울분을 삭이지 못하고 칼을 들어 책상을 치며 탄식하였다.

“태평성대가 이미 요원하고 요임금과 순임금도 이미 돌아가셨으니, 아아! 공부자(孔夫子)이시여. 도(道)가 행해지지 못하겠습니다그려!”

하고, 분개함을 그치지 아니하더라.

홀연 피곤하여 책상에 비스듬히 기대어서 잠을 드니, 두 청의동자(青衣童子)가 학(鶴)을 타고 앞에 와서 인사하고는 말하였다.

“규(奎)와 벽(壁)의 두 별에 사는 선군(仙君)께서 특별히 부르시더이다.”

생(生)이 말하였다.

“나는 인간세계에 사는 어리석은 사람이고 규벽은 천상계에서 장생불사하시는 선관(仙官)인데, 어찌 능히 서로 만날 수가 있단 말이오?”

동자가 대답하였다.

“선생은 사양하지 말고, 다만 학의 등에 오르기만 하면 저절로 가게 될 것입니다.”

마침내 푸른 학을 가져다가 꿇리거늘, 생이 학의 등에 오르니, 학이 두어 번 날개를 쳐 바람을 일으키는가 싶더니 벌써 높은 공중을 가르고 있었다. 사람들과 집들을 굽어보니 붉은 티끌이 아득히 덮였는데, 장안(長安)이 손바닥만 하게 보이고, 사해(四海)가 한 잔의 물 같더라.

잠깐 사이에 어느 곳에 이르니, 큰 마을이 있고, 입구에는 「유천문창부(幽天文昌府)」라고 씌어 있었다. 동자가 들어가 알리고는 곧바로 나와 ‘들어가자.’ 하여, 생이 들어가 수정(水晶)계단 아래에 이르니, 두 선관이 백옥교의(白玉交椅)에 앉아 있다가 생을 보고서 내려와 인사를 하고는 자리에 오르게 했다. 생이 말석(末席)에 올라 재배하고 부복하니, 선관이 서로 마주하여 말하였다.

“그대는 고매한 선비로써 옛글을 많이 읽어 천리(天理)를 알려든, 어찌 하늘의 뜻을 모르고 망령되이 하늘을 원망하는가? 하늘이 공자[仲尼]를 내놓고도 지위를 주지 않고 천하를 떠돌게 함은 다른 뜻이 아니라, 만일 천자위(天子位)를 맡겨 세상을 다스려서 만방이 서로 협력하여 화합하고 백성이 서로 즐거워하고 화목하게 함은 일시(一時)의 공후(公侯)에 지나지 않을 뿐이라. 낮은 지위에 몸을 굽혀 사문(斯文 : 유교)을 일으켜 세워서 세상 사람을 깨우쳐 바르게 인도하는 목탁(木鐸)으로 길거리를 돌아다니며 이왕의 성인의 도를 잇게 하고, 장래의 학문을 열어 천하의 아득한 것을 깨닫게 함은 만세(萬世)에 미치는 은덕이라. 귀하기로는 천자가 되고 부유하기로는 사해를 소유하는 것이니, 일시의 존귀함에 불과하겠는가? 만고에 도덕을 전하여 온 세상의 안과 밖이며, 위로는 천자로부터 아래로는 일반백성에 이르기까지 정성과 마음을 다하여 공경하고 탄복하며 제전(祭典)을 천추의 세월 동안 폐하지 않을 것이니, 어찌 일시의 다스림과 일시의 존귀함 같겠는가? 하물며 우리들이 사문을 굽어 살핀 뒤임에랴! 옥황상제께 여쭈어서 사수(泗水)에 나라를 세워 나라이름을 소(素)라 하고 왕을 문선(文宣)이라 부르며, 역대 유학에 공이 있는 현인들을 거느리고 어진 정치로 백성들을 다스려 하늘이 무너지고 땅이 꺼진다 해도 망하지 않도록 하였으니, 어찌 요순(堯舜)과 삼대(三代)의 시절과 견주겠는가? 이제 그대를 청하여 부른 것은 한 번 소왕(素王)께 뵈어 하늘의 뜻을 알게 하고, 우리 사문을 없애 버릴 수 없음을 알게 함이니라."

하고, 즉시 동자에게 옥패(玉佩) 하나를 주며 '생을 데려가 사수(泗水)의 소왕(素王)께 문안드려라.' 명하였다. 이에, 생이 하직 인사를 드리고는 학을 타고 동자를 좇아갔다.

한 곳에 다다르니, 날씨가 흐린 데 없이 맑고 따뜻한 볕이 내리쬐는데, 남녀가 길을 달리해서 걷고, 나이든 어른은 무거운 짐을 지지 않았으며, 밭을 가는 자는 이랑을 서로 양보하고, 어린 아이들은 강구요(康衢謠)를 부르며, 노인들은 격양가(擊壤歌)를 불렀다.

생이 동자에게 물었다.

"여기가 어느 곳이기에, 완연히 태고시절의 기상이며 요순시절의 풍속이뇨?"

동자가 대답하였다.

"이곳은 사수(泗水) 지역인데, 소국(素國) 문선왕(文宣王)의 나라이오."

그리고 생을 인도하여 수도(首都)로 들어가니, 더욱 풍속이 온화하며 인심이 순박하더라.

궁궐 밖에 다다르고는, 동자가 생을 세워 놓고 먼저 들어갔다. 생이 둘러보는데, 궁성이 사람 키 두어 배나 높으니 동자가 들어간 문으로 들어가지 못하면, 종묘(宗廟)의 아름다움과 벼슬아치들의 호사스런 관복을 보지 못할러라. 조금 지나서야 한 관원(官員)이 동자와 함께 나와 왕의 뜻을 전하면서 '부르신다.' 하였다. 생이 허리를 굽히고 종종걸음으로 들어가 보니, 대성전(大聖殿)이라고 금빛이 나는 큰 글자로 씌어 있는 궁전이 있었고, 그 안에는 임금이 앉아 계셨다.

그 이마는 요(堯)임금과 닮았고, 그 목은 고요(皐陶)와 닮았고, 그 어깨는 정자산(鄭子産)과 닮았지만, 허리 이하는 우(禹)임금보다 세 촌(寸)이 짧았다. 입술은 도톰하고, 이빨은 입술 밖으로 나왔으며, 두 귀는 짙은 낯보다 희었다. 높음은 하늘과 같고 그 밝음은 해와 달 같으니, 산으로 비유하자면 태산(泰山) 같고 물로 비유하면 하해(河海) 같았다. 영이(靈異)함은 기린 같고 상서로움은 봉황 같으니, 세상에 사람이 생겨난 이래로 이보다 더 뛰어난 성인은 없었다. 온화하고 어지시며 공손하고 검소하며, 용모가 편안하시고 얼굴빛이 생기가 있으시되, 그 씩씩함은 가을 햇볕에 쪼인 듯하며 강물에 씻은 듯하였다. 그래서 이루 형용하여 기록하지 못할러라.

머리에 붉은 면류관을 쓰시고, 몸에 곤의수상(袞衣繡裳)을 입으시고, 손에는 백옥홀(白玉笏)을 쥐고 계시더라. 좌우에 네 성인이 뫼시고 있었으니, 동남쪽 첫째 자리엔 연국공(兗國公) 안연(顔淵)인데 화창한 봄 날씨처럼 온화했고, 그 둘째 자리엔 기국공(沂國公) 공급(孔伋)인데 자(字)는 자사(子思)이다. 서남쪽 첫째 자리엔 성국공(郕國公) 증삼(曾參)이고, 그 둘째 자리엔 추국공(鄒國公) 맹가(孟軻)인데 자(字)는 자여(子輿)시고 암암히 솟은 태산 같은 기상이었다. 안연은 태사(太師)가 되었고, 공급은 태부(太傅)이요, 증삼은 태보(太保)이니, 곧 삼공(三公)이라. 왕을 도와 치도(治道)를 의논하였다. 맹가는 백관(百官)을 총괄하는 총재(冢宰)가 되어서 백관을 거느려 사해를 다스리니, 곧 옛날 주공(周公)이 하였던 벼슬이다.

또 두 줄로 열 사람이 늘어섰다. 비공 민손(費公閔損)은 자(字)가 자건(子騫)인데 소사(少師)였고, 설공 염옹(薛公冉雍)은 자가 중궁(仲弓)인데 소부(少傅)였으며, 운공 염경(鄆公冉耕)은 자가 백우(伯牛)인데 소보(少保)이었다. 곧 삼공(三公) 다음가는 삼고(三孤)이라. 삼공을 도와 치도를 의논하였다.

여공 단목사(黎公端木賜)는 자가 자공(子貢)인데 대종백(大宗伯)이었고, 위공 중유(衛公仲由)는 자가 자로(子路)인데 대사마(大司馬)였으며, 위공 복상(魏公卜商)은 자가 자하(子夏)인데 대사구(大司寇)이었다. 서공 염구(徐公冉求)는 자가 자유(子有)인데 대사공(大司空)이었고, 오공 언언(吳公言偃)은 자가 자유(子游)인데 대사도(大司徒)였으며, 평음후 유약(平陰侯有若)은 상대부(上大夫)이었다. 제공 재여(齊公宰予)는 자가 자아(子我)인데 우대언(右代言)이 되어 왕명을 출납하였다.

동서 두 줄로 백여 명이 뫼시고 섰으니, 모두가 천하의 고금 대현(大賢)이었다. 위엄과 예의가 넘쳐흐르고, 기상이 힘찼다. 그 가운데 행신(幸臣) 공서적(公西赤)이 띠를 두르고 홀을 쥐고서 전(殿)에 나아가 아뢰었다.

"밖에 아홉 사람이 왔사온데, 모두 동국(東國) 사람이옵니다. 설총(薛聰)과 안향(安珦)이란 사람은 일부러 애써 학문하는 사람이 아니지만 우리 문하(門下)에 공이 있습니다. 최치원(崔致遠)이란 사람도 또한 학문이 없사온데 동방의 문교(文敎)를 처음으로 일으켜 사람들로 하여금 한시문(漢詩文)을 알게 하였으니, 우리 문하에 적지 않은 공이 있습니다. 정몽주(鄭夢周)란 사람은 학문이 넉넉하고 임금을 섬기는데 한결같았습니다. 그 나머지 다섯 사람은 모두 학문에 이름이 높고 도덕적 수양에 마음을 바르게 하여 중국 사람에게 지지 않습니다. 그런데 맨 끝에 서있는 사람은 더욱 기질이 순수하고 도덕이 높아서 넉넉히 당(堂)에 올려 실(室)에 들임직 하와, 아뢰나이다."

왕이 말하였다.

"그러면 들임이 마땅하도다."

그리하여 아홉 사람이 일시에 들어와 네 번 절하기를 마치고는 동서로 갈라서니, 공서적이 또 아뢰었다.

"또 두어 사람이 와서는 들어오지 못하고 머뭇거려서 문지기가 꾸짖어 물러가게 하였더니, 물러갔다가 다시 왔나이다."

왕이 잠깐 웃으시고 '들이라.' 명하시니, 두 사람이 들어와 왕을 뵈옵고는 동서 끝줄에 섰다.

왕이 말하였다.

"백관들이여! 누가 용기를 내어 나의 일을 빛나게 할고?

모두가 대답하였다.

"맹가(孟軻)가 총재(冢宰) 되었사옵니다."

왕이 말하였다.

"그렇게 하여라. 맹가야! 네가 나의 도를 전하게 되었으니, 이에 힘쓸지어다."

맹자가 절하고 나서 머리를 조아리며 주희(朱熹)에게 끝내 사양하니, 왕이 말하였다.

"그렇게 하여라. 너 주희야! 네가 나의 도를 이어서 만고에 빛나는 ≪소학(小學)≫을 엮었으니, 내 이제야 훌륭히 생각노라. 네가 공경히 따르라."

왕이 말하였다.

"언언(言偃)아! 백성이 친목하지 않으면 오품(五品)이 화순하지 않을 것인바, 네가 대사도(大司徒) 되었으니 오륜의 가르침을 펴되 관대하게 하라."

언(偃)이 머리를 조아리며 정호(程顥)에게 끝내 사양하니, 왕이 말하였다.

"들어오게 하라. 너 정호야! 도학(道學)이 행해지지 않고, 천하가 무도(無道)하여 그 향할 바를 알지 못하였거늘, 내 홀로 전하지 못한 도를 네가 경서에서 체득하여 환히 다시 천하를 밝게 함은 곧 너의 공(功)이라. 내 훌륭히 생각노라. 이제 너를 소사도(小司徒)로 삼으니, 네가 가서 공경히 따르라."

왕이 말하였다.

"들어오게 하라. 복상(卜商)아! 네가 대사구(大司寇)가 되었으니, 형벌을 너그럽고도 관대히 시행할지어다."

복상이 머리가 땅에 닿도록 절하며 정이(程頤)에게 끝내 사양하니, 왕이 말하였다.

"들어오게 하라. 너 정이야! 너를 사구(司寇)로 삼으니, 똑같이 행하라."

왕이 말하였다.

"단목사(端木賜)야! 너는 대종백(大宗伯)이 되었으니, 예악(禮樂)을 일으켜 천신(天神)과 지신(地神) 그리고 조상신(祖上神)을 다스려서 상하를 화목하게 하라."

단목사가 땅에 닿도록 절하며 소옹(邵雍)에게 사양하니, 왕이 말하였다.

"소옹아! 너도 똑같이 행하라."

소옹이 굳이 사양하며 말하였다.

"신(臣)이 이 소임을 감당하지 못할 것이니, 각별이 한 사람을 천거하겠사옵니다. 촉한(蜀漢)의 한 사람이 있으니, 이름은 제갈량(諸葛亮)이요, 삼국시대 때의 인물입니다. 거의 예악을 맡을 것이온데, 이 사람이 지금 오지 않았사오니, 원컨대 대왕께서는 부르소서."

왕이 즉시 부르는 뜻을 전하여 부르시니, 이윽고 제갈량이 들어와 뵈려는데, 온화한 얼굴빛에 그윽한 품위가 있어 짐짓 유자(儒者)의 기품이러라.

왕이 말하였다.

"들어오게 하라. 너 제갈량아! 네가 두 사람을 도와 예악을 일으켜 세워라."

왕이 말하였다.

"들어오게 하라. 너 장재(張載)야! 너를 사마(司馬)로 삼으니, 너는 육사(六師)를 거느리고 나라를 태평케 해라."

왕이 말하였다.

"들어오게 하라. 너 사마광(司馬光)아! 너를 예관(禮官)으로 삼나니, 네 가서 공경히 따르라."

왕이 말하였다.

"들어오게 하라. 너 주돈이(周惇頤)야! 너를 사공(司空)으로 삼으니, 사농공상(士農工商)의 사민(四民)을 다스리며 천시(天時)와 지리(地利)를 알아 공경하라."

왕이 말하였다.

"들어오게 하라. 너 한유(韓愈)야! 너를 납언(納言)으로 삼나니, 나의 명을 전하고 알리는데 오직 진실을 기하여 나의 허물을 네가 돕되, 앞에서는 복종하고 뒤에 가서는 군말을 하지 말라."

왕이 말하였다.

"들어오게 하라. 소옹(邵雍)아! 네 하늘을 받들고 순종하며 일월성신을 자주 관찰하여 삼가 사람들에게 때를 알려주어서 칠정(七政 : 日月五星)의 운행을 바로잡게 하라."

"너 주희(朱熹)야! 이제 경서(經書)가 모조리 없어져서 사학(斯學)이 밝지 못하니, 네가 성인의 뜻을 밝혀 세상 사람들로 하여금 명백히 알게 하라."

주자가 두 손을 맞잡고 절하고는 말하였다.

"여조겸(呂祖謙)과 장식(張栻)과 함께 하겠사옵니다."

왕이 말하였다.

"들어오게 하라. 식과 조겸아! 너희들이 가서 공경히 따르라."

"들어오게 하라. 사마광(司馬光)아! 사학(斯學)이 오래 밝지 못하여 춘추의 심오한 뜻을 이을 사람이 없으니, 네가 역대 역사서를 편찬하여라."

사마광이 머리가 땅에 닿도록 몸을 굽혀 절하며 말하였다.

"신(臣)이 재조가 없어 문장은 한유(韓愈)만 못하고, 해박하기는 좌구명(左丘明), 유향(劉向), 곡양공(穀梁公), 공양(公羊) 등만 못하니, 두려워하건대 막중한 책임을 감당하지 못할까 걱정하나이다."

왕이 말하였다.

"들어오게 하라. 소옹(邵翁)아! 복희씨(伏義氏)가 죽은 후로 팔괘(八卦)를 알 사람이 없으니, 네가 주역(周易)을 연구하고 밝혀 음양의 이치를 가르쳐라."

소옹이 절하며 말하였다.

"신(臣)이 역수(易數)는 알지만 역리(易理)는 알지 못하니, 정이(程頤)와 함께 할 수 있도록 해주시기를 청하나이다."

"들어오게 하라. 너 정이(程頤)야! 함께 하도록 해라."

여러 신하들에게 명하기를 마치자, 곧바로 모든 벼슬아치들과 함께 도를 의논하는데, 갑자기 전갈이 급히 와서 왕에게 아뢰었다.

"양주(楊朱)란 사람과 묵적(墨翟)이란 사람이 각각 10여만 명을 거느리고 중원(中原)의 백성을 반도 넘게 항복받고 우리 지역 안으로 침범해 왔습니다. 양주는 본디 제 몸만 위하니 한 터럭을 뽑아 천하를 이롭게 한다 해도 행하지 아니하고, 묵적은 사람을 널리 사랑하고 머리부터 발끝까지 부서지더라도 천하일을 이롭게 하는 것이라면 다합니다. 그래서 이 두 사람은 임금도 없고 부모도 없는 무리이오니, 급히 쳐 없애지 아니하면 훗날에 크나큰 걱정거리가 될 것입니다."

왕이 좌우를 돌아보며 말하였다.

"누가 능히 이 도적을 쳐서 평정할고?"

중유(仲由)가 분연히 떨치고 일어나 말하였다.

"신(臣)이 청컨대 삼군(三軍)을 거느리고 나가게 해주시면, 한 칼에 쓸어버리겠사옵니다."

왕이 찡그리며 말하였다.

"범을 맨주먹으로 치고 물을 헤엄쳐 건너다가 죽어도 뉘우치지 않는 자는 필부의 용기인지라 내 취하지 아니하였나니, 무릇 장수는 일을 임하여 두려워하며 미리 꾀를 내놓아야 이기느니라."

맹자가 전(殿) 앞에 나아가 아뢰었다.

"신이 청컨대 나가게 해주시면 이 도적을 쓸어버리겠사옵니다."

왕이 허락하시니, 맹자가 왕께 하직하고 나와 삼천 제자를 거느려서 양주와 묵적의 군진과 서로 마주하여 진을 치는데, 진중(陣中)에서 크게 소리쳐 꾸짖었다.

"네 음란한 행실과 사특한 말로 사람들의 마음을 못된 구렁에 빠지게 하고 우리 사도(斯道)를 어지럽히니, 내 이제 소왕(素王)의 명을 받들어 옛 성인들의 도를 밝혀서 너희 사특한 무리들을 막고자 하노라."

두 사람이 크게 웃고는 꾸짖으며 말하였다.

"우리는 인(仁)이 천지에 덮였고 의(義)가 사해에 퍼졌는지라, 어찌 너희 왕의 하찮은 도(道)와 같으랴? 빨리 말에서 내리고 항복하여 만대의 비웃음을 면하라."

맹자가 크게 노하여 진문(陣門)을 활짝 열어젖히고 서쪽으로 내달리며 날카로운 언변을 펼치고 크게 헤치니, 양주와 묵적이 대패하여 사방으로 흩어져 달아나더라. 맹자가 시원스럽게 헤치고 승전가를 부르며 돌아와 왕을 뵈오니, 왕이 말하였다.

"아! 옛날 하(夏)나라 우(禹)가 황하를 범람하는 물길을 다스렸는데, 네가 이제 양주와 묵적을 대패시켰으니 그 공이 우(禹)에 뒤지지 않으리라."

또 저 멀리 손톱만한 말이 달리기를 재촉하여 와서 아뢰었다.

"초(楚)나라 고현(苦縣) 사람인 노담(老聃 : 노자의 시호)이라 하는 자가 스스로 백양진인(伯陽眞人)이라 부르고, 청정무위(淸淨無爲)함을 도덕으로 삼아 천하 사람들을 속이되 '황제 헌원씨(黃帝軒猿氏)의 도를 행하노라.' 하니, 천하 사람들이 부닐며 좇습니다. 그 수하에 두 대인(大人)이 있으니, 한 사람은 정(鄭)나라 열어구(列禦寇)인데 자호(自號)를 어풍자(御風子)라 하였으며, 또 한 사람은 송(宋)나라 몽읍(蒙邑) 출신의 장주(莊周)인데 자호를 남화선(南華仙)이라 하였습니다. 이 두 사람이 황당한 말과 무계한 글을 지어 대왕께 모반하고, 우리 사문을 기롱하여 모욕함이 심합니다. 이제 진(晉)나라에 들어와 그 군사들과 합세하여 우리나라를 침입하니, 청컨대 왕께서는 인의(仁義)의 옛 군사를 일으켜 치소서."

왕이 좌우의 백관들에게 물었다.

"누가 나를 위하여 이 도적을 평정할고?"

사마(司馬) 장재(張載)가 가겠다고 나섰다. 왕이 허락하시니, 장재가 즉시 인의병(仁義兵) 삼천 명을 거느리고 나아가 노담(老聃)을 치고자 할 때, 양진영이 진문(陣門)을 열고 마주하였다.

노담이 몸에 깃털 옷[羽衣]을 입고 머리에 황관(黃冠)을 쓰고 청우(靑牛)를 탔으니 붉은 기운이 하늘에 쏘이고, 얼굴 모습이 비범하여 이마에 세상의 빛이 비치고 안색이 피같이 선홍빛이고 뺨에 금빛이 어리며, 키가 일장 이척(一丈二尺)이나 되니, 모두가 신기한 용(龍) 같더라.

사마 장재가 성난 목소리로 크게 꾸짖으며 말하였다.

"변변하지 않은 인(仁)과 알아주지도 않는 의(義)를 스스로 도덕이라 하여 우리 대왕을 업신여기고 우리 도(道)를 해하고자 하니, 이는 짐짓 소위 '우물 속에 앉아서 하늘을 보고는 하늘을 작다.'고 하는 격이라. 이제 내 대왕의 명을 받고서 너희들을 모조리 멸하려 하니, 너희들이 지금이라도 항복하면 죽음만은 면해주겠노라."

그러자 노담이 장주(莊周)와 열어구(列禦寇) 두 장수에게 '나가 대적하라!' 하니, 두 장수가 명을 받고 출전하였다. 열어구는 바람을 타고 장주는 구름을 타고서 진(陣) 밖으로 나와 크게 웃고는, 채찍으로 쳐서 가리키며 크게 꾸짖었다.

"네 지극한 도덕을 모르고 있으니, 내 시험하여 말하겠노라. 옛 태고 적 지덕(至德)의 세상에서는 짐승과 함께 같이 살고 만물과 일가(一家)가 되어 함께 뭉쳐서 백성들은 지내더라도 잘 다스려졌고, 그 음식을 맛있게 먹고 그 거처에 편안히 살며 서로 부리는 것 없이 잘 지냈다. 그러다가 도당시기(陶唐時期)에 이르러 비로소 인의(仁義)를 만들어 도덕을 헐어버리자 천하가 크게 어지러워졌다. 그리고 점점 하우씨(夏禹氏)와 은(殷)나라 탕왕(湯王) 그리고 주(周)나라 문왕(文王)과 무왕(武王)에 이르러서는, 위로 일월(日月)과 같은 밝은 것을 폐하고 아래로 산천의 나무들을 깎고 가운데로 사계절의 조화로움을 흩으러버리니, 초목과 금수의 무리들이 모두 제 천성을 잃게 되었도다. 이야말로 천하를 크게 어지럽힌 것이라. 이제 우리 노군(老君)이 넓으신 도덕을 펴서 천하를 구하고자 하시거늘, 너희 같은 하찮은 무리들이 감히 큰 말을 한단 말이냐?"

장재가 크게 노하여 의마(意馬)는 그대로 둔 채 심원(心猿)만을 타고서 싸웠는데, 십여 차례 겨룬 끝에 장주와 열어구가 대패하고는 본진(本陣)에 돌아와 노군께 아뢰니, 노군이 탄식하며 말하였다.

"당당한 군진과 조리 정연한 군자를 감당키 어려우니, 아직은 잠깐 물러나서 도를 닦고 다시 오는 것만 못하리로다."

그리고는 마침내 서역(西域)을 향하여 달아났는데, 함곡관(函谷關)에 다다라서 관령(關令) 윤희(尹喜)를 만나 ≪도덕경(道德經)≫을 전수해주고 가더라.

사마 장재가 승리하고 회군하여 돌아와서 아뢰니, 왕이 크게 기뻐하며 말하였다.

"이제는 천하가 태평하고 간사한 무리를 다 쓸어 없애버렸으니, 마땅히 경(卿) 등을 위해 큰 잔치를 열어서 군공(軍功)을 치하하리로다."

그런데 문득 파발마[流星馬]가 급히 와서 왕에게 아뢰었다.

"서방(西方) 천축국(天竺國)에 큰 성인이 태어나시니, 그 날 땅에서 연꽃이 피고 기이한 상서로움이 많았었습니다. 지금 천축국(天竺國) 극락세계(極樂世界)에는 아난(阿難), 가섭(迦葉), 관음보살(觀音菩薩), 문수(文殊), 보현(普賢), 미륵(彌勒), 오백 나한(五百羅漢), 팔대 금강(八大金剛), 삼천 제자 등을 데리고 스스로 말하기를, '청정법신(淸淨法身 : 생명의 근원)에 대해 설법을 베풀어 중생들을 구제하노라' 하며 다니는 이가 있는데, 이름이 석가여래(釋迦如來)라 합니다. 불법의 위력이 헤아릴 수 없을 정도여서 천지를 부리고 귀신을 호령하는데 항상 그대로 변함이 없으며, 청정정념(淸淨正念)을 깨달음에 이르는 올바른 법으로 삼아 자비심을 베풀어 억만 중생을 구제하고, 삼천세계(三千世界)를 꿰뚫어 화수(花手 : 깨달음의 상태)・욕마(欲魔 : 번민의 상태)・지옥(地獄 : 징벌의 상태)을 차리고 윤회보응(輪廻報應)의 가르침을 전하면서 어진 사람은 참된 마음으로 지키게 하고 나쁜 사람은 징벌을 받게 하니, 그 법이 매우 넓으며 크고 그 도가 헤아릴 수 없을 지경인지라, 백성들을 달래어 혹하게 하고 사람을 권하여 좋게 하옵니다. 처음 그를 한(漢)나라 명제(明帝)가 맞아들였는데, 중국에 들어와서는 진(晉)·위(魏)·양(梁)·송(宋)·수(隋)·당(唐)의 모든 임금으로부터 항복을 받아 다 거느리니, 그 가운데 양무제(梁武帝)와 당헌종(唐憲宗)이 더욱 우러러 공경하며 받들고 있습니다. 이제 해외 82국과 해내 10대 군현(郡縣)을 거느려 중원(中原)을 다 함몰하고, 우리 지역도 반이나 넘게 앗아갔습니다."

왕이 다 듣고 나서 근심하며 말하였다.

"석씨(釋氏)의 강함이 이렇듯 하니, 우리나라에 크나큰 화근이라. 양주와 묵적, 노자에 비할 바가 아니니라. 뉘 능히 이 오랑캐를 제압하고 막겠느냐?"

전(殿) 아래에 있던 한유(韓愈)가 맨 먼저 나와 아뢰었다.

"신(臣)이 재조가 없사오나, 원컨대 왕을 위하여 이 도적을 마구 짓이겨 놓아 화근을 없애겠사옵니다."

왕이 허락하였다.

"공경히 임하라."

한유가 왕명을 받들어 군대를 이끌고 나가자, 양군이 서로 진(陣)을 마주하고 겨루게 되었다.

한유가 말에서 내려 석가(釋迦)에게 말하고자 하였는데, 여래(如來)의 머리에는 칠보(七寶)로 된 장엄한 하늘관을 쓰고, 몸에는 염부단(閻浮檀) 금빛을 곳곳에 입힌 오색 가사(袈裟)를 입고, 목에는 마니여의주(摩尼如意珠)를 걸고 있었다. 발은 신발을 신고, 손은 황금으로 만든 연꽃 한 가지를 쥐고서는, 비취로 장식한 일산(日傘)이 펼쳐진, 연화(蓮花)로 꾸민 가마를 타고 서 있었다. 그리하여 석가여래의 머리 위에 열두 금빛이 둘렀고, 백장이나 되는 흰 기운이 일어나니, 서기(瑞氣)가 성하게 어렸다. 좌우에 삼천 제자와 오백 나한이 나열하여 섰는데, 엄숙한 차림새가 격식에 맞게 입고 있었으며, 그 태도가 의젓하고 점잖았다.

두 장수가 먼저 나와 싸우자 하는데, 한 사람은 문수보살(文殊菩薩)로 청사자(靑獅子)를 타고 손에 지혜검(智慧劍)을 잡았고, 또 한 사람은 보현보살(普賢菩薩)로 흰 코끼리를 타고 손에 반야봉(般若棒)을 잡고 있었다. 한유가 인(仁)의 깃발을 세우고 예(禮)의 방패를 들어 싸우기를 백여 합(合)에 이르자, 문수보살과 보현보살이 대적하지 못하고 달아났다. 한유가 승승장구의 기세로 좇아가서 마구 치니, 석가가 대패하여 서역(西域)으로 달아났다.

한유가 군사를 거느리고 돌아와서 왕께 승전보를 아뢰니, 왕이 말하였다.

"네 이번에 세운 전공(戰功)이야말로 맹가와 같으리로다."

말이 아직 끝나지 않았는데, 하찮은 군졸이 왕에게 아뢰었다.

"석가여래가 노담과 합세하여 또 침입해 오니, 이번은 그 세력이 더욱 큰지라 대적하기가 어려울까 하나이다."

왕이 말하였다.

"이 도적은 예사로운 도적이 아니로다. 모였다 흩어졌다 하기를 자유자재로 하며 자주 우리 지역을 침입하니, 반드시 대장을 보내어야 모조리 멸하는 공을 이루리라."

그리고는 맹자를 불러 말하였다.

"네 이제 고금의 많은 대현들을 데리고 나가 저 도적을 쓸어버리고 영원토록 화근을 뿌리 뽑아 다시는 화를 짓지 못하게 하라."

맹자가 공경히 명을 받들고 나와 군대를 이끌고 나가려 할 때, 장재(張載)로 통군사마(統軍司馬)를 삼고, 주희(朱熹)로 대선봉(大先鋒)을 삼고, 정호(程顥)와 정이(程頤)로 좌우장군(左右將軍)을 삼고, 한유로 종사(從事)를 삼아 나갔다. 그 군대의 위용이 웅장하고 엄숙함을 이루 기록하지 못할러라.

행군하여 가서 두 군대가 서로 진을 마주하고 겨루게 되었다. 맹자가 진(陣) 밖에 말을 세우고 사람을 시켜 석가(釋迦)와 말하고자 한데, 석가도 또한 말에서 내려 진 밖에 서 있었다. 맹자가 소리를 가다듬어 꾸중하였다.

"미친 오랑캐 귀신이 감히 요란한 말을 하여 살아있는 백성들을 요사스

렵게 호리고, 자주 우리 지역을 침입하여 재앙과 난리를 일으키느냐? 이제 천자께서 진노하시어 우리들에게 너희 무리들을 쓸어버리라 명하셨도다. 내 천자의 명을 받들어 여기에 왔으니, 빨리 항복하여 죄를 면하도록 하라."

석가가 합장하여 절하고 아뢰었다.

"당신은 하늘을 두려워하여 나를 위협하지만, 우리는 하늘을 부리고 땅을 지휘하니 황천후토(皇天后土 : 하늘의 신과 땅의 신)가 모두 나의 휘하에 있소이다. 그러니 엇지 당신의 도(道)처럼 작겠소? 이제, 우리 싸움으로 겨루지 말고 도(道)를 겨루어 승부를 결정함이 어떻겠소?"

맹자가 대답하였다.

"그리할 것이니, 네가 먼저 말하라."

석가가 말하였다.

"우리 도덕은 자비(慈悲)를 으뜸으로 삼고 돈오(頓悟 : 문득 깨달음)함을 귀하게 여깁니다. 그래서 부처의 마음을 알면 모든 중생이 가지고 있는 부처가 될 성질을 알게 되나니, 불생불멸(不生不滅)함을 번뇌의 속박에서 벗어나 거칠 것 없이 깨닫고는 현실계의 망상을 모두 없앤 후이면 이를 원각(圓覺)이라 이릅니다. 이때서야 온 세계[十方世界]를 꿰어보고 일체의 중생들을 극락세계로 인도합니다. 이제, 당신네들의 도(道)는 정심(正心)을 으뜸으로 삼은 것에 불과하니 우리의 무심(無心)과 어떠하며, 또 작위적인 유위(有爲)를 으뜸으로 삼은 것에 불과하니 우리의 인위적이지 않는 무위(無爲)와 어떠합니까? 또한 당신네들의 도는 성정(性情)이 선(善)하다고 여기는 것에 불과하거니와 우리의 적멸(寂滅)과 어떠하며, 또 하늘을 의탁하여 공경히 받드노라[敬天] 하는 것에 불과하거니와 우리는 하늘을 부리니 어떠하며, 당신네는 귀신을 공경하거니와 우리는 귀신을 지휘하니 어떠합니까?"

말이 채 끝나기도 전에, 맹자의 진중에서 육자정(陸子靜)이 불쑥 나와 맹자께 아뢰었다.

"석씨의 말을 듣건대, 진정 우리의 도(道)보다 나으니 허리를 굽혀 항복함만 같지 못하옵니다."

그러자 주자(朱子)가 꾸짖었다.

"그대의 소견이 이렇듯 밝지를 못하니, 반평생 학문하던 공부가 어디에 있는가?"

그러자 자정(子靜)이 매우 부끄러워하여 물러났다. 이에, 맹자가 손으로 석가를 가리키며 꾸짖었다.

"아비도 없고 임금도 없는 놈이 감히 요사스런 말을 하여 세상을 속이고 백성을 미혹케 하겠느냐. 네 말이 이치에 가까운 듯하나, 짐짓 도(道)를 크게 어지럽힐 따름이라. 내 이제 너에게 말하겠노라. 사람이 세상에 나면 임금과 신하, 아버지와 아들, 남편과 아내, 어른과 아이, 친구 사이의 다섯 가지 윤리가 있느니라. 사람이 오륜을 곧 알지 못하면 사람이 아니라 할 것이라. 그런데 지금 너는 도를 말하면서 반드시 천륜을 끊고 저버리며 스스로 청정적멸(淸淨寂滅)을 일컬으니, 부모가 아니었으면 네 몸이 어디에서 나와 도를 행하며, 부부가 아니면 사람이 아주 없게 되어 낳고 또 낳는 변화가 그치리니 어느 사람이 이어서 네 도를 전하겠느냐? 임금과 신하가 없으면 천하의 백성을 통할하여 거느릴 사람이 없으리니 강한 자가 약한 자를 삼키고 선한 자가 악한 자를 이기지 못할 것인 바, 이렇게 된다면 누구로 하여금 네 도를 좇게 한단 말인가? 금수(禽獸)가 비록 미물이나 오히려 어미와 아들, 임금과 신하, 암컷과 수컷이 있고, 개미와 벌이라도 오히려 임금과 신하의 직분을 아나니, 이제 너는 오히려 금수만 같지 못하도다. 옛날 우리 성인(聖人)이 계시지 않았으면 사람의 무리가 아주 없어진 지가 오래였을 것이라. 금수와 함께 살면, 사람은 깃과 터럭과 비늘이 없으니 어찌 찬 곳과 더운 곳과 진 곳을 가려 살겠으며, 톱과 어금니가 없으니 어찌 음식을 다투어 먹겠느냐? 그러므로 성인이 벌레와 뱀과 짐승을 몰아서 산림과 늪으로 내쳤고, 추우면 옷을 입게 하고 굶주리면 밥을 먹게 했도다. 나무 위에 있으면 떨어지기도 하고 땅에서 살고 있다가 병이라도 들면 집을 지어 있게 했도다. 장인(匠人)들로 하여금 그릇을 만들게 하고, 장사치들로 하여금 있는 물건과 없는 물건을 유통하게 했도다. 의약을 만들어 요절함을 구제하고, 장례와 제례를 만들어 은혜와 사랑을 갚게 했도다. 예문(禮文)을 만들어 나이가 앞선 사람과 늦은 사람의 차례를 정했고, 음악을 만들어 울적함을 풀어주었도다. 정사(政事)를 만들어 게으른 무리들을 다스리고, 형벌을 만들어 사나운 것을 없앴도다. 부절(符節)과 도장, 도량형을 만들어 서로 속이지 못하게 하고, 성곽과 갑옷과 무기를 만들어 서로 빼앗지 못하게 했도다. 그러니 그 도가 밝히기 쉽고 또한 행하기 쉬워졌노라. 이런 까닭에 그것으로 자기를 다스리면 순조롭고 잘되며, 이것으로 남을 다스리면 사랑하고 공평하게 된다. 이것으로 마음을 다스리면 화평하고, 이것으로 천하와 국가를 다스리면 태평하나니, 어찌 너의 도(道)와 같겠느냐? 네 스스로 '사물에 집착하지 말라[無依].' 해놓고는, 네 몸에 의복을 걸치고 입으로 음식을 먹으며 집 속에서 너희 무리들과 함께 불법을 익히니, 어찌 무의(無依)한 행동이란 말인가? 또 네가 '욕심이 업노라.' 하는데, 보시(布施)를 많이 하고 바다와 육지에 떠도는 영혼을 위해 올리는 수륙재(水陸齋)를 성대히 하면 비록 악한 사람이라도 복을 얻는다 하니, 어찌 욕심이 없는 짓이란 말이냐. 네가 '사람이 죽어서도 돌고돌아 다시 사람이 된다.' 하니, 이는 더욱 맹랑한 말이라. 초목이 한 번 죽으면 그 나무의 풀이 다시 다른 초목이 되지 아니하고, 불이 한 번 꺼진 후에는 다시 불이 되지 아니하나니, 사람도 만물과 다름이 없는지라 한 번 죽으면 썩은 나무의 밑동과 꺼진 재와 같거늘, 어느 기운이 있어 다시 사람이 되겠느냐. 네가 또 '나쁜 사람은 지옥이 있어 형벌로 다스린다.' 하는데, 사람이 죽은 후에는 혼백이 다 흩어지거늘 어느 곳에서 형벌을 받는단 말이냐. 이 모두가 이치 밖의 요탄한 말이라. 어리석은 백성들을 달래어 미혹케 하려는 데 불과하거늘, 어찌 감히 군자의 앞에서 어리석은 말을 낼 수 있단 말이냐. 빨리 항복하여 정도(正道)에 돌아오도록 하라."

석가가 이 말을 듣고는 얼굴이 흙빛처럼 되어 능히 말을 못하였다. 이에, 주자가 두 정자(程子)와 장자(張子) 등을 거느리고 일시에 내달아 치니, 석가가 대패하여 서천(西天)을 향해 달아났다. 맹자가 이때를 엿보아 쳐서 멸하여 아주 화근(禍根)을 없애고자 급히 뒤따랐다. 왕이 대종백(大宗伯) 자공(子貢)을 보내어 전갈하였다.

"내가 타고난 운수를 보니 음기(陰氣)가 점점 성하니라. 이 도적이 그 음기를 타고난지라 아주 멸하지 못할 것이로다. 병법(兵法)에 '궁지에 몰린 자를 건드리면 해를 입으니 건드리지 말라.' 했으니, 그만하고 돌아오라."

그러자 맹자가 여러 대현(大賢)들을 거느리고 돌아와 왕을 뵈오니, 왕이 말하였다.

"아! 이단(異端)의 해악을 없애고 우리 도를 밝게 함은 모두 너의 전공(戰功)이로다."

대사구(大司寇) 자하(子夏)가 반열에서 불쑥 나와 아뢰었다.

"이제 양주 · 묵적 · 노담 · 석가의 해악은 없앴으나, 진시황(秦始皇) 여정(呂政)이 포악무도(暴惡無道)하여 우리 제자들을 불 질러 죽이고 경서(經書)를 불질러버렸으니, 마땅히 그 죄를 물어야 하나이다."

왕이 자하에게 명하여 '죄를 다스리라.' 하니, 자하가 사람을 보내어 초(楚)나라 사람 항적(項籍 : 항우)을 불러오게 하여서는, 그에게 말하였다.

"이제 진시황 여정이 무도하여 선비들을 파묻고 경서를 불 질렀으니, 그 죄 용서치 못할지라. 네 이제 세상의 나가 여산(驪山)을 무찔러 선비를 파묻은 죄를 다스리고, 아방궁(阿房宮)을 불 질러 경서를 파묻은 죄를 다스리라."

항적이 명을 받들어 나가서는 여산을 무찌르고 아방궁도 불 지르고 자영(子嬰)까지 죽여, 그 죄를 다스렸다.

이때 공서적(公西赤)이 전(殿)에 올라 아뢰었다.

“한(漢)나라 황제 유방(劉邦)이 나라의 제사를 받들고 나서 뵈옵기를 청하나이다.”

왕이 ‘들어오게 하라.’ 하시니, 한제(漢帝)가 들어와서 이마를 땅에 부딪혀가면서 네 번 절하였다. 그러자 왕이 말하였다.

“아! 너 유방아. 전국(戰國) 때부터 서로 무력으로 다투어서 천하가 크게 어지러웠다. 그래서 모두가 왕도(王道)를 천히 여기고 패도(覇道)를 숭상하여 나를 찾지 않은 지가 수백여 년이더니, 이제야 네가 와서 처음으로 나를 찾으니 가장 아름답도다. 내 이것으로 말미암아 사백 년 왕업을 전케 되었노라.”

<한제가> 왕에게 공경히 감사드리고 물러나왔다.

또 한(漢)나라의 무제(武帝)와 명제(明帝), 당(唐)나라의 태종(太宗), 후주(後周)의 시세종(柴世宗), 송(宋)나라 때의 모든 임금, 명(明)나라 고황제(高皇帝) 등도 모두 나라의 제사를 받들고 나서 뵈옵기를 청하였다. 왕이 불러들여 조회를 받고 위로하시더니, 한나라의 명제와 송나라의 신종(神宗)과 효종(孝宗) 등을 매우 심히 꾸짖었다.

“네 명제는 무단이 불법(佛法)을 들여와 만대에 걱정거리를 만들고, 너 신종과 효종은 정호(程顥), 정이(程頤), 장재(張載), 소옹(邵雍), 사마광(司馬光), 주희(朱熹) 등을 등용하지 아니하고 소인배를 신임하니, 그것이 어찌 제왕(帝王) 된 자의 도리이겠느냐? 빨리 물러가라!”

그러자 세 임금들이 매우 부끄러워하며 물러갔다.

왕이 한(漢)나라 고제(高帝 : 劉邦)에게 일러 말하였다.

“너는 마음이 너그럽고 어질며 도량이 넓고 커서 제왕(帝王)의 기상이 있었으니, 마땅히 패도를 물리치고 왕도를 행하여 예악(禮樂)의 정치를 일으켜 삼대(三代)를 이음직 했다. 그런데 끝내 공니(孔尼 : 공자)를 핍박함에서 벗어나지 못하였으니 매우 안타깝도다.”

고조가 이에 대답하였다.

“신(臣)이 본디 칼 쓰기와 말달리기만 알고 유교를 알지 못했고, 신하도 또 이윤(伊尹)과 주공(周公) 같은 신하가 있어서 저를 왕도(王道)로 도울 사람이 없는데다, 다만 육가(陸賈)와 수하(蕭何)의 무리를 데리고서 어찌 삼대와 같은 태평성대를 이룰 정치를 할 수 있었겠습니까?”

왕이 당(唐)나라 태종(太宗)에게 일러 말하였다.

“너는 나라를 다스림이 옛 제왕보다 못하지 아니하되, 다만 인의강상(仁義綱常)에 정성스럽지 못했고 후손인 대종(代宗)이 불법을 숭상하는 등 가법(家法)을 바르게 하지 못했으니, 공이 비록 많으나 우리 명교(名教 : 유교)의 중죄인이 되었도다.”

이 말을 들은 태종이 부끄러워 감히 우러러 보지 못하였다.

왕이 송(宋)나라 태조(太祖)에게 일러 말하였다.

“너는 문치주의(文治主義)를 숭상하는 길을 훤히 열어 심학(心學 : 유학)을 깨닫고 왕위를 아우에게 전한 것은 요순(堯舜)의 마음을 본받은 것이니 흉볼 것이 없도다. 다만 진교(陳橋)에서 회군(回軍)한 일은 이름을 더럽혔는지라 가히 안타깝지마는, 이 또한 타고난 운수이라 차마 어찌 하겠느냐?”

송나라 태조가 이에 대답하였다.

“이는 신(臣)의 죄가 아니오라, 석수신(石守信) 등이 협박에 따른 것이옵니다.”

그러자 왕이 미소를 지으며 말하였다.

“네가 짐짓 마음이 없었다면, 어찌 다른 사람이 협박할 바이겠느냐?”

이 말을 들은 송나라 태조가 고개를 숙이고 묵묵부답이었다.

이때 나라에 아무런 일이 없었다. 임금이 남쪽을 향하여 앉아서 팔짱을 끼고 전(殿) 위에서 조용히 도(道)를 의논하니, 주희가 아뢰었다.

“이전에 말씀하시기를 ‘사람의 천성은 서로 비슷하나 습성에 의하여 서로 차이가 나느니라.’ 하셨는데, 그것은 어떤 의미이옵니까?”

왕이 대답하였다.

"성(性)이란 것은 하늘로부터 품부 받은 것이라. 본디 선(善)하거나 악(惡)함이 없거니와, 그러나 사람이 태어날 때 타고난 기(氣)가 똑같지가 않아서 청기(淸氣)를 타고난 자도 있고 탁기(濁氣)를 타고난 자도 있도다. 그러니 배워서 익히면 탁(濁)한 자라도 청(淸)하여지고, 청(淸)한 사람도 배워서 익히지 아니하면 탁(濁)하게 되느니라. 그러므로 '습성에 의하여 서로 차이가 난다(習相遠).'고 한 것이라. 이는 기질지성(氣質之性)을 일컬은 것이지, 본연지성(本然之性)을 일컬은 것이 아니니라."

정이(程頤)가 아뢰었다.

"사람의 마음은 불안하기만 하고, 도를 향한 마음은 미약하기만 하다(人心惟危, 道心惟微)고 한 것은 어떤 의미이옵니까?"

왕이 말하였다.

"사람이 비록 성인이라도 인욕(人欲)이 없을 수 없고 어리석은 자이라도 도심(道心)이 없을 수 없으니, 인심(人心)은 위태하여서 불안하고 도심(道心)은 미묘하여서 보기가 어려울 뿐이라. 그러므로 오직 정밀하고 한결 같이 하여 그 본심의 바름을 지켜서 떠나지 않아야 하느니라."

소옹(邵翁)이 아뢰었다.

"복희씨(伏羲氏)가 팔괘(八卦)를 만들 때부터 이미 상(象)과 수(數)와 이(理)가 있었는데, 세상사람들이 이(理)나 그 상(象)을 보아 그 수(數)을 아는 사람도 있으며 그 이(理)만 아는 사람도 있으니, 어찌 하여야 옳습니까?"

왕이 대답하였다.

"≪주역(周易)≫이란 것이 음(陰)과 양(陽)의 성함과 쇠함에 대한 이치이니라. 그런데 이(理)를 도외시한 채 수(數)만 전수하면 이는 수학(數學)일 뿐인지라, 그 폐단이야말로 점치는 부류가 되고 말지라. 또한 ≪주역≫은 변화가 종잡을 수 없느니라. 그런데 이(理)만 전수하고 수(數)를 도외시하면 이는 이학(理學)일 뿐인지라, 어찌 그 변화무상한 묘리(妙理)를 알겠는가?"

한유가 아뢰었다.

"전국시대 이후로 합종연횡(合縱連衡)하는 술책과 법으로만 나라를 다스리려는 학문[刑名之學]을 숭상하여 인의(仁義)를 알 자가 없었습니다. 그런데 오직 육국시(六國時)의 순경(荀卿)과 왕망(王莽) 시절에 양웅(揚雄)만이 인의를 행하고 대왕의 도(道)를 존숭하였으니 한번 불러서 등용함직 하나이다."

이 말을 들은 주희가 소리를 질렀다.

"한유가 제 학문이 머리 없는 학문인지라, 시비가 분명하지 않아 망령되이 아뢰고 있나이다. 순경(荀卿 : 荀子)이 말하기를 '사람의 본성은 악하다.'고 했는데, 그 제자 이사(李斯)가 그 학문을 전수받고는 선비를 죽이고 경서(經書)를 불 질렀으니, 이는 다 순경의 죄이옵니다. 양웅(揚雄)이 말하기를 '사람의 본성이 본디 정한 것이 없고 악(惡)과 선(善)이 섞였다.'고 말했는데, ≪태현(太玄)≫과 ≪법언(法言)≫을 지어내어 망령되게도 성인(聖人)으로 자처하니 가장 분수에 맞지 않은 짓이었고, 또한 왕망(王莽)을 섬겨 진(秦)나라의 횡포를 비판하고 왕망이 새로 세운 신(新)나라를 찬미하는 글을 지어서 아첨하였습니다. 이 두 사람은 우리 도(道)에 적이고 성문(聖門)에 죄인이옵니다. 그러니 어찌 부르겠사옵니까?"

왕이 말하였다.

"이 두 사람의 죄는 비록 그러하나 그 재주가 아까우니 불러 가르쳐서 사리에 맞고 바르게 하리라."

그리고는 즉시 불러들이니, 두 사람이 들어와 절하고 엎드렸다. 왕이 책망하며 말하였다.

"사람의 본성이 본디 선(善)하거늘 순경(荀卿)은 어찌 악(惡)하다 하고, 나의 도(道)가 하나로 꿰뚫었거늘 양웅(揚雄)은 어찌 선과 악이 서로 섞였다 하며, 또 양웅이 역적 왕망(王莽)을 섬기고도 부끄러움을 모르니 이 어찌 군자의 절개(節槪)이겠느냐."

두 사람은 사죄만 할 뿐이러라.

또 동중서(董仲舒)와 왕통(王通)과 허형(許衡)을 불러 말하였다.

"동중서의 이른바 '도의 큰 근원이 하늘로부터 나왔다.'는 말과 '도만 밝히고 그 이(利)를 헤아리지 말라.'는 말, 그리고 왕통의 이른바 '담력을 크게 가지되 마음을 작게 하고자 한다.'는 말 등은 모두 나의 도를 알고 한 말이라. 내가 가장 어여삐 여기노라."

그리고는 허형을 불러 크게 꾸짖었다.

"너는 학문을 깊이 통하고 도의를 널리 알았으니 군자로서의 도리를 아는 사람이었노라. 그런데도 벼슬길의 진퇴를 분명히 할 줄 몰라서 오랑캐에게 허리를 굽히고 섬김을 마땅히 여겼던 것이냐? 노중련(魯仲連)은 제(齊)나라의 한 선비에 불과하지만 진(秦)나라가 황제로 받들어짐을 부끄러이 여겨 동해를 밟아 죽으려 하고, 관중(管仲)은 이적(夷狄)들을 물리쳐 주(周)나라 왕실을 떨치게 한 것을 군자들이 높이 생각하나니라. 이제 너는 관중과 노중련의 죄인이로다."

이 말을 들은 허형은 얼굴이 흙빛이 되었지만 대답할 말이 없더라.

임금과 신하들이 도의(道義) 논하기를 마치게 되니, 왕이 말하였다.

"너희 각자의 뜻을 말해 보아라. 누구는 무엇을 하고자 하는 일이 있으며, 누구는 무슨 부끄러운 일이 있으며, 누구는 무슨 즐거운 일이 있느냐? 모두 다 말하되 숨기지 말라."

자로(子路)가 앞으로 나와 아뢰었다.

"저는 천승(千乘)의 나라를 다스리고 삼군을 거느려 적국의 횡행함을 평정하고자 하나이다."

왕이 가만히 웃으시기만 하였다.

안연(顏淵)이 아뢰었다.

"나는 누추한 마을에서 한 소쿠리의 밥과 한 표주박의 물로 살고 있을지라도 대왕의 도를 배워 몸이 편안하니, 곧 즐거운 바이러이다."

맹자가 아뢰었다.

"나는 호연지기(浩然之氣)를 잘 기르니, 그 기운이 지극히 커져 하늘과 땅

사이에 충만하게 되었습니다. 그리하여 인(仁)이 실현된 천하에서 부평초처럼 어디나 살더라도 우러러 하늘에 부끄럽지 않고 굽어 사람들에게 부끄럽지 않으니, 이것이 가장 큰 즐거움이러이다."

정호(程顥)가 아뢰었다.

"사수(泗水) 가에 놀러 나가 꽃구경을 하며 버들 따라 봄빛을 구경하니, 이것이 가장 큰 즐거움이러이다."

주돈이(周惇頤)가 아뢰었다.

"비 갠 후의 달빛과 맑은 날의 바람이 가슴에 비추어서 시원하고 깨끗하여 한 점 티끌조차 없으니, 상쾌한 즐거움이러이다."

사마광(司馬光)이 아뢰었다.

"신(臣)은 임금을 만났으나 왕안석(王安石)으로부터 공격을 받고 배척당하여 끝내 도를 행하지 못하였으니, 이것이 한스러운 바이로소이다."

주희가 아뢰었다.

"중원(中原)이 오랑캐의 땅이 되고 이제 북막(北漠)에 의해 갇혔으되, 소인배들이 화의(和議)로 임금을 속여 끝내 회복하지 못하니, 이것이 한스러운 바이로소이다."

소옹(邵雍)이 아뢰었다.

"나는 몸이 월굴(月窟)에 놀고 발이 천근(天根)을 밟아 팔극(八極)을 두루 돌아다녀 가보지 않은 곳이 없으니, 이것이 즐거움이러이다."

정이(程頤)가 아뢰었다.

"천하의 도를 행하여 위로는 임금을 요순(堯舜)과 같은 성군(聖君)으로 만들지 못하고, 아래로는 백성들에게 요순시대의 태평스런 정치를 펴지 못하였으니, 이것이 내가 부끄러워하는 바이로소이다."

제갈량(諸葛亮)이 아뢰었다.

"동으로는 손권(孫權)이 버티고 있고 북으로는 조조(曺操)가 마구 날뛰어서 겨우 익주(益州)를 차지하였으니, 중원을 회복하지 못하고 예악의 정치를 이룰 수 없었던 것이 내가 한하는 바이로소이다."

여러 신하들이 각자 자신의 심정을 말하기를 마치니, 대왕이 자공(子貢)을 불러 말하였다.

"네 평일에 사람들을 견주어 보기를 좋아하였으니, 여기 여러 신하들을 일일이 평하여 순서를 정하여라."

자공이 대답하였다.

"신(臣)이 식견이 없사오니, 어찌 감히 고금의 성현(聖賢)들을 평하겠습니까?"

왕이 말하였다.

"너는 사양하지 말고 생각하는 바를 성의껏 말하라."

자공이 왕의 명을 공손히 받들기 위해 물러나 여러 신하들을 둘러보고는 차례로 평을 하는데, 안연(顏淵)을 가리키며 말하였다.

"이 사람은 하나를 들으면 열을 알고, 사욕(私欲)을 이기여 천리(天理)를 회복하였으니, 성인의 크나큰 덕을 지녔습니다. 마치 봄기운이 만물을 소생시키는 듯한 기상인지라, 능히 하우씨(夏禹氏)와 어깨를 나란해도 되리이다."

또 증삼(曾參)을 가리키며 말하였다.

"이 사람은 매일 세 가지 일로 스스로를 반성하고, 일찍부터 일이관지(一以貫之)한 도를 힘써 닦아서 죽기에 이르러서도 바른 도에 어긋나지 아니하였으니, 성탕(成湯)에게 비겨도 우열을 가릴 수가 없나이다."

또 자사(子思)를 가리키며 말하였다.

"우리 성스러운 도[聖道]에 종파를 얻고는 ≪중용(中庸)≫을 지어 도학(道學)의 체용(體用)을 밝히고 천리(天理)의 가르침에 대해 잘 알지 못했던 것을 알게 하니, 이는 역단(易端)을 지으신 주나라 문왕(文王)과 같다고 할 것입니다."

"맹자는 인간의 본성이 태어날 때부터 선함을 일러서 도의(道義)를 게으르지 아니케 하고, 패도를 비판하고 왕도를 설파했으며, 이단을 마구 내치고 우리의 도를 똑바로 세우니, 성인에 버금갔습니다. 그러나 기운이 매우 뛰어나고 자취가 너무 드러나니, 목야(牧野)에서 주(紂)를 치던 무왕(武王) 같사옵니다."

"중궁(仲弓)은 사람됨이 대범하니 군왕의 자리에 앉을 만하고, 민자건(閔子騫)은 효행이 지극하니 사람들이 이의를 달 말이 없습니다. 염백우(冉伯牛)는 성인의 덕이 있고, 자로(子路)는 아주 용감했지만 무뢰한였을 정도로 너무나 거칠고 차분하지 못하여 정밀하고 자세한 도를 잘 알지 못합니다. 재아(宰我)는 말이 행동보다 앞서고, 염유(冉有)는 뜻이 비루합니다. 자유(子游)는 뜻이 높되 미덥지 못하고, 자하(子夏)는 미덥고 성실하되 융통성이 없고, 자장(子張)은 당당하되 어짊이 부족합니다. 원헌(原憲)은 너무나 고집스럽고, 공서(公西)는 너무나 우직합니다. 증점(曾點)과 칠조개(漆雕開)는 이미 대의를 알아 성인의 기상이 있으나 지나치게 이상만 높아서 재빠르게 실행하지 못하고, 주돈이(周惇頤)는 마음결이 시원하고 깨끗함이야 증점과 같되 실행력은 그래도 낫습니다. 정호(程顥)는 상서로운 해와 환한 빛 같으니 德行의 안연(顔淵)의 무리요, 정이(程頤)는 그 인품이 질박한 베옷 같고 콩이나 수수의 맛과 같이 담백하니 과불급(過不及)이 없는 자사(子思)의 무리요, 장재(張載)는 고비(皐比 : 虎皮방석)를 한 번 박차고 일어나서 지극한 도에 나아가니 일이관지(一以貫之)한 증자(曾子)의 짝이라 할 만합니다. 소옹(邵雍)은 영리하고 비범함이 매우 뛰어나며, 호방하고 씩씩한 기상이 천지에 짝할 사람이 없으니, 백이(伯夷)와 방불합니다. 사마광(司馬光)은 심의(深衣)가 있고 대대로 쌓아온 공덕이 있으니, 이윤(伊尹)과 견줄 만합니다. 주희(朱熹)는 복희씨(伏羲氏)가 팔괘(八卦)를 그릴 때처럼 날짐승과 들짐승의 현상과 땅의 형상을 살피고 ≪역(易)≫의 체계화를 힘써서 우레가 만호를 연 듯하니, 맹자가 아니고서는 다툴 자가 없을 것입니다. 장식(張栻)은 비 갠 뒤의 달 같았던 염계(濂溪) 주돈이(周惇頤)와 기수(沂水)에서 목욕하고 봄바람을 쏘이고

자 했던 증점(曾點)의 쇄락함을 지녔으니, 詩文으로 이름을 떨친 자하(子夏)의 다음은 될 것입니다. 여조겸(呂祖謙)은 선조가 8대에 걸쳐 중원(中原) 문헌(文獻)의 정전(正傳)을 계승하여 인품과 재학(才學)이 중화(中和)를 이루니, 문(文)으로 이름을 떨친 자유(子游)에 부끄럽지 아니할 것입니다. 제갈량(諸葛亮)은 기상이 유자(儒者) 같고 지혜가 귀신 같으니, 언변이 뛰어났던 재아에게 양보하지 않으리이다."

자공이 여러 신하 평하기를 끝마치니, 왕이 웃고 말하였다.

"네가 여러 신하들을 평하는 말이 맑은 거울이라도 비춘 듯 조금도 틀림이 없으니, 시험삼아 나를 평해 보라."

자공이 명을 받들기 위해 두 번 절하고는 말하였다.

"신(臣)이 어찌 감히 대왕을 평할 수 있겠습니까? 하늘을 우러러 보면 그 높은 줄이야 비록 알지만 그 하늘을 어찌 알며, 해와 달이 비록 밝은 줄이야 알지만 그 해와 달을 어찌 알겠습니까? 신(臣)의 소견으로 대왕을 평할진댄, 대나무 구멍으로 하늘 보기 같고 조개껍질로 바다를 가리기와 같을 것이니 어찌 알겠습니까? 그러하오나 이미 명을 내리셨으니 감히 외람된 말로 아뢰오리이다. 희로애락(喜怒哀樂)을 드러내더라도 절도에 맞으시고, 하늘의 도리에 따라 이루어진 마음의 본바탕을 그대로 지키고 계시는 것이 신기로워서 풍류[樂]를 듣고 그의 정사(政事)를 아시며, 사람을 보고 그의 예의와 도량을 아시는 것은 백세(百世) 뒤의 왕들에게도 어긋나지 않을 것이옵니다. 천지와 그 덕이 합치하고 일월과 <그 밝음이 합치하며, 사시(四時)와 그 질서가 합치하고 귀신과> 그 길흉이 합치하는 분이시니, 하늘보다 먼저 행하여도 하늘이 이를 어기지 않고 하늘보다 나중에 하여도 하늘의 때를 받드시옵니다. 그러니 그 어지심이 요순(堯舜)보다도 훨씬 더 하시옵니다."

왕이 말하였다.

"이 어인 말인고? 네 너무도 과도히 평하여 나로 하여금 부끄럽게 하는

구나. 네가 나를 평하였으니, 나도 너를 평하리로다. 너는 총명함이 남보다 훨씬 뛰어나고, 남의 말에 조금도 흔들리지 않으며, 마음이 낙천적이어서 군자의 풍도가 있으니, 비유하자면 고운 옥으로 만든 그릇에 구슬로 꾸민 것 같은지라. 내가 매우 사랑하는 바라."

그러자 자공은 수없이 감사함을 마지않더라.

왕이 잔치를 베풀게 하여 여러 신하들과 즐기고자 하였는데, 대사공(大司空) 염유(冉有)가 물품을 준비하고 대사도(大司徒) 자유(子游)가 풍악(風樂)을 준비하니, 화려한 잔치가 홍에 겨워 시끌시끌하면서도 위엄과 예의가 넘쳐흘렀다. 항아리의 술을 주전자로 부어 마시기를 두어 순배 지나자, 소사도(小司徒) 정호(程顥)가 태상악(太常樂)에 맞추어 팔음(八音)을 연주하고, 대사도(大司徒) 자유(子游)가 작은 북을 두드려 장단에 맞추니, 육률(六律)이 조화롭고 오음(五音)이 어우러지더라. 귀신과 사람이 아무런 거리낌이 없이 어울리고, 오채봉황(五彩鳳凰)이 돗자리 위에서 날개 짓하며, 한 마리의 기린이 섬돌 아래서 춤추더라.

왕이 스스로 다섯 줄 거문고를 어루만지며 노래지어 읊조렸다.

> 하늘의 명을 받아 이에 삼가 밝히심이여!
> 모든 백성들이 빛나고 밝게 되었으며,
> 온 천하가 고루 화합하게 되었도다.
> 뭇 공적이 모두 빛나니,
> 백관들이 이에 이르렀도다.

맹자가 손을 들어 절하고 머리를 조아리면서 말하였다.

"그 덕을 따라 나아가면 계획하시는 일은 밝게 서고 보필함도 이루어질 것이옵니다."

그리고는 노래하여 읊조렸다.

왕의 덕이 널리 퍼지니,
그 빛이 사방에 미치도다.
덕을 밝혀 백성을 화락케 하니,
천명이 이에 보응하도다.

백관이 서로 화답하여 노래를 불렀다.

경화(京華)에 구름이 일어남이여!
상서로운 날이 길도다.
우리 임금이 신명함이여!
태고 적 삼황(三皇)을 뛰어넘도다.
천 년 만 년 동안,
훌륭하신 왕의 말씀이 무궁하리로다.

한유(韓愈)가 앞으로 나와 아뢰었다.

"오늘과 같은 융성한 모임은 요순(堯舜) 때도 없었던 일인지라, 마땅히 기록하여 세상에 전함으로써 대왕의 지극한 치화(治化)를 알게 하소서."

왕이 한유에게 명하여 '지으라.' 하시니, 한유가 왕명을 받들어 글을 짓는데 처음부터 끝까지 하나하나 다 기록하였다. 문장은 막힘없이 자연스럽고 글씨도 귀신조차 놀랄 정도이니, 모두가 칭찬하였다.

이때 문창부(文昌府) 동자(童子)가 생을 데리고 있다가 잔치가 끝나는 것을 보고는 '나가자.'고 재촉하였다. 생이 왕께 하직 인사를 드리니, 왕이 말하였다.

"네가 학문에 힘쓰고 도를 행하니 내 가장 미쁘게 생각노라. 네 세상에 나가 이 글을 전하고 나의 도학을 빛나게 하여 오래도록 이름을 빛내어라."

그러시고는 한유가 지은 글을 주시었다. 생이 받아 소매에 넣고 두 번

절하며 하직하고 나오면서 섬돌을 내리다가 발을 헛디뎠다. 놀라 잠에서 깨니 남가일몽(南柯一夢)이었다.

놀랍게도 이 몸이 화서(華胥)에 놀며 옥황상제의 궁궐을 꿈 꾼듯하고, 소매 속에 넣어두었던 한유가 지은 글이 자초지종을 마치 본 듯이 기록하였다. 이에 붓과 벼루를 꺼내어서 삼가 기록하여 세상에 전하노라.

한문 몽유록

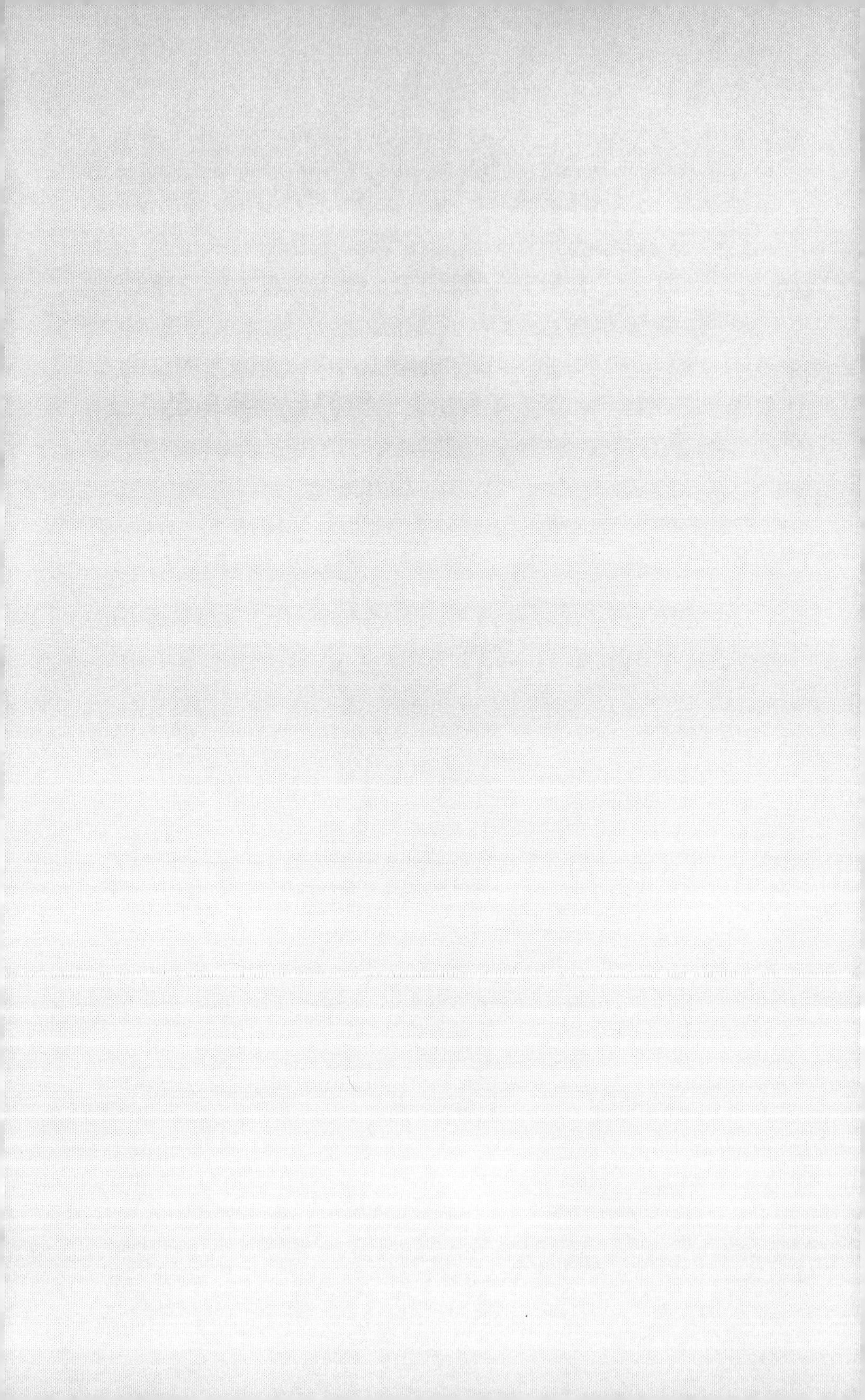

㺚川夢遊錄

黃中允(1577~1648)

1. 原文과 註釋

[二三章 落失] 鳥跂,[1] 地逈三千世界,[2] 山川勢盡來, 天[垂]□□欄干, 日月光先到,[3] 綠窓朱戶[4]光搖, 蛟宮[5]青雀黃□,[6] □落鷗浦, 水天一色, 風月雙淸, 咫尺山城, 樹影中□□微茫水. 寺鍾聲兩岸聞, 漁翁網集澄潭, 唱和廣陵[散]曲,[7]

1) 鳥跂(조기) : 새가 낢. 六朝시대 齊나라 시인 謝脁가 쓴 <三日侍華光殿曲水宴代人應詔詩>의 "雕梁虹拖, 雲甍鳥跂."에서 그 용례가 보인다.

2) 三千世界(삼천세계) : '三千大天世界'의 준말. 불교에서 말하는 小天·中天·大天 세계의 통칭. 須彌山을 중심으로 해·달·四大洲·六慾天·梵天을 합하여 한 세계라 하고, 이것의 천 배를 小天世界, 또 이것의 천 배를 中天世界, 다시 이것의 천 배를 大天世界라 한다. 흔히, '온 세상'의 의미로 쓰인다.

3) 地逈三千世界~日月光先到(지형삼천세계~일월광선도) : 唐나라 張祜의 <題潤州甘露寺> "日月光先到, 江山勢盡來." 구절을 활용. 그리고 許筠의 <白田菴> "땅이 트이고 높은 바위에 솟는 해 나직하고, 하늘아래 깎은 벼랑에는 가는 구름 끊겼구나.(地逈危巖低出日, 天垂削壁斷歸雲.)" 구절은 참고가 된다.

4) 綠窓朱戶(녹창주호) : 푸른 칠을 한 창과 붉은 칠을 한 문이라는 뜻으로, '호화롭게 꾸민 좋은 집'을 이르는 말.

5) 蛟宮(교궁) : 교룡의 궁.(=용궁)

6) 青雀黃□(청작황□) : '青雀黃龍'인 듯. 청작과 황룡의 그림. 水神이 좋아한다고 한다.

7) 廣陵[散]曲(광릉산곡) : 琴曲의 종류. 晉나라의 위계강[嵇康]이 은둔자에게서 전수 받아 거문고를 잘했었는데 景元 3年에 죽게 되어 형벌을 받기 전, 함께 저승 가는 길동무를 위한 것이라 하면서 거문고로 광릉산을 연주했다. 曲이 끝나자 탄식하여 말하기를 "袁孝尼(準)가 일찍이 나에게 광릉산을 배웠는데, 내가 고집하여 가르치지 않았으니 광릉산은 이제는 끊어지겠구나." 했다. 광릉산곡은 혜강이 죽은 뒤에 전수되지 않았다고 한다.

賈客船從返照,[8] 帆接驪山[9]之津.[10] 皓月長烟,[11] 引得范希文[12]新興, 白沙青草,[13] 惹起杜子美[14]淸吟.

于時, 黃雀風[15]恬, 白鷗波[16]靜, 披豁蘭房桂閣,[17] 鋪張綺席錦茵,[18] 雲物[19]生輝. 王從樂, 吹龍笛擊龜鼓, 百戲俱陳, 進金盤飛玉觴, 萬品[20]咸薦, 淸凝湘女[21]之瑟, 妙絶巴神[22]之歌. 物換星移,[23] 人世之光陰, 自閱天長地久, 水府之

---

8) 返照(반조) : 저녁 무렵에 동쪽으로 강하게 비추는 햇살.(=석양)

9) 驪山(여산) : 중국 陝西省 臨潼縣 동남쪽인 옛날의 長安 부근에 있는 산 이름. 이곳에 唐나라 玄宗이 溫泉宮을 세웠는데, 나중에는 華淸宮이라 불렸다.

10) 漁翁網集澄潭~帆接驪山之津(어옹망집징담~범접여산지진) : 杜甫의 <野老> "맑은 물에 어부들의 그물이 모이는데, 석양에 상선들이 다가오네.(漁人網集澄潭下, 賈客船從反照來)" 구절을 활용.

11) 皓月長烟(호월장연) : 范仲淹의 詞인 <漁家傲>의 "사방의 변방 소리, 뿔피리 소리 이어지고 / 긴 안개 속으로 해는 지고 외로운 성은 닫혀 있다.(四面邊聲連角起, 長煙落日孤城閉.)" 구절을 염두에 둔 표현.

12) 范希文(범희문) : 北宋의 정치가이자 학자인 范仲淹의 字. 騈文의 폐를 지적하여 스스로는 표현이 정제되고 풍격이 호방하다. 몸소 서북의 변방을 지키며 변새 지방을 소재로 한 작품이 많다. 특히 개인의 정치적인 회포를 토로한 <岳陽樓記>가 유명한데, "천하의 근심을 먼저 근심하고, 천하의 즐거움을 뒤에 즐긴다.(先天下之憂而憂,, 後天下之樂而樂.)"는 글귀는 명구이다.

13) 白沙青草(백사청초) : 두보의 시 <過洞庭湖> "교실은 청초에 둘러싸였고, 용퇴는 흰 모래에 가렸네.(鮫室圍青草, 龍堆隱白沙.)"에 나오는 구절을 일컬음.

14) 杜子美(두자미) : 唐나라 시인 杜甫의 字. 호는 少陵. 그는 중국시가의 현실주의의 우수한 전통을 계승하고 발양시켰는데, 律詩에 뛰어나 '詩聖'이라 불리며, 이백과 더불어 '李杜'라 일컬어진다. 주로 인간의 슬픔을 노래하였다.

15) 黃雀風(황작풍) : 중국에서 음력 5월에 부는 南東風과 薰風.

16) 白鷗波(백구파) : 파도가 바위 등에 부딪쳐 생기는 물거품이나, 여기서는 '파도'를 의미.

17) 蘭房桂閣(난방계각) : 미인들이 사는 깨끗하고 향기 나는 방과 집이란 뜻이나. 여기서는 '水府'를 의미.

18) 綺席錦茵(기석금인) : 비단으로 만든 자리.

19) 雲物(운물) : 경치.(=景物)

20) 萬品(만품) : 산해진미. 당나라 王梵志의 <縱使千乘君> "제 아무리 산해진미 차려 먹어도, 결국은 다 같은 똥이로다.(縱令萬品食, 終同一種屎.)"에서 그 용례가 보임.

21) 湘女(상녀) : 舜임금이 죽자 그를 따라 湘江에 빠져 죽은 舜임금의 두 妃. 곧 堯임금의 딸들인 娥皇과 女英.(=湘妃)

22) 巴神(파신) : '波神'의 오기인 듯. 파도의 신.

23) 物換星移(물환성이) : 계절의 바뀜. 세상의 변천. 王勃의 <滕王閣詩>에 "한가로운 구름과 못 그림자만 날로 아득하여라, 사물 바뀌고 별자리 옮겨 몇 해나 지났는고.(閑雲潭影日悠悠, 物換星移度幾秋.)" 하였다는 데서 나온 말이다.

風流無窮.

鮫客[24]・龍公, 盡抽詞[25]而頌美, 河伯[26]・海若,[27] 齊助興而揚休.[28] "生下界殘魂, 中年落魄. 蘇學士[29]浪跡湖海扁舟,[30] 黃太史[31]孤身關河[32]十載,[33] 獻序滕王閣,[34] 素非王郎[35]之妙才, 題詩黃鶴樓,[36] 亦無崔顥[37]之高思. 幸蒙恩

---

24) 鮫客(교객) : 상어.

25) 抽詞(추사) : 글을 지음.

26) 河伯(하백) : 물을 맡아 다스린다는 신.(=水神)

27) 海若(해약) : 바다의 신.

28) 揚休(양휴) : 단순한 아름다움이 아닌 훌륭한 덕성을 찬양함. "군자의 선 모양은…(중략)…머리와 목은 반드시 반듯하게 하며, 우뚝한 산처럼 의연하게 서며, 행해야 할 때는 행하여야 한다. 성대한 기운을 몸에 가득 차서 봄기운이 사물을 따뜻하게 품어주는 것처럼 하고, 옥처럼 낯빛에 변동이 없어야 한다.(立容…(중략)…頭頸必中, 山立, 時行, 盛氣顚實, 揚休, 玉色)"(≪禮記≫<玉藻>)는 말이 참고가 된다.

29) 蘇學士(소학사) : 북송의 문인 蘇軾. 자는 子瞻. 호는 東坡居士. 아버지 洵, 아우 轍과 더불어 三蘇라고 불린다. 唐宋八大家의 한 사람이자, 神宗 때 王安石의 變法에 반대하다 杭州의 通判으로 폄적당할 정도로 舊法派의 대표자였으며, 서화에 능했다. 그는 정치적으로는 유가사상을 좇아 대관료와 대지주들의 기본적인 이익을 침해하지 않는다는 전제 아래 잘못된 정사를 혁파하려고 했으며, 생활에 있어서는 佛老사상을 본받아 세속에 구애받지 않고 초연하고 활달한 태도를 지니는 등 儒佛道가 결합되어 있었다.

30) 浪跡湖海扁舟(낭적호해편주) : 蘇軾이 王安石의 新法에 반대하다 지방관으로 좌천되어 여러 곳을 유랑한 것을 이름. 곧, 杭州, 密州, 徐州, 湖州, 黃州, 常州 등을 전전하였다.

31) 黃太史(황태사) : 北宋의 시인 黃庭堅. 太史는 옛날 중국에서 기록을 맡아보던 史官을 말하는데, 황정견이 사관을 한 적이 있으므로 黃太史라고도 한다. 자는 魯直. 호는 山谷道人. 그는 원래 杜甫의 시와 韓愈의 문장을 배울 것을 주창했지만, 江西詩派의 元祖로서 떠받들어졌다. 사의 풍격은 蘇東坡와 竝稱되었으며, 書家로서도 宋代 四大家의 한 사람으로 꼽힌다.

32) 關河(관하) : 函谷關과 黃河.

33) 孤身關河十載(고신관하십재) : 황정견이 祕書丞・國史編修官에 이르러 神宗實錄을 편찬했는데, 1095년 王安石의 新法黨이 부활됨과 동시에 舊法黨인 그는 신법을 비난하였다는 죄목으로 黔州에 유배되었다가 1100년에 사면 복직되었으나, 1102년에 다시 무고를 당하고 宜州에 유배되어, 그곳에서 1105년 병사한 것을 일컫는다.

34) 滕王閣(등왕각) : 唐 太宗의 아우 滕王 李元嬰이 江西省 南昌의 西南方에 세운 樓閣. 당나라 초기의 시인 王勃의 序로 유명하다.

35) 王郎(왕랑) : 唐나라 초기의 시인 '王勃'을 지칭. 자는 子安. 저명한 학자 王通의 손자. 初唐四傑의 한 사람으로, 특히 오언 절구에 뛰어났다. 곧, <送杜少府之任蜀>은 강건하고 청신하며 격조가 높고 우렁차면서 낙천적이어서 우정의 진지함을 묘사하고 있을 뿐만 아니라 그의 광달하고 시원스런 흉금을 표현한 것으로 평가받는다. 그의 시풍은 두보에 의해 "장강과 하수처럼 만고에 흐를 것"이라고 칭찬받았다.

36) 黃鶴樓(황학루) : 중국 胡北省 武昌縣의 서쪽 黃鶴山 서북쪽 강가에 있는 高樓.

遇, 陪賞勝形, □□之蹤, 徒忝龍門[38]之末席, 善文[39]之筆, 難狀水宮之奇觀, 敢均一言, 庸續四韻"

渺渺長江接海頭,	高樓百尺[臨]中洲.
一區烟月東南最,	萬里乾坤日夜浮.[40]
空濶境疑□□着,	飄飖人似在天遊.
鯫生[41]幸忝龍門會,	酩酊[42]風[晨月]夕留.

書畢, 王放聲大讀, 喜形於色曰："吾子文□□□人言, 旣得佳製, 可無一會?" 遂命酒設樂, 奇肴□□□, 世所罕有.

酒三行, 閽人趨蹌[43]而前曰："有客臨門." [王下]堂迎揖, 其人身長八尺, 彪狀熊軀, 眼光奔鈴, 怒□□虹, □步唐突, 威稜動人. 從者千餘, 皆甲冑, 珊□□

37) 崔顥(최호) : 唐나라 시인. 俊才奔放하여 도박과 술을 즐겼다. 그의 '黃鶴樓' 시는 경물을 그림같이 묘사하여 형상이 선명하고 기상이 높이 솟구쳐서 일반의 음향과는 달랐다고 한다. 李白이 황학루에 노닐 때에 이 시를 보고 "눈 앞에 경치가 있어 말로 표현할 수 없는데 최호의 시가 위에 있네.(眼前有景道不得, 崔顥題詩在上頭.)"라고 개탄하면서 "짓지 않고 가는 것은 위대한 장인을 위하여 손을 거두는 것이라네.(無作而去, 爲哲匠斂手云.)"라 격찬하자, 그의 시가 명성을 얻었다고 한다.

38) 龍門(용문) : 황하의 상류에 있는 산 이름. 또는 그곳을 통과하는 여울목의 이름으로, 잉어가 이곳을 통과하면 용이 된다고 한다.

39) 善文(선문) : 明 나라 瞿佑가 지은 전기소설 ≪剪燈新話≫ 가운데 <水宮慶會錄>의 주인공 余善文인듯. 그는 廣利王의 초청을 받아 靈德殿의 上樑文을 지어주고 夜光珠와 通天犀角을 받았을 정도였다.

40) 一區烟月東南最, 萬里乾坤日夜浮(일구연월동남최, 만리건곤일야부) : 당나라 시인 두보의 <登岳陽樓> "옛날에 동정호의 절경을 말로만 듣다가, 오늘에야 악양루에 오르는구나. 오나라와 초나라가 동쪽과 남쪽으로 갈라졌고, 하늘과 땅이 밤낮으로 동정호에 떠 있구나. 친한 벗이 한 자 글월도 없으니, 늙어가는 몸에 의지할 곳이란 외로운 배 한 척 뿐이로다. 아직도 고향에선 전쟁이 계속되고 있으니, 난간에 기대어서 눈물을 흘리노라.(昔聞洞庭水, 今上岳陽樓. 吳楚東南坼, 乾坤日夜浮. 親朋無一字, 老去有孤舟. 戎馬關山北, 憑軒涕泗流.)" 구절을 활용. 이 시는 두보가 57세 때의 겨울에 소문으로만 들었던 동정호를 악양루에 올라 그 장엄한 절경을 보면서, 방랑 생활의 슬픔과 나라를 걱정하는 마음을 노래한 시라고 한다.

41) 鯫生(추생) : 소견이 좁은 사람.(=小人) '말하는 자기 자신'의 겸칭으로 쓰인다.

42) 酩酊(명정) : 몸을 가눌 수 없을 만큼 술에 몹시 취함.

43) 趨蹌(추창) : 禮度에 맞도록 허리를 굽히고 종종 걸음으로 들어가는 것.

□□, 劒戟□□□□羅弓矢, 凜乎其不可犯也.

坐定, 王□生而謂其人曰 : "□□□□□□□也. 寡人有小搆[44]而□題詠, 特使迎來矣." 其人與生曰 : "子不識□? 我姓申[名]砬.[45] 天帝封爲㺚川候, 以我之敗非我之罪故也." 敍溫竟, 候曰 : "子住人世, 人世之人謂我如何?" 生曰 : "我不敢知, 但將軍盡一國之精銳兵, 不接而見潰, 議者, 皆以將軍背水爲不智也." 侯憤然曰 : "甚矣, 議者之不知我也! 我國昇平[46]之久, 恬嬉[47]之餘, 耳不聞金革[48]之聲, 目不觀旌旗之色.[49] 鯨波一決, 變起倉卒, 方岳無鈞石之鎭, 關門欠結草之將,[50] 鳥嶺[51]失險, 王城震動. 當是時, 雖□古之善用兵者, 固不能不敎之民,[52] 而抗方張之賊[53]也. 況余手下, 皆良家膏粱[54] · 市井巧黠[55]之輩, 雖平日佳[辰]令節,[56] 張[57]粉鵠[58]爭能, 若有可稱者, 而俱不習干戈之人. 雖曰

44) 小搆 : '小構'의 오기. 작은 정자.

45) 申砬(신립, 1546~1592) : 자는 立之. 선조 때 무장. 벼슬은 한성부 판윤에 이르렀으며, 임진왜란 때 충주 㺚川江에서 背水之陣을 치며 왜군과 분투하다 전사했다.

46) 昇平(승평) : 태평한 세상. 나라가 태평함.

47) 恬嬉(염희) : 직무를 게을리 함.

48) 金革(금혁) : 병기와 갑주. 곧, '전쟁'을 말함.

49) 耳不聞金革之聲, 目不觀旌旗之色(이불문금혁지성, 목불관정기지색) : ≪鶡冠子≫의 <武靈王>에 있는 "若夫耳聞金鼓之聲而希功, 目見旌旗之色而希陳, 手握兵刃之枋而希戰, 出進合鬥而希勝, 是襄主之所破亡也." 구절을 활용.

50) 方岳無鈞石之鎭, 關門欠結草之將(방악무균석지진, 관문흠결초지장) : 東晉의 干寶가 쓴 <晉紀總論>의 "州郡의 장관들이 조금도 지방을 진압하지 못하는 가운데, 관문에는 결초와 같은 견고함조차 있지 않았다.(方岳無鈞石之鎭, 關門無結草之固.)"(≪文選≫ 권49)라는 구절을 활용. 方岳은 '지방관'을 의미하고, 結草는 '쑥대나 풀을 엮어서 만든 사립짝처럼 허술하기 그지없는 문'을 말한다.

51) 鳥嶺(조령) : 새도 오르지 못할 만큼 험한 고개. 경상북도 문경의 '새재'를 이른다.

52) 古之善用兵者, 固不能不敎之民(고지선병자, 고불능불교지민) : ≪孔明兵法≫<揣能>의 "옛적에 용병을 잘한 자는 능력을 헤아려 승부를 헤아린다.(古之善用兵者, 揣其能而料其勝負.)"는 구절을 염두에 둔 표현.

53) 方張之賊(방장지적) : 한창 기세가 오른 적.

54) 良家膏粱(양가고량) : 膏粱은 살진 고기와 맛있는 음식. 여기서는 '그러한 음식을 먹는 부귀한 집의 자제'를 말한다.

55) 市井巧黠(시정교힐) : '시정'은 시장에서 장사하는 사람의 무리이고, '교힐'은 꾀가 많고 간사함을 일컫는데, '시정교힐'은 '통제를 제대로 할 수 없는 무리들' 의미.

56) 佳[辰]令節(가진령절) : 좋은 명절.

57) 張(장) : 활시위를 당김.

精銳, 實是羊群, 爭有望風[59]之志, 略無荷戈[之心], 身爲大將, 何以爲策? 背水爲陣, 余不得已也. 使[烏合]之卒, 投必死之地, 庶幾人人, 一乃心力. 有死□□, □生之氣,[60] 得以禦鴟張[61]而摧狼鋒[62]也. 詎意賊兵□□, □倍於我, 漫山塞野, 浩浩無際, 如狂風暴雨, 一時□□, 驚濤巨浪, 四面壞襄? 回視我軍, 眇在重圍之中, 若呱呱[63]嬰兒之在虎豹之前. 衆寡如此, 强弱相懸, 士卒有喪膽之恸, 英雄無用武之地,[64] 竟未免哥舒[65]之敗・龍且[66]之潰. 嗚呼! 此豈獨人謀之不臧[67]哉? 余昔結髮而戍北塞也, 胡兵大至, 鐵騎深入, 狼奔豕突,[68] 六鎭破竹, 鳥竄魚驚,[69] 千鋒[70]自折浪. 余於是時, 張子龍之膽,[71] 騁翼德之才,[72] 奮劒一揮,

---

58) 粉鵠(분곡) : 색을 칠한 과녁판.

59) 望風(망풍) : 望風而靡. 기세를 보고 어느 한쪽으로 쏠린다는 뜻으로, '멀리서 바라보고도 그 위세에 눌려 맞서려고 하지 않은 채 도망감'을 일컬음.

60) 有死□□□生之氣 : '有死之心, 無生之氣.'인 듯. 魯仲連의 "장군이 즉묵에서는 앉으면 삼태기를 짜고 서면 삽을 잡아서 사졸을 인도하였으니 그때를 당하여서 장군은 죽을 마음이 있었고 사졸은 살려는 생각이 없었으므로 연나라를 깨뜨린 것이라.(仲連曰 : '將軍之在卽墨엔 將軍之在卽墨, 坐則織蕢, 立則杖鍤, 爲士卒倡, 當此之時, 將軍有死之心, 士卒無生之氣, 所以破燕也.')"(≪資治通鑑≫ 권1)는 말이 참고가 된다.

61) 鴟張(치장) : 솔개가 날개를 펼치고 덤비는 것처럼, '날뛰는 무리'를 의미.

62) 狼鋒(낭봉) : 적의 칼날.

63) 呱呱(고고) : 어린 아이가 우는 소리.

64) 用武之地(용무지지) : 병법을 사용할 만한 여지.

65) 哥舒翰(가서한) : 唐나라 무장. 哥舒部의 후예. 安西땅에 살았다. 玄宗은 그가 吐藩의 침입을 격파하는데 공을 세우자 西平郡王으로 봉했다. 그 후 安祿山의 난 때 황태자의 선봉兵馬元帥가 되어 潼關을 지켰으나 패하여 살해되었다.

66) 龍且(용저) : 秦나라 사람. 項羽의 부하 장수. 淮陰侯 韓信이 齊나라를 공격하자, 齊王 田廣이 요청으로 용저가 濰河에서 韓信과 싸우게 되었다. 한신이 모래주머니로 유하의 상류를 막았다가, 용저의 군사를 유하의 하류로 유인한 후 모래주머니를 터놓아 함몰시키자, 죽임을 당했던 인물이다.

67) 不臧(부장) : 훌륭하지 못함.(=不善)

68) 狼奔豕突(낭분시돌) : 이리나 멧돼지처럼 사납게 돌진함. 곧장 저돌적으로 쳐부숨.

69) 鳥竄魚驚(조찬어경) : 새들도 날아가고 물고기들도 달아나듯, '병사들이 뿔뿔이 흩어짐'을 일컬음.

70) 千鋒(천봉) : 천여 개의 칼날이라는 뜻으로, 여기서는 '조선의 군사'를 이름.

71) 子龍之膽(자룡지담) : 趙子龍의 용맹. 子龍은 劉備가 曹操에게 쫓겨 처자를 버리고 남으로 도망할 때에 騎將이 되어 그들을 보호하여 난을 면하게 하니, 유비가 '자룡은 몸 전체가 담이다(子龍一身都是膽)'라 평했다고 한다.

72) 翼德之才(익덕지재) : 翼德은 蜀나라 張飛의 字. 촉나라의 先主인 劉備가 江南으로 달아날

萬落風靡, 馬踐月氏[73]之血, 旗梟可汗[74]之頭, 狼山瀚海,[75] 一鼓[76]橫行, 人固稱我之勇, 而服我之智矣. 今者, 中原[77]之役也, 勇非減也, 智非短也, 而竟不能技捂,[78] 此實天亡我, 非戰之罪.

大抵, 當國家危亡之夕, 値乾坤風雨之秋,[79] 捲一國之兵而屬一身, 摠三軍之命而寄一戰, 其成之者天也, 其敗之者天也. 天苟成之也, 則謝玄[80]一書生, 以數千殘兵, 猶能却符堅[81]百萬[之]衆, 吳允文[82]一儒臣, 以一旅孤軍,[83] 猶能挫金亮[84]滔[謟]之賊,[85] 此謝玄・吳允文, 善戰而爲哉? 苟敗之也, 則關羽[86]熊虎

적에 曹操가 추격하여 當陽의 長坂에 이르니, 선주가 처자를 버리고 달아나면서 장비에게 뒤를 막게 하였다. 장비는 강물을 경계 삼아 다리 위에서 눈을 부릅뜨고 창을 가로세워 버티면서 호통을 치니, 조조의 군사가 감히 접근하지 못했다고 한다.(≪三國志≫<蜀志・張飛傳>)

73) 月氏(월지) : 漢나라 때에 감숙성의 서북에 나라를 세웠던 종족. 곧, 중앙아시아에서 활약하던 터키계의 민족이다. 그러나 여기서는 '오랑캐'라는 의미이다.

74) 可汗(극한) : 영문으로는 Khan. 匈奴・突厥・回紇 등에서 君主를 칭하던 말.

75) 狼山瀚海(낭산한해) : '낭산'은 내몽고 자치구 북쪽에 있고, '한해'는 넓은 사막이란 뜻이나, '변방'을 가리키는 대표적 용어들임. 그 용례는 唐나라 高適이 지은 <燕歌行>의 "교위의 급한 서신 드넓은 사막을 날아오고, 선우의 사냥불은 낭산을 비추네.(校尉羽書飛瀚海, 單于獵火照狼山.)"에서 보인다. 고적은 개원 20년(732)에 梁나라와 宋나라 땅에서 나그네 생활을 하고 있다가 哥舒翰의 막부에서 변방의 생활을 경험하였다.

76) 一鼓(일고) : 一鼓作氣. 단숨에 해치우다. 처음의 기세로 끝장내다.

77) 中原(중원) : 충청북도 충주시의 옛 지명.

78) 技捂(기오) : 무찌르고 버팀.

79) 乾坤風雨之秋(건곤추풍지추) : 천지가 어지러운 때.

80) 謝玄(사현) : 東晉의 장군. 謝安의 조카. 武帝때 사안의 명에 따라 적은 수의 精銳로 前秦 苻堅의 백만 대군을 淝水에서 물리쳐 前將軍이 되고, 康樂縣公에 봉해졌다.

81) 符堅(부견) : 前秦의 제3대 왕. 자는 永固. 이름은 文玉. 前燕과 前凉을 멸하고 강북지방을 통일한 뒤 東晉을 멸하려다 淝水의 싸움에서 대패하자 자살했다.

82) 吳允文(오윤문) : '虞允文'의 오기. 이하 동일하다.

83) 一旅孤軍(일려고군) : 大軍에 비해서 '소수의 병력'임을 일컬음.

84) 金亮(금량) : 金나라 海陵王 完顔亮을 지칭.

85) 吳允文～猶能挫金亮滔[謟]之賊(오윤문～유능좌금량도도지적) : '采石大捷.' 1161년 金의 海陵王이 백만 대군을 이끌고 淮河와 長江을 건너려고 했지만, 對岸의 采石磯를 지키고 있던 南宋의 명장 虞允文이 이끄는 약 이만의 군대에게 대패했다.

86) 關羽(관우) : 삼국시대 蜀漢의 武將. 자는 雲長. 劉備, 張飛와 의형제를 맺고 평생 그 의를 저버리지 않은 인물이다. 적벽전에서 조조의 군대를 격파하였으나, 유비의 익주 공략 때에 형주를 지키다가 魏와 吳의 협공을 받아 敗死하였다.

之將也, 以戰勝攻取[87]之才, 而卒死於吳人之釰,[88] 諸葛瞻[89]忠義之士也, 以許國忠君之誠, 而終沒於魏[人之]手,[90] 此關羽・諸葛瞻, 惕懶而然哉? 由是觀之, 其[成之敗]之者, 皆天也. 世之拘儒[91]瞽生,[92] 不曉於此, 妄以風□□其人之能不能, 此余之所以痛心而齎憤[93]者也.

□□一說焉, 始余之率兵來中原也, 可以據山城, 可以依關門, 覘勢出設, 量力進退, 則何至有兵覆身亡之禍哉? 只余平日, 衣君食君,[94] 天地恩深,[95] 雨露澤厚, 丹衷自切, 白日無愧, 懷孔明盡瘁之誠,[96] 抱馬援裹革之志[97]者, 久矣. 一朝臨亂, 報效有地,[98] 余安忍忘君父而爲自全之計哉? 所以背水結陣, 以示必死.

---

87) 戰勝攻取(전승공취) : 戰必勝攻必取. 한고조가 된 유방이 천하를 얻게 된 내력을 高起와 王陵과 문답하는 가운데 韓信의 공을 지칭한 말이다. 곧, "백만의 무리를 이어 싸우면 반드시 이기고 치면 반드시 취한다.(連百萬之衆, 戰必勝攻必取.)"에서 인용한 것이다.

88) 卒死於吳人之劍(졸사어오인지검) : 관우가 형주에서 東吳의 장수 呂蒙의 계략에 빠져 죽은 사실을 일컬음.

89) 諸葛瞻(제갈첨) : 삼국시대 蜀漢의 정치가 諸葛亮. 魏의 曹操에게 쫓겨 형주에 있던 劉備의 三顧草廬에 의해 발탁되자 天下三分之計를 進言하고, 吳의 孫權과 연합하여 남하하는 조조의 대군을 赤壁에서 대파하였다.

90) 終沒於魏[人之]手(종몰어위인지수) : 제갈량이 劉備 死後에 어린 後主 劉禪을 보필하여 魏의 장수인 司馬懿와 대전하다가 五丈原에서 죽은 사실을 일컬음.

91) 拘儒(구유) : 융통성이 없는 유학자. 변통할 줄 모르는 학자.

92) 瞽生(고생) : 세상의 이치에 어두운 사람.

93) 齎憤(재분) : 평소에 가지고 있는 분함.

94) 衣君食君(의군식군) : 成三問의 <自誓> "食君之食, 衣君之衣, 素志平生, 莫願違, 一死固知, 忠義在, 顯陵松柏, 夢依依." 구절에서 그 용례가 보임.

95) 天地恩深(천지은심) : "父母, 義高天地, 恩深巨海."(≪佛說盂蘭盆經疏下≫의 구절이 참고가 됨.

96) 孔明盡瘁之誠(공명진췌지성) : 제갈공명이 유비의 유언을 받들어 後主 劉禪을 정성을 다해 모신 것을 말함.

97) 馬援裹革之志(마원과혁지지) : 後漢의 伏波將軍 馬援이 일찍이 "아직도 북쪽 변방에 소요가 일어나고 있으니, 내가 자청하여 격퇴시키고 싶다. 남아는 의당 변방에서 죽어 말가죽에다 시체를 싸서 반장하면 그만이지, 어찌 와상에 누워 아녀자의 수중에서 죽을 수 있겠는가.(尙擾北邊, 欲自請擊之. 男兒要當死於邊野, 以馬革裹屍還葬耳, 何能臥牀上在兒女子手中耶?)"라고 한 말을 일컬음. 즉 남아가 뛰어난 충성과 용맹으로 전장에서 장렬하게 전사하는 것을 말한다. 마원은 後漢 때 武將・이자 政治家. 자는 文淵. 광무제 때 羌族을 평정, 交趾의 난을 진압하고 흉노를 쳐서 공을 세웠다. 그러나 그는 뒤에 과연 전장에서 죽었다.(≪後漢書≫<馬援列傳>)

98) 報效有地(보효유지) : 은혜에 보답할 기회를 얻음.

雖國運不幸, 天心不助, 以致敗蠛,[99] 而其志則固亦忠也義也. 英雄一死, 萬事瓦裂, 吹毛[100]者, 紛然短我而無謀, 毁我而自敗, 無一爵賞加之, 於身死之後, 夫豈聖明忘我? 實有司之不知我故也. 惟彼瞋目語難[101]之儔, 畏首[102]偸生之類, 遇一流民之零落者, 則斬之, 髡其頭而爲倭, 得一行之單獨者, 則捕之, 奪其鉞而爲賊. 始焉贖其罪, 而終致金玉之秩,[103] 朝焉編於伍, 而夕爲靑紫之貴,[104] 逗遛[105]退縮而報之以[臨]戰, 奔散潰敗而奏之以全師, 有何微勞寸效之可嘉, 而爵賞褒崇, 富貴榮享? 朝家之賞罰, 如是, 以我才之勇, 恨當日視死如歸,[106] 獨作敗軍之鬼, 抱深寃於重泉[107]之下也!"

言訖, 怒髮衝冠, 憤膽欲裂. 生□□發一言而未及, 閽人又告客至. 王又下堂迎[揖], [其人]相貌堂堂, 英風凜凜, 腰白羽之箭, 臂烏號[108]之[弓], □□一丈夫. 其一人, 文雅發露, 風彩俊秀, 昻然有獨□□群[109]之態. 二人旣入, 相敍禮.

99) 敗蠛(패멸) : '敗滅'의 오기.

100) 吹毛(취모) : '吹毛求疵'의 준말. '억지로 남의 허물을 들추어내는 것'을 의미. "터럭을 불어서 작은 흠을 찾으내려 하지 않고, 때를 씻어서 알기 힘든 것을 살피려고 하지 않는다.(不吹毛而求小疵, 不洗垢而察難知.)"(≪韓非子≫<大體篇>)에서 나온 말이다.

101) 瞋目語難(진목어난) : 눈을 부릅떠 힐난함. 인간의 劍에 대해 "머리칼이 쑥대처럼 마구 흐트러진 채, 귀밑털은 불쑥 치솟았으며, 낮게 기운 관을 쓰고, 장식이 없는 끈으로 관을 묶었으며, 소매가 짧은 옷을 입고, 부릅뜬 눈에 말투는 우락부락한 것.(蓬頭突, 垂冠, 曼胡之纓, 短後之衣, 瞋目而語難.)"(≪莊子≫<說劍>)이라고 한 데서 나온 말이다.

102) 畏首(외수) : 약소국 鄭나라가 강대국 晉나라와 楚나라 사이에서 곤란한 지경에 처하자, "옛 사람의 말에 이르기를 '머리가 어찌 될까 두려워하고, 꼬리가 어찌 될까 두려워한다면, 몸 전체 중 걱정되지 않는 부분이 얼마나 될까?'(古人有言曰 : '畏首畏尾, 身其餘幾?')라고 했다."(≪春秋左氏傳≫ 文公 17년조)는 말을 인용한 데서 나온 것으로, '너무 소심하여 목숨을 잃을까 두려워하여 벌벌 떪'을 의미.

103) 金玉之秩(금옥지질) : 금관자와 옥관자를 붙인 높은 벼슬아치.

104) 靑紫之貴(청자지귀) : 漢나라 때에 九卿은 푸른 인끈을, 公侯는 자주 인끈을 썼으므로 公卿의 지위를 이름.

105) 逗遛(두유) : 한 곳에 머무름.

106) 視死如歸(시사여귀) : 죽는 것을 고향에 돌아가는 것과 같이 여긴다는 뜻으로, '죽음을 조금도 두려워하지 않음'을 일컫는 말.

107) 重泉(중천) : 저승.(=黃泉)

108) 烏號(오호) : 중국 고대의 黃帝가 가졌다는 활의 이름.

109) 獨□□群 : '獨步拔群'인 듯.

王謂生曰 : "子能識此兩尊者乎?" 生答以未也. 王曰 : "一乃侯□之弟臨津伯, 一乃侯之幕賓[110]也." 生卽曰 : "臨津莫非諱是硈, 幕賓莫非姓是金者也?" 曰 : "然." 王又將生姓號居住, 一一言畢.

伯謂其兄曰 : "兄之有不豫[111]色, 何哉?" 候曰 : "吾何爲不豫哉? 但與生論懷, 憤恨纏胸[112]耳." 伯回顧生曰 : "亂離之事, 言之長也. 但我素痛恨而憤寃者, 自舍兄[113]之敗也, 鑾輿[114]關塞, 鳳闕灰燼, 自公召我, 星火相催, 以疲殘之衆, 而當蒼卒之際,[115] 計未及出, 陣未及成, 而回首江南,[116] 白刃[117]已如束[118]矣. 雖智如孫・吳,[119] 勇如關・張,[120] 亦無可奈也. 世之好議論者, 不量其勢, 不揣[121]其時, 反以我爲惻, 其所痛恨而憤寃者, 爲如何哉?

嗚呼! 吾兄弟, 家世將種, 韜略[122]是通, 弓馬是習, 才固雄矣, 志固大矣. 豈皆不及古之庸將, 而致敗亡哉? 其故, 在國家兵制之失宜而然也. 夫兵農一體之法, 宜於盛代, 而不宜於末世也. 聖子神孫, 爲之君, 碩德俊才, 爲之臣, 措時雍之治,[123] 致風動之化,[124] 六合無塵,[125] 四海一秋, 則牛眠桃野之春, 馬放花□

110) 幕賓(막빈) : 조선 시대의 관직. 監司・留守・兵使・水使・遣外使臣을 따르던 무관. 여기서는 '金汝岉'을 일컫는다.
111) 不豫(불여) : '不豫'의 오기. 기뻐하지 아니함. 이하 동일하다.
112) 纏胸(전흉) : (근심이나 원한이) 마음에 맺힘.
113) 舍兄(사형) : 자기의 형을 남에게 겸손하게 일컫는 말.(=家兄)
114) 鑾輿(난여) : 천자가 타는 수레.(=鑾駕) 여기서는 '임금'을 일컬음.
115) 蒼卒之際(창졸지제) : 미처 어떻게 할 사이도 없이 급작스러운 때.
116) 回首江南(회수강남) : 말머리를 강남으로 돌림. 곧 군사를 거느리고 북쪽에서 남쪽으로 온 것을 말한다.
117) 白刃(백인) : 서슬이 시퍼런 칼날로, 여기서는 '왜적의 칼날'을 의미.
118) 如束(여속) : 짚단처럼 빽빽함. 여기서는 '적군의 칼날이 빽빽하게 늘어서 있어 위태로웠음'을 일컫는다.
119) 孫吳(손오) : 전국시대 병법가인 孫武와 吳起를 합쳐서 이르는 말.
120) 關張(관장) : 삼국시대 촉한의 장수인 關羽와 張飛를 합쳐서 이르는 말.
121) 不揣(불췌) : 헤아리지 않음.
122) 韜略(도략) : 六韜와 三略. 轉하여 兵法.
123) 時雍之治(시옹지치) : 시옹은 '於變時雍'의 준말. 백성이 善道에 이르러 서로 화목하여 천하가 잘 다스려지는 것을 말함. 태평성대의 다스림.
124) 風動之化(풍동지화) : 풀이 바람에 쏠리는 것처럼 입는 敎化를 비유.
125) 六合無塵(육합무진) : 세상이 잘 다스려져서 전쟁 등의 폐해가 없음을 말함.

之月, 文修武偃,[126] 何用兵爲? 此兵農爲一之所[以宜也]. 至於叔季,[127] 君失愛養之道, 民懷怨苦之歎, 而風□□, 常干戈遆[128]起, 起畎畝稼穡[129]之民而偏部曲,[130] 捨鋤耰□務之器而操戈戟, 則思昔者桑麻田畝之業,[131] 而苦於爲兵, 念前日室家妻孥之樂, 而怨於臨陣, 鼙鼓[132]駭於耳, 旌旗亂於目, 以之恐惕, 以之逃散, 此兵農爲一之所以不宜也.

周室綿延,[133] 歷年八百者, 以其封天下以諸侯, 故諸侯之國, 皆自樹兵,[134] 宗國有變, 則各以其兵來援之, 兵農一體之有其法而無其獘者, 周也. 自天下分郡縣以後, 漢唐諸君, 知兵農之不可爲一也, 故分而二之, 其慮遠矣. 一充兵籍, 老於行伍, 坐作進退之節, 擊刺攻戰之術, 無不耳慣目熟, 訓鍊於平昔者旣精, 發用於蒼卒者整濟, 害至而易爲之備, 患生而易爲之防者, 此也.

噫! 國君信能體文・武・成・康[135]之心, 行文・武・成・康之政, 致文・武・成・康之治, 則兵農一體, 信爲良法美制也. 苟不能心其心, 政其政, 治其治, 而徒欲藏兵於農者, 吾惑焉. 我國平時, 雖分水・陸之軍, 而皆農民也, 雖設正步之兵,[136] 而亦田夫也, 未出其廬, 已有旋歸之思, 纔到其營, 只待交遆[137]之期, 慢不知弓劍何物也, 旗麾何用也. 甚者, 高枕[138]其家, 以布帛代充, 飛

126) 文修武偃(문수무언) : 학문을 닦아 나라를 태평하게 하고 무기를 창고에 넣어둠. 곧 '천하태평'을 일컫는 말이다.

127) 叔季(숙계) : 末世.

128) 遆(체) : '遞'의 오기.

129) 畎畝稼穡(견묘가색) : 밭도랑과 밭이랑에서 곡식을 심고 거두는 일. 轉하여 農事.

130) 部曲(부곡) : 군대를 편성한 대오.(=行伍)

131) 桑麻田畝之業(상마전묘지업) : 桑麻는 뽕나무와 삼, 田畝는 밭이랑. 곧, 농사일을 말한다.

132) 鼙鼓(비고) : 騎兵이 말 위에서 치는 북.

133) 綿延(면연) : 끊임없이 이어 늘어짐.

134) 樹兵(수병) : 병사를 육성함.

135) 文武成康(문무성강) : 周나라 기초를 닦은 네 왕. 곧, 문왕, 무왕, 성왕, 강왕을 일컫는다.

136) 正步之兵(정보지병) : 正兵. 조선시대에 壯丁으로 軍役에 복무하는 사람.(=正軍) 육군에 종사하는 양인농민의 의무군역을 정병이라고 부른 것은 1459년(세조 5)의 병제개편 때부터였다고 한다.

137) 交遆(교체) : '交遞'의 오기.

138) 高枕(고침) : 高枕安眠. 베개를 높이 하여 편안히 잔다는 뜻으로, '근심 없이 편안히 지냄'을 이르는 말.

貨[139]豪門, 以簡札求免, 不知營門何地也, 將帥何人[也]. [有]革是獘者, 則群聚衆攻, 有意詰戎者, 則上疑下□,[140] □益怨曠, 而無親上死長之心,[141] 徒懷疾視, 而有蹙額離心之苦.[142] 加以爲將者, 心行恩立威, 爲赤子爲龍蛇,[143] 磨以歲月, 上下相信然後, 乃能臨亂不散, 而爲我之所用焉. 今也不然, 朝經甲者之手, 暮聽乙者之令, 將不知兵, 兵不知將, 頻更數遆, 恩信何從立哉? 旣無恩信, 軍心未附, 蒼卒烏合, 雖諸葛亮將之, 亦不能成功也. 審矣若是, 則吾兄弟之見敗者, 夫豈吾兄弟無智勇之過哉?"

言未竟, 生曰 : "將軍之志則然矣, 兵農一體之法, 王制也, 安有不宜之理? 將軍之言, 特衰世之意也." 幕賓遽曰 : "'時來天地皆同力, 運去英雄不自由',[144] 古人之詩, 信不誣矣. 將軍毋多談!" 王曰 : "勝敗有數, 存亡係矣, 將軍獨何爲哉? 且今日, 爲佳賓設筵, 願將軍痛飮, 快洩壯憤也."

遂侶觴作樂, 有紅綠一隊, 呈偃月之舞,[145] 歌採蓮之曲.[146]

---

139) 飛貨(비화) : 일종의 약속어음. 중국 唐나라 때부터 발급되었다고 한다.

140) 上疑下□ : '上疑下詐'인 듯.

141) 親上死長之心(친상사장지심) : 윗사람을 친애하고 웃어른을 위해 죽으려는 마음. 刑曹參議 李象靖이 올린 <縣道上疏>의 "대저 임금이 南面의 즐거움을 누리면서 富貴의 奉供을 오로지한 채 백성의 休戚을 모른다면, 세금을 무겁게 거두어들여 백성의 膏血을 짜내게 되고 엄혹한 형벌을 가하여 肢體를 해치게 되는 것입니다. 그리하여 백성들이 생기를 잃고 죽으려고 하고 떠들썩하게 원망하면서 亂을 일으킬 것을 생각하게 된다면, 비록 그들로 하여금 윗사람을 친히 하고 웃어른을 위하여 死力을 바치게 하려 한들 될 수 있겠습니까?(夫人君享南面之樂, 專富貴之奉, 而不知生民之休戚, 則厚賦重斂, 以浚其膏血. 嚴刑峻罰, 以剝其肢體, 民且紛然求死, 囂然思亂, 雖欲使親上死長, 其可得乎?)"(≪正祖實錄≫ 5년 7월 1일조)는 구절이 참고가 된다.

142) 蹙額離心之苦(축액이심지고) : 얼굴을 찌푸리며 서로 배반하려는 마음.

143) 爲赤子爲龍蛇(위적자위용사) : 유순한 자와 거친 자. 韓愈가 <鄆州谿堂詩 并序>에서 지방장관이 政事를 공적으로 행하느냐 사적으로 행하느냐에 따라, "백성이 어린아이처럼 따르기도 하고, 용사처럼 흉악하게 대들기도 한다.(一以爲赤子, 一以爲龍蛇.)"를 인용.

144) 時來天地皆同力, 運去英雄不自由(시래천지개동력, 운거영웅부자유) : 唐나라 羅隱이 지은 시 구절. 작자에 대해 이설이 있으나, 李睟光(1563~1628)이 쓴 ≪芝峯類說≫의 <文章部5 · 宋詩>에서는 唐詩로 인용하고 있다.

145) 偃月之舞(언월지무) : 반월 모양을 그리며 추는 춤.

146) 採蓮之曲(채련지곡) : 梁나라 武帝 때 지은 樂府인 <江南弄> 7곡 중의 하나. 작품의 곡은 이와는 상관없다.

漢水淨其無波兮, 高荷秀兮.
靑靑桂棹兮, 蘭檣趂春和兮.
景明輕羅衫兮, 擢素手臨玉鏡[147]兮.
采采茸荷[148]盖而爲衣, 蹇荷莖而爲帶.
神飄飄兮欲仙, 凌輕波以上下.
香滿袖兮綠盈掬, 將以遺兮遠者.

舞罷, 衆樂爭陳, 靈音駿空. 又有靑娥數, 佾舞[149]回□□, 歌步虛[150]曰：

淸空廓其萬里, 身飄飄兮輕擧.
紛吾乘兮靈蚪,[151] 帥雲霓而來.
御飄風屯其相離, 遁人群以高謝.[152]
廣開兮天門, 班陸其上下.
集重陽兮入帝宮, 群仙繽其迸延.
上無天而廣漠, 下無地而崢嶸.
招混沌[153]其相隨, 隣太初而翱翔.
與化去而不見聊, 逍遙而相羊.[154]

王曰："造物多猜, 良會未易, 願諸公勿惜珠唾,[155] 留爲後面."[156] 㺚川侯奮

147) 玉鏡(옥경) : 옥으로 만든 거울. 비유하여 '맑은 물'을 가리킴.
148) 茸荷(용하) : 무성한 연꽃.
149) 玉鏡(옥경) : 사람을 가로세로가 같게 여러 줄로 세워 추는 춤. 八佾舞, 六佾舞, 四佾舞 등이 있다.
150) 步虛(子)(보허자) : 조선시대 雅樂의 한 가지. 왕세자가 탄 수레가 대궐 밖으로 나가거나 또는 궁중의 잔치나 무용 때에 연주했지만, 작품의 곡은 이와는 상관없다.
151) 靈蚪(영두) : 靈蛇의 訛誤. 전설상의 뱀. "隋侯가 창자 끊긴 뱀을 보고 약을 발라주었더니, 뒷날 이 뱀이 강 속에 있다 큰 주옥을 가지고 나와 은혜를 갚았다."(≪淮南子≫<覽冥訓>)는 뱀이다. 이때 큰 주옥을 靈蛇珠라 한다.
152) 高謝(고사) : 뜻이 높아 세속에서 벗어남. 또는 속세의 일을 끊음.
153) 混沌(혼돈) : 중앙의 천제. 南海의 천제는 儵, 北海의 천제는 忽이다.
154) 相羊(상양) : 이리저리 오르락내리락하며 거닒.
155) 珠唾(주타) : 咳唾成珠. 입만 떼면 말이나 글이 珠玉같이 이루어짐. 名言이나 아름다운 시

然曰 : “吾雖武夫, 豈不敢一短句?” 卽把筆大書曰 :

天賦智勇兮, 公侯干城.
超輪[157]扛鼎[158]兮, 眼空八紘.[159]
爲王前驅兮, 弱冠北征.
狼山草偃, 瀚海波淸.
奏凱班師[160]兮, 玉帳[161]春晴.
一身去就兮, 爲國重輕.
吁嗟! 時運兮, 桑海[162]忽傾.
雲長失勢兮,[163] 華元捐生.[164]
長江帶憤兮, 嗚咽其鳴.
馮夷[165]上訴兮, 帝庸震驚.
封我水國兮, 天爵其榮.
壯憤時吐兮, 虹霓自橫.
素車白馬兮, 載我精靈.
江流萬古兮, 怒氣難平.

구를 형용하는 말이다.

156) 後面(후면) : 正史로서의 기록은 아니지만 ‘野史로서의 읽을거리’를 일컫는 듯.

157) 超輪(초륜) : ‘超倫’의 오기인 듯. 범상함을 넘어서서 뛰어남.

158) 扛鼎(강정) : “項籍이 신장은 8척이 넘고, 힘은 능히 九鼎을 들었다.(項羽八尺大漢, 力大扛鼎.)”(≪史記≫<項羽本紀>)고 한 데서 나온 말로, ‘용맹’을 비유함.

159) 眼空八紘(안공팔굉) : 八紘은 八方의 멀고 너른 범위, 곧 온 세상을 말하니, 안공팔굉은 세상을 우습게 여김.

160) 班師(반사) : 군대를 거느리고 돌아옴.

161) 玉帳(옥장) : 將帥가 거처하는 幕營의 美稱.

162) 桑海(상해) : 桑田碧海. 뽕나무 밭이 변하여 푸른 바다가 된다는 뜻으로, 세상 일의 변천이 심함을 비유.

163) 雲長失勢兮(운장실세혜) : 이 구절은 蜀漢의 관우가 東吳와 전쟁을 할 때 형주싸움에서 패배한 것을 말함.

164) 華元捐生(화원연생) : 華佗는 後漢 말기에서 魏나라 초기의 名醫. 자는 元化. 이 구절은 관우가 형주 싸움에서 팔에 독화살을 맞았을 때 명의로 소문난 화타가 수술함으로써 관우의 생명을 연장한 것을 말한다.

165) 馮夷(빙이) : 河伯의 이름. 하백은 물을 맡아 다스린다는 신.(=氷夷)

臨津伯繼而吟曰：

腰佩龍泉劍,[166]　　臂掛烏號弓.
本欲淸海內,　　胡爲來江中.
天運苟如此,　　六軍從沙虫.
若將成敗論,　　關羽非英雄.
三盃拔劍舞,　　壯氣生雷風.
餘憤尙衝天,　　萬丈凝晴虹.

幕賓倚席而揮毫曰：

風雨中原戰骨多,　　傷心故國只山河.
家破身亡元不懼,　　園陵無樹可棲鴉.

烟橫萬竈月三更,　　號令風霆鬼亦驚.
從來天意遙難□,　　不是書生不學兵.

靑蛇[167]白羽[168]膽風生,　　草木當年識姓名.
若爲化作山河壯,　　撑柱東南桂海[169]平.

冒刃張拳月暈中,　　縱然兵敗亦丹忠.
回看今代猉獜閣,[170]　　多少丹靑[171]孰是功.

---

166) 龍泉劍(용천검) : 중국 고대의 명검.
167) 靑蛇(청사) : 신선이 되었다는 呂洞賓이 지녔던 보검의 이름.
168) 白羽(백우) : 아주 빠른 화살. 李白의 <胡無人> "유성처럼 빠른 화살 허리춤에 꽂아 넣고, 연꽃무늬 칼빛 번쩍 돌궤 속에서 꺼냈어라.(流星白羽腰間插, 劍花秋蓮光出匣.)"(≪李太白集≫ 권2)에 나온다.
169) 桂海(계해) : 南海. 남해에 계수나무가 있는 데서 유래함.
170) 猉獜閣(기린각) : 漢나라의 武帝가 장안의 궁중에 세운 누각으로, 宣帝 때에 이르러 霍光·蘇武 등 11인의 功臣들의 초상화를 그려 걸어 놓고 기념하던 곳.(≪漢書≫<蘇武傳>)
171) 丹靑(단청) : 옛날식 집의 벽, 기둥, 천장 따위에 여러 가지 빛깔로 그린 그림. 그러나

王又稱觴於生曰："諸公瓊屑[172]旣獲百朋,[173] 子獨無一言相贈乎?"
生遂卽吟曰：

江漢襟形壯, 烟花[174]世界寬.
湖山錦繡裡, 日月盡圖間.
隔世幾千里, 開筵十二欄.
盃盤兼水陸,[175] 環珮會衣冠.
賓主二難竝,[176] 樓臺三伏寒.
魚龍呈異技, 絃管助淸歡.
酩酊乾坤小, 留連[177]歲月閑.
龍門幸奉袂, 探勝却忘還.

詩旣成, 生曰："塵土賤劣, 忝蒙包容, 榮幸已極. 願得大王奎璧之筆,[178] 爲

여기서는 '공신들의 초상화'를 의미한다. 아마도 윤근수 등이 선조 37년(1604)에 扈聖功臣 2등에 봉해지는 등 공신록과 관련된 사건을 일컫는 것으로 보인다.

172) 瓊屑(경설) : 옥가루이란 뜻으로, '눈가루' 의미로 곧잘 쓰임. 여기서는 '옥같이 아름다운 글'을 의미한다.

173) 百朋(백붕) : "무성하고 무성한 풀이 저 구릉 가운데 있구나. 이미 군자를 보았으니, 나에게 백붕을 준 것 같다.(菁菁者莪, 在彼中陵. 旣見君子, 錫我百朋.)"(≪詩經≫<小雅・菁菁者莪>)라고 한 구절에서 나옴. 이것은 선비를 기르는 것이 언덕에 풀을 기르는 것과 같다는 비유이다. 百朋은 고대에 貝殼을 화폐로 사용할 때 五貝를 一串, 兩串을 一朋이라고 했던 데서, 전하여 극히 많은 보화에 비유된다. 여기서는 '칭찬'을 의미한다.

174) 烟花(연화) : 꽃이 만발하고 아지랑이가 낀 경치. 唐나라 李白의 <黃鶴樓送孟浩然之廣陵> "옛 친구는 이 황학루에서 이별 고하며 서쪽으로 가고, 꽃피는 아지랑이 봄에 양주로 내려갔네.(故人西辭黃鶴樓, 烟花三月下揚州.)"에서 그 용례가 보임.

175) 水陸(수륙) : 水陸珍味. 山海珍味.

176) 賓主二難竝(진주이난병) : 唐나라 王勃의 <藤王閣序> "오늘 이 잔치에는, 네 가지 좋은 일, 9월 9일 重陽節의 기쁜 날, 더없이 아름다운 등왕각의 경치, 또 그것을 완상하는 그윽한 마음, 그리고 美酒와 詩歌에 음악이 어우러진 歡樂이 빠짐없이 갖추어졌고, 그 위에, 세상에 흔하지 않은 두 가지 것, 현명한 주인과 좋은 손님까지 갖추어졌다.(四美具, 二難幷.)"는 구절을 인용.

177) 留連(유연) : 놀기에 정신이 팔려 객지에서 오래 머무름.

178) 奎璧之筆(규벽지필) : 왕이 지은 주옥같은 시문.

平生奉玩, 則榮幸又一倍極矣." 王曰:"寡人素不事文墨, 然敢不爲佳客效拙?" 遂令左右, 披雲華牋,[179] 字不加點,[180] 曰:

收斂神功此久蟠, 一區天地非人寰.[181]
留連歌吹水雲裡, 縹緲樓臺霄漢[182]間.
騷客[183]文章煥星斗,[184] 將軍組練明湖山.[185]
盃樽永夕樂無極, 政是雨時江月團.

於是, 肴核狼藉,[186] 觥籌交錯,[187] 㺚川·臨津及幕賓, 不勝盃勺相繼, 倐然風擁而逝. 生亦大醉辭歸, 王曰:"緣㺚川·臨津, 騁談一場, 拜不得從容.[188] 光陰石火, 浮世風燭,[189] 此後重逢杳然難期, 信乎黯然銷魂[190]者, 惟別而已." 乃以黃金百鎰·白璧一雙爲贈. 生辭之, 王曰:"物乎情而已, 勿却!"

臨別, 王益致繾綣,[191] 因曰:"不出數年, 高步靑雲,[192] 子其勖哉." 又令其

179) 雲華牋(운화전) : 화려한 종이.
180) 字不加點(자불가점) : 글자 하나 더 찍지 않아도 될 정도로 글이 흠잡을 수 없이 잘됨을 이르는 말.(=文不加點)
181) 人寰(인환) : 사람이 사는 곳. 곧 이 세상.(=人境)
182) 霄漢(소한) : 하늘.(=蒼天)
183) 騷客(소객) : 詩人과 文士.(=騷人)
184) 文章煥星斗(문장환성두) : 宋나라 張耒의 시 <磨崖碑後> "수부 원결의 흉중엔 별처럼 찬란한 문장이 있고, 태사 안진경의 붓 밑엔 용사 같은 글자를 이루었네.(水部胸中星斗文, 太師筆下龍蛇字.)"라는 구절을 염두에 둔 표현. 여기서 '星斗文'은 문장이 뛰어남을 뜻하고, '龍蛇字'는 마치 용이나 뱀이 굼틀거리는 듯한 힘찬 글씨를 뜻한다.
185) 將軍組練明湖山(장군조련명호산) : 唐나라 張說의 시 <送趙二尙書北伐> "태양빛이 조련을 빛내네.(日華光組練.)" 구절이 참고가 됨.
186) 狼藉(낭자) : 여기저기 흩어져 어지럽다는 뜻인데, 여기서는 술자리가 어지럽다는 의미.
187) 觥籌交錯(굉주교착) : 술잔의 잔수를 세는 산가지가 뒤섞인다는 뜻으로, '연회가 매우 성대함'을 말함.
188) 得從容(득종용) : 조용한 시간을 가짐.
189) 風燭(풍촉) : 덧없는 인생.
190) 銷魂(소혼) : 넋이 빠짐.(=魂銷)
191) 繾綣(견권) : 정이 두터워 서로 떨어지지 못하는 모양.
192) 靑雲(청운) : '높은 명예나 벼슬'을 비유하여 일컫는 말.

紅衣赤帕,[193] 導生而去. 其人又負生, 令接目, 風雷之聲, 一如來時. 至舟, 使者辭去.

時夜將半, 星月滿天, 江風冷冷, 悄無人聲. 生精神恍然, 如自瑤臺[194]・蓬島[195]來, 嗚呼異哉!

▎黃東溟小說集[196]

193) 紅衣赤帕(홍의적파) : 붉은 옷에 붉은 머리띠를 한 사람.
194) 瑤臺(요대) : 옥으로 만든 집. 곧 신선이 사는 곳.
195) 蓬島(봉도) : 東海 가운데 있는, 신선이 산다는 섬.
196) 황중윤의 저작물을 문학과언어연구회가 1984년 9월 1일 국학자료 제1집으로 묶은 것으로서 <달천몽유록>은 275-294면에 영인되어 있으며, 황동명소설집에 대한 해제가 김동협 교수에 의해 씌어 있다.

2. 譯文

▶ 황중윤의 〈달천몽유록〉은 필자에 의해서 『조선중기 몽유록의 연구』(박이정, 1998)에 부록(307-315면)으로 활자화된 바 있는데, 그 책의 작품론(230-265면) 가운데 인용된 번역문을 일부 수정하고, 구두도 교정하여 이 책에서 활용하였음을 밝힌다. 그리고 이 작품이 某氏에 의해 주석은 없이 완역된 것으로 학계에 보고되어 있으나, 실상은 번역의 상당 부분과 구두작업의 거의 대부분이 필자 책의 해당부분을 참고의 수준을 넘어 베낀 것으로 판단된다. 이에, 오해 없기 바란다.

[二三章 落失] 새가 날아드니, 땅이 트이며 온 세상의 산천이 다 드러나고, 하늘아래 난간에는 햇빛과 달빛이 먼저 들었다. 호화롭게 꾸민 집은 광채가 어릿어릿하고, 용궁은 청작(青雀)과 황룡(黃龍)이 그려져 있었다. 해질녘 갈매기가 날아드는 포구는 물과 하늘이 온통 같은 색으로 풍월(風月)과 함께 맑았다. 가까운 곳에는 산성(山城)이 있고, 나무그림자 드리운 강물은 아스라이 흐르고 있었다. 절의 종소리가 강기슭에서 들리니, 어부들이 맑은 물에 그물을 모우며 광릉산곡(廣陵散曲)을 부르는데, 상선들이 석양에 다가와서 여산(驪山) 나루터에 대었다. 밝은 달, 길게 드리운 안개는 범희문(范希文)의 새로운 흥(興)을 얻을 만하고, 흰 모래와 푸른 풀들은 두자미(杜子美)의 맑은 노래를 일으킬 만했다.

이때 남동풍이 잠잠하고 파도가 잔잔해지니, 난초 향기 그윽한 방과 계각(桂閣)을 활짝 열어젖혔는데, 비단자리와 깔개가 펼쳐져 있고, 그 경치가 너무도 휘황찬란했다. 왕이 악사(樂士)를 종용하여 용적(龍笛)을 불고 귀고(龜鼓)를 울리며 온갖 놀이를 다 갖추게 하고, 금소반과 옥잔을 올리며 산해진미를 두루 차리게 하니, 그 맑은 향기는 상녀(湘女)의 거문고 가락에 엉기고 그 절묘함은 파신(波神)의 노랫가락 같았다. 계절의 바뀜은 인간세상의 시간일 뿐이요, 살피건대 하늘과 땅은 영원하고 수부(水府)의 풍류 또한 무궁하리로다.

상어[鮫客]와 용[龍公]이 다 함께 글을 지어 그 아름다움을 송축하고, 하백(河伯 : 강의 신)과 해약(海若 : 바다의 신)이 나란히 흥을 돋우어 그 훌륭한 덕을 찬양하였다.

"소생(小生)은 인간세계에서 겨우 목숨을 부지하던 사람으로 중년이 되도록 뜻을 얻지 못했습니다. 그러나 소학사(蘇學士 : 蘇軾)도 편주(扁舟)에 몸을 맡겨 호해(湖海)를 떠돈 자취가 있고, 황태사(黃太史 : 黃庭堅)도 역시 십년을 함곡관(函谷關)과 황하(黃河)에서 외롭게 보내다 죽었습니다. 또 등왕각(滕王閣)에 서문을 올린 것도 본래 왕랑(王郎 : 王勃)이 뛰어난 재주가 있었기 때문이 아니며, 황학루(黃鶴樓)에 시를 부친 것도 최호(崔顥)가 높은 식견이 있었기 때문이 아니었습니다. 소생이 요행히 은총을 입어 임금님을 모시고 아름다운 경치를 함께 감상하게 되고, □□을 쫓아 부질없이 용문(龍門)의 말석(末席)을 차지하게 되었으니, 여선문(余善文)의 필력으로도 수궁의 기이한 장관을 형상해낼 수 없겠으나, 감히 일언(一言)을 내어 사운시(四韻詩)를 짓고자 합니다."

아득히 긴 저 강줄기는 바다 어귀와 접했고
백 척 높이의 누각은 강 한복판 섬에 있누나.
한 구역의 구름과 달이 동남쪽에 모여 있고
드넓은 하늘과 땅은 밤낮으로 떠 있구나.
넓디넓은 지경은 □□[仙界]에 붙은 듯하고
간들거리는 사람은 마치 하늘에서 노니는 듯하네.
제가 요행히 용문(龍門)의 모임에 들어와서는
술에 얼큰히 취하여 밤늦도록 머물며 떠날 줄 모르네.

다 쓰고 나니, 왕이 큰소리로 읽고는 기쁜 기색으로 말하였다.

"그대의 문장은 □□□□한데, 내가 이미 아름다운 시를 얻었으니 연회가 없어서야 되겠느냐?"

마침내 술과 음악을 준비하도록 명하자, 기이한 안주와 □□는 인간 세상에 드문 것들이었다.

술이 세 순배 돌 즈음, 문지기가 종종걸음으로 들어와 아뢰었다.

"어떤 손님이 문 앞에 당도하였습니다."

왕이 당(堂)에서 내려가 읍하여 맞이하였다. 그 사람은 신장이 팔 척(八尺)이고, 범의 얼굴에 곰처럼 듬직한 체구였고, 눈빛이 유성처럼 빛났으며, 성난 □□□, 걸음걸이가 당당하니, 그 위엄 있는 모습은 사람을 압도할 만했다. 따르는 자들이 천여 명이었는데, 모두 갑옷과 투구를 착용하였고 □□□□□□□□□, 늠름하기가 감히 범접할 수 없었다.

자리를 정하고 나자, 왕이 생(生)을 불러 그 사람에게 말하였다.

"□□□□□□. 과인에게 변변찮은 정자가 있어서 시를 짓고 읊도록 생을 특별히 맞이하여 오게 했소."

그 사람이 생에게 말하였다.

"자네는 나를 모르겠는가? 내 이름은 신립(申砬)이네. 천제(天帝)께서 나를 달천후(獺川侯)로 봉하신 것은 나의 패배가 내 잘못만 아니기 때문이네."

자신의 심경을 말하다가 달천후가 물었다.

"자네는 인간 세상에 살고 있는데, 세상 사람들이 나를 어떻다 하던가?"

생이 대답하였다.

"제가 감히 잘 알지는 못하나 다만, 장군이 한 나라의 정예군(精銳軍)을 모두 거느리고서 싸워보지도 않고 궤멸을 당했으니, 말하기 좋아하는 사람들은 모두가 장군의 배수진 작전을 지혜롭지 못한 것이라고 합니다."

달천후가 분개해서 말하였다.

"정녕 심하도다. 사람들이 나를 알아주지 못함이여! 우리나라는 오래도록 태평하여 나태한 나머지, 귀로는 전쟁을 알리는 징소리 북소리를 알아듣지도 못하고, 눈으로는 지휘하는 군기의 색깔을 분별도 못했네. 그런데 바다길이 한 번에 열리며 변란이 졸지에 일어났지만, 지방관들이 조금도 지방을 진압하지 못하는 가운데 관문에는 허술하기 그지없는 문이라도 만들 장수가 없었네. 때문에 험준한 조령(鳥嶺)이 그 요새적 가치를 잃게 되자, 왕성(王城) 한양이 진동케 되었다네. 이때를 당하여는 비록 옛날의 용병을 잘 했던 자라고 할지라도 군법을 제대로 알지 못하는 백성을 거느리고서 한창 기세가 오른 왜적에 대항할 수 없었을 것이네. 하물며 내 병졸들은 모두가 양가(良家)에서 곱게만 자랐거나 시정(市井)의 잡배들뿐이었으니, 평소 명절 때나 놀이로서 과녁판에 활쏘기나 하던 것이 그들의 전부였지, 모두 무기 하나 제대로 다루지 못하는 사람들이었네. 그러니 비록 정예라고는 하나 실은 양(羊)의 무리이었기에 전쟁이 일어나자 도망갈 생각만 하고 싸울 마음은 전혀 없었으니, 내가 대장이 되었지만 무엇으로 책략을 삼아야 했겠는가? 배수진 작전은 내게는 어쩔 수 없는 것이었네. 오합지졸(烏合之卒)들은 사지(死地)로 내몰아야만 각자 그 마음과 힘을 하나로 뭉치기를 바랄 수가 있네. 이때가 되면 장군은 죽기를 각오하고 군졸들은 살려는 생각이 없어서, 사나운 기세의 적군도 막아내고 날카로운 적의 칼날도 부러뜨릴 수가 있을 것이네. 왜적의 규모가 우리 군대보다 몇 배나 되어 산야에 가득채운 것이 끝이 없었으니, 마치 폭풍우가 일시에 불어 닥쳐서 성난 물결과 거대한 파도가 사면에서 무너뜨리는 것과 같을 줄을 어찌 생각이나 했겠는가? 우리 군대를 둘러보니, 아득히 여러 겹으로 포위되어 있는 것이 마치 우는 어린 아이가 홀로 호랑이나 표범 앞에 있는 것과 같았네. 수로도 중과부적(衆寡不敵)일 뿐만 아니라 힘으로도 상대가 되지 않으니, 병졸들은 용기를 잃고 두려워하고 영웅은 병법을 사용할 수 없는 지경이어서 끝내 가서한(哥舒翰)의 패배와 용저(龍且)의 궤멸처럼 되고야 말았던 것이네. 안타깝도다! 그것이 어찌 한 사람만의 계책이 없어서이겠는가? 내가 옛날에 상투를 틀고 변방을 지킬 때, 오랑캐가 크게 쳐들어왔는데 그들의 철기(鐵騎)가 깊숙이 넘어와 이리저리 짓밟아서 육진(六鎭)이 대나무 쪼개듯 쉽게 섬멸당할 위험에 처하게 되자, 새들도 날아가고 물고기마저도 달아나 숨듯 병사들이 제풀에 꺾여 뿔뿔이 흩어졌었네. 내가 그때 조자룡(趙子龍)의 담력을 떨치고 장익덕(張翼德 : 張飛)의 재주를 발휘하여 칼을 뽑아 한 번 휘두르며 온 부락을 마치 풀이 바람에 나부끼듯 저절로 복종케 하니, 말은 오랑캐의 피를 짓밟았고 깃발에는 오랑캐 두목의 머리가 매달렸네. 변방을 단숨에 끝장내니 사람들은 참으로 나의 용맹을 칭송하였고, 나의 지혜를 탄복하였었네. 이번 중원(中原 : 충주) 전쟁에서는 용기가 줄어든 것도 아니고 지혜가 적어진 것도 아니거늘 끝내 무찌르고 버티지 못했으니, 이는 실로 하늘이 나를 망하게 한 것이지 전쟁을 잘못한 죄는 아니라네.

무릇 국가가 위태롭게 되고 천지가 어지럽게 되자, 한 나라의 군대를 장수 한 사람에게 맡겨서 삼군(三軍)의 목숨을 도맡아 일전(一戰)을 치르도록 하였으니, 성공하게 하는 것도 하늘이요 패하게 하는 것도 하늘이었네. 하늘이 진실로 성공하도록 하고자 한다면, 사현(謝玄)과 같은 한갓 서생(書生)이 수천의 패잔병을 거느리고도 오히려 부견(符堅)의 백만 군대를 물리칠 수 있었고, 우윤문(虞允文)과 같은 유생(儒生)이 소수의 군사로도 오히려 금(金)나라 해릉왕(海陵王) 완안량(完顔亮)의 기세등등한 백만 적군을 꺾을 수 있었네. 이것이 어찌 사현이나 우윤문과 같은 사람이 전쟁만 잘했기 때문이겠는가? 또 하늘이 진실로 패배하게 하고자 한다면, 곰이나 호랑이와 같이 용감한 관우(關羽) 같은 장수는 싸우면 반드시 이기고 치면 반드시 빼앗는 재주를 가졌지만 끝내는 오(吳)나라 장수 여몽(呂蒙)의 칼날에 죽임을 당했고, 제갈량(諸葛亮)과 같이 충의로운 사람도 한 나라를 맡길 만큼 군주에게 충성을 다하였으나 마침내는 위(魏)나라 장수 사마의(司馬懿)의 손에 죽임을 당했네. 이것이 어찌 관우나 제갈량과 같은 사람들이 겁이 많고 게을러서 그러한 것이겠는가? 이로써 보건대, 그 성패(成敗)는 모두 하늘에 달린 것이라네. 세상의 편협하고 이치에 어두운 유생들이 이를 잘 알지도 못하면서 망령되이 그 사람의 유능과 무능을 □□□하니, 이것이야말로 바로 내가 애통해하고 분개하는 것이네.

□□한 일설(一說)에는 처음에 내가 군대를 거느리고 충주에 당도했을 때, 산성(山城)은 점거할 만하였고 관문은 의지할 만하였으니, 지형을 잘 살펴 병졸들을 배치하고 군력(軍力)을 잘 헤아려 나고 들었다면, 어찌 군대가 궤멸되고 장수까지 죽는 화가 있을 수 있었겠느냐고 한다지. 나는 평소 임금이 주시는 밥을 먹고 임금이 주시는 옷을 입었으니, 임금의 의(義)가 천지처럼 높았으며 그 은혜가 헤아릴 수 없는 바다보다도 깊고 온 땅을 적시는 우로(雨露)보다도 두터웠네. 그리하여 마음에서 우러나오는 충성심은 밝은 해를 우러러도 부끄럽지 않았으니, 공명(孔明)이 유비(劉備)의 유언을 끝까지 받들었던 충성심과 마원(馬援)이 죽어 말가죽에다 시체를 싸서 반장(返葬)하려 했던 용맹심을 품은 지 오래였네. 하루아침에 난을 만나 임금의 은혜에 보답할 기회를 얻었거늘, 내가 어찌 임금의 은혜를 잊고서 나 자신만 살려고 도모했겠는가? 배수진(背水陣)을 친 것은 죽기를 각오한 의지를 보인 것이네. 비록 나라의 운명이 불행하고 천심(天心)이 돕지 않아 싸움에 져서 멸망하게 되었지만, 그 뜻은 참으로 충의(忠義)뿐이었네. 그러나 영웅이 한 번 죽으니 모든 일이 기왓장처럼 깨졌네. 남의 허물을 억지로 들추어내는 자들은 분분히 나를 깎아내리고자 '신중성이나 묘책이 없다.' 하였고 나를 헐뜯고자 '스스로 도망쳤다.'고 하였으며, 내가 죽은 후에는 벼슬이나 포상이 하나도 내리지 않았네. 이것이 어찌 임금께서 나를 잊어서 그런 것이겠는가? 실은 벼슬아치들이 내가 배수진을 친 이유를 잘 알지 못했던 것이라네. 저 눈을 부릅뜨고 남을 비난하려는 무리들과 죽음이 두려워 구차히 살려고 애쓰는 무리들은 어쩌다 보잘것없이 된 유민(流民)이라도 만나면 죽여서 그 머리를 깎고는 '왜구'라 하고, 혼자 길을 가는 사람이라도 보면 붙잡아서 그의 무기를 빼앗고는 '왜적'이라 하였다네. 그리하여 처음에는 그 죄를 속량받고 끝내는 높은 벼슬을 하사받았으니, 아침에 군대에 편입되었다가 저녁에는 귀한 신분으로 바뀐 격이네. 한쪽에서 웅크

리고 있었으면서도 '전쟁에 참여했다.'고 보고하고, 서로 살려고 흩어져 도망쳐놓고도 '아군은 온전하다.'고 아뢰었다네. 어떻게 하찮은 공로를 칭찬하여 작위를 더해주고 포상을 내리며 부귀영화를 누리도록 한단 말인가? 조정의 상벌이 이러했으니, 내가 용맹스런 재주를 가지고 전쟁에서 죽음을 조금도 두려워하지 않았지만, 끝내 홀로 패군(敗軍)의 귀신이 되어 저승에서 깊은 원한을 품고 있는 것이 한스럽기만 하다네."

말을 마치자, 성난 터럭이 관(冠)을 추켜올리고 분개한 마음에 간담마저 찢어지는 듯 했다. 생이 □□ 한마디 말을 하려는 차에, 문지기가 또 어떤 객(客)이 당도했음을 아뢰었다. 왕이 또 당(堂)을 내려가 맞이하니, 그 사람은 용모가 당당하고 늠름한 영웅의 풍모를 지녔는데, 허리에는 백우전(白羽箭)을 차고 팔에는 오호궁(烏號弓)을 차고 있는 □□ 장부였다. 또 한 사람은 문아한 기질이 밖으로 드러나고, 풍채가 준수하며, 자부심이 대단한 □□ 태도였다. 두 사람이 들어와서 서로 인사를 나누었다.

왕이 생에게 물었다.

"그대는 이 두 분을 아느냐?"

생이 알지 못한다고 답하자, 왕이 말하였다.

"한 사람은 달천후(㺚川侯)의 아우 임진백(臨津伯)이고, 한 사람은 달천후의 막빈(幕賓)이다."

생이 즉시 여쭈었다.

"임진백이라면 휘(諱)가 '할(硈)'이 아니시며, 막빈이라면 성이 '김(金)'이 아니십니까?"

왕이 대답하였다.

"그렇다."

왕이 또 태어난 곳과 성명, 호, 거주지 등을 일일이 소개하였다.

임진백이 자신의 형에게 물었다.

"형님은 언짢은 기색이 있으신데 무엇 때문에 그러십니까?"

달천후가 대답하였다.

"내가 무엇 때문에 언짢겠느냐? 다만 생과 더불어 심회를 이야기하였더니, 분이 가슴에 사무쳐서 그런다."

임진백이 생을 돌아보며 말하였다.

"난리에 관한 일은 말하자면 길어진다네. 다만 내가 평소에 애통해 하고 분개하는 것은, 우리 가형(家兄)이 패배한 이후로 임금께서 변경으로 피난하시고 궁성이 송두리째 타버리니, 공관(公官)에서 나를 불러 지쳐있는 군사를 일으키라고 성화였네. 그러나 창졸간에 전략도 없이 진영도 갖추지 못한 채 강남(江南)으로 향하니, 왜적의 번쩍이는 칼날이 마치 단을 묶어 놓은 것처럼 늘어서 무수히 많았다네. 그러니 제 아무리 지혜가 손자(孫子)와 오자(吳子) 같고 용맹이 관우(關羽)와 장비(張飛) 같다 하더라도 어찌할 수 없을 것이었네. 말하기 좋아하는 세상 사람들은 그러한 형세와 때를 헤아려보지도 않고 도리어 우리를 겁쟁이로 여기니, 그 통한과 울분이 어떻겠는가?

아! 우리 형제는 집안 대대로 장수의 후손이라서 병법에 통달했으며 활쏘기와 말타기도 익숙했으니 그 재주와 뜻은 참으로 웅대했다네. 그러니 어찌 옛날의 용렬한 장수들보다 못하여 패배했겠는가? 그 이유는 국가의 군사제도가 바르게 행해지지 않았기 때문에 그런 것이네. 무릇 병농(兵農) 일체의 법은 성대(盛代)에는 적절하나 말세(末世)에는 맞지 않은 것이네. 성군(聖君)의 자손이 군주가 되고 큰 덕을 가진 뛰어난 인재가 신하가 되면 태평성대의 다스림이 이루어지고 교화(敎化)가 이루어지며, 천하에 분쟁이 없고 사해(四海)가 한결같아진다네. 그런즉 소들은 따스한 봄날에 도화(桃花) 핀 들판에서 잠을 자고, 말들은 꽃 피고 화사한 달빛 아래서 뛰어 놀더라도 천하가 태평성대이니 군대가 어디에 소용되겠는가? 이는 병농 일체의 법이 적절한 바이네. 그러나 말세에 이르러서는 군주가 백성을 사랑하고 기르는 도리를 잃어버리고 백성들도 원망하고 고통스런 탄식을 지으니 □

□□. 항상 난리가 번갈아 발생하니 농사짓는 백성들을 군대에 편성시키면, 농기구를 던져버리고 힘쓰던 연장을 버리게 한 후 무기를 쥐어주는 격이네. 그러면 그들은 지난날의 농사일만 생각하고 병사가 된 것을 고통스러워하며, 지난날 가정에서 처자들과의 즐거웠던 일들을 그리워하고 전투에 임하는 것을 원망하게 된다네. 북소리가 귀에 갑자기 들려오고 눈앞에 적군의 깃발들이 나부끼면 두려워하고 겁을 먹어서 흩어져 도망치기 바쁘다네. 이야말로 병농 일체의 법이 부적절한 바이네.

주(周)나라 왕실은 대대로 팔백 년을 이어오는 동안 제후들에게 천하를 나누어 봉해주었네. 그러므로 제후국들은 모두 각자 군대를 양성하다가 주나라에 변고가 발생하면 각기 자기 나라의 군대를 거느리고 달려와서 도왔으니, 병농 일체의 법이 있어도 그 폐단이 없었던 시기가 바로 주나라 때였네. 천하가 군현(郡縣)으로 나뉜 이후로 한당(漢唐)의 모든 군주들은 병농(兵農)이 일체가 될 수 없음을 알아서 둘로 서로 나누었으니, 그들의 생각은 참으로 원대하였다네. 일단 병적(兵籍)에 오르면 군대에서 늙게 되었으니, 앉고 일어서며 전진하고 후퇴하는 방법과, 때리고 찌르며 상대를 공격하는 기술 등을 모두 눈과 귀로 익숙하게 듣고 본다네. 그리하여 평소에 훈련받던 자들이 어느덧 정예가 되고, 위급한 상황에 출동하는 것이 일사불란하게 되니, 위험이 닥쳐와도 쉽게 대처하였고 환란이 발생해도 쉽게 방어했던 것이 바로 그 때문이었네.

아! 나라의 군주가 진실로 문왕(文王)과 무왕(武王), 성왕(成王)과 강왕(康王)의 마음을 체득하고 또 그들의 정치를 행하며, 그들의 다스림을 이룰 수 있다면 병농 일체는 참으로 훌륭한 법이고 아름다운 제도이네. 그러나 진실로 그러한 마음을 본받지 못하고 그러한 정치를 행하지 못하며 그러한 다스림을 이루지 못하고서도, 허울 좋게 군대를 농민에 두고자 한다면, 이에 대해 나는 의혹을 품지 않을 수 없네. 우리나라는 평시에 비록 수군과 육군으로 나누었으나 그들은 모두 농민이었고, 설령 정예군이라고 해도 역시 농부들이었네. 그들은 미처 집을 나오기도 전에 이미 돌아갈 것을 생각했고, 겨우 군영에 당도해도 단지 교체될 때만을 기다리고 있으니, 활이나 칼이 무슨 물건인지 잘 알지 못했으며 깃발이 어디에 사용되는지도 몰랐다네. 그리고 심한 자들은 자기 집에 편안히 있으면서도 포백(布帛)으로 병역을 대신하고, 권세 있는 가문에 뇌물을 바치고 서찰로써 면제해 줄 것을 요청하니, 영문(營門)이 어디에 위치해 있으며 장수는 어떤 사람인지 알지 못했네. 이러한 폐단을 개혁하려는 자가 있으면 무리를 지어 공격을 퍼붓고, 그 폐단을 꾸짖고 경계하려는 뜻을 가진 자가 있으면 위에서 의심하고 아래에서 비웃으니, □이 더해지고 원망함이 커져서 윗사람을 친애하고 웃어른[長者]를 위해서 사력을 다하고자 하는 마음은 사라지고, 다만 질시하는 마음을 품고 이마를 찌푸리면서 배반할 고심만 하였다네. 더구나 장수된 자는 은혜를 베풀며 위엄 세우기를 생각하고, 유순한 자든 거친 자든 병졸들은 오래도록 훈련하여, 윗사람과 아랫사람이 서로 믿음을 가진 후에 비로소 전란에 임해서도 흩어지지 않아야 나의 소용에 닿는 것이네. 그러나 지금은 그렇지 않아 아침에는 갑(甲)이란 자의 수하에서 지시를 따르고 저녁에는 을(乙)이란 자의 명령을 들어서, 장수는 병사를 알지 못하며 병사는 장수를 알지 못하는 데다, 자주 교체까지 하니 은혜와 신의가 어찌 세워지겠는가? 이미 은혜와 신의가 사라지고 군심(軍心)이 모이지 않았는데, 창졸간에 그런 오합지졸을 아무리 제갈량이 지휘한다 하더라도 성공할 수 없을 것이네. 이 같은 것을 살피건대, 우리 형제가 패배를 당한 것이 어찌 우리 형제가 지혜와 용맹이 없었기 때문이란 말인가?"

말이 채 끝나기도 전, 생이 말하였다.

"장군의 생각이야 옳습니다만 병농 일체의 법은 왕제(王制)이니 어찌 마땅치 않을 리가 있겠습니까? 장군의 말씀은 다만 말세를 탓하는 뜻일 뿐입니다."

이때 갑자기 막빈(幕賓)이 말하였다.

"'때를 만나면 천지도 함께 힘을 도와주어 일이 순조롭게 이루어지지만, 운수가 없으면 영웅의 계략도 들어맞지 않는 법이라오.'라고 한 옛 사람의 시(詩)가 진정 허언이 아니옵니다. 그러니 장군께서는 더 이상 말씀하지 마십시오."

왕이 말하였다.

"승패에는 운수가 있으니, 존망(存亡)에 관계된 일을 장군이 홀로 어찌하겠소? 또 오늘은 반가운 손님을 위하여 자리를 마련했으니, 장군은 흠뻑 마시고 울분을 깨끗이 씻어버리시오."

마침내 술잔을 나누고 음악이 연주되자, 울긋불긋 옷을 입은 미녀들의 무리가 언월무(偃月舞)를 선보이고 채련곡(採蓮曲)을 불렀다.

한수(漢水)는 고요하니 출렁임도 없고
곧게 핀 연꽃은 수려하기만 하네.
푸르디푸른 계수나무 노와
목란(木蘭) 돛대는 봄기운을 따를밖에.
화사한 봄빛에 비단옷이 하늘거리고
고운 손 뽑아 맑은 물결에 담그네.
무성한 연꽃을 따서 옷을 만들고
연 줄기를 걷어 띠를 만드네.
마음은 표표하여 신선이 되고자
잔물결 따라 오르락내리락.
꽃향기 소매에 가득하고 푸르름이 한 주먹에 그득하니
멀리 있는 사람에게 막 보내려 하네.

춤이 그치자 온갖 가락이 다투어 연주되고 신비한 음율이 허공에 진동했다. 또 미인들이 佾舞를 추면서 □□ 步虛詞를 불렀다.

맑은 창공이 광대히 만 리에 펼쳐 있어
몸이 훨훨 가벼이 날더니
성하게도 나는 영사(靈蛇)에 올라
구름과 무지개를 좇아 이르렀네.
회오리바람을 타고 세상과 떨어져
사람들을 피해 속세의 일을 끊었으니
활짝 천문(天門)을 열어젖히고
줄지어 위 아래로 노니자구나.
높은 하늘에 모여 제궁(帝宮)에 드니
뭇 신선들은 잔치 열어 번잡하네.
위로는 하늘보다 아득히 넓고
아래로는 땅보다 가파르네.
혼돈(混沌)을 불러서 서로 따르니
태초(太初)부터 이웃하여 빙빙 돌았다네.
조화를 일으켜 사라지면 다시 볼 수 없으니
이리저리 즐기면서도 다시 못 볼까 애태우네.

왕이 말하였다.

"조물주가 시기심이 많아 좋은 모임을 여는 것이 쉽지 않으니, 제공(諸公)들은 주옥같은 시서(詩書)를 아끼지 말고 써서 남겨두었다가 후세 사람들의 읽을거리로 삼읍시다."

그러자 달천후가 분연히 말하였다.

"내 무부(武夫)이나 어찌 한 편의 짧은 글귀도 짓지 못하겠습니까?"

하고, 즉시 붓을 쥐어 크게 써 내려갔다.

하늘이 지혜와 용기를 주심이여
공후가 되어 나라를 지켰어라.
뛰어나게 굳센 힘을 가지고서는

온 세상을 우습게 여겼어라.
왕을 위해 앞장서 말 달려
약관(弱冠)에 북쪽을 정벌하니
변방의 수풀은 쓰러지고
변방의 물결은 고요해졌도다.
싸움에 이긴 것을 아뢰고 군대와 돌아오니
아름다운 휘장은 봄처럼 화사했었네.
이 한 몸의 거취는
오직 나라를 위했을 뿐이거늘.
오호라! 시운(時運)이여!
세상이 변하여 갑자기 위태해지니
관우(關羽)가 이에 죽자
화타(華陀)인들 다시 살릴 수 없어라.
장강(長江)도 의분이 맺혀
오열하며 흐를밖에.
하백(河伯)이 상소를 하니
천제(天帝)가 깜짝 놀라시고
나를 수국(水國)에 봉하시니
천제가 영화로움을 주시었네.
장부가 시분(時憤)을 토해내니
무지개가 하늘을 가르는 듯하고
상여와 백마가
나의 혼령을 싣고 가나
강물이야 영원히 흐르겠지만
노기(怒氣)는 가라앉히기가 어렵네.

임진백이 이어서 읊었다.

허리에는 용천검(龍泉劍)을 차고
팔에는 오호궁(烏號弓)을 메고서
본디 나라가 평안하기를 바랐건만
오랑캐가 강중(江中)에 이르고 말았네.
천운(天運)이 진정 이와 같아서
육군(六軍)이 왜적에게 쫓기니
성패를 말한다면
관우라도 영웅이 될 수 없었어라.
석잔 술에 칼을 뽑아 춤을 추니
장부 기상은 뇌풍(雷風)을 일으켰으나
패배의 여분은 아직도 하늘을 찌를 듯하여
만장(萬丈)의 무지개를 만드네.

이때 막빈이 자리에 기대고 있다가 붓을 휘둘러 썼다.

중원(中原 : 충주)에 전쟁이 일어나 죽은 자 무수하니
고국을 걱정하는 건 산하(山河) 뿐이라네.
집이 무너지고 몸이 죽는 것은 하나도 두렵지 않지만
왕릉엔 갈까마귀 쉴 만한 나무조차 없음이라.

세월이 조용하고 화평한 때에
바람과 번개 요란하니 귀신도 놀랐어라.
천의(天意)를 따르자니 아득하여 □기 어렵고
서생(書生)도 아니면서 병법을 배우지 못했네.

청사검(青蛇劍)과 백우전(白羽箭)이 바람을 일으키니
초목도 이때를 당해서는 내 성명을 알아주었네.
다시 태어난다면 산하를 지키고자

동남을 장악하고 남해를 평정하리라.

시퍼런 칼날을 무릅쓰고 달 비추는 가운데 주먹을 휘두르니
비록 군대는 패했지만 또한 사력을 다한 충성일 뿐이었거늘.
돌아보노니 지금 시대의 기린각에 있는
적지 않은 초상화는 그 누가 공이 있던고?

왕이 또 생에게 술을 주며 말하였다.

"제공들의 옥같이 아름다운 시는 이미 많은 칭찬을 받았거늘, 그대는 어찌해서 한 글귀도 짓지 않느냐?"

생이 마침내 다음과 같이 읊었다.

강한(江漢)과 같은 흉금은 장엄하고
꽃 만발하고 아지랑이 낀 세계는 넓기만 하네.
강산은 비단에 수놓은 것처럼 아름답고
해와 달은 모두 그림같이 떠오르리.
저 저승은 몇 천리이던가
열두 난간에 연회를 베푸니
술상엔 산해진미 가득하고
둥근 패옥 드리운 의관은 찬란하네.
흔치 않은, 현명한 주인과 좋은 손님까지 함께하고
누대는 삼복인데도 시원하였네.
어룡들은 신이한 재주를 선보이고
관현악은 고상한 즐거움을 돋우네.
술에 흠뻑 취하니 천지가 작아 보이고
놀기에 정신 팔려 세월 가는 줄 몰랐네.
용문(龍門)에서 요행히도 받들어 뵈옵고
좋은 경치 찾아다니느라 돌아가는 것도 잊었어라.

시(詩)가 완성되자 생이 말하였다.

"속세의 천한 제가 외람되이 받아들여져 영화와 행운이 이미 더할 수 없이 지극하옵니다. 다만, 원컨대 대왕의 아름다운 글귀를 얻어서 평생토록 받들어 감상할 수 있다면 영광이 더욱 지극할 것이옵니다."

왕이 말하였다.

"과인이 평소에 문장을 일삼지는 않았으나, 감히 귀한 손님을 위하여 서투른 솜씨를 행하지 않을 수 있겠느냐?"

마침내 좌우 사람들에게 명하여 화려한 종이를 펼치도록 하고는 글자 하나 더 찍지 않아도 될 정도로 잘 짓고, 다음과 같이 읊었다.

> 신공(神功) 거두어 감추고 이곳에 오래도록 서리었으니
> 하나의 별천지이지 인간세상이 아니로다.
> 흠뻑 취한 노래 소리는 물안개 속 은은히 들리고
> 아스라한 누각은 하늘 높이 솟아 있도다.
> 시인의 문장은 하늘의 별처럼 찬란하고
> 장군의 갑옷과 투구는 강산 속에서 분명하리로다.
> 술잔 기울인 기나긴 밤의 즐거움은 끝이 없으나
> 지금은 그야말로 비 내리는 강에 달 밝은 때로다.

이때 술안주가 낭자하고 술잔이 여러 순배 오가자, 달천후와 임진백과 막빈은 더 이상 술잔을 들지 못하더니, 갑자기 바람이 그들을 옹위하여 사라져 버렸다. 생도 만취하여 돌아갈 것을 아뢰자, 왕이 말하였다.

"달천후와 임진백으로 인하여 한바탕 회포를 풀었으나, 둘만의 조용한 시간을 갖지 못했도다. 세월은 몹시 짧고 덧없는 삶도 순간에 지나지 않으니, 이후로 다시 만날 날은 아득하여 기약하기 어렵구나. 참으로 우울하고 허전한 마음 유별나도다."

그리고서 황금 백일(百鎰)과 백옥 한 쌍을 하사했다. 생이 사양하자, 왕

이 말하였다.

"선물은 정으로 주는 것이니 사양하지 말라!"

이별의 순간이 다가오자, 왕은 못내 아쉬워하며 말하였다.

"몇 년이 지나지 않아 높은 벼슬에 오를 것이니, 그대는 힘써 노력하라."

또 붉은 옷을 입고 붉은 머리띠를 맨 자에게 명하여 생을 인도하게 했다. 그 사람이 생을 업고 눈을 감도록 하자, 처음 올 때처럼 바람과 우레 소리가 똑같이 들려왔다. 배에 도착하여 사자(使者)와 작별하였다.

이때가 한밤중이었는데, 별과 달이 하늘에 가득하고, 강바람이 서늘했으며, 인적도 없이 고요했다. 생은 마치 요대(瑤臺)와 봉도(蓬島)에서 돌아온 것 같아 경황이 없었다. 아! 참으로 이상한 일이로다.

龍門夢遊錄

愼詿(1581~?)

1. 原文과 註釋

歲在乙亥,[1] 黃鍾[2]之月, 黃溪子僑寓[3]南郊. 丙子攝提[4]辰, 爲見季妹, 往花林[5]過龍門,[6] 淹行有日. 一夕, 悄然孤館, 月色如晝, 風生竹塢, 對墻梅, 倚柱沈吟, 如有所思. 少焉, 夜靜空堂, 爽氣侵身, 入室而坐, 撫枕無寐. 遂得'月白風淸夜, 無人問客懷'之句, 吟訖, 居然思睡.

蝴蝶[7]在前, 翩翩高擧, 行到一處, 琪樹玲瓏, 碧陰方濃, 竹林深邃, 茅屋蕭然, 無何一世界也! 望見亭上, 有列坐者, 相與隱暎[8]於紅花翠竹之間, 而不知其幾人.

---

1) 乙亥(을해) : 仁祖 13년인 1635년. 이듬해가 丙子年이다.
2) 黃鍾(황종) : 음력 11월의 별칭.
3) 僑寓(교우) : 남의 집에서 임시로 몸을 붙여 삶.(=寓居)
4) 攝提(섭제) : 攝提格. 古甲子에서 十二支의 寅을 말함. 寅月은 月建의 地支가 寅이 되는 음력 正月의 별칭이다.
5) 花林(화림) : 경남 함양군 안의면에 있는 지명. 남덕유산에서 발원한 남계천 줄기를 따라 함양군 안의면과 서하면에 걸쳐 있는 계곡이라 한다.
6) 龍門(용문) : 경남 함양군 안의면에 있는 지명.
7) 蝴蝶(호접) : 꿈에 나비 되었다가 깨고는, 꿈에 "사람이 나비로 변한 것일까? 나비가 사람으로 변한 것일까?(人夢化蝶歟? 蝶夢化人歟?)"(≪莊子≫<齊物篇>)고 의심할 정도로 彼我의 분별을 잊고 놀았다는 故事. 여기서는 '꿈꾸는 과정'을 이른다.
8) 隱暎(은영) : 어떤 물체가 겉으로 드러나지 않으면서 은은하게 비침.

俄有蒼頭[9]白髮, 皃甚迂怪者, 自亭下揖, 引之而上, 則乃設重茵,[10] 羅樽俎,[11] 青娥數隊, 列於其側矣. 坐人離席而起, 或揖或拜, 推之上坐. 黃溪子辭, 僉曰 : "今日之會, 爲大人設, 何辭之有?" 相與强之, 遂就坐. 僉皆謝曰 : "大人遠來, 得勞乎!" 黃溪子, 亦謝曰 : "不必勞矣. 但與僉, 素昧平生,[12] 何相款之至此? 可得聞何姓氏某名字耶?" 僉曰 : "等花林散人,[13] 皆居此地, 大人亦安得以知之?"

各前, 道姓名畢, 乃言曰 : "等於大人, 奉敍左右, 欲接淸眄者, 久矣. 今來駐近, 此非天假其便[14]耶? 適與黃石諸公有約, 昨皆赴月淵[15]之會, 故致令君子, 久留於孤寂之中, 等之不敏, 其可赦耶?" 黃溪子曰 : "所謂黃石諸公, 其誰也歟?" 曰 : "郭太守父子(名赹,[16] 子履常・履厚), 趙使君宗道,[17] 柳金川世

9) 蒼頭(창두) : 사내 종.
10) 重茵(중인) : 두터운 깔개.
11) 樽俎(준조) : 술그릇과 안주를 올려놓는 상.
12) 素昧平生(소매평생) : 평생 듣지도 보지도 못한 관계. 전혀 알지 못하는 관계.
13) 散人(산인) : 세상을 멀리하고 한가하게 사는 사람.
14) 天假其便(천가기편) : 하늘이 나에게 내려주신 연분. 곧, '얻기 어려운 좋은 기회'를 의미. "今巖脫至此, 天假其便, 得伸臣心, 三五日當及闕朝陛下."(≪舊五代史≫<太祖紀>)에서 그 용례가 보인다.
15) 月淵(월연) : 화림동에 있는 弄月亭을 받치고 있는 바위가 바로 월연암이며, 월연암 가운데에 달과 같이 둥근 沼가 형성되어 이를 月淵潭으로 부르고 있다 한다. 1552년 남명이 함양을 찾았을 때 介菴 姜翼(1523~1567)이 지은 시 <遊花林洞> "남명이 옥계를 데리고서, 일어나라 깨우며 우리들을 부르시네. 고운 풀에 산 모습 아름다우니, 채찍들어 가리키며 읊조리나 말머리는 가지런하네. 月淵에서 발 막 담그고, 龍潤에서 시 다시 짓는다. 구경하느라 가는 곳마다 즐겁고, 그 마음 산새소리에 실어 보낸다.(南冥携玉溪, 喚起及吾儕. 芳草山容好, 吟鞭馬首齊. 月淵足初濯, 龍潤詩更題. 賞心隨處樂, 輸與野禽啼.)"가 참고가 된다. 여기서 玉溪는 함양의 선비였던 盧禛(1501~1572)을 가리킨다.
16) 郭赹(곽준) : 자는 養靜. 호는 存齋. 임란 때 金沔과 함께 의병으로 출전하여 크게 공을 세웠고, 1594년 安陰縣監에 발탁되어 정유재란 당시 黃石山城을 수호할 때 아들 履常과 履厚와 함께 끝까지 항전하다가 전사하였다. 이때 함양군수가 趙宗道였는데, 그도 함께 죽었다.
17) 趙宗道(조종도) : 자는 伯由. 호는 大笑軒. 1589년 鄭汝立의 모반 사건에 연루되어 투옥되었다가 석방되었으며, 1592년 임진왜란 때 단성현감을 지내고 1596년 咸陽郡守에 있다가 병으로 사임했다. 1597년 정유재란 때 의병을 규합, 안음현감 郭赹과 함께 黃石山城에서 왜장 加藤淸正이 인솔한 적과 싸우다 전사했다.

弘父子(子櫺·榎), 鄭僉知彦男, 一時同死諸人也.” 黃溪子曰 : “願聞諸公道何等語?”

曰,[18] {趙使君中坐而歎, 先謂郭侯曰 : “吾等遭時亂離, 死於鋒鏑, 竟作深山窮谷中一寃鬼, 是何世之不辰也? 論者, 以我爲浪死, 是不然. 當是時, 我在散地,[19] 又無君命, 不死則已, 死亦何害於義也?” 遂詠詩曰 :

爲國入城身死亂, 於臣職分所當爲.
莫道余生浪死者, 當時我亦衣君衣.[20]

乃大笑.

郭侯曰 : “趙君可謂名不虛得” 卽垂淚曰 : “我本迂儒,[21] 未學軍旅,[22] 身爲主將, 見賣於人,[23] 使三邑士夫人氏之父母妻兒, 肝腦塗地[24]者, 不知幾級, 則獲罪於人, 萬死無惜, 將何面目, 向諸君訴愊臆[25]也? 彼士霖[26]之偸生者, 不足

18) 일군의 무리들이 월연의 모임에서 보고들은 것을 황계자에게 전하는 말로 타 작품과는 달리 상당히 길어 { }로 표시함.

19) 散地(산지) : 자기 지역에서 전쟁하는 곳. “제후가 자기 지역에서 전쟁하는 것을 산병이라 하는데, 산지에서는 싸울 수 없다.(諸侯自戰其地, 爲散兵, 是故散地則無以戰.)”(≪孫子≫ <九地>)라 했는데, 그 주에서 ‘자기 경내에서 전쟁을 하면 군사들이 자기 집만을 생각하여 전력으로 싸우지 않고 흩어지기 쉽다는데서 散地라 한다.’고 설명되어 있다.

20) 衣君衣(의군의) : 임금이 주는 녹을 받음을 일컫는 말. 劉向의 ≪說苑≫에 나오는 “임금이 주신 음식을 먹으면서 임금의 어려움을 모른 체 한다면 충신이 아니다.(食君之食, 避君之難, 非忠臣也.)”는 구절이 참고가 된다.

21) 迂儒(우유) : 세상 물정에 어두운 선비. 어리석은 선비.

22) 未學軍旅(미학군려) : 衛나라 靈公이 공자께 陣法에 대해 묻자 공자가 “예법에 관한 일은 일찍이 들어서 알지만, 군사에 관한 일은 아직까지 배우지 못했다.(孔子對曰 : ‘俎豆之事, 則嘗聞之矣, 軍旅之事, 未之學也.)”(≪論語≫<衛靈公>)고 대답한 말을 인용.

23) 見賣於人(견매어인) : 백사림에게 속임을 당함을 일컬음.

24) 肝腦塗地(간뇌도지) : 참혹한 죽음을 당하여 간과 뇌가 땅바닥에 으깨어졌다는 뜻.

25) 愊臆(핍억) : 愊憶. 가슴이 답답하고 우울한 모양. 轉하여 답답한 심정.

26) 士霖(사림) : 白士霖. 조선 중기의 무신. 白光彦의 동생. 1592년 임진란이 일어났을 때 군대에 들어가 장수로 발탁되었다. 그 뒤 김해부사에 임명되어, 1594년 거제도의 일본군을 협공하는데 참여하여 助防將 郭再祐, 도원수 權慄, 통제사 李舜臣 등과 함께 싸웠다. 1597년 黃石山城 싸움에서 성을 버리고 도망친 죄로 투옥되어 심문받고 1599년 고향으로 퇴거했다.

誅也, 汝昇[27]之褒揚, 不亦過乎? 旣立之傳, 又名之義士, 此不過欺世一嗃矢[28]耳, 寧無愧於地下耶?" 沈吟久之曰:

身爲主將成何事, 城陷身亡骨肉分.
陰壑自同寃鬼哭, 可慚無面謝諸君.

顧謂二子履常·履厚曰:

我緣王事身宜死, 二子何爲亦被殘.[29]
驚血滿顔猶未浣, 至今留與虎衣[30]斑.

履常起而對曰:

父死於國, 子死於父.
仰天俯人, 無愧無怍.

坐有一人曰: "子不聞乎? 世人之詩[31]曰: '等死城中寧死義.' 至今人道守東萊,[32] 非死爲難, 處死爲難, 則南門[33]豈處死之所也? 世人之詩, 良以此也."

---

27) 汝昇(여승) : 朴明榑의 字. 호는 知足堂. 鄭寒岡의 문인. 임진란 때 의병을 일으켜 晉州 싸움에서 분전, 장렬히 전사하였다. 본문에서의 곽후는 높게 평가하지 않는다.

28) 嗃矢(학시) : '嚆矢'의 오기.

29) 被殘(피잔) : 잔인한 죽임을 당함.

30) 虎衣(호의) : 虎紋單衣. 의병들이 입던 의복인 듯.

31) 世人之詩(세인지시) : 鄭蘊(1569~1641)이 그의 문집 ≪桐溪先生文集≫ 권4 '墓誌'에 자신의 장인인 尹劼(1534~1607)의 묘지명을 쓴 <忠義衛尹公墓誌銘 并序>가 있는데, 윤할이 황석산성 싸움에 도망가지 않고 창문에다 "의를 위해 죽어 귀신이 될지언정 숲속으로 숨어 살기를 도모하지 않겠다.(寧爲死義鬼, 不作投林生.)"는 시를 써놓고 참여했지만 운 좋게도 살아났음을 기록하고 있다. 작품에서는 이 시구를 언급한 것으로 보인다.

32) 東萊(동래) : 임진왜란 때 부산의 東萊城. 府使 宋象賢(1551~1592)이 부친에게 "외로운 성에는 달무리가 졌는데(겹겹으로 포위되었다는 말) 여러 진영에서는 베개를 높이하고 도우려 하지 않습니다. 임금과 신하의 의리는 중하고, 부자의 恩義는 가볍습니다.(孤城月暈, 列陣高枕, 君臣義重, 父子恩輕.)"는 글을 보낸 것이 유명한데, 동래성을 지키려고 했지만 끝내 장렬하게 순국했다. 왜장도 감탄했다고 한다.

履厚懣然[34]而作曰：

世人豈識此間事, 頭上昭昭天日臨.[35]

遂一聲長痛焉. 柳金川仰天揮淚曰："噫噫! 受國恩者, 死亦無悔, 如吾父子, 一箇忠義, 同死白刃, 寃孰大焉! 以百萬方張之衆, 破孤城數百之卒, 譬如泰山之壓鳥卵,[36] 雷電之震朽木矣. 如古之張巡[37]·許遠[38]·南霽雲[39]·雷萬春[40]之忠勇, 不能保江淮之堡障, 城陷而死, 則郭侯之迂儒, 士霖之庸夫, 豈可與同城, 而保其不破者也? 此愚婦之所知, 而諸人之竭力贊助者, 何也? 迫脅入城者, 亦

33) 南門(남문) : 곽준이 지킨 곳. 성의 서쪽과 북쪽은 험하고 견고함으로 염려가 없었기 때문에, 동쪽은 백사림이 지키기로 하고 곽준은 남문을 지키기로 한 것이다.

34) 懣然(문연) : 마음이 번거로워 답답한 모양.

35) 頭上昭昭天日臨(두상소소천일임) : 趙光祖의 절명시 "임금 사랑하기를 아버지 사랑하듯 하였고, 나라 걱정하기를 내 집 걱정하듯 하였노라. 하늘이 이 땅을 굽어보시니, 내 일편단심 충심을 밝게 비추리.(愛君如愛夫, 憂國如優家. 天日臨下土, 昭昭照丹衷.)" 구절을 활용.

36) 泰山之壓鳥卵(태산지압조란) : 태산처럼 큰 산이 아주 조그만 달걀을 누른다는 것으로, 미약한 세력에 대한 큰 세력의 압도적인 우세 등을 비유한 말. 孫惠가 "하물며 순리를 따라 역리를 토벌하고, 정의로움으로 사악함을 정벌하는 것이니, 이는 烏獲 같은 장사에게 얼음을 깨뜨리게 하고, 孟賁과 夏育 같은 장사에게 썩은 나무를 뽑아내게 하며, 맹수에게 여우를 잡아먹게 하며, 태산으로 달걀을 누르게 하며, 불타는 들판에 바람이 몰아치는 것과 같아서 맞설 수 없는 일이다(況履順討逆, 執正伐邪, 是烏獲携氷, 賁育拉朽, 猛獸呑狐, 泰山壓卵, 因風燎原, 未足方也.)"(≪晉書≫<孫惠列傳>)라고 하면서 東海王 越의 거병에 동조한 구절을 활용하였다. 崔致遠의 <檄黃巢書> "태산을 높이 들어 새알을 짓누르다.(高擧泰山, 壓其鳥卵.)"는 구절을 인용한 것으로도 보인다.

37) 張巡(장순) : 唐나라의 忠臣. 天寶年間에 安祿山이 반란을 일으키자, 그는 眞源縣令으로서 의병을 일으켜 雍丘를 지키는 등 전공을 세웠으나, 德宗 2년에 許遠과 함께 江淮의 睢陽城을 수비하다가 전사하였다.

38) 許遠(허원) : 唐나라 사람. 安祿山의 난이 일어나자 玄宗이 睢陽太守 겸 防禦使로 삼아 張巡의 병력과 합세하여 안록산의 난을 방어케 했으나, 군량이 떨어지고 원병도 없는 상황에서 성이 함락되어 장순과 함께 잡혀 전사했다.

39) 南霽雲(남제운) : 唐代의 騎射에 능한 사람. 安祿山의 난 때 張巡을 따라 睢陽을 수비하다가 당시 節度使인 賀蘭進明에게 직접 가서 구원병을 청했으나 보내주지 않아 성이 함락되자 절개를 굽히지 않고 죽었다.

40) 雷萬春(뇌만춘) : 張巡의 偏將. 令狐潮가 雍丘를 포위했을 때 뇌만춘이 성 위에서 영호조와 말하는데, 伏弩를 쏘아 화살 6개가 얼굴에 맞고도 꼼짝하지 않았다는 일화가 있다.(≪唐書≫<雷萬春傳>)

何也? 嶺外諸城, 唯黃城不罷獨被屠戮之慘, 而士霖逃生, 郭侯身死, 不知諸人今得何功?[41] 一時作事者, 死固甘心也. 哀我人斯,[42] 何辜于天![43] 繼之以詩曰：

怨入長波咽不流, 一樽難洗滿腔愁.
至今深谷啾啾恨, 父子同羅白刃頭.

柳小君檑在傍, 瀝血[44]而吟曰：

驚血滿吾面, 模糊閱幾秋.
臨淵不忍洗, 恐向大橋流.

鄭僉知末乃作哀詞曰：

我罪何以伊至斯, 駈而納城命耶時耶.[45]

---

41) 不知諸人今得何功(부지제인금득하공) : 鄭蘊의 "從事 朴明榑가 <郭越傳>을 지었는데 그 내용이 자세하고 확실하여 거의 유감이 없다. 다만 한스러운 것은 白士霖의 죄상이 간략하여 자세치 않음이니 이것이 어찌 권선징악의 방법이겠는가?…(중략)…군자는 '곽준을 죽인 자는 왜놈이 아니라 바로 사림이다'고 말한다.…(중략)…사림이 죽인 사람은 곽준뿐만 아니다. 세 고을의 아들이 얼마나 많이 고아로 만들었으며 세 고을의 아내를 얼마나 많이 과부로 만들었던가? 사림의 죄는 참으로 용서받을 수 없다.…(중략)…아아! 公論이 밝혀지지 않고 邪論이 제멋대로 생겨나서 사림의 목이 오래 부지하게 하였으니 통탄할 만하다.(朴從事汝昇, 傳郭越事蹟, 甚詳且的, 殆無餘憾. 獨恨夫白士霖罪狀, 略焉不詳, 斯豈勸懲之道乎?…(중략)…君子曰 : '殺越者, 非倭也, 乃士霖也.'…(중략)…士霖所殺, 非徒越而已. 孤三邑之子, 寡三邑之妻者, 不知其幾何, 則士霖之罪, 固不容誅.…(중략)…嗚呼! 公論不白, 邪議橫生, 使士霖久保首領, 可痛也已.)"(≪桐溪先生文集≫ 권2 <書郭義士傳後>)가 참고가 됨.

42) 哀我人斯(애아인사) : "우리 이 사람들 애달프니, 어디 가야 살 길 찾나? 저 까마귀 앉은 것 보아라, 어느 지붕에 앉았는가?(哀我人斯, 于何從祿? 瞻烏爰止, 於誰之屋?)"(≪詩經≫ <小雅・正月>)에서 구절을 인용.

43) 何辜于天(하고우천) : "어찌하여 하늘로부터 벌을 받는가, 내 죄가 무엇일까? 내 마음의 근심이여, 이를 어찌하면 좋을까?(何辜于天, 我罪伊何? 心之憂矣, 云如之何?)"(≪詩經≫<小雅・小弁>)에서 구절을 인용.

44) 瀝血(역혈) : 피눈물을 머금.

45) 命耶時耶(명야시야) : 李華의 <弔古戰場文> "이것은 시국 때문인가? 운명 때문인가? 예부

孤城半夜炮火雷馳, 白刃一揮驚魂忽飛.
身塡陰壑無斂我尸, 空山日暮魂兮何依.

辭極悽惋,[46] 一坐悲鳴, 左右諸人, 亦相對雪涕[47]而已.

酒數巡, 忽有紫衣長身者,[48] 自外而至. 柳小君乃勃然曰:"吾欲食汝肉, 而不忍者, 恐汚口也. 汝何敢於此唐突也." 揮而却之, 赧然[49]而退.

旣而, 雲沈嶺首, 西日已暝, 林鴉啼散, 渚禽相呼, 等亦辭退. 郭侯曰:"良辰易阻, 後會難期, 何告別之忽忽也." 等曰:"此間有黃溪子, 明將奉會於龍門院上耳." 柳小君遽曰:"之子安在? 吾與之同年, 而夙歲相好, 今連一家,[50] 情義更敦, 扶植[51]我門戶, 微此君其誰歟?" 卽成一詩曰:

誰知孝子門旌表, 濫及無狀[52]不肖身.
泉下至今無限恨, 一家人毁一家人.

吟已, 再三珍重曰:"諸君! 請以此詩, 投與黃溪子, 以致我丁寧之意."云.}

"不知大人與小君, 信相切也耶?" 黃溪子聞言, 哽咽感淚自零,[53] 顧謂僉曰:"黃石之死, 孰不可哀? 一刃之慘, 更有如柳君父子者耶? 盖嘗論之, 山城之役,

---

터 이러했다 하니 그것을 어찌하랴? 다만 나라의 수비는 사방의 오랑캐들에 있느니라. (時耶命耶, 從古如斯, 爲之奈何? 守在四夷.)"는 구절을 활용.

46) 悽惋(처완) : 처량함.

47) 雪涕(설체) : 눈물을 흘림.

48) 紫衣長身者(자의장신자) : '白士霖'을 지칭하는 듯.

49) 赧然(난연) : 수줍거나 부끄러워하여 얼굴을 붉힘.

50) 連一家(연일가) : 혼인 등을 하여 한 집안이 됨. 이는 柳櫺의 동생 柳榎가 신착의 누이동생에게 장가간 것을 일컫는다. 정명기의 「<용문몽유록> 연구」(『고소설연구논총 : 다곡 이수봉박사정년기념논총』, 경인문화사, 1994) 775면 각주 17과, 정용수의 「<용문몽유록> 연구」(『한문학보』 1, 우리한문학회, 1999), 133면 각주 42) 참조.

51) 扶植(부식) : 도와서 서게 함.

52) 無狀(무상) : 변변한 공적이 없음.

53) 感淚自零(감루자령) : 감격의 눈물이 절로 흘러내림.

士霖以郭侯爲孤注,[54] 終置死地而棄城先遁, 豈獨爲郭侯之罪人也? 抑亦一國之罪人也. 人莫不欲食其肉, 而彼一時救護者,[55] 亦獨何心哉? 是亦郭侯之罪人也." 僉聞之, 亦爲之咄咄[56]焉.

座間有朴叔善者, 傳月淵之語尤詳. 叔善字同甫, 美風彩, 善論談, 且工於詩詞云, 麗季人. 洪武[57]間, 嘗同事於朴公習[58]者也. 論縣時事, 曆曆如昨日. 黃溪子曰 : "子亦居感陰[59]者耶?" "自猿鶴[60]徙花林也. 林樾・河千・安昶・朴蕃・朴有齡者, 皆其時舊吏, 則今之林・河・安三姓, 乃其裔, 而我獨斬後焉耳. 余早事詩史, 且解山經・地誌, 宜制官舍, 皆出余手, 故朴公於我友之云. 厥後, 坐連朴公, 廢居[61]此洞, 時年八十有七. 塚在此洞, 香火久斷, 空山風雨, 一丘荒草. 今奉君子, 如覩白日矣."

---

54) 孤注(고주) : 노름꾼에게 나머지 돈을 다 걸고 마지막 승부를 겨룬다는 뜻. 宋나라 때 거란의 침공이 있어 寇準의 청에 의해 황제가 澶淵에 親征하자, 이에 대해 "陛下께서 노름꾼 이야기를 들었습니까? 노름하는 자가 돈이 다 떨어지게 되면 남은 돈을 모조리 내놓고 마지막 승부를 겨루게 됩니다. 이것이 소위 고주인데 지금 폐하께서 구준의 고주가 되었습니다."(≪宋史≫<寇準傳>)고 王欽若이 비방하였다는 데서 나오는 말이다.

55) 彼一時救護者(피일시구호자) : 곽준이 안음현감으로서 士民과 함께 황석산성을 지키고 있을 때, 김해부사였던 백사림이 都別將으로서 성에 들어와 같이 지켰으나 그곳이 죽을 자리가 아님을 알고 도망한 사실이 있는데도, 백사림을 위해 傳을 짓고 義士라 칭한 박명부(汝昇)를 지칭.

56) 咄咄(돌돌) : 咄咄書空. 참으로 괴이한 일이란 뜻으로, '사람을 깜짝 놀라게 할 정도로 괴상망측한 일이 일어남'을 이르는 말. 중국 晉나라 사람 殷浩는 建武將軍을 거쳐 豫州・徐州・연주・揚州・青州의 다섯 주를 관장하는 中軍장군이 되었다. 그러나 姚襄의 반란을 진압하지 못했다는 이유로 중군장군 직에서 파면된 뒤, 서인으로 강등되어 변방에서 귀양살이를 하다가 죽었다. 은호가 귀양을 간 것은 죽마지우인 桓溫의 무고에 따른 것인데, 그럼에도 은호는 원망하는 말을 전혀 입 밖에 내지 않았다. 다만 하루 종일 허공에 대고 손가락으로 오로지 '돌돌괴사'라고 썼다는 데서 유래한 말이다.

57) 洪武(홍무) : 明나라 태조 朱元璋의 연호(1368~1398).

58) 朴習(박습) : 1412년 正朝使로 明나라에 다녀와서 전라도 관찰사로 부임, 1417년 경상도 관찰사로 전직, 이듬해 형조판서가 되고, 세종이 즉위하자 병조 판서에 전직했다가 兵事를 上王(太宗)에게 품의하지 않고 처리한 죄로 泗川에 유배, 이어 참수 당했다.

59) 感陰(감음) : 원한을 품음.

60) 猿鶴(원학) : 경남 거창군 위천면에 있는 지명. 안의면 동쪽에 인접해 있는 고을이다.

61) 廢居(폐거) : 어느 한 곳에 틀어박혀 지냄.

因論及山水, 乃言曰 : "猿鶴形勝之地也. 金猿之號, 西門之穴, 孝子之巖, 子之所悉, 姑以俗語之相, 傳子之家. 此有三洞, 曰亡羊者, 昔有人, 嘗亡羊於此, 故人以名洞. 曰虎陰者, 鼎小巖石起伏, 有踞虎形, 有伏虎形, 居者, 多被虎患, 每寅日[62]祭之於此山, 故亦人以名之, 子豈聞之也? 此洞稍有形勝, 而亦有凶象, 故生死皆不取耳. 且余性癖山水, 無往不見, 而獨香積[63]未登故焉, 水有甘露[64]而未嘗焉, 窟[65]有居阤[66]而不探焉."

黃溪子曰 : "窟則有矣, 水豈甘也? 但秋來木葉一未落井, 是則異也." 曰 : "此非山靈之慳秘[67]者耶?" 黃溪子曰 : "井傍有香木而無香, 僧言'彌勒主世, 然後乃有香'者, 玆非怪歟?" 曰 : "彌勒佛也, 佛是虛無, 則安能無香而能有香也? 且人言三洞之勝, 猿鶴爲最. 然而, 白石之雲鋪, 激湍[68]之奔流, 龍湫[69]之壯觀, 岩巒之秀出, 洞壑之深邃, 則尋眞[70]亦豈風斯在下也哉? 然山自山水自水, 無心流峙, 樂在其中, 而人强名之曰'某巖·某臺·某淵', 則着足畵蛇,[71] 何有於山水之勝乎? 聞吾子游尋眞之日, 有'尋眞洞裡尋眞客, 吹笛巖邊吹笛人'之詩, 又有'長水寺連禪水寺'之句, 眞是耶?" 黃溪子曰 : "然. 余於戊申春, 游風流巖, 遇興而發, 未成其聯, 題於壁上, 以待後之能者." 曰 : "子之詩, 非寓興於山水之

---

62) 寅日(인일) : 日辰의 地支가 호랑이를 상징하는 寅날.

63) 香積(향적) : 안의면 북쪽에 있는 德裕山 정상의 봉우리 이름.

64) 甘露(감로) : 덕유산 정상에 있는 山上玉泉을 지칭. 이성계가 등극하기 전에 덕유산 동봉에다 산신단을 쌓고 백일기도를 드릴 때 이 감로수를 즐겨 마셨다고 한다. 이 산상온천의 감로수가 흘러 안성계곡, 토옥동 계곡과 송계사 계곡, 산수리 계곡을 적시고 칠연폭포와 용추폭포의 절경을 빚는다 한다.

65) 窟(굴) : 德裕山 중봉으로 오르기 전 급경사면에 있는 오수자굴을 지칭. 16세기 문인 葛川 林薰의 <登德裕山香積峰記>에는 戒祖窟로 되어 있는데, 오수자라는 고승이 득도했다 해서 오수자굴로 불린다.

66) 居阤(거타) : 급경사지. 급사면.

67) 慳秘(간비) : 남에게 보이기에 인색하여 감추어 둠.

68) 激湍(격단) : 세찬 여울물.

69) 龍湫(용추) : 경남 함양군 안의면 심진동의 용추폭포를 지칭. 기백산과 황석산 사이에 있다.

70) 尋眞(심진) : 경남 함양군에 있는 마을 이름.

71) 着足畵蛇(착족화사) : 蛇足. 발이 없는 뱀의 발을 그린다는 뜻으로, 쓸데없는 일.

勝, 則雖工於造化者, 未能也. 昔僧贊惠, 居舍身菴, 善爲吟咏. 一日, 與余遊此洞, 見此詩, 苦吟未得發, 歎而去. 子之詩, 可謂泣鬼神於冥冥."

談間, 朴輒愀然曰："今辰何夕, 逢此宴會, 一樽今古, 翻增華表之懷."[72) 乃詩曰：

遼海茫茫歲幾更, 　　　　荒原盡入野人畊.
千秋一作歸家鶴, 　　　　華表誰知舊姓丁.

一唱三歎, 引滿相屬曰："落花流水, 人間何處? 有酒如淮, 有客在座, 諸君! 諸君! 不醉何歸? 況今邊鄙有警, 國步[73)多艱, 肉食[74)紛紛, 禦戎無策, 今夕之會, 得無新亭之感[75)乎?" 黃溪子擧觴不飮曰："山川依舊, 擧目有風色之異." 朴曰："今之吾子, 古之伯仁[76)乎!" 黃溪子笑曰 "伯仁則我矣, 茂弘[77)則誰歟?" 一座笑曰："吾子竊比於伯仁, 而以茂弘譏我等, 得無愧乎?"[78)

72) 華表之懷(화표지회)：漢代의 遼東사람인 丁令威가 젊어서 고향을 떠나 靈虛山에 가 신선술을 배워 천 년만에 鶴으로 변신해 고향 요동에 돌아와 화표주 위에 집을 짓고 살았다. 어느 날 소년 하나가 활을 겨누자, '성곽은 옛날과 같은데 사람들은 다르구나.'고 탄식한 것을 이른다.(≪搜神後記≫) 세태에 따라 변하는 사람들과 어울릴 수 없어 세상과 이별해야 하는 심정을 말한다.

73) 國步(국보)：나라의 운세.

74) 肉食(육식)：肉食者. '고관대작'을 일컫는 말.

75) 新亭之感(신정지감)：흉노의 침입을 피해 江東으로 이주한 晉나라의 선비들이 新亭에서 노닐 때, 周顗가 "風景不殊, 擧目有江河之異."라고 읊자 晉의 선비들이 울었다는 고사에서 유래. '고향에 가지 못하고 타향에서 방황해야 하는 심정'을 일컫는다.

76) 伯仁(백인)：東晉의 명신 周顗의 字. 그의 지조는 깎아지른 듯이 솟은 산과 같았다고 할 만큼 이름이 높았는데, 新亭에서 고국이 망하였음을 슬퍼하였다고 한다.

77) 茂弘(무홍)：東晉의 王導의 字. 王敦의 從弟. 西晉 말 司馬睿를 도와 東晉을 건립하는데 공을 세웠다.

78) 東晉의 元帝가 된 司馬睿가 자신을 도운 王敦 등 왕씨의 세력이 커지자 이를 제거하려 했다. 이에 왕돈은 형주에서 군사를 일으켜 建康을 향해 침공했다. 이때 원제가 왕돈의 종제인 王導를 의심하였지만 周顗가 변호해주었다. 그러나 바로 그때 왕돈은 王導에게 周顗의 사람됨을 물었지만 긍정적인 대답을 하지 않아 주의를 죽여버리고 말았다. 뒤늦게 주의의 변호로 목숨을 구한 사실을 안 왕도는 땅을 치고 통곡하면서 "내가 백인을 죽이지는 않았으나 백인은 나로 말미암아 죽었다."고 울부짖었다는 고사를 염두에 두고 한 말이다.(≪晉書≫<周顗傳>)

於是, 人各奉巵酒爲壽, 或歌或舞曰 : “仄聞君子, 景仰[79]多年. 今辰奉袂, 益激于衷, 大人大人, 壽考無疆!”[80] 黃溪子擧盃而謝屬, 贈一句曰 :

欲知此後想思處　　明月梨花有子規

言未卒, 晨鷄一唱, 因忽不見.

乃欠伸而覺, 朴生在傍, 鼾息如雷矣. 翌日, 以夢中之事, 歷說于花林之相識者, 則無不驚異云.

▌大阪府立圖書館本[81]

79) 景仰(경앙) : 덕망이나 인품을 사모하여 우러러봄.
80) 壽考無疆(수고무강) : 萬壽無疆.
81) 이 소장본은 본디 <金烏夢遊錄>과 합철되어 있는 바, 『한국문학연구』(14호, 동국대학교 한국문학연구소, 1992)에서는 <금오몽유록>이 141-146면에, <용문몽유록>은 147-150면에 영인되어 있으며, 강동엽 교수의 해제가 씌어 있다.

2. 譯文

을해년(乙亥年) 11월 황계자(黃溪子)는 황석산성의 남쪽 교외에서 더부살이로 지내고 있었다. 다음해 병자년(丙子年) 정월이 되자 막내 누이를 만나보려고 화림(花林)으로 가다가 용문(龍門)을 지나던 중, 그곳에 며칠을 묵게 되었다. 그날 밤, 맘 쓸쓸히 외로운 객사엔 달빛이 대낮같이 어리고, 바람이 대나무 언덕에서 일었다. 담장 가의 매화를 마주하며 기둥에 기대어 중얼거리니, 마치 무엇을 생각하는 듯했다. 조금 지나자, 밤은 고요하고 텅 빈 객사엔 싸늘한 기운이 엄습하여 방에 들어가 앉았으나, 베개를 어루만지며 잠을 들지 못했다. 마침내 「달 밝고 바람 선선한 밤에 나그네 회포를 묻는 사람이 하나도 없네.(月白風淸夜, 無人問客懷.)」라는 시구를 얻어서 읊기를 마치자 슬그머니 졸음이 왔다.

호랑나비가 앞에서 훨훨 높이 날아가기에 따라가니, 어느 한 곳에 도착하였다. 기수(琪樹)의 구슬은 영롱하며 녹음(綠陰)이 물씬 짙은데, 대나무 숲의 깊고 그윽한 곳에 띠집[茅屋]이 호젓하게 있으니, 어찌 별세계가 아니랴! 정자 위를 바라보니, 늘어앉은 사람들이 붉은 꽃과 푸른 대나무 사이로 어렴풋이 보이는데, 몇 사람이나 되는지 알 수가 없었다.

잠시 후, 백발에 심히 괴이한 모습의 창두(蒼頭)가 정자에서 내려와 인사하고는 황계자를 인도하여 올라가니, 깔아놓은 두터운 깔개 위에다 술과 안주를 차린 술상을 벌여놓고 젊은 미인들이 그 곁에 늘어 서있었다. 앉아있던 사람들이 자리에서 일어나 혹은 읍하고 혹은 절하며 그에게 윗자리[上坐]를 내주었다. 황계자가 이를 사양하니, 사람들이 모두 말하였다.

"오늘의 모임은 대인(大人)을 위해 마련한 것인데 사양하실 것이 있습니까?"

서로 강권하니, 하는 수 없이 나아가 앉았다. 모두가 감사해 하며 말하였다.

"대인께선 멀리서 오셨으니 피곤하시겠습니다."

황계자도 감사해 하며 물었다.

"그렇게 피곤하지는 않습니다. 다만 여러분과는 전혀 알지도 못하는 사이인데, 어찌 이토록 정성스러움이 지극하십니까? 성씨(姓氏)와 이름 자(字)를 알려주실 수 있겠소?"

모두가 대답하였다.

"저희들은 화림(花林)의 보잘것없는 사람들로 모두 이곳에 살고 있었으니, 대인께서 어찌 저희를 알겠습니까?"

각자 앞으로 나와 자신의 성과 이름을 다 소개하고는, 바로 이어서 말하였다.

"저희들이 대인을 받들어 모시며 뵈올 수 있기를 고대한 지가 오래되었습니다. 이제 가까이에 오셔서 머무르고 계시니, 이것이 어찌 하늘이 저희들에게 내려주신 연분이 아니겠습니까? 마침 황석(黃石)의 제공(諸公)과 약속이 있어서, 어제 모두가 월연(月淵)의 모임에 갔었습니다. 까닭에 군자께서 아무도 없는 적막한 곳에 오랫동안 머무르게 하였으니, 저희들의 불민함을 용서해주시겠습니까?"

황계자가 물었다.

"이른바 황석 제공은 대체 누구란 말이오?"

"태수(太守) 곽(郭)부자(이름은 赺이고 아들은 履常 · 履厚), 사군(使君) 조종도(趙宗道), 금천(金川) 유세홍(柳世弘) 부자(아들 櫝 · 榎), 첨지(僉知) 정언남(鄭彦南) 등인데, 일시에 함께 죽은 사람들입니다."

황계자가 다시 물었다.

"원컨대, 제공(諸公)이 무슨 말을 했는지 듣고 싶소이다."

다음과 같이 황석제공의 말을 전하였다.

조사군(趙使君)이 좌중에서 탄식하며 먼저 곽후(郭侯)에게 말하였다.

"우리들은 난리를 만나서 왜적의 칼날에 죽어 끝내 깊은 산속의 험한 골짜기에 원통한 귀신이 되었으니, 좋은 세상을 만나지 못한 것이야 어찌하겠나? 그렇지만 논자들이 나더러 헛된 죽음을 했다고 하는데, 전혀 그렇지가 않다네. 그때에 나는 비록 전쟁터에 있었으나 어명(御命)이 없었으니, 죽지 않았으면 그만이지만 죽은 것이 또한 어찌하여 의리에 해로웠겠나?"

그리고는 시를 읊었다.

나라 위해 입성하여 난리에 죽었으니,
신하의 직분에 마땅히 행할 바라.
내 태어나 헛되어 죽었다고 말하지 마오,
당시 나 또한 군의(君衣)를 입었었다오.

그리고는 한바탕 크게 웃었다. 그러자 곽후가 말하였다.

"조사군(趙使君)은 명성을 헛되이 얻은 것이 아니다 할 만합니다."

그러더니 곧 눈물을 흘리며 또 말하였다.

"나는 본디 세상 물정에 어두운 선비인데다 군사에 관한 일은 배우지도 못하고 주장(主將)이 되었다가 백사림(白士霖)에게 속임을 당하였네. 그리하여 세 고을 사민(士民)들의 부모와 처자식 가운데 참혹한 죽음을 당하여 간과 뇌가 땅바닥에 으깨어진 자가 몇 명인지를 헤아릴 수가 없었다네. 사람에게 죄를 얻은 것인지라 나는 만 번 죽어도 애석할 것은 없으나, 장차 무슨 면목으로 제군(諸君)들에게 이 답답한 마음을 호소하겠는가? 저 백사림이 구차스럽게 살고자 한 것은 마땅히 주살(誅殺)해야 하는 것이거늘, 박여승(朴汝昇)이 그를 찬양함은 지나친 처사가 아닌가? 이미 백사림을 입전(立傳)하여 의사(義士)라 일컬으니, 이는 세상을 속이는 하나의 효시(嚆矢)일뿐만 아니라 저 세상에서도 부끄러운 일이라네."

이렇게 말하고는 오랫동안 속으로 깊이 생각하더니, 시로 읊어내었다.

몸소 주장(主將) 되어 무슨 일 이루었던고
성은 함락되고 몸은 죽어 골육(骨肉)마저 나뉘었어라.
음산한 골짜기는 제 스스로 원귀들의 통곡 함께하거늘,
부끄러워라, 무슨 면목으로 제군들을 치사할고.

그는 두 자식 이상(履常)과 이후(履厚)를 돌아보며 또 읊었다.

나는 나라 위해 죽는 것이야 당연하지만
너희 둘은 누구를 위해 죽임을 당해야 했단 말인고.
놀란 피 얼굴에 가득해도 씻지 않았고
지금까지도 의복에 핏자국이 그대로구나.

이상(履常)이 일어나 응대하며 읊었다.

아비는 나라 위해 죽고,
자식은 부모 위해 죽었으니,
하늘을 우러러 보고 땅을 굽어보아도
부끄러울 것이 없고도 없사와라.

좌중의 한 사람이 말하였다.

"그대는 듣지 못했는가? 세인(世人)의 시(詩)는 '우리들이 성(城) 안에서 죽은 것이 의(義)를 위해 죽은 것'이라고 했지만, 지금 사람들은 동래성(東萊城) 지킨 것만 이야기한다네. 죽는 것은 어려운 것이 아니나 죽을 만한 곳에서 죽는 것이 어려운 것인데, 황석산성의 남문(南門)이 어찌 죽을 만한 곳이어서 죽었겠는가? 세인의 시는 진실로 이러한 이유였다네."

이후(履厚)가 답답해하더니 시를 지었다.

세상 사람들이 어찌 이와 같은 사정을 알겠는가만
머리 위엔 훤하디 훤한 해가 이 땅을 굽어보시네.

마침내 한바탕 통곡을 하였다. 그러자 유금천(柳金川)이 하늘을 우러러 눈물을 흘리며 말하였다.

"아! 나라의 은혜를 입은 사람이야 죽어도 또한 후회될 것이 없겠으나, 우리 부자(父子)와 같은 경우는 일개 충의(忠義)를 지닌 백성으로 왜적의 칼날에 함께 죽었으니, 그 원통함이 어찌 이보다 더 크리오! 백만의 기세등등한 왜구가 고립된 성의 수백 군졸을 죽였으니, 이는 비유하자면 태산(泰山)이 새알을 짓누른 것이요, 천둥과 번개가 썩은 나무에 벼락 친 것과 같았다오. 마치 옛적의 장순(張巡), 허원(許遠), 남제운(南霽雲), 뇌만춘(雷萬春)의 충성과 용맹으로도 능히 강회(江淮)의 보루를 보전치 못하여 성이 함락되어 죽었던 것과 같았지만, 세상 물정에 어두운 선비 곽후(郭俊)와 용렬한 사내 백사림(白士霖)이 성 안에 함께 있고도 어찌 성이 함락되지 않기를 바랄 수 있었겠소? 이것은 어리석은 여자라 해도 알 수 있었던 것이나, 모든 사람들이 힘을 다하여 도운 것은 무엇 때문이었겠소? 왜적이 위협한다고 해서 성에 들인 것은 또한 누구였겠소? 영남(嶺南)의 여러 성 가운데, 오직 황석산성(黃石山城)만이 아직 함락되어서 도륙(屠戮)의 참화를 입지 않았었는데도 백사림은 살려고 도망하였으나 곽후는 몸소 죽었거늘, 여러 사람들이 지금 누구의 공이라 하는지 궁금하오? 그때 같이 성을 지켰던 사람들도 진실로 함께 죽기를 달게 여겼었소. 우리 이 사람들 애달프거늘, 무슨 죄를 하늘에 졌단 말이오!"

이어서 시로써 읊었다.

원한 깃든 긴 강이 목 메여 흐르지 못하니,
한 동이 술로도 온몸 가득한 근심 씻기 어려워라.

지금에도 깊은 골짜기 처량히 한 맺힌 울음소리,
왜적의 칼날에 죽은 아비와 아들이 머리가 함께 벌려 있네.

유금천(柳金川)의 아들 강(橿)이 곁에 있다가 피를 토하듯 읊조렸다.

놀란 피 내 얼굴에 가득했건만
엉긴 채로 몇 해를 보냈던가.
연못가에 이르러서도 차마 씻을 수 없었거늘,
어찌 대교(大橋)의 물결이라 해서 따르리오.

정첨지(鄭僉知)가 끝으로 슬픈 노래를 지어 읊조렸다.

우리의 죄 어찌하여 여기에 이르렀을고,
몰아서 성(城)으로 들인 것은 운명인가 시세(時勢)였던가.
고립된 성 한밤중 포화는 우레와 같이 날렸고,
왜적의 칼날 한 번 휘날리자 혼비백산하였네.
육신이 깊은 골짜기에 뒹굴어도 나의 시신 거둘 자 없거늘,
빈 산에 해조차 지니 혼백은 누구를 의지할고.

사설(辭說)이 지극히 처량하여 앉아 있던 모든 사람들이 슬프게 울었고, 좌우의 여러 사람들도 서로 마주보며 눈물을 흘릴 뿐이었다.

술이 몇 순배 돌자, 홀연히 자주색 옷을 입고 키가 훤칠한 사람이 밖에서 들어왔다. 유소군(柳小君)이 이에 발끈 화를 내며 말하였다.

"내가 네 육신을 씹어 먹고 싶지만 차마 그러지 않는 것은 도리어 입이 더럽혀질까 해서이다. 그런데 네가 감히 여기에 오다니 어찌 그리도 당돌하단 말이냐?"

주먹을 휘두르며 겁을 주자, 그는 얼굴을 붉히며 물러갔다.

이윽고 구름이 고갯마루로 잠기고 서산의 해가 이미 어두워지자, 숲속

의 까마귀들은 까악까악 제 집 찾아들고 물가의 짐승들이 서로 울부짖으니, 월연의 모임에 초대된 무리들 또한 물러가고자 했다. 이에 곽후(郭侯)가 말하였다.

"좋은 날은 어긋나기 쉽고 차후의 모임도 기약하기 어렵거늘, 어찌하여 갑자기 떠나려 하는가?"

그러자 무리들이 말하였다.

"이 순간에 황계자(黃溪子)라는 분이 와 계실 것이니, 내일이면 용문원(龍門院)에 가서 받들어 모셔야 합니다."

유소군이 다급히 말하였다.

"그가 어디에 있소? 나는 그와 동갑인데다 오래 동안 사이가 좋았고, 이제 혼인까지 하여 한 집안이 되니, 정리와 의리가 더더욱 돈독하였소. 그러니 나의 집안을 일으켜주기는 이 친구가 아니면 그 누가 하겠소?"

즉시 시 한 수를 지어 읊었다.

효자문의 정표(旌表) 내릴 것을 누가 알았으랴,
변변한 공적도 없는 못난 이 몸에까지 미치네.
황천세계에 지금 있으니 한이 끝없는데,
한 집안이 다른 집안을 헐뜯고 있네.

읊기를 마치더니, 거듭거듭 정중하게 말하였다.

"여러분! 청컨대, 이 시를 황계자에게 주어 나의 간곡한 뜻을 전달해주십시오."

이렇게 전갈해달라고 하시었습니다.

"대인이 유소군과 정말로 서로 가까웠는지 잘 모르겠습니다."

황계자는 전해주는 말을 듣고서 목이 메도록 감격의 눈물을 흘리며 모두에게 말하였다.

“황석(黃石)에서의 죽음은 누구인들 슬퍼하지 않겠소? 같은 칼날 아래에서의 참화를 입은 유군(柳君) 부자(父子)와 같은 경우가 다시 있겠소? 대개 일찍이 논하건대, 황석산성의 싸움에서 백사림(白士霖)이 곽후(郭侯)를 고주(孤注)로 삼아서 끝내 사지(死地)에 남겨두고는 성을 버리고 먼저 도망했으니, 어찌 오로지 곽후에게만 죄인이겠는가? 또한 일국(一國)의 죄인이로다. 사림(士霖)의 육신을 먹으려 하지 않는 사람이 없었거늘, 저 일시라도 백사림의 목숨을 구호하고자 한 자는 또한 오로지 무슨 마음이었을꼬? 이들 또한 곽후에게 죄인이 되는 것이리로다.”

모두가 그 말을 듣고서는 또한 참으로 괴이한 일이 일어났다고 여겼다.

좌중에 있던 박숙선(朴叔善)이라는 자가 월연(月淵)의 말을 더욱 상세하게 전하였다. 숙선의 자(字)는 동보(同甫)인데, 풍채가 아름답고 담론(談論)을 잘하며 또한 시사(詩詞)에 능하다고들 했다. 고려 말 사람이었다. 홍무연간(洪武年間)에 박습(朴習)이라는 자와 함께 벼슬한 사람이었다. 고을의 시사(時事)를 논하매, 분명하기가 마치 어제의 일 다루듯이 했다. 황계자가 물었다.

“그대 또한 원한을 품은 사람이오?”

“저는 원학(猿鶴)에서 화림(花林)으로 이사해온 사람입니다. 임월(林樾), 하천(河千), 안창(安昶), 박번(朴蕃), 박유령(朴有齡)은 모두 홍무연간의 옛 관리였는데, 지금의 임(林)·하(河)·안(安)의 세 성씨는 그 후예들이나, 저만 유독 후손이 끊겼습니다. 제가 일찍이 시사(詩史)를 일삼았고 또 산경(山經)과 지지(地誌)의 의심나는 것을 설명해주고, 관사(官舍)를 적절히 제정하는 등, 모두 저의 손에서 나왔습니다. 그러므로 박공(朴公 : 朴習)은 저더러 친구라고 부르기도 했습니다. 그 후, 박공의 일에 연루되어 이 골짜기에서 틀어박혀 지냈는데, 그때의 나이가 87살이었습니다. 무덤이 이 골짜기에 있으나, 제사는 이미 오래 전에 끊기고, 텅 빈 산의 비바람에 무덤은 묵고 풀만 우거졌을 뿐이지요. 지금 군자를 받들어 모시니, 마치 밝은 햇빛을 보는 것 같습니다."

이어서 논하는 것이 산수(山水)에 미치자, 박숙선이 또 말하였다.

"원학(猿鶴)은 경치가 좋은 곳입니다. 금원(金猿)이라는 호칭, 서문(西門)이라는 동굴, 효자(孝子)라는 바위는 그대들이 다 알고 있는 바로서 겉모양만을 가지고 속되게 말한 것이 그대들에게 전해진 것입니다. 이곳에는 세 골짜기가 있는데, '망양(亡羊)'이라 부르는 것은, 옛날에 어떤 사람이 일찍이 이곳에서 양을 잃었던 까닭에 사람들이 동명(洞名)으로 삼은 것입니다. '호음(虎陰)'이라 부르는 것은, 바야흐로 작은 암석들이 일어났다 누었다 한 것이 마치 쭈그리고 앉아 있는 범의 형상과 누워 있는 범의 형상과 같았는데, 이곳에 사는 사람들이 호환(虎患)을 많이 입어 인일(寅日)마다 이 산에 제사를 지냈던 까닭에 또한 사람들이 그와 같이 부른 것이니, 그대들이 어찌 그것을 들어 알겠습니까? 이 골짜기에는 경치가 좋은 곳이 몇 군데 있으나 또한 흉상(凶象)도 있어, 산 사람이나 죽은 사람이나 다 볼 수가 없습니다. 저는 산수를 너무나 좋아하는 기질이 있어서 가보지 않은 곳이 없었으나, 오직 덕유산(德裕山)의 정상 향적봉(香積峰)만은 오르지 못했고, 그 산상에는 감로수(甘露水)가 있다 하나 아직 맛보지 못했으며, 오수자굴이 그 중봉에 오르는 급경사면에 있다 하나 아직 찾아보지 못했습니다."

황계자가 말하였다.

"동굴은 있을 수 있겠으나, 물이 어찌 달겠소? 다만 가을이 왔는데도 나뭇잎이 하나도 우물에 떨어지지 않았다는 것은 괴이하구려."

박숙선이 말하였다.

"이것이 어찌 산신령이 감추어 둔 신비(神秘)가 아니겠습니까?"

황계자가 말하였다.

"우물곁에 향나무가 있었으나 향기가 없어 중이 '미륵주세(彌勒主世)라 말한 후에야 향기가 있었다.'고 하니, 이는 괴이하지 않소?"

"미륵불(彌勒佛)이란 것은 불(佛)이 곧 허무(虛無)거늘, 어찌 향기가 있는 것을 없게 할 수 있으며, 향기가 없는 것을 있게 할 수 있겠습니까? 또 사람들은 세 골짜기의 절승지(絶勝地) 가운데 원학(猿鶴)을 최고로 여깁니다. 그러나 흰 돌이 구름같이 깔려 있고 여울물이 세차게 흘러내리며, 용추(龍湫) 폭포수가 장대한 경관을 이루고 바위로 이루어진 뫼들이 빼어나며, 골짜기가 깊고 그윽하니, 심진(尋眞)이 어찌 그 풍채가 원학(猿鶴)보다 못하겠습니까? 그러나 산은 산대로 물은 물대로 무심히 흐르고 우뚝 솟아 있을 뿐입니다. 즐거움은 그 가운데 있거늘, 사람들이 억지로 그것에 이름을 붙여 무슨 바위, 무슨 대(臺), 무슨 못이라 하니, 이는 뱀을 그리는데 있어 발을 덧붙이는 격이라, 그것들이 어찌 산수의 절경 자체에 있어서 그랬겠습니까? 내 들으니, 군자가 심진(尋眞)에서 노닐었던 날, '심진의 골짜기 안에 심진을 찾은 객(客), 피리를 부는 바위 가에서 피리 부는 사람(尋眞洞裡尋眞客, 吹笛巖邊吹笛人)'의 시가 있었고, 또 '장수사연선수사(長水寺連禪水寺)'라는 구(句)가 있었다 하니, 정말입니까?"

황계자가 말하였다.

"그렇소. 내가 무신년(戊申年) 봄에 풍류암(風流巖)에서 노닐었을 때, 뜻밖에 흥(興)이 일어나 시(詩)를 지었으나 그 연(聯)을 이루지 못하고 암벽 위에 제(題)하여 두고는 후일 시(詩)에 능숙한 사람을 기다리고 있소."

박숙선이 말하였다.

"군자의 시가 산수의 경치 좋은 곳에서 흥이 일어났으나 연을 이루지 못한 것이라지만, 비록 조화에 능한 사람이라도 능히 할 수가 없었을 것입니다. 옛적에 중 찬혜(贊惠)가 사신암(舍身菴)에 살았는데, 시 읊기를 잘했답니다. 어느 날 저와 함께 이 골짜기에서 노닐었는데, 바로 그 시를 보고 애써 연을 붙이고자 했으나 붙이지 못하고는 탄식하다가 그냥 갔습니다. 군자의 시는 저승에 있는 귀신도 울렸다고 할 만합니다."

이야기 도중, 박숙선이 문득 처량히 말하였다.

"오늘 밤은 어인 밤이어서 이 연회(宴會)를 맞이하니, 한 동이의 술은 예나 지금이나 결국 세상과 이별해야 하는 화표(華表)의 소회(所懷)를 북돋우는 것인가?"

그리고는 시를 지었다.

먼 바다 망망하니 몇 해나 바뀌었는고?
황야로 들어가니 야인(野人)들 밭 가는구나.
천 년에 한 번 둥지로 돌아가는 두루미,
화표에 있는 이의 옛 성이 정(丁)씨인 줄을 뉘 알리요.

한번 읊고 나더니 길게 탄식하고는, 술을 가득 부어 서로에게 권하며 말하였다.

"떨어지는 꽃과 흐르는 물과 같은 정을 나눔은 인간 세상 어느 곳에서 하리오. 술은 회수(淮水)처럼 가득하고 객은 자리에 있으니, 여러분들이여! 여러분들이여! 취하지 않고서 어디로 돌아간단 말이오? 하물며 지금은 변방에 변고가 있어 나라의 운명이 매우 어려운데, 벼슬아치들의 다툼이 얽히고설켜서 오랑캐를 막아낼 계책은 세우지도 않으니, 오늘밤의 모임이 타향에서 방황해야 하는 신정(新亭)의 감회가 어찌 없을 수 있겠는가?"

황계자가 술잔을 들었으나 마시지 않고 말하였다.

"산천(山川)은 예와 같으나, 눈을 들어보니 경치가 다름이 있도다."

박숙선이 말하였다.

"지금의 우리들도 옛날의 백인(伯仁)입니까?"

황계자가 웃으며 말하였다.

"백인(伯仁)이 곧 나라면, 무홍(茂弘)은 누구요?"

좌중에 있던 모든 사람이 웃으며 말하였다.

"우리들이 은근히 백인에 비유하자 무홍으로 저희들을 기롱하니, 어찌 부끄럽지 않겠습니까?"

그리하여 사람들이 각기 술잔을 들어 축수하며, 노래도 하고 춤도 추며 말하였다.

“전하는 말에 군자는 여러 해 동안 덕을 사모했다 하더이다. 지금 옷소매를 부여잡으매 마음속에 격한 감정이 일어나니, 대인(大人)이시어! 대인(大人)이시어! 만수무강하옵소서!”

황계자가 술잔을 들어 사례하고 권하며, 시 한 구를 주었다.

이 다음에 생각하고 그리워하던 곳 알고자 할진댄,
밝은 달밤 배꽃에 자규새가 울고 있을진저.

말이 채 끝나기도 전에 새벽닭이 한 번 울자, 무리들이 홀연히 보이지 않았다.

이내 하품하고 기지개를 켜다가 깨어나니, 박생(朴生)이 곁에서 코고는 소리가 마치 우레와 같았다. 다음날, 꿈속에 있었던 일을 화림(花林)의 아는 사람들에게 낱낱이 말하니, 모두가 놀라 괴이하게 여기지 않음이 없었다고 한다.

錦山夢遊錄

金晃運(1775~1839)

1. 原文과 註釋

梧淵翁, 老而倦遊,[1] 棲遲[2]江上, 偃息蓬圭,[3] 無復四方之志.[4] 然惟胸懷曠然, 河漢無當, 常有凌霄漢・出宇宙之想.[5] 凡天下之名山大嶽・絶蹤詭觀,[6] 未

1) 倦遊(권유) : 관직 생활에 싫증이 남. "長卿故倦遊."(≪史記≫<司馬相如列傳>)에 대해 郭璞이 "厭遊宦也."라고 註를 달았다.

2) 棲遲(서지) : 벼슬을 마다하고 세상을 피하여 시골에 삶.

3) 蓬圭(봉규) : 누추한 집. 李植의 <次舅氏新月韻> "서쪽 하늘엔 비스듬히 깎인 달, 텅 빈 산 감도나니 써늘한 밤의 기운. 구름 끝 저 멀리 걸렸는가 싶더니, 어느새 나무 끝 희미하게 스러지네. 옥토끼야 가까스로 배 채울 수 있겠지만, 姮娥는 지내기 참으로 고달프리. 조금만 기다리세 거울처럼 환해지면, 가난한 집 뜰까지 달빛 흘러들 터이니.(斜月在庚西, 空山夜氣凄. 乍懸雲際逈, 却到樹邊迷. 顧兎纔容腹, 孀娥且苦棲. 只須明似鏡, 流影遍蓬圭.)"에서 그 용례가 보임.

4) 四方之志(사방지지) : 천하를 경영하려는 큰 뜻. 공자의 5대손인 孔穿은 趙나라를 방문해서 鄒文과 季節을 친구로 사귀었다가 魯나라로 돌아가려 하자, 추문과 계절은 작별을 아쉬워하며 눈물을 흘렸으나 공천은 그대로 가 버렸는데, 그 이유를 묻자 "처음에 나는 그들이 대장부인 줄 알았는데, 이제 보니 용렬한 사람들이더군. 사람은 살면서 사방에 뜻을 두어야 하거늘(人生則有四方之志), 어찌 산 속의 사슴이나 멧돼지처럼 항상 모여 살 수 있겠는가?"라고 설명했다는 고사가 있다.(≪孔叢子≫)

5) 凌霄漢出宇宙(능소한출우주) : 仲長統의 <樂志論> "이와 같이 한다면 하늘의 은하수를 건너서 우주 밖으로 나아갈 것이니, 어찌 제왕의 문에 드는 것을 부러워하겠는가?(如是則凌霄漢出宇宙之外, 豈羨夫入帝王之門哉?)" 구절을 인용.

6) 絶蹤詭觀(절종궤관) : 발길을 용납지 않는 특이한 경관. 宋나라 馬存의 <贈蓋邦式序> "지금 천하에서 특이한 경관에 발길을 끊고 가보지 않는 것이 옛날과 무엇이 다르겠는가?

嘗不心馳神往, 而若朝暮之適. 當盛暑流金[7)]之節, 綠陰滿庭, 蟬聲貫耳, 翁方脫巾露頂, 據梧交睫,[8)] 忽一夢焉.

風生兩腋, 雲飛雙舃, 十洲三山,[9)] 惟意所適.[10)] 乃超溟而南直, 到錦山[11)]之頂, 所謂九井峯[12)]・音聲窟[13)]・虹門[14)]・龍窟[15)]之勝, 一寓目而盡之, 遂解衣槃礴,[16)] 樂而忘返.

有羽衣道士, 顔色綽約, 揖余於留仙臺上, 酌以流霞,[17)] 餉以麟脯[18)]曰:"錦山之遊, 樂乎?" 翁曰:"樂則樂矣, 而海途險遠, 仙岑迢截, 塵世蹤跡, 未易攀

(今天下之絶蹤詭觀, 何以異於昔?)" 구절을 활용.

7) 流金(유금) : 流金鑠石. 돌과 쇠를 녹여 흐르게 한다는 뜻으로, '날씨가 몹시 더움'을 비유.

8) 交睫(교첩) : (잠을 자기 위하여) 눈을 붙임.(=接目)

9) 十洲三山(십주삼산) : 신선이 사는 곳. 십주는 祖洲・瀛洲・玄洲・炎洲・長洲・元洲・流洲・生洲・鳳麟洲・聚窟洲. 삼산은 三神山으로, 중국전설에 東海上에 있는데 金鰲가 등으로 그것을 지고 있다는 것이다. 곧, 蓬萊山・方丈山・瀛洲山이다. 우리나라에서는 金剛山을 봉래산으로, 智異山을 방장산으로, 漢拏山을 영주산으로 일컫는다.

10) 惟意所適(유의소적) : "천변만화하는 재주가 그저 뜻대로만 되었다.(千變萬化, 惟意所適.)" (≪列子≫<湯問>)에서 그 용례가 보임.

11) 錦山(금산) : 경상남도 남해군에 있는 산. 고려 후기 李成桂가 이 산에서 100일기도 끝에 조선왕조를 개국한 그 영험에 보답하는 뜻으로 산 전체를 비단으로 덮었다 해서 금산이라고 부르게 되었다고 한다.

12) 九井峯(구정봉) : 전남 영암의 월출산에 있는 봉우리 이름으로, 아마도 想思岩에 있는 九井岩의 의도적 잘못인 듯. 상사암에 이어진 바위에 아홉 개의 확(홈)이 있어 빗물이 고이면 마치 아홉 개의 샘처럼 보인다 하여 생겨난 이름이다. 구정암의 물은 바로 상사풀이 할 때 썼던 물이라고 한다. 숙종 때 남해로 귀양 왔던 약천 남구만 선생은 이 구정암을 보고 "몇 해 동안 이 아홉 개 샘을 팠으랴"하고 감탄했다.

13) 音聲窟(음성굴) : 萬丈臺 바로 북쪽, 높이 2m, 길이 5m 정도 되는 조그만 바위굴. 굴속에 들어가 굴 바닥을 두드리면 장구소리와 같은 소리가 들린다고 해서 음성굴이라 했다.

14) 虹門(홍문) : 상주 쪽에서 錦山 상봉에 이르는 암벽에 두 개의 둥글고 큰 구멍이 문 모양으로 나란히 있는 돌문이다. 이 속에 들어가 보면 속이 비어 있고, 천장 벽에도 구멍이 뚫어져 있어 파란 하늘이 잡힐 듯이 보인다. 옛날 세존이 돌배를 만들어 타고 쌍홍문으로 나가면서 앞바다에 있는 세존도의 한복판을 뚫고 나갔기 때문에 세존도에 해상동굴이 생겼다고 전해온다.

15) 龍窟(용굴) : 音聲窟 오른편에 50m의 길고 넓은 굴이 있는데 옛날에 용이 살다가 하늘로 올라갔다는 전설이 숨어 있는 굴이다.

16) 槃礴(반박) : 두 다리를 쭉 뻗고 앉음.(=般礴)

17) 流霞(유하) : 流霞酒. 신선이 마신다는 美酒.

18) 麟脯(인포) : 신선이 먹는 안주.

援.[19] 倘使有力者, 負而移之於嶺湖・圻甸之間, 則探奇選勝之人, 不啻一日萬千, 惜乎! 處之窮海寂寞之濱, 使靈區奧境, 不得盡傳於世也." 道士逌然[20]而笑曰 : "君言過矣. 夫揚聲振彩, 播譽人寰,[21] 此世俗之情, 非玆山之意也. 日者,[22] 錦山神君與露梁水府, 有往復牒交, 莫欲一覽乎?" 卽自袖中投視, 鮫綃[23]之牋, 龍煤之墨, 光輝炫燿, 蓋非塵世所有矣. 錦山靈, 抵露梁水府, 牒曰 :

「嶽瀆形分, 曹局[24]雖殊, 壤地鱗接,[25] 聲勢相轄, 玆將微悃, 仰瀆[26]神史. 惟我錦山, 僻在鰲背,[27] 遠接鵬翅.[28] 天慳其靈, 地秘其境,[29] 星分南弧[30](老人星也)之躔, 井有甘露之湧. 珍禽奇獸, 翔躍於穹林,[31] 琪花瑤樹, 列植於巖畔, 芝田蕙圃,[32] 髣髴乎閬苑,[33] 雲臺石蓮, 埒[34]美於華山.[35] 與夫砯崖湍瀑之勝, 琳宮

19) 攀援(반원) : 기어 올라감.(=攀緣)
20) 逌然(유연) : 빙긋 웃는 모양. 自得한 모양.
21) 人寰(인환) : 사람이 사는 곳. 곧 이 세상.(=人境)
22) 日者(일자) : 일전에.
23) 鮫綃(교초) : 깨끗한 비단을 일컬음. "南海에 살고 있다는 鮫人이 늘 쉬지 않고 鮫綃를 짜며, 울면 눈물이 眞珠로 된다."(≪述異記≫)고 하였다.
24) 曹局(조국) : 구획. 구역.
25) 鱗接(인접) : 비늘처럼 잇닿음. 나란히 맞닿음.
26) 仰瀆(앙독) : 우러러 번거롭게 하다는 뜻으로, '감히 말씀드리다'의 의미.
27) 僻在鰲背(벽재오배) : 금산이 '소금강산', '小蓬萊山'이라 불린 것을 염두에 둔 표현.
28) 鵬翅(붕시) : 남쪽 바다에서 옮겨갈 때는 물을 3000리를 치고 힘차게 날아올라 한 번의 날개 짓에 구만 리를 난다는 상상의 새. 여기서는 남쪽의 큰 바다를 의미.
29) 天慳其靈, 地秘其境(천간기령, 지비기경) : 姜希孟의 <雙溪齋賦> "범인들은 보고도 몰라, 이 좋은 땅을 숲에 묻히게 하였으니. 하늘이 아끼고 땅이 비장한 이곳은, 현영을 기다려 반드시 개척되느니.(凡庸睨視而莫察兮, 令勝地埋沒乎草萊. 固天慳而地祕兮, 待賢英而必開.)" 라는 구절을 활용.
30) 弧(호) : 弧矢星. 南極老人星 북쪽의, 화살을 시위에 먹인 형상을 한 아홉 개의 별.
31) 穹林(궁림) : 하늘을 가린 빽빽히 우거진 숲.
32) 芝田蕙圃(지전혜포) : 芝草는 신선이 먹는 좋은 풀로서 장생불사하는 풀이라 하고, 蕙草는 난초와 같은 풀로 향기 높은 풀.
33) 閬苑(낭원) : 崑崙山에 있는 신선의 화원.
34) 埒(날) : 동등함. 견줌.
35) 華山(화산) : 중국 섬서성 화음현에 있는 산 이름. 五岳의 하나인데, 한가운데에 있는 玉女峰, 동쪽의 朝陽峰, 서쪽의 蓮花峰, 남쪽의 落雁峰, 북쪽의 五雲峰 등 5개의 봉우리로 이루어져 있는 모습이 멀리서 보면 연꽃과 같아 '화산'이라고 부른다.

梵宇[36]之盛, 冠絶[37]東南, 超截塵寰, 自非朝廷命吏[38]刺史[39]・守丞[40]及風人[41]・韻士[42]之有仙風道味[43]者, 曾不能躡其境而問其津. 柰之何? 挽近以來,[44] 遊衍成風, 跛躄咸聳, 人倚孟陽之屐, 家蓄浩然之驢, 山翁溪老聯笻而比跡, 李四張三攜手而渡海, 魚魚雅雅,[45] 應接不暇.[46] 塵容俗狀,[47] 雜遝[48]於雲扃, 俚語囂音, 塡咽於靈關. 又或唐突風月,[49] 唵哢[50]雲煙,[51] 洩漏眞境, 誇張閭里, 其所鋪迹, 不足爲鈷鉧之幸,[52] 而適足爲佛頭之穢.[53] 此則, 露梁水府, 職管

36) 琳宮梵宇(임궁범우) : 임궁은 도교의 사원이며, 범우는 불사(절)임.
37) 冠絶(관절) : 으뜸자리를 차지할 수 있을 만큼 가장 뛰어남.
38) 命吏(명리) : 조정에서 임명한 관리.
39) 刺史(자사) : 한당의 태수, 주의 장관.
40) 守丞(수승) : 군의 속관, 일설에는 옥을 지키는 속관.
41) 風人(풍인) : 인품 있는 시인.
42) 韻士(운사) : 詩歌書畵 등에 취미가 있는 사람.
43) 仙風道味(선풍도미) : 神仙의 風采와 道人의 骨格이라는 뜻으로, '고상한 풍채'를 형용하는 말.(=仙風道骨)
44) 挽近以來(만근이래) : 요사이 와서는.
45) 魚魚雅雅(어어아아) : 물고기가 헤엄칠 때 질서가 있고 기러기가 날아갈 때 일정하게 대열을 이루는 모양.
46) 應接不暇(응접불가) : 晋나라의 王獻之는 문필에 능한 서예가로서 中書令이란 관직에 오른 인물인데, 그가 어느 날 山陰道의 아름다움에 감탄하여 "山陰의 길을 가자면 치솟은 산과 강이 끊임없이 아름다움을 다투며 나타나 응접에 틈이 없을(應接不暇) 정도이다."(≪世說新語≫<言語篇>)라는 일화에서 나온 말. 후대로 오면서 그 뜻이 전이되어 오늘날에는 생각할 틈이나 대처할 겨를 없이 아주 바쁘게 흘러가는 것의 비유로 쓰인다.
47) 塵容俗狀(진용속상) : 塵俗은 지저분한 속된 세상이고, 容狀은 사람의 얼굴의 모양. 곧, 지저분한 속된 세상의 사람들. 孔稚圭의 <北山移文> "그는 은자들이 입는 지제 옷을 불살라버리고 연잎 옷을 찢어버리고, 먼지 낀 얼굴을 뻣뻣이 들고 속된 모습으로 마구 달려간다.(焚芰製而製荷衣, 抗塵容而走俗狀.)"는 구절을 활용.
48) 雜遝(잡답) : 혼잡스럽게 몰려듦. 매우 분잡함.
49) 風月(풍월) : 맑은 바람과 밝은 달을 대상으로 지은 시를 일컬음.
50) 唵哢(암롱) : 잠꼬대하듯 함부로 함.
51) 雲煙(운연) : 落紙雲煙. 落紙는 종이 위에 붓을 대어 글씨를 쓰는 것이고, 雲煙은 초서의 필세가 아름답고 웅혼한 것임. 곧, 筆跡이 躍動함의 형용하는 말이다.
52) 鈷鉧之幸(고무지행) : 그 절경을 알아본 훌륭한 문장가에 의해 세상에 알려진 鈷鉧潭의 행운. 柳宗元이 고무담 서쪽에 있는 경치가 매우 뛰어난 조그마한 언덕을 구입하여 친구들과 함께 노닐면서, 穢草와 惡木을 모두 베어 버리고 嘉木과 美竹 등을 구경하며 즐겼다고 하는 고사에서 나온 말이다. 유종원의 <鈷鉧潭西小丘記>에 "아! 이 언덕의 경치를 풍, 호, 호, 두에 두면 고귀한 선비들이 다투어 사서 매일 천금을 올려도 얻기 힘들 것이다. 지금 이 영주 땅에 버려져 농부나 어부가 지나며 비천하게 여기고 사백 문으로도 몇

要津, 謾不詷問, 任其舟檝馴致, 貽累於弊境也. 過此以往,[54] 痛加懲艾,[55] 風伯嗔呵, 波神共怒, 逗俗輪於渡頭, 回塵航於洋中, 勿令靈邱[56]再辱.」

露梁府, 回移牒曰,

「辱垂靈牒, 問罪水濱, 責之以俗客旁午,[57] 玷汙[58]名區. 鄙府[59]忝在襟喉,[60] 安敢辭責? 第[61]竊惟, 錦山一區, 天下名岑, 海東仙窟, 煙霞[62]水石之勝, 直與楓嶽・壺瀛, 相上下, 饜人耳目, 香人牙頰. 夫靈芝朱草, 廝隷亦知其奇芬, 祥麟瑞鳳, 婦孺咸願其先覩. 彼一躡雲岑, 以資壯觀, 人情大抵同然, 初豈有知愚賢不肖之間哉? 况又聞之, '天地無棄物, 聖人無棄人.'[63] 試以孔門言之, 摳衣[64]於莊壇

해간 팔리지 않았는데 나와 심원, 극기만 이것을 얻고 즐거워하니 이것은 정말 시운이 있는 것일까? 이 글을 돌에 적어 이 언덕의 시운을 축하한다.(噫! 以茲丘之勝, 致之澧鎬鄠杜, 則貴游之士爭買者, 日增千金而愈不可得. 今棄是州也, 農夫漁父, 過而陋之. 價四百, 連歲不能售. 我與深源・克己獨喜得之, 是其果有遭乎? 書於石, 所以賀茲丘之遭也.)"는 구절이 있다.

53) 佛頭之穢(불두지예) : 佛頭着糞. 부처의 머리에 똥을 묻힌다는 뜻으로, 깨끗하고 성스러운 것을 더럽힐 때 비유하는 말. 宋나라 道源이 지은 ≪景德傳燈錄≫에 "최 상공(崔相公)이 절에 들어가서 '새들이 부처의 머리 위에 똥을 싸는 것(鳥雀, 於佛頭上放糞.)'을 보고 승려에게 새들도 佛性이 있는지 물었더니, 승려가 '있다.'고 대답하였다. 그러자 그가 '불성이 있으면 왜 부처의 머리에다 똥을 싸지요?' 물으니, 승려는 '그 까닭은 자비로운 부처는 살생을 하지 않기 때문인데, 새들이 새매 머리 위에는 싸지 않지 않소.' 하였다."는 일화가 있다.

54) 過此以往(과차이왕) : 이후로.

55) 懲艾(징애) : 징계. 징벌되어 두려움을 품음.

56) 靈邱(영구) : 푸른 난새가 사는 곳. 곧 신령스런 지역.

57) 旁午(방오) : 오가는 사람이 많아 붐비고 수선스러움.

58) 玷汙(점오) : 오점을 생기게 함. 더럽힘.

59) 鄙府(비부) : '露梁水府'를 낮추어 이르는 말.

60) 襟喉(금후) : 옷깃과 목구멍. 轉하여 要地.(=길목)

61) 第(제) : 다만.

62) 煙霞(연하) : 고요한 山水의 좋은 경치를 비유적으로 이르는 말.

63) 天地無棄物, 聖人無棄人(천지무기물, 성인무기인) : "도를 터득한 성인은 늘 모든 사람을 잘 살려 쓰기 때문에 아무도 버리지 않으며, 모든 물건을 잘 살려 쓰기 때문에 아무 것도 버리지 않는다.(是以聖人, 常善救人, <u>故無棄人</u> ; 常善救物, <u>故無棄物</u>.)"(≪老子≫ 27장)는 구절을 활용.

64) 摳衣(구의) : 옷을 걷어 올려 경의를 표함. '스승으로 모셔 학문을 배운다'는 뜻이다.

之下,65) 周旋於三千之列66)者, 豈盡冉閔顔曾之倫耶?67) 苟以嚮善慕德之心而至焉, 則無不俱受而併蓄. 故互鄕之難言也,68) 而得齒69)於灑掃,70) 原壤之狂簡也,71) 而亦置於故舊. 至於矍圃72)之射也, 四方畢來觀者堵墻, 則夫子使子路73)告于衆, 曰 : '僨軍之將, 亡國之臣, 與爲人後者, 去!'74) 於是, 去者過半, 而廛有

65) 莊壇之下(장단지하) : ≪莊子≫<漁父>에 "공자가 치유의 숲에서 노닐고 행단의 위에서 휴식하였는데, 제자들은 글을 읽고 공자는 거문고를 퉁기며 노래를 불렀다.(孔子遊於緇帷之林, 休坐乎杏壇之上, 弟子讀書, 孔子絃歌鼓琴.)"고 한 것을 일컬음. 杏壇은 공자가 제자들에게 禮 등을 강학하던 遺址로서 澤畔 가운데 높은 곳인데, 공자의 후손이 그곳에 단을 만들어 살구나무를 심고 비석을 세웠다고 전해지는 곳으로, 지금 山東省 曲阜縣 孔子廟의 大成殿 앞을 말한다.

66) 三千之列(삼천지열) : 공자의 제자가 모두 삼천 명이었다고 함.

67) 豈盡冉閔顔曾之倫耶(기진염민안증지륜야) : "공자가 말하기를, 진나라와 채나라에서 나를 따르던 자들이 모두 현재는 문하에 있지 않도다. 덕행에는 안연, 민자건, 염백우, 중궁이요 언어에는 재아, 자공이요 정사에는 염유, 계로요 문학에는 자유와 자하니라.(子曰 : '從我於陳蔡者, 皆不及門也. 德行, 顔淵・閔子騫・冉伯牛・仲弓, 言語, 宰我・子貢, 政事, 冉有・季路, 文學, 子游・子夏.)"(≪論語≫<先進>)는 구절을 염두에 둔 표현.

68) 互鄕之難言也(호향지난언야) : 互鄕은 풍속이 나빠서 더불어 도의를 말할 수 없었는데, 그 마을 동자가 와서 공자를 뵈니, 사람들이 공자를 의심했다. 공자는 "그가 선으로 나아감을 허락한 것이고, 악으로 물러가게 할 수는 없는 것이니 오직 어찌 심하게만 하랴? 사람이 자신을 깨끗이 하여 나아오면 그 깨끗함을 받아 줄 것이요, 그 과거의 깨끗지 못하였음은 마음에 둘 것이 아니니라.(子曰 : '與其進也, 不與其退也, 唯何甚? 人潔己以進, 與其潔也, 不保其往也.)"(≪論語≫<述而>)라고 말했다. 이미 허물을 씻으면 지난날의 잘못을 따질 것이 아니라 용서해야 한다는 뜻이다.

69) 齒(치) : 나란히 섬. 轉하여 比肩하다.

70) 灑掃(쇄소) : 물을 뿌리고 먼지를 쓺. 전하여 '잘못을 뉘우침'을 일컫는다.

71) 原壤之狂簡也(원양지광간야) : 原壤은 공자의 친구로 예법에 구애되지 않아서 어머니가 죽었는데도 棺材 위에 올라가서 노래를 불렀다고 한다. 원양이 공자를 찾아간 일이 있었는데, 무릎을 세우고 쭈그리고 앉아 공자가 오기를 기다리니 공자가 "어려서부터 공손하지 못했으며 자라서는 칭찬받을 만한 짓을 한 일이 없고 늙어서도 죽지 않으니 이야말로 도적이다.(子曰 : '幼而不孫弟, 長而無述焉, 老而不死, 是爲賊.)"(≪論語≫<憲問>)라고 하고 지팡이로 발을 때렸다고 한다.

72) 矍圃(확포) : 지금의 山東省 曲阜縣의 城內 闕里의 서쪽에 있는 矍相. 공자가 활쏘기를 배운 곳이다.

73) 子路(자로) : 공자의 제자 가운데 한 사람. 성질이 순박하고 용기가 있었다.

74) 僨軍之將, 亡國之臣, 與爲人後者, 去(분군지장, 망국지신, 여위인후자, 거) : 孔子가 子路와 함께 矍相의 圃에서 射禮를 행할 적에 자로에게 이르기를, "패전한 장수나 나라를 망친 대부나 붙어서 남의 후사가 된 자는 들어오지 못하게 하고, 그 나머지는 다 들어오게 하라."(≪禮記≫<射義>)고 했던 말을 활용.

存焉. 蓋三者之見擯於射禮, 以其有遺君後親之惡, 而無是大過, 聖人包荒[75]之度, 何嘗輕絶人耶? 且夫天下之生, 久矣, 物衆地大, 世降風漓,[76] 薰蕕同器,[77] 嫮嫙弁鶱, 翺翔廊廟[78]者, 未必皆周・召・伊・傅,[79] 蟬聯[80]瀛閣[81]者, 未必皆房・杜・張・陸,[82] 逐隊[83]於嬪嫱[84]之列, 而鴉黃[85]戴綠[86]者, 又不必西子[87]・王嫱.[88] 凡若此類者何限, 而其誰能盡之耶? 故聖人不凝滯於物, 而能與世推移,[89] 淸斯濯纓, 濁斯濯足,[90] 何苦嶢嶢皦皦, 過自高潔, 而不憂其缺且汚耶?[91]

---

75) 包荒(포황) : 거칠고 더러운 것[荒穢]을 감싼다는 뜻으로, 사람을 포용하는 度量이 있음을 이름. ≪周易≫<泰卦>에 "九二는 荒한 것을 포용하고, 果斷剛決한 도리를 쓴다.(九二包荒用馮河.)"고 하였다.

76) 風漓(풍리) : 풍속이 경박하여 짐.

77) 薰蕕同器(훈유동기) : 薰蕕는 향내 나는 풀과 악취 나는 풀. 轉하여 善惡. 훈유동기는 선악의 구별이 없어짐을 이르는 말. "저는 향기 나는 풀과 썩은 풀은 한 그릇에 담아 둘 수 없고, 요와 걸은 나라를 함께 다스릴 수 없다고 들었사온데 그것은 그 종류가 다르기 때문이라 하였습니다.(回聞薰蕕不同器而藏, 堯桀不共國而治, 以其異類也.)"(≪孔子家語≫<致思>)는 구절을 활용.

78) 廊廟(낭묘) : 나라의 정치를 하는 궁전.(=正殿) "현인은 그 재능을 정치에 사용하되 전쟁에는 사용하지 않고, 조정에서 사용하되 국경 밖에서는 사용하지 않는다.(故曰 : '式於政, 不式於勇, 式於廊廟之內, 不式於四境之外.')"(≪戰國策≫<秦策・蘇秦>)에서 용례가 보인다.

79) 周召伊傅(주소이부) : 周公 旦과 召公 奭은 모두 周나라 사람으로 성왕을 도운 인물이고, 伊尹과 傅說은 殷나라 때의 재상이었던 인물.

80) 蟬聯(선련) : 그침없이 이어지는 모양.

81) 瀛閣(영각) : 홍문관의 별칭으로 그 우두머리는 영의정이 겸임했기 때문에, 최고행정관인 재상을 의미.

82) 房杜張陸(방두장육) : 房玄齡와 杜如晦, 張九齡과 陸贄. 방현령과 두여회는 唐 太宗때의 名臣이다. 장구령은 唐玄宗 때의 名相이며, 육지는 唐德宗 때 한림학사였다.

83) 逐隊(축대) : 자기의 뚜렷한 주견이 없이 여러 사람의 틈에 끼어 덩달아 행동함.

84) 嬪嫱(빈장) : 궁중의 女官이란 뜻으로, '후궁'을 의미.

85) 鴉黃(아황) : 부인이 쓰는 화장품으로, 주로 눈썹을 그리는 것.

86) 戴綠(대록) : 검은 머리를 인다는 뜻으로, 젊은 사람을 나타냄.

87) 西子(서자) : 西施. 중국 춘추시대 越나라 미녀로, 越王 勾踐에 의해 오나라로 가서 吳王 夫差를 매혹하였다. 伍子胥의 충간을 받아들이지 않고 방비를 게을리 한 부차는 와신상담한 구천에 의해 나라를 잃게 되었다.

88) 王嫱(왕장) : 王昭君. 前漢 孝元帝의 궁녀로, 소군은 字이고 이름은 檣이다. 황제의 사랑을 받지 못하고 勅命으로 匈奴의 呼韓邪單于에게 시집보내졌다.

89) 聖人不凝滯於物, 而能與世推移(성인불응체어물, 이능여세추이) : 屈原의 <漁父辭> "어부가 말하기를, '성인은 사물에 구속되지 않고 능히 세상의 변화에 함께 한다.'(漁父曰 : '聖人不凝滯於物, 而能與世推移.')"는 구절을 인용.

且以水府之事, 證之, 百川咸灌, 萬流同湊, 涇渭不擇,[92] 淄澠不問,[93] 潢汚[94]溝澮[95]之穢, 涔蹄[96]車轍[97]之淙, 無不容受. 至論鱗介[98]之産, 則不但神虯[99] · 應龍[100] · 玄龜[101] · 大貝[102]之屬而已. 如鰻 · 鰸 · 鋸 · 鰭 · 鰍 · 鱔 · 鰞 · 鰕 · 鱕 · 鰯之微, 獱獺 · 蟹 · 蝦 · 蜣 · 蟟 · 螃 · 蛤之細, 與夫百靈秘怪.[103] 蓋不可數計而周知, 而蜿蜒[104]游泳, 含煦卵育, 各適其願, 各充其量,[105] 此海之所以爲大也. 嫫姆之來照, 無損於明鏡,[106] 遊塵之暫翳, 無害於大圭.[107] 要願明靈, 恢

---

90) 淸斯濯纓, 濁斯濯足(청사탁영, 탁사탁족) : "맑으면 갓끈을 씻고, 흐리면 발을 씻는다고 하니, 이것은 물 스스로가 그런 사태를 가져오게 한 것이니라.(孔子曰 : '淸斯濯纓, 濁斯濯足矣, 自取之也.')"(≪孟子≫<離婁章句 上>)는 구절을 인용.

91) 何苦嶢嶢皦皦~不憂其缺且汚耶(하고요요교교~불우기결차오야) : "높은 것은 무너지기 쉽고, 깨끗한 것은 더럽혀지기 쉽다.(嶢嶢者易缺, 皦皦者易汚.)"(≪後漢書≫<黃瓊傳>)는 구절을 염두에 둔 표현.

92) 涇渭不擇(경위불택) : "경수는 위수 때문에 탁해져도, 청정하니 맑은 곳이 있다.(涇以渭濁, 湜湜其沚.)"(≪詩經≫<邶風 · 谷風>)는 구절을 염두에 둔 표현. 경수는 맑고 위수는 흐리다.

93) 淄澠不問(치승불문) : "치수란 물에 승수란 물을 합한다면, 물의 맛을 잘 아는 역아와 같은 사람이 맛을 보고 그 물을 구별해낼 것이다.(孔子曰 : '淄澠之合, 易牙嘗而知之.')"(≪列子≫<說符>)는 구절을 염두에 둔 표현. 齊 桓公의 신하 易牙가 맛을 잘 알아 치수와 승수의 물맛을 알아냈다는 고사이다. 淄水와 澠水는 산동성에 있는 강들이다.

94) 潢汚(황오) : 웅덩이 물.

95) 溝澮(구회) : 전답 사이의 봇도랑 물.

96) 涔蹄(잠제) : 마소의 발자국에 괸 물.

97) 車轍(거철) : 車轍之水. 수레바퀴의 자국에 괸 물.

98) 鱗介(인개) : 어류와 패류. "깃털과 털,비늘과 딱딱한 껍질을 가진 모든 것은 모두 용을 조상으로 하고 있다.(萬物羽毛鱗介皆祖於龍.)"(≪ 淮南子≫)에서 그 용례가 보임.

99) 神虯(신규) : 규룡. 뿔이 없는 용. 또는 양쪽 뿔이 있는 새끼 용.

100) 應龍(응룡) : 날개 달린 용.

101) 玄龜(현구) : 신비한 거북.

102) 大貝(대패) : 큰 수레만한 조개.

103) 百靈秘怪(백령비괴) : 온갖 신령스럽고 괴이한 생물들.

104) 蜿蜒(원연) : 뱀 같은 것이 꿈틀거리며 가는 모양.

105) 各充其量(각충기량) : "뭇사람이 하수에서 물을 마실 적에는 각각 자기의 양을 채울 수 있다.(群飮於河, 各充其量.)"(≪近思錄≫<聖賢>)한 데서 온 말. 도덕이 훌륭한 이에게서는 누구든지 도덕의 감화를 만족하게 받을 수 있음을 비유한 말이다.

106) 嫫姆之來照, 無損於明鏡(막모지래조, 무손어명경) : 이규보의 <鏡說> "거울이 맑은 것은 잘생긴 사람이야 좋아하겠지만, 못생긴 사람은 싫어한다. 하지만 잘생긴 사람은 적고 못생긴 사람은 많다. 만일 못생긴 사람들이 그 맑은 거울에 비춰 본다면 반드시 그 거

弘山藪之量, 勉副輿人[108]之情, 洞開山門, 特許迎接, 則盛德光輝, 永有辭於海邦. 敢控蕘說,[109] 仰希靈恕.」

讀畢, 翁謂道士曰, "錦山如靜女幽人,[110] 惟恐一點之受汚, 水府如達人長者, 於物無所不容, 亦各行其志耳. 然伯夷,[111] 一於淸而其弊隘, 柳下惠,[112] 一於和而其弊不恭, 要之不夷不惠. 可否之間, 其惟中行,[113] 君子之所履乎!"[114] 道

울을 깨뜨려서 부수어 버리고야 말 것이다.(鏡之明也, 姸者喜之, 醜者忌之. 然姸者少, 醜者多, 若一見, 必破碎後已.)"를 염두에 둔 표현. 막모는 黃帝의 넷째 비의 이름인데, 매우 못생겨 추녀를 이르는 말이 되었다.

107) 遊塵之暫翳, 無害於大圭(유진지잠의, 무해어대규) : "대규는 조각을 더하지 않는 것은 그 바탕을 아름답게 여기기 때문이다.(大圭不琢, 美其質也.)"(≪禮記≫)라는 구절을 염두에 둔 표현.

108) 輿人(여인) : 수레를 만드는 장인.

109) 蕘說(요설) : 나무하는 초부의 말. 하찮은 말을 의미.

110) 幽人(유인) : 어지러운 세상을 피하여 그윽한 곳에 숨어 사는 사람.(=隱者)

111) 伯夷(백이) : 周대 고죽군의 아들. 아버지가 동생 叔齊에게 선위할 뜻이 있음을 알고 아버지가 돌아가신 후 나라를 사양하고 달아났다. 숙제 또한 형인 백이에게 나라를 사양하고 달아났다. 후에 周 武王이 商을 칠 때 형제가 말고삐를 잡고 신하의 도가 아님을 간했으나 듣지 않으므로 周나라의 녹 먹기를 부끄럽게 여겨 수양산에 들어가 고사리를 캐먹으며 살다가 굶어죽었다.

112) 柳下惠(유하혜) : 춘추시대 魯나라 사람. 성은 展, 이름은 禽이다. 柳下에서 살았고 諡號가 惠인 까닭에 유하혜라고 불리었다. 魯나라에서 벼슬하여 대부가 되고, 자기 재능을 숨기지 않고 汚君・小官이라 할지라도 나아가서 최선을 다하였다.

113) 中行(중행) : 過不及이 없는 행위.

114) 然伯夷~君子之所履乎(연백이~군자지소이호) : 宋나라 張載의 ≪正蒙≫<中正篇>의 "그 큰 것에 극진한 뒤에야 中을 구할 수 있으며, 그 中에 머무른 뒤에야 큰 것이 있을 수 있다. 큰 것은 또한 성인의 소임이니, 백이의 '지나친 결백'과 유하혜의 '정도를 넘은 온화함'처럼 치우친 경우가 아니라면, 여전히 힘써서 크게 하는 것을 잊지 말아야 한다.(極其大而後中可求, 止其中而後大可有. 大亦聖之任, 雖非淸和一體之偏, 猶未忘於勉而大爾.)"는 구절을 인용. 그런데 장재는 맹자의 "聖人은 百代의 스승이다. 伯夷와 柳下惠가 그러하다. 그러므로 伯夷의 기풍을 들은 사람은 탐욕스런 사나이도 청렴해지고, 나약한 사나이도 뜻을 세우게 된다. 柳下惠의 기풍을 들은 사람은 박한 사람도 후해지고, 비루한 사나이도 너그러워진다.(孟子曰 : '聖人, 百世之師也, 伯夷・柳下惠是也. 故聞伯夷之風者, 頑夫廉, 懦夫有立志. 聞柳下惠之風者, 薄夫敦, 鄙夫寬.') (≪孟子≫<盡心章句 下>)"는 말과 "伯夷는 사람이 좁고, 柳下惠는 사람이 不恭스럽다. 좁은 것과 불공스러운 것을 군자는 취하지 않는다.(孟子曰 : '伯夷隘, 柳下惠不恭. 隘與不恭, 君子不由也.)"(≪孟子≫<公孫丑章句 上>)는 말을 염두에 둔 것이다.

士, 拍臂大笑, 翁亦驚悟.

遂記其顚末, 爲錦山夢遊錄, 以供好事者一笑, 非敢譏切當世, 鍼砭[115]俗耳也. 觀者, 幸有以恕焉.

▎梧淵集[116]

115) 鍼砭(침폄) : 남을 훈계하여 잘못을 바로잡음.
116) 이 문집은 계명대학교 소장 한문목활자본인데, 1928년 간행된 것으로 '雜著'(권4)의 32-35면에 영인되어 있다.

2. 譯文

오연옹(梧淵翁)은 늙었고 관직 생활에 싫증을 느껴 벼슬을 마다하고 세상을 피해 강가의 누추한 집에 은둔하여 살았는데, 다시는 사방에 뜻을 둘 마음이 전혀 없었다. 그러나 흉중에 머금은 뜻이 넓고 커서 황하(黃河)와 한수(漢水)로도 감당할 수 없었기에, 늘 하늘의 은하수를 건너 우주 밖으로 나아갈 생각이 있었다. 그리하여 천하의 명산대악(名山大嶽)과 발길을 용납지 않는 특이한 경관 등은 일찍이 마음이 달려가고 향하지 않은 적이 없을 정도로 동경하였더니, 마치 아침저녁으로 다녀온 듯했다. 무더위가 돌과 쇠조차도 녹일 만한 계절에 녹음(綠陰)이 뜰에 가득하고 매미소리가 요란하자, 오연옹은 바야흐로 두건을 벗고 맨 머리인 채로 오동나무에 기대어 자려 눈을 감았다가 문득 꿈을 꾸었다.

바람이 양 겨드랑이에서 일고, 두 발이 구름 따라 날아다니니, 십주삼산(十洲三山)은 그저 뜻대로만 되리라. 이에, 바다 넘어 남쪽으로 곧장 가서 금산(錦山)의 정상에 이르니, 이른바 구정봉(九井峯) · 음성굴(音聲窟) · 홍문(虹門) · 용굴(龍窟)의 절경이 한 눈에 보여서 다 살펴보았다. 그리고는 옷을 벗어던지고 두 다리를 뻗고 앉으니, 즐거워서 돌아갈 줄 몰랐다.

얼굴빛이 단정한 우의도사(羽衣道士)가 유선대(留仙臺) 위에서 나에게 인사하고 유하주(流霞酒)를 따라주며 안주를 권하고는 물었다.

"금산에서 노니는 것이 즐겁소?"

오연옹이 대답하였다.

"즐겁다마다요. 그러나 바닷길이 험하고 멀며, 신령스런 봉우리가 가파르게 버티고 서 있으니, 인간 세상의 사람들이 기어오르기가 쉽지 않습니다. 만약 힘센 사람을 시켜 산을 져다가 영호남(嶺湖南)과 경기(京畿) 지방

사이에 옮겨놓을 수만 있다면, 기이하고 뛰어난 경치를 두루 찾는 사람들이 하루에도 대단히 많을 뿐만 아니라, 안타깝게도 머나먼 적막한 바닷가에 있던 신비하고 오묘한 지경(地境)을 세상에 다 전할 수 있을 것입니다."

도사가 빙그레 웃으면서 말하였다.

"그대의 말씀이 지나치십니다. 일부러 소문을 내고 겉모습만 알려서라도 인간 세상에서 널리 얻으려는 명예는 세속(世俗)의 생각이지 이 산의 뜻은 결코 아닙니다. 일전에, 금산신군(錦山神君)과 노량수부(露梁水府)가 서로 주고받은 첩문(牒文)이 있는데, 한 번 읽어보지 않으렵니까?"

그리고는 곧 옷소매에서 꺼내어 보여주었는데, 교초(鮫綃) 종이에다 용매(龍煤) 먹으로 쓴 붓글씨가 눈을 부시게 하니, 이 세상에서 볼 수 있는 바가 아니었다. 금산신군이 노량수부에게 보낸 첩문은 다음과 같이 씌어 있었다.

「산과 강의 형상이 서로 구분되니 구획도 비록 다른 것 같지만, 강토(疆土)가 나란히 맞닿아 있고 명성과 위세도 서로를 통할하고 있으니, 이에 속마음을 털어서 신사(神史)에 대해 감히 말씀드리렵니다.

우리 금산(錦山)은 외따로 떨어진 남해의 자라 등에 있으면서, 멀리는 아득한 바다와 접해 있습니다. 하늘이 그 신비스러움을 아끼고 땅이 그 절경을 숨긴 곳이며, 별자리로는 남극노인성(南極老人星)의 궤도에 터를 잡았고, 우물은 감로수(甘露水)가 솟아납니다. 진기한 날짐승과 들짐승들이 하늘을 가린 무성한 숲을 빙빙 날기도 하고 뛰어놀기도 하며, 아름다운 꽃과 나무가 암반 사이에 줄지어 심어져 있고, 지초(芝草)밭과 혜초(蕙草) 동산이 신선의 화원이라는 낭원(閬苑)을 방불케 하고, 운대(雲臺)의 석련(石蓮)은 그 아름다움을 봉우리가 연꽃 같다는 화산(華山)과 견줄 만합니다. 산자락의 벼랑에 부딪쳐 떨어지는 폭포의 절경, 번성한 사찰들, 가장 탁절(卓絶)한 동남쪽의 경치 등은 우뚝하여 속세와 동떨어졌으니, 조정의 명리(命吏), 자사(刺史), 수승(守

丞), 풍인(風人), 운사(韻士) 가운데 고상한 풍채를 지닌 사람들이 아니면 일찍이 그 지경을 밟을 수가 없도록 하고 그 나루를 물을 수 없게 해야 합니다.

그러면 어찌해야 하겠습니까? 요사이 와서는 마음껏 즐기는 것이 하나의 풍조가 되어 절뚝거리는 사람들조차도 모두 떨치고 올 정도이니, 사람들마다 크고 따뜻한 신을 준비하고 집집마다 튼튼한 나귀를 준비합니다. 산옹(山翁)과 계로(溪老)들도 지팡이를 짚고 줄지어 오고, 누구나 할 것 없이 손을 이끌고 바다를 건너오는데 물고기 떼와 기러기 떼처럼 가지런히 연달아서 오니, 일일이 대처할 겨를이 없을 정도로 바빴습니다. 세속 사람들이 신선의 집 앞에 혼잡스럽게 모여들어 속된 말의 떠들썩한 소리가 신령스런 관문에서 왁자지껄했습니다. 또 어떤 이는 당돌하게도 자연의 경치에 대해 시를 짓는답시고 잠꼬대하듯이 글씨를 마구 써서 진경(眞境)을 누설하여 여염에 과장되게 퍼트리니, 속세에다 그 늘어놓은 바가 그 절경을 제대로 알아본 훌륭한 문장가에 의해 씌어 세상에 알려지는 행운이 되기에는 부족하고, 부처의 머리에 똥을 묻힌 것처럼 누(累)가 되기에 적합했습니다.

이는 노량수부의 직분이 길목의 나루터를 맡아 관리하는 것이거늘, 게을러서 그 소임을 분명하게 알리지 않아 임의로 선박들이 들어오게 해서 우리 지경에까지 누를 끼친 것입니다. 이후로는 매우 철저하게 징계하기를 더할 것일진댄, 풍백이 노하여 꾸짖고 파신(波神)도 함께 성내면, 속세의 수레는 길목의 나루에서 머물러야 할 것이고 속세의 배도 바다 가운데서 돌아가야만 할 것이니, 신비스런 지역을 다시는 욕되지 않게 하십시오.」

노량수부(露梁水府)가 회답하여 보낸 첩문은 다음과 같이 씌었다.

「송구스럽게도 첩문(牒文)을 보내셔서 우리 수부(水府)에게 죄를 물으시며, 속세의 유람객들이 번다히 왕래하여 뛰어난 절경이 더럽혀진 것을 책망하셨습니다. 저희 수부가 외람되게도 속객들이 출입하는 길목에 있으니, 어찌 감히 문책함을 피하겠습니까? 다만 가만히 생각하건대, 금산(錦山)이라는 곳은 천하의 이름난 봉우리요 해동(海東)의 신선이 사는 곳이라, 산수(山水)와 수석(水石)의 절경은 곧 풍악(楓嶽)과 호영(壺瀛)과 더불어 서로 우열을 다투니, 사람의 눈과 귀를 흐뭇하게 하고 사람의 입을 향기롭게 합니다. 영지(靈芝)와 주초(朱草)는 하인들도 또한 그 기이한 향기를 알고, 상서로운 기린과 봉황은 부녀자와 어린아이들도 다 먼저 보기를 원합니다. 한 번 저 구름 봉우리에 올라 장관(壯觀)을 보고자 하는 것은 세상 사람들의 마음이면 대저 같을 것일진댄, 애초부터 어찌 현명한 사람과 어리석은 사람의 차별을 두겠습니까?

하물며 또한 듣건대, '천지는 버릴 물건이 없고, 성인은 버릴 사람이 없다.' 합니다. 공자(孔子)의 문하(門下)로 예를 들자면, 행단(杏壇) 아래에서 학문을 배워 공자의 삼천 제자 반열 속에 드나들었던 사람들이 어찌 모두 염백우 · 민자건 · 안회 · 증삼의 무리뿐이었겠습니까? 단지 선(善)을 흠모하고 덕(德)을 사모하는 마음으로도 지극하게 되니, 함께 거두어들이지 않을 수 없을 것입니다. 그런 까닭에 공자가 호향(互鄕)의 사람들과 말하기 어려웠으나 뉘우친 뒤에는 나란히 설 수가 있었고, 원양(原壤)의 거친 언행에도 또한 오랜 친구로 두었던 것입니다. 심지어 확상(矍相)에서 활쏘기를 하자 사방에서 모두 와보는 사람들이 담장처럼 빙 둘러서니, 공자께서 자로(子路)를 시켜 사람들에게 이르기를 '군대를 그르친 장수, 나라를 망하게 한 신하, 남의 뒤를 따르는 자들은 떠나라!' 하셨습니다. 이에, 떠난 자들이 태반이었고 남은 사람들은 겨우 몇 명만 있었습니다. 대개 이 세 부류의 사람들이 사례(射禮)에서 배척된 것은 그들이 왕을 버리고 부모를 멀리한 죄악이 있어서 이보다 더 큰 죄가 없기 때문이었으니, 성인이 사람을 포용(包容)하는 법도에 있어서 어찌 가벼이 사람을 물리쳤겠습니까?

또한 무릇 천하가 생겨난 지 오래되어 만물은 많고 땅도 크니, 세대가 내려갈수록 풍속이 경박해지고, 선악이 뒤섞여 구별이 없어지고, 아름다움과 추함이 함께 허물어졌습니다. 저 주나라와 은나라 조정에 등용되었던 자들이 반드시 다 주공(周公)·소공(召公)·이윤(伊尹)·부열(傅說)인 것만은 아니었고, 영각(瀛閣)을 계승했던 자들이 반드시 모두 방현령(房玄齡)·두여회(杜如晦)·장구령(張九齡)·육지(陸贄)인 것만도 아니었으며, 빈장(嬪嬙)의 반열에 끼어 덩달아 화장을 한 젊은 미인들이 반드시 다 서시(西施)와 왕소군(王昭君)인 것만은 아니었습니다. 무릇 이와 같은 부류의 사람들이 어찌 한정이 있겠으며, 그 누가 자기의 본모습을 다 드러내었겠습니까? 그런 까닭에 성인은 사물에 구애되지 않고 능히 세상의 변화와 더불어서 맑으면 갓끈을 씻고 흐리면 발을 씻은 것이니, 어찌 일부러 뜻을 높이고 깨끗하게 한 것이겠으며, 지나치게 절로 고결해져도 그것이 무너지기 쉽고 더럽혀지기 쉽다는 것을 걱정한 것이 아니겠습니까?

또한 수부(水府)의 일로써 그것을 증명하건대, 수많은 하천이 다 흐르고 수없이 많은 물결도 함께 흘러 모이는데, 맑은 경수(涇水)와 흐린 위수(渭水)를 구별도 하지 않고 치수(淄水)와 승수(澠水)의 물맛이 어떤지 묻지도 않으며 흐릅니다. 더러운 웅덩이물과 봇도랑물, 말과 소의 발자국이나 수레바퀴의 자국에 괸 물도 모두 받아들이지 않음이 없습니다. 어류(魚類)와 패류(貝類)의 산물로 말한다면, 다만 신규(神虯), 응룡(應龍), 현귀(玄龜), 대패(大貝)의 무리들뿐만이 아닙니다. 뱀장어, 구어, 석수어, 복어, 미꾸라지, 갯장어, 큰 새우, 암코래, 번어, 장어와 같은 미물들과 수달, 게, 새우, 깡충거미, 물벌레, 방게, 대합조개 같은 하찮은 것들도 무릇 온갖 영물과 신비하고 괴이한 생물들과 함께 똑같습니다. 대개 헤아려서는 두루 알 수 없지만, 꿈틀거리는 것들이나 헤엄치는 것들이나 알을 따뜻하게 품어 기르는 것이나, 각기 그 원하는 바를 이루게 하고 각기 자신의 양만큼 마시게 하니, 이야말로 바다가 위대하다고 하는 까닭입니다.

추녀(醜女)가 와서 비추어 본다고 해서 맑은 거울을 훼손하는 일이 없고, 날아온 먼지가 잠시 가린다고 해서 큰 홀[大圭]의 바탕에 해(害)가 되지는 않을 것입니다. 특별히 바라건대, 영명하신 신군(神君)께서는 산과 늪 같은 도량을 넓히시고 수레를 만드는 장인의 마음을 힘써 따르시어 산문(山門)을 활짝 열고 특별히 산객들을 영접하도록 허락하셔야만, 크고 훌륭하신 덕이 빛나실 것이고 영원히 우리 수부에 할 말이 있을 것입니다. 감히 하찮은 말을 고하였으니, 우러러 신군의 용서를 바라나이다.」

읽기를 마치고는 오연옹이 도사에게 말하였다.

"금산(錦山)은 정숙한 여자나 은자(隱者)와 같아서 오직 한 점이라도 더럽혀질까 두려워하고, 수부(水府)는 달인(達人)이나 군자(君子)와 같아서 그 어떤 것이라도 받아들이지 않은 바가 없으니, 또한 각기 자기의 뜻을 펼친 것뿐입니다. 그러나 백이(伯夷)는 고결한 의리가 뛰어났지만 막힌 것이 폐단이었고, 유하혜(柳下惠)는 화합에 뛰어났지만 공손하지 못한 것이 폐단이었으니, 요컨대 백이도 치우쳤고 유하혜도 정도를 넘은 것입니다. 옳거나 그르거나 어쨌든 중용을 행하는 것만이 군자의 행할 바이옵니다!"

도사가 손뼉을 치면서 크게 웃으니, 오연옹이 또한 놀라 깨고야 말았다.

마침내 그 전말을 기록하여 <금산몽유록(錦山夢遊錄)>을 지었으니, 호사가(好事家)들에게 한바탕 웃음꺼리를 제공하려는 것이며, 감히 지금의 세상을 헐뜯고 책망하려는 것이 아니라 평범한 사람들을 훈계하려는 것뿐이다. 보는 사람들은 너그럽게 용서해주기를 바라노라.

3. 漢文筆寫本

▸ 한문필사본은 국립중앙도서관에 소장되어 있는데, 계명대학교 도서관 소장 목활자본과 대교하여 글자의 출입을 다음과 같은 방법으로 표시하였다. 원전 자료는 이 책의 부록으로 영인하였으니 참고하기 바란다.

가 : 대체된 글자　　〈가〉 : 필사본에만 있는 글자　　[가] : 목활자본에만 있는 글자

梧淵翁, 老而倦遊, 棲遲江上, 偃息蓬圭, 無復四方之志. 然惟胸懷曠然, 河漢無極, 常有凌霄漢・出宇宙之想. 凡天下之名山大嶽・絶蹤詭觀, 未嘗不心馳神往, 而[若]朝暮之適. 當盛暑流金之節, 綠陰滿庭, 蟬聲慣耳, 翁方脫巾露頂, 據梧交睫, 忽<然>一夢焉.

風生兩腋, 雲飛雙舃, 十洲三山, 惟意所適. 乃超溟而南直, 到錦山之頂, 所謂九井峯・音聲窟・虹門・龍窟之勝, 一寓目而盡之, 遂解衣盤礴, 樂而忘反.

有羽衣道士, 顔色綽約, 揖余於遊仙坮上, 酌以流霞, 餉以猞脯曰 : "錦山之遊, 樂乎?" 翁曰 : "樂則樂矣, 而海途險遠, 仙岑超截, 塵世踪跡, 未易挤援. 倘使有力者, 負而移之於嶺湖・圻甸之間, 則探奇選勝之人, 不啻一日萬千<而>惜乎! 處之窮海寂寞之濱, 使靈區奧境, 不得盡傳於世也." 道士逌然而笑曰 : "君言過矣. [夫]揚聲震彩, 播譽人寰, 此世俗之情, 非玆山之意也. 日者, 錦山神君與露梁水府, 有往復牒交, 莫欲一覽乎?" 卽自袖中投示, 鮫綃之牋, 龍媒之墨, 光燿炫輝, 蓋非塵世<之>所有矣. 錦山靈, 抵露梁水府, 牒曰 :

「嶽瀆形分, 曹局雖殊, 壤地鱗接, 聲勢相轄, 玆將微悃, 仰瀆神史. 惟我錦山, 僻在鰲背, 遠接鵬翅. 天慳其靈, 地秘其境, 星分南弧之躔, 井有甘露之湧. 珍禽異獸, 翔躍於穹林, 琪花瑤樹, 列植於巖畔, 芝田蕙圃, 彷佛乎閬苑, 雲坮石蓮, 埒美乎華山. 與夫水涯湍瀑之勝, 琳宮梵宇之盛, 冠截東南, 超絶塵寰, 自非朝廷明吏刺史・守丞及風人・韻士之<洒落塵臼>有仙風道味者, 曾不能躡其境而問其津<也>. 柰之何? 挽近以來, 遊衍成風, 跛樊咸聳, 人徛孟陽之屐, 家蓄浩然之驢, 山翁溪老聯笻而比跡, 李四張三攜手而渡海, 魚魚雅雅, 應接不暇. 塵容俗狀, 雜遝於雲扃, 里語嚚音, 嗔咽於靈關. 又或唐突風月, 喨弄雲烟, 洩漏眞境, 誇張閭里, 其所鋪述, 不足爲鈷鉧之幸, 而適足爲佛頭之穢<所以松桂無顔芳林慚而僩愧者也杜帶憤>. 此則, 露梁水府, 職管要津, 謾不詗問, 任其舟揖馴致, 貽累於弊境也. 過此以往, 痛如懲艾, 風伯嗔呵, 波神共怒, 逗俗輪於渡頭, 回塵航於洋中, 勿令靈區再辱.」

露梁<水>府, 回移牒曰,

「辱垂靈牒, 問罪水濱, 責之以俗客旁午, 玷汚名區. 鄙府忝在衿喉, 安敢辭責? 第竊惟, 錦山一區, 天下名岑, 海東仙窟, 烟霞水石之勝<風雲月露之態>, 直與楓嶽・壺瀛, 相上下, 饜人耳目, 香人牙頰. 夫靈芝朱草, 廝隷亦知其奇芬, 祥狝瑞鳳, 婦儒咸願其先覩. 彼一躡雲岑, 以資壯觀, 人情大抵同然, 初豈有智愚賢不肖之間哉? 況又聞之, '天地無棄物, 聖人無棄人.' 試以孔門言之, 摳衣於莊壇之下, 周旋於三千[之]列者, 豈盡冉閔顔曾之姿耶? 苟以嚮善慕德之心[而]至焉, 則無不俱受而幷蓄. 故互鄕之難言也, 而得齒於灑掃, 原壤之狂猖也, 而幷置於故舊. 至於矍圃之射也, 四方畢來觀者堵墻, 則夫子使子路告于衆, 曰 : '僨軍之將, 亡國之臣, 與<夫>爲人後者, 去!' 於是, 去者過半, 而僅有存焉. 蓋三者之見擯於射禮, 以其有遺君後親之惡, 而無是大過, 聖人包荒之度, 何嘗輕絶人耶? 且夫天下之生, 久矣, 物衆地大, 世降風漓, 薰蕕同器, 嫮嫿幷騫, 翺翔廊廟者, 未必皆周・召・伊・傅, 蟬聯瀛閣者, 未必[皆]房・杜・褚・陸, 逐隊於嬪嬙之列, 而雅黃戴綠者, 又不必西子・王嬙. 凡若此類者何限, 而其誰能盡除耶<之>? 故聖人不凝滯於物, 而能與世推移, 淸斯濯纓, 濁斯濯足, 何苦嶢嶢皦皦, 過自高潔, [而]不憂其缺且汚耶? 且以水府之事, 證之, 百川咸灌, 萬流同湊, 涇渭不擇,淄澠不問, 潢汚溝澮之穢, 涔蹄車轍之淙, 無不容受. 至論鱗介之產, 則不但神虯・玄龍・應龜・大貝之屬而已. 如鰻・鰸・鋸・鰭・鰍・鱔・鰞・鰕・鱕・鰷之微, 獱獺・蟹・蝦・蜣・蝔・螃・蛤之細, 與夫百靈秘怪. 蓋不可數計而周知, 而蜿蜒游泳, 含煦卵育, 各適其願, 各充其量, 此海之所以爲大也. 嫫姆[之]來照, 無損<之>明於鏡, 浮塵之暫翳, 無害於巨圭. 要願明靈, 恢弘山藪之量, 勉副輿人之情, 洞開山門, 特許迎接, 則盛德光輝, 永有辭於海邦. 敢控蕘說, 仰希靈恕.」

讀畢, 翁謂道士曰, "錦山如靜女幽人, 惟恐一點[之]受汚, 水府如達人長者, 於物無所不容, 亦各行其志耳. 然伯夷, 一於淸而其弊隘, 柳下惠, 一於和而其弊不恭, 要之不夷不惠. 可否之間, 其惟中行, 君子之所履乎!" 道士, 拍臂大笑, 余亦驚悟.

遂記其顚末, 爲錦山夢遊錄, 以供好事者一笑, 非敢譏[切]當世, 鍼砭俗耳也. 觀者, 幸有以恕焉.

▌梧淵遺稿[1)]

1) 이 유고집은 壬申 1872년 正月에 간행된 것으로 국립중앙도서관 고문서운영실에 2001년 6월 25일 등록(古 3648-10-802)한 것으로 나타난다.

간략 해제

泗水夢遊錄

<泗水夢遊錄>은 확실한 저작 및 필사 연대를 알 수 없지만 18,9세기쯤 지은 것으로 추정되는 작자 미상의 국문 작품이다. 국문본으로만 두 異本이 전하는데, 하나는 李明善이 자신이 소장하던 국문필사본을 교주하여 소개(『人文評論』 2권 6호, 1940)[1]한 <사수몽유록>이고, 또 하나는 한국학중앙연구원 藏書閣에 소장된 국문필사본 <문셩궁몽유록>이다.

이명선이 소장하고 있던 국문필사본 <사수몽유록>의 실체는 현재로서 알 수 없다. 다만, 그가 교주한 국문활자본 <사수몽유록>은 지문과 대화문의 구분을 기호로야 표시했으나 행 나누기를 하지 않았고, 무엇보다도 띄어쓰기와 문단나누기가 제대로 되어 있지 않아 可讀力이 매우 떨어진다. 또 문맥을 파악하기 어려울 정도로 오자가 많다. 뿐만 아니라 한자병기를 해야 할 곳에 제대로 되어 있지 않으며, 주석이랄 것도 없다.

한편, <문셩궁몽유록>은 표제가 한자로 '孔門道統'이라 씌어 있는 59장본의 1책 필사본에 <공문도통>과 합철되어 있다. 26장본의 <공문도통>이 먼저 필사되었고, 그 다음에 32장본의 <문셩궁몽유록>이 필사되어 있다. 두 작품 모두 확실한 저작 및 필사 연대를 알 수 없다. <공문도통>은 세상의 보통 사람과는 다른 모습과 덕을 지니고 태어나서 도덕과

1) 기존 연구의 일부는 '『인문평론』 2권 4호 1942년'으로 서술하고 있는데 잘못임.

인륜을 바로잡으려고 한 공자의 성인으로서의 면모와 군자적 인간상을 부각시키려고 애쓰면서 공자의 뜻이 구현되지 못하였음을 일관되게 기술한 것이라 한다.[2] 그리하여 공자가 때를 만나지 못한 아쉬움을 해결한 것이 바로 <문셩궁몽유록>인데, 공자를 비롯한 중국 역대 儒賢들이 생전에 이룩하지 못한 정치적인 이상을 몽중세계를 통해 표현한 것이다.

두 이본에 등장하는 素國이란 명칭은 공자가 素王으로 존칭되었던 것을 염두에 둔 것이라 하겠다. 공자가 처음으로 소왕이라 존칭되어 나타나는 것은 ≪淮南子≫의 <主術訓> 끝부분이다. <주술훈>은 군왕의 王道를 논술한 편목인데, 이 편목에서 堯·舜·禹·湯·文·武의 왕도를 논한 다음에 공자는 왕 노릇을 하지 않았으나 자질로는 왕도를 갖추었다 하여, 소왕이라 尊號할 수 있는 근거를 서술하고 있기 때문이다.[3]

그런데 공자가 출생하고 제자들에게 도를 강론하고 세상을 떠난 실제의 장소이기도 하면서, 작품의 꿈속에 素國이 있던 곳이 바로 泗水인데, 역사적 실제와 허구적 작품과 서로 부합하는 장소에 초점을 맞춘 작품명이 곧 <사수몽유록>이다. 반면, 唐나라 玄宗이 귀족계급의 전유물이었던 글을 만천하의 백성들에게 베풀어 보급하였다는 뜻으로 공자에게 文宣王이란 謚號를 내렸는데, 이를 염두에 두고 '文宣宮'이라 해야 할 것을 '문셩궁'이라 한 것이거나 잘못 필사한 것으로 보이는 작품명이 <문셩궁몽유록>이다. 허구적이라 하더라도 소국의 왕 노릇 하던 공자가 있던 궁궐에 초점을 맞추고자 했던 것으로 보인다. 따라서 두 이본은 초점을 맞춘 부분이 다름에 따라 제목만 다를 뿐, 그 내용은 약간의 출입을 제외하고 거의 똑같다.

---

2) 조동일, 「<공문도통> 해제」.

3) 명나라 경학자 孫穀이 僞書의 佚文을 모아 편술한 ≪古微書≫에도 공자가 소왕으로 칭해진 기록이 있다. 곧, 이 책의 <논어> 위에 "자하가 말하기를 중니를 소왕이라 하였다.(子夏曰 : '仲尼爲素王.')"고 하여, 이미 공자의 생존 시에 이러한 표현이 있었던 것으로 보인다.

이 작품의 줄거리는 이렇다.

古今에 달통한 中原의 한 儒生이, 하늘이 孔子 같은 聖人 및 顔曾思孟 같은 大賢를 비롯하여 수많은 성현을 내고도 그들로 하여금 뜻을 펴게끔 하지 않아 천하를 방황함을 개탄하다가 문득 잠이 든다.

儒生이 入夢하자, 하늘에서 靑衣童子가 학을 타고 내려와 奎璧 兩仙君의 초청을 전하며 유생을 태우고 昇天한다. 유생은 천상에 오르자마자 선관으로부터 怨天한 것에 대해 질책을 받는다. 그리고는 玉皇上帝가 공자를 素國의 왕으로 봉했음을 알려주며 그곳으로 인도된다.

素王國은 공자를 위시하여 그의 제자를 비롯한 중국역대(주로 춘추시대 및 唐宋代)의 유현(공자의 四賢과 十哲 및 72제자)들과 우리나라 역대의 유학자(설총, 최치원, 안향, 정몽주 등 11인)들이 각기 관직을 맡아 수행하며 보필하고 있음을 알게 된다.

이 소왕국은 네 차례에 걸쳐 침입을 받는다. 楊州와 墨翟의 침범에는 孟子를, 老聃이 列禦寇와 莊周를 거느린 침입에는 司馬光과 張載를, 天竺國 釋迦의 침공에는 韓愈를, 패배한 석가가 노담의 군사와 연합한 공격에는 맹자를 비롯한 장재・朱熹・程顥・程頤・한유 등을 보내어 격파한다.

이 네 차례의 싸움에서 이겨 천하가 평정되자, 왕은 유교의 王道정치를 버리고 覇道정치를 행한 제왕이나 崇佛排儒정책을 쓴 제왕들을 불러 질책하는데, 秦始皇을 비롯한 漢高帝・漢武帝・漢明帝・唐太宗・柴世宗・宋太祖・宋神宗・宋孝宗・明高帝 등이 모두 대참하여 물러간다.

또한 왕은 諸臣들과 儒道('性相近, 習相遠', '中庸之道', '八卦', '周易', '性善說' 등)를 논하며 무엇보다도 '仁'을 중요시할 것을 역설하고, 유교사상에서 조금이라도 벗어난 경향을 보인 荀卿・楊雄・董仲舒・王通・許衡 등을 불러 책망하여 개유한다.

이제 儒道가 정립되자, 왕은 한가한 틈을 타서 제신들을 모아 大宴을 베푼다. 이 자리에서 제신들에게 그들 스스로의 원망과 포부를 토로하게 한다. 또 子貢에게 명하여 제신들의 인품과 덕망을 품평하라 하여, 자공이 공명정대하게 제신들의 인물평을 한다. 제신들의 인물평이 끝나자, 왕은 자공에게 자신을 평하라고 하니, 자공은 '왕께서 이 세상에 탄생하시어 풍류와 禮道를 펴신 것이 百代의 왕에게 큰 교훈이 되는 것으로, 堯舜과 비견할 만하다.'고 한다.

그런 연후에 왕과 諸臣들이 서로 즐겁게 오락을 즐기는데, 한유가 '오늘의 盛世는 唐虞三代에도 없던 태평성대이니 마땅히 기록하여 인간 세상에 전해야 한다.'고 아뢰자, 왕은 한유에게 素國에서 일어난 일을 모두 기록하여 儒生을 통해 세상에 전해질 수 있도록 명한다. 한유가 명에 따라 소국의 일을 낱낱이 기록하여 유생에게 주자, 그는 그것을 받아 가지고 계단을 내려오다가 실족하여 잠에서 깨는 것으로 結構되어 있다.

요컨대, <사수몽유록>은 前代 몽유록의 순차적 서사구조를 이어받으면서, 유교의 이상적 정치이념을 선양하고자 한 것이다. 곧, 비록 꿈속의 세계에서나마 공자의 통치를 받는 유교 중심의 이상국을 건설해보려는 것이다. 정통 유교적 이념의 관점이 철저하게 구현된 반면, 불교나 도교는 물론 정통 유교에서 조금만 벗어난 부류도 단호히 배척한 것에서 확인할 수 있다.

<사수몽유록>은 유교를 일방으로 하고 楊·墨·老·佛을 일방으로 하여, 서로 이론적 투쟁에서 유교의 승리를 보여주는데 있어, 특히 <대관재기몽>과 같은 초기의 몽유록에서 보이던 군담모티프를 계승하는 한편, 군담의 전개 방식이 이 시대에 유행하던 영웅소설 등과 매우 유사한 양상을 띠며, 또한 <금화사몽유록>의 영향을 받았다고 한다.[4] 이러한 지적도 의미 있는 것이지만, 이처럼 단순히 상호간의 유사성을 언급하는 정도에서 그친다면 겉으로 드러난 현상만을 지적한 것에 불과하다. 보다 심도 있는

4) 김정녀, 「조선후기 몽유록의 전개양상과 소설사적 위상」, 박사학위논문, 고려대학교 대학원, 2002, 115-121면.

의미망을 추출하기 위해서는 네 차례의 대결 양상을 보다 정치하게 살펴야 할 것으로 생각된다. 왜냐하면, 네 차례의 침입에 대해 素王國이 총력전으로 대응하는 것이 아니라, 침입 당할 때마다 그 상황을 고려하여 인물을 바꿔가며 대처하기 때문이다. 이에 대해서 상대 학설을 공격한 실제 사실의 형상화란 지적이 있기는 하지만, 네 차례의 침입과 격퇴 과정에서 응집되고 수렴된 작품 내에서의 의미망에 대한 보다 정밀한 탐색이 필요하다.

조선의 中宗 때 沈義가 쓴 <大觀齋記夢>이 우리나라 문인들의 이상적인 왕국을 몽중세계를 통하여 표현한 작품이라면, <사수몽유록>은 중국 유학자들의 이상적인 왕국을 몽중세계를 통하여 표현해 본 대조적인 작품이라 하겠다.[5] 곧, 聖賢이 나셨으나 이상적인 왕도가 실현되지 않은 현실적 문제를 몽중세계를 통해서 儒道의 우월성과 그 실현을 입증함으로써 해결하고자 한 것이다.[6] 그런데 <대관재기몽>이 이상과 현실 사이에서 돌출된 갈등과 심각한 고뇌의 표출이라는 점에서 自我와 환경과의 대결의지가 고조된 작품이라면, <사수몽유록>은 일방적 우월성의 과시만을 통해 해결하고 있어 그러한 대결의지가 미약한 편이라 하겠다.[7] 그 대신 自我의 이상 실현에 대한 願望만은 아주 강한 작품이라 할 수 있다. 이는, <대관재기몽>이 몽유자가 주인공 구실을 하는데 반해, <사수몽유록>은 몽유자가 목격자 구실을 하는 서술구조와도 일정한 관련이 있는 것으로 보인다.[8]

<사수몽유록>의 이러한 軍談的 요소는 유교 이외의 대외적 세력(사상이

---

5) 김기동, 「<泗水夢遊錄>」, 『한국고전소설연구』, 교학사, 1983, 120면.

6) <사수몽유록>에 대한 이러한 지적은 조세용의 「<泗水夢遊錄>考」(『국문학』 6, 고려대학교 국문학학생회, 1962, 98-99면)에서 언급된 이후로 강조의 차이가 있을지언정 그 본질은 변함이 없는 것으로 보인다.

7) 유종국, 「<泗水夢遊錄>」, 『몽유록소설연구』, 아세아문화사, 1987, 95-96면.

8) 이규호, 「<사수몽유록>」, 『한국민족문화대백과사전』 10, 한국정신문화연구원, 1989.

나 종교)에 대한 인식 양상을 보여주기 위한 문학적 장치라 한다면, 大宴에서의 인물평은 대내적 자기평가를 위한 문학적 장치로 보인다. 素王國의 조각 구성 및 체계는 역대 중국의 어느 왕조를 표방했는지, 또 공자가 여러 儒賢들의 자질에 알맞은 벼슬을 내리는 과정이 유독 장황한 이유가 무엇인지 등에 대한 세밀한 탐색이 우선 필요하다. 三公과 三孤는 周나라의 제도이기 때문이며, 관리의 임명과정도 왕에 의한 일방적 임명이 아니기 때문이다. 직책을 받은 사람이 다른 사람에게 벼슬을 양보하는 대목이 유독 눈에 띈다. 또한 무명의 두어 사람이 들어오려다가 문지기의 꾸지람을 듣고 물러났다가 다시 찾아오니, 공자가 넓은 아량으로 들이는 대목도 관심의 대상이다. 이러한 요소들의 의미망이 바탕에 깔리면서 이루어지는 대연에서의 인물평을 단순히 보아 넘길 일은 아닌 것이다. 곧, 현실에서 이루지 못한 유교의 이상적 정치에 대한 소망적 구현이라는 단순하고도 포괄적인 주제의식으로만 파악하기에는 주저되는 측면이 있는 것이다. 어쩌면 이 인물평 대목에서 유교 내부의 다양한 흐름 가운데 작가가 희구하는 정치적 이상의 실질을 담보하는 흐름이 있는 것은 아닌지 자문해볼 일이다. 그렇다면 인물평의 시각에 대한 정밀하고도 정치한 분석이 요구된다 하겠다. 결국 <사수몽유록>의 서사적 변모가 있다면, 그 내적 동인 및 주제의식에 대한 깊이 있는 천착이 요구된다는 것으로 귀결된다.

㺚川夢遊錄

<㺚川夢遊錄>은 東溟 黃中允(1577~1648)이 1611년(광해군 4년)에 지은 한문 몽유록이다.

황중윤은 父 汝一과 母 義城 金氏 사이에 1577년 안동에서 태어나, 1648년 72세의 일생을 마친 인물이다. 그의 本貫은 平海, 字는 道光, 號는 東溟이다. 그의 家系를 보면, 高祖 輔坤은 成均生員을 지냈으며, 曾祖 瑀는 성주 목사를 지냈고, 祖父 應澄은 孝로 알려진 인물이다. 부친 汝一은 호가 海月이며, 이황의 수제자였던 鶴峯 金誠一의 제자로 어려서부터 文名을 날렸다. 1592년 權慄의 종사관으로 공을 세우고 공조참의를 지냈다. 또 林悌와 같은 시기에 謁聖試 文科에 급제하여 일세를 드날렸는데, 황패강에 의해 임제의 <元生夢遊錄> 跋文을 쓴 것으로 지목된 인물이다.[1] 모친 의성 김씨는 金守一의 딸이자 김성일의 조카였다. 황중윤에게는 두 母夫人이 더 있었는데, 그 중에서 完山 李氏는 德原君 李樞의 딸이자 鄭琢의 외손녀였다. 그는 20세(1596) 때 鄭逑의 문인이었던 朴惺의 딸과 결혼하고 장인 박성으로부터 수학한다. 요컨대, 그의 아버지가 이황의 문인이었던 김성일의 제자인가 하면, 그의 어머니가 김성일의 조카이다. 또 그의 장인 朴惺이 鄭逑의 문인이고, 그의 모부인 완산 이씨가 鄭琢의 외손녀이다. 이들은 대부분이 공교롭게도 남명과 퇴계 문하에 동시에 출입하던 인물들이다.[2]

1) 황패강, 「원생몽유록연구」, 『국어국문학총서』 5, 정음사, 1976. 이는 신해진의 『조선중기 몽유록의 연구』(박이정, 1998) 116-119면에 의하면, 사실이 아닐 가능성이 더 높다.

이러한 가계에서 태어난 황중윤은 어려서 총명하였다고 한다. 그의 외삼촌 金湧이 先府君에게 보낸 편지에 “이 아이의 골상이 범상치 않으니 정말 그대의 뒷날이 있으리라.(此兒骨相不凡, 眞有子後.)”할 정도였다. 17세(1593) 때 平海에 귀양 와있던 李山海를 만나 詩를 和答해 그로부터 칭찬을 받았으며, 24세(1600) 때 鄭逑에게서 글을 배웠다. 31세(1607) 때 아버지가 군수로 있던 永川으로 가서 曹好益과 함께 鄭夢周의 문집을 重刊했으며, 32세(1608) 때는 張顯光과 토론하고, 35세(1611) 때 정인홍이 퇴계・회재 두 분의 문묘 종사를 반대하는 箚를 올리자 이를 반박하기 위해 두 번이나 疏를 올리려 서울에 간다. 이해 봄 增廣試에 참여하였다가 낙방하고 귀향길에 <달천몽유록>을 지었다고 한다. 또 이해 5월에도 卞誣疏首로 嶺南疏首인 金奉祖와 함께 疏를 올렸으나 광해군이 받아들이지 않았다.[3] 따라서 그가 교유했던 인물들을 살펴보면, 정몽주 문집을 함께 重刊했던 조호익은 이황의 문인이었다. 또한 김봉조도 유성룡의 문인이었는데, 유성룡은 남인의 영수였다. 또 그가 토론한 장현광도 이황의 문인이었다. 이러한 그의 교유관계는 철저하리만큼 南人 일색이다. 극히 예외적인 것은 대북세력의 영수였던 이산해와 시를 주고받았다는 사실이나, 그도 처음에는 이황 계열에 속하는 東人系 인물이었다.[4]

그의 가계나 교유관계를 보건대 남인세력과 밀접한 관련이 있었던 그는 光海朝 때의 정치무대에서 활약하였다. 23세(1599) 때 司馬試에 응시했으나 篇末에 謹對라는 글자를 빠뜨려 낙방되며, 28세 때 또 응시했으나 역시 낙방되었다. 29세 때에야 비로소 生員進士 覆試에 합격한다. 36세(1612) 때

---

2) 신해진, 위의 책, 230-231면.

3) <家狀>, ≪東溟先生文集≫ 附錄. “신해년 5월에 또 卞誣疏首로서 嶺南疏首 金奉祖와 함께 엎드려 연이어 2개의 疏를 올렸는데 그 말이 더욱 간절하고 곧았으나 광해군이 끝내 받아들이지 않았다.(辛亥…(중략)…五月, 又以卞誣疏首, 與嶺南疏首金公奉祖, 同時伏閤連上二疏, 語愈切直, 光海終不聽納.)”

4) 신해진, 앞의 책, 231-232면.

과거에 급제한 이후 38세 때 禮賓寺直長·成均館 典籍을 제수 받았다가 사직한다. 39세 때 춘추관 편수관에 제수되어 ≪宣祖實錄≫의 편찬에 참여하여 중간에 사직했다가 다시 實錄事로 나아가지만, 다음해 경운궁의 흉서로 대옥이 일어나자 또 사직한다. 41세 때부터 46세 때까지 공조참의·사간원 獻納·병조 좌랑 정랑·좌부승지 등 여러 벼슬에 나갔다가 이내 사직하는 것을 되풀이했다. 47세(1623) 인조반정 이후 11년간 海南·瑞山 등지로 유배를 다녔다. 57세(1633) 때 인조의 명으로 解配되어 고향으로 돌아왔다. 이후 72세 사망할 때까지 벼슬을 하지 않고 한가로이 지냈다. 이로써 그가 정치무대에서 활약한 때가 광해조(1609～1623)였음을 확인할 수 있다.[5)]

그런데 황중윤의 정치적 행로는 그의 가계나 교유관계와 전혀 다른, 말 그대로 王權강화에 근거하고 있었다. 왕권강화에 상충되는 全恩說을 비판했었던 것과, 後金을 토벌하는데 있어서 광해군의 援兵不可論에 동조함으로써 이이첨에게 등을 돌린 것 등에서 그 점은 보다 분명하게 확인할 수 있다. 특히, 仁穆大妃의 廢母논의에서 자신의 스승인 鄭逑와도 그 견해를 달리하고, 한때 비판했던 정인홍의 견해에 동조한 것은 바로 황중윤의 이런 입장과 맞물려 있는 것으로 보인다. 이러한 그의 정치적 행로는 광해군의 몰락과 그 궤를 같이하고 있으니, 다음의 기록은 시사하는 바가 많다.

> 황중윤은 본래 속임수를 잘 쓰는 인물로 이이첨의 복심이 되어 크고 작은 논의에 대해 사전에 참여하지 않은 적이 없었으며, 제 마음대로 흉악한 짓을 자행하면서도 부족하게 여겨 더욱 총애를 굳힐 계책을 부리면서 폐주의 뜻과 영합했다. 그리하여 중국 조정에 관계된 말인데도 거리낌 없이 비방하여 대의가 밝아지지 못하게 하고 인심을 일제히 분노케 하였다.…(중략)…중윤은 음흉하고 사특한 인물로 賊魁에게 빌붙어서 臺閣에 근거를 마련하고는 온갖 흉악한 모의에 참여하

5) 신해진, 위의 책, 233면.

> 지 않은 적이 없었으며 미리 뜻을 맞추어 총애를 차지하기 위해 못하는 짓이 없었다. 그리하여 심지어는 진소하여 중국과 관계를 끊고 오랑캐와 통호하자는 주장까지 하였다.[6)]

윗글은 역사의 패자는 어떻게 평가받는가를 잘 보여주고 있다. 이 기록을 역으로 이해해 보면, 학통에 의한 당파가 형성되어 가던 상황에서 大北에게 농락당한 광해군의 왕권강화를 위해 황중윤은 나름대로 입지를 모색했던 인물이라 하겠다.[7)]

이와 같은 자신의 정치적 행로에 대한 自評을 담고 있는 것이 다음의 글인 것으로 보여 주목된다.

> 내가 젊어서 讀書에 뜻을 두고도 門戶를 알지 못했고, 寒岡(인용자 주 : 정구) 大庵(인용자 주 : 박성) 두 선생에게 출입하면서부터는 문호가 있는 줄을 알고서도 才質이 어리석고 둔해서 醉夢을 벗어나지 못했다. 또 명예와 세속에 얽매이어 不學無能한 지가 60년이 되었다. 아! 애초에 문호를 알지 못했으면 그뿐이지만 이미 문호가 있는 줄을 알고서도 도리어 찾아갈 줄 몰랐으니, 지나간 큰 잘못을 돌아보아 장래를 삼가기 위해 이전에 잘못 들었던 宦路를 이 寓言編에 갖추어 서술한다. 이와 같이 끝내 恢復한 것처럼 일컫는 것은 감히 내 스스로 그렇게 했다는 것이 아니라 이로부터 스스로 경계하고 힘써서 옛 문호로부터 멀어지지 않고자 할 따름이라. 崇禎 癸酉(1633) 仲秋 東溟老夫는 序하노라.(余少志於讀書, 而不知門戶, 自摳衣於寒岡大庵兩先生之門, 雖知有門戶, 而質鈍才魯, 未免醉夢. 且爲名韁縛束, 役役風埃, 遂至於肉走屍行者, 今六十年. 噫! 初不知門戶則已, 旣知有門戶, 而反不知所入, 懲旣往之大失, 痛將來之莫及, 而備述其從前途誤於此編寓言之中. 如此而其所以終能恢復云者, 未敢自謂能然也, 盖欲其從此自警自勉, 而不遠於舊門戶云爾. 崇禎癸酉仲秋 東溟老夫序.)[8)]

---

6) ≪仁祖實錄≫ 권1, 1년 4월 壬申.
7) 신해진, 앞의 책, 239-240면.

이 글은 황중윤의 <天君紀> 序文이다. <천군기>는 인조반정 후의 유배생활이 인조에 의해 해배되었던 1633년에 씌었는데, 그 내용은 '人欲을 억제·극복하고 천리를 회복해가는 과정의 이야기'[9]라고 한다. 따라서 이 서문은 자신이 살아왔던 여정에 대한 회고인 셈이다. 그런데 出과 處에 있어서 處했었더라면 하는 안타까움을 표시한 것에서, 오히려 한 인간이 시대적 분위기에 편승하지 않고 자신의 뜻대로 살아가는 것이 얼마나 힘들었던가를 그는 보여주고 있다.

이러한 삶을 살았던 그가 현실 참여에 대한 적극적인 의지를 표명하고 있던 시절에 지은 것이 <달천몽유록>이다. <달천몽유록>은 황중윤의 후손가에 소장된 것이 유일본인데, 『黃東溟小說集』에 영인되어 있다. 이 소설집은 문학과언어연구회가 1984년 9월 1일 황중윤의 후손가에 유전하던 저작물을 발굴하여 국학자료 제1집으로 묶은 것이다. 여기에는 <달천몽유록>과 함께 <天君紀>, <四代紀>, <玉皇紀> 등도 합철되어 있다. 실질적으로는 金東協 교수가 발굴한 것으로, 그에 의해 황동명소설집에 대한 해제가 씌어 있다.

<달천몽유록>은 총 20면으로 서두 부분이 2~3장 落張되어 있을 뿐만 아니라, 또 앞의 몇 장은 안쪽 아래 부분에 자획이 없이 여백으로 남아 있으며, 행간에도 몇 자씩 공백으로 남겨둔 곳이 있으며, 합철되어 있는 다른 작품들이 半草로 字體도 일정치 않음에 비하여, 시종 같은 필체로 정서되어 있다는 점, 또 다른 작품들의 경우에는 글자를 改削한 흔적이 보이고 이해를 돕기 위한 附記도 있는데 비하여, 개삭한 흔적이 없으며, 첫머리에도 細字로 '二三章落失'이라고 한 점으로 보아 미루어 원본이 아닌 轉寫本임을 알 수 있다.[10] 또한 인물들이 주고받은 詩나 노래 등은 본문의 내용

8) <天君紀序>, ≪東溟先生文集≫ 권7.

9) 김동협, 「황중윤 소설 연구」, 박사학위논문, 경북대학교 대학원, 1990, 40쪽.

10) 차용주, 『한국한문소설사』, 아세아문화사, 248면.

과 구별하기 위해 행을 바꾸고 한 칸 정도 내려씌어 있다.

<달천몽유록>의 창작 동기 내지 배경은 황중윤의 7대손 冕九가 쓴 다음과 같은 家狀에 밝혀져 있다.

> 신해년(광해 3년, 1611년) 봄에 增廣試에 참여하고 돌아오는 길에 충주 탄금대 아래서 장마에 막혔는데, 그곳은 곧 總兵 申砬이 배수진을 친 곳이다. 이상한 꿈을 꾸고는 <달천몽유록>을 지었다.(辛亥春, 參增廣解, 歸路關雨於忠州彈琴臺下, 卽申總兵砬背水陣墟也. 有異夢, 作㺚川夢遊錄.)[11]

그리하여 이 작품은 충주 㺚川江을 배경으로 하여 그곳에서 순국한 申砬을 등장시켜 임란 당시 패전한 것을 조명하고 있다. 몽유자가 몽중세계로 들어가기 이전 과정이 落失되었으며, 몽유자가 水府 왕의 초대를 받고 잔치에 참여하여 수부의 아름다움을 읊자, 왕이 이를 칭찬하고 잔치를 배설함으로써 몽중세계가 시작된다.

왕과 함께 풍류를 즐기고 있을 때, 왕의 초청을 받은 申砬이 그 자리에 참석한다. 신립은 신장이 팔 척이나 되고 당당한 위풍을 지녔는데, 따르는 사람들이 천여 명이나 되었다. 신립이 몽유자에게 자신을 소개하며, 자신이 天帝에 의해 달천후로 봉해진 것은 달천강에서의 패전이 자신의 잘못이 아니기 때문이라 한다. 그러면서 세상 사람들이 자신을 어떻게 보는지 궁금해 한다. 몽유자는 많은 精兵을 거느리고도 제대로 싸워보지 못하고 대패했으니, 세상 사람들은 장군의 배수진이 지혜롭지 못한 계책으로 본다고 대답한다. 그러자 세상 사람들이 자신을 제대로 알아주지 않는 것에 분개한 신립이 자신이 배수진을 칠 수밖에 없었던 이유와 대패할 수밖에 없었던 이유를 열거한다. 자신이 거느린 군사들은 정예병이 아니라 무기

11) <家狀>, ≪東溟先生文集≫ 附錄.

하나 제대로 다루지 못하는 무리들이었고, 적군과 마주치면 싸울 생각은 않고 도망갈 생각만 하는 무리들인지라, 사지에 몰아넣는 방법 외에 다른 방법은 없었다는 것이다. 또 왜적의 기세등등한 군사력과 비교하면 조선의 군사력은 비교가 되지 않아서 병법을 사용할 여지가 없었다는 것이다. 반면, 자신의 용맹과 지혜는 예나 지금이나 조금도 다름이 없었다는 것이다. 그럼에도 대패할 수밖에 없었던 것은 모두 나라의 운명이 불행하고 하늘이 돕지 않아 그런 것인데, 세상 사람들은 자신을 무능하다고 헐뜯고 비난하며 사후에 포상조차 내리지 않는 것에 분통을 터트린다. 그러면서 여타의 상벌도 잘못되었다며, 流民의 머리를 베어 왜적의 것이라 하고, 낙오된 병사의 무기를 빼앗아 왜적의 것이라 하여 포상 받는 현실을 비판한다.

신립의 말이 끝나자, 그의 동생 臨津伯 申硈과 신립의 幕賓 金汝岉이 들어온다. 임진백도 신립의 패전은 지모가 부족했던 탓이 아니라며 패전할 수밖에 없었던 이유를 말한다. 자신들은 대대로 장수의 후손으로 옛날의 용렬한 장수들보다 못하여 패배했겠으며, 그 질 수밖에 없었던 까닭은 국가의 兵制가 바르게 행해지지 않았기 때문이라고 역설한다. 兵農一體制는 태평성대에야 아무런 문제가 없지만, 변란 시에는 갖가지 모순을 드러낸다는 것이다.[12] 이에, 몽유자가 임진백의 생각이야 옳긴 하지만 병농일체

12) <달천몽유록>. "무릇 兵農일체의 법은 盛代에는 적절하나 末世에는 맞지 않은 것이네. 聖君의 자손이 군주가 되고 큰 덕을 가진 뛰어난 인재가 신하가 되면 태평성대의 다스림이 이루어지고 敎化가 이루어지며, 천하에 분쟁이 없고 四海가 한결같아진다네. 그런즉 소들은 따스한 봄날에 桃花 핀 들판에서 잠을 자고, 말들은 꽃 피고 화사한 달빛 아래서 뛰어 놀더라도 천하가 태평성대이니 군대가 어디에 소용되겠는가? 이는 병농 일체의 법이 적절한 바이네. 그러나 말세에 이르러서는 군주가 백성을 사랑하고 기르는 도리를 잃어버리고 백성들도 원망하고 고통스런 탄식을 지으니 □□□. 항상 난리가 번갈아 발생하니 농사짓는 백성들을 군대에 편성시키면, 농기구를 던져버리고 힘쓰던 연장을 버리게 한 후 무기를 쥐어주는 격이네. 그러면 그들은 지난날의 농사일만 생각하고 병사가 된 것을 고통스러워하며, 지난날 가정에서 처자들과의 즐거웠던 일들을 그리워하고 전투에 임하는 것을 원망하게 된다네. 북소리가 귀에 갑자기 들려오고 눈앞에 적군의 깃발들이 나부끼면 두려워하고 겁을 먹어서 흩어져 도망치기 바쁘다네. 이야말로 병농 일체의 법이 부적절한 바이네. 周나라 왕실은 대대로 팔백 년을 이어오는 동안 제후들에

제는 王制로서 타당하지 않을 리가 없다며 반박한다.

이들의 이야기가 계속되자, 왕이 승패는 하늘에 달린 것이므로 사람의 힘으로 어찌할 수 없다고 하고 술로 울분을 씻어버리라고 위로한 후, 다시 주악과 아울러 무희들에게 노래와 춤을 추게 한다. 그리고 왕의 제의에 따라 참석한 인사들이 모두 차례로 시를 짓는데, 왕, 달천후, 임진백, 막빈 등이 순서대로 읊고는 몽유자도 시를 지어 읊는다. 시를 읊은 뒤 몽유자가 왕에게 평생토록 받들고 감상할 아름다운 글귀를 청하자, 왕이 시 한 수를 지어준다.

그 후 갑자기 바람이 불어 달천후, 임진백, 막빈 등을 옹위하여 사라졌다. 그러자 몽유자도 만취하여 왕에게 하직 인사를 드리자, 왕이 황금과 백옥을 하사하며 '몇 년 안에 청운에 오를 것이라.'는 덕담을 내리고 힘써 노력할 것을 당부한다. 몽유자가 용왕과 헤어져 使者의 인도로 수부를 나오는 것으로 결구되어 있다.

한편, 임진왜란 직후인 1600년(선조 33)에 창작된 尹繼善의 <達川夢遊錄>도 역시 신립의 탄금대 패전을 주제로 한 몽유록이다. 전쟁 직후 비분한 감정으로 패전의 책임 추궁이 비등할 때 저작된 것이므로, 당시의 여론을 그대로 반영하여 主將이었던 신립에게 패전의 책임을 지우고 그를 성토한 작품이다.[13)]

게 천하를 나누어 봉해주었네. 그러므로 제후국들은 모두 각자 군대를 양성하다가 주나라에 변고가 발생하면 각기 자기 나라의 군대를 거느리고 달려와서 도왔으니, 병농 일체의 법이 있어도 그 폐단이 없었던 시기가 바로 주나라 때였네. 천하가 郡縣으로 나뉜 이후로 漢唐의 모든 군주들은 兵農이 일체가 될 수 없음을 알아서 둘로 서로 나누었으니, 그들의 생각은 참으로 원대하였다네. 일단 兵籍에 오르면 군대에서 늙게 되었으니, 앉고 일어서며 전진하고 후퇴하는 방법과, 때리고 찌르며 상대를 공격하는 기술 등을 모두 눈과 귀로 익숙하게 듣고 본다네. 그리하여 평소에 훈련받던 자들이 어느덧 정예가 되고, 위급한 상황에 출동하는 것이 일사불란하게 되니, 위험이 닥쳐와도 쉽게 대처하였고 환란이 발생해도 쉽게 방어했던 것이 바로 그 때문이었네."

13) 신해진, 「윤계선의 정치적 입장과 <달천몽유록>」, 『한국학연구』 8, 고려대학교 한국학연구소, 1996, 593-594면 ; 신해진, 「몽유록에서의 좌정대목이 지니는 의미 : <琴生異聞錄>·<㺚川夢遊錄>(尹繼善)을 중심으로」, 『한국언어문학』 43, 한국언어문학회, 1999, 93면. 앞 논문에서 윤계선의 <달천몽유록>은 유기적 몽유구조를 통해 작품 내에서 작

이에 따라, 두 작품을 두고 작가의식의 차이 및 그것의 원인을 언급한 논의들이 있다. 김동협[14]은 두 작품에 나타난 달천 전투에 대한 분석 시각을 대비하여 작자의식의 상이점을 밝히고자 했다. 윤계선은 신립이 적을 가벼이 보고 地勢를 이용하여 유인하지 않아 많은 군졸을 죽게 한 결점은 있으나, 역시 자신의 목숨을 버리고 나라를 위했던 장수인 것으로 보았다고 분석한 것이다. 이는 당시 신립의 忠을 가상히 여기나 智謀의 부족함을 애석히 여기는 일반적인 견해에 가까웠다고 보아, 김동협은 황중윤의 작품에 비해 윤계선의 작품은 보다 객관적, 여론적이라고 하였다. 반면, 황중윤은 작품 내에서 전쟁의 준비상태, 軍 構成에 있어서의 문제점, 兵農制,

가의 의도를 구현하고자 했던 것으로 파악하고 있다. 암행어사가 된 파담자는 달천에 이르러 수습되지 못하고 방치된 白骨을 보면서 정치현실의 부침 속에서 도태된 서인을 중심으로 한 忠節의 英靈들을 떠올렸던 것이다. 백골이 방치된 연유는 신립과 같은 인물들의 무책에서 비롯되었기에. 신립에 대해 가혹하리만큼 엄정히 비판한다. 그 비판은 단순히 과거에 대한 비판이 아니라, 백골을 방치한 당대 정치현실을 비판하려는 의도가 도사리고 있는 것이다. 그 비판을 통해 작가는 서인 중심의 영령들에 대한 순국충절을 고양할 수 있는 토대를 마련했고, 각몽 후에 제문을 지음으로써 그것을 매듭짓는다. 이는 순국충절의 시신을 방치하고 있는 당대 정치현실을 비판하는 기능을 수행하고 있는 것이다. 是非 分別을 통한 節義 숭상을 공감할 수 있는 기질을 소유한 윤계선은 西人들의 영령에 대한 자부심을 작품 내에 이입시켰던 것으로 결론짓고 있다. 한편, 뒷논문은 몽유록 좌정대목의 자리 배열이라는 허구적 형상이 작가들의 현실 대응력을 탐색할 수 있는 중요한 매개고리이고, 또한 작품에 내재된 우의적 의미망을 낳는 근본적 초석임을 전제하여 윤계선의 <달천몽유록>에 대해 좀 더 정치한 의미망을 살피고 있다. 우측 첫 번째 자리에 앉은 李舜臣과 좌측 첫 번째 자리에 앉은 高敬命은 호남사림의 '서경덕 계열'과 '정철 계열'을 대표하는 인물인데, 이 두 계열에 속한 대표적 인물들이 좌우에 포진된 이유를 깊이 있게 천착하고 있는 것이다. 그것은 두 세력간의 알력에 의해 호남사림이 분열하고 그에 따라 쇠락해 가는 것에 대한 작가 윤계선의 안타까움이 투사된 문학적 형상화의 결과로 보고 있다. 작가는 좌정대목을 통해 국란극복이라는 대의명분을 실천하는 과정에서는 당파의 구별이 없었을 뿐만 아니라, 기축옥사(1589)를 계기로 반역의 고장으로 낙인찍힌 호남에서도 나라를 구하고자 죽음을 불사했던 인물들이 많았음을 표명한 것으로 본 것이다. 따라서 윤계선은 임진란 동안 순국한 영령의 충절을 고양하는 것으로 단순히 보이게 했지만, 기실 본 작품의 좌정대목의 자리 배열이라는 허구화를 통해 그것을 제대로 평가하지 않은 당대 정권에 대한 비판과 함께, 호남에 있어서의 대표적인 두 세력이 和合하고 공존했으면 하는 의미망을 표상했던 것으로 결론짓고 있다.

14) 김동협, 「<달천몽유록> 고찰」, 『국어교육연구』 17, 경북대학교 국어교육연구회, 1985.

상벌문제, 나아가 사회 병폐까지 언급하고 있는 것으로 파악하여, 윤계선의 그것보다 개인적, 정책적, 대안적인 견해에 가깝다고 하였다.

이러한 김동협의 논의는 동일한 역사적 사건을 바라보는 두 작가의 상이한 태도를 비교했다는 점에서 일단 의의 있는 것으로 여겨진다. 그러나 신립을 평가하는 두 작가의 당대적 입장이 간과되었다는 점과 두 작품이 지향하는 전체적 의미가 무엇인지에 대한 불명확하게 인식한 점, 그리고 두 작품이 생산된 시대의 미묘한 상황적 차이를 간과한 점 등은 이 논의의 한계로 지적될 수 있겠다.

이에 차용주[15]는 신립의 㺚川 전투에 대한 시각 차이에 비롯되는 작가의식의 차이가 나타나게 된 이유를 두 작품간의 時期的 相距 때문이라 한다. 곧, 윤계선의 작품은 임진란이 종전된 2년 후인 선조 33년(1600)에 지어졌는데, 이때는 사회의 일반적인 감정이 매우 격해 있었던 것으로 파악한다. 때문에 패전의 원인에 대해 냉철히 성찰해볼 여유를 갖지 못하고 패전의 결과만을 성토하였던 시기였으므로 패전의 결과를 중시하여 신립을 질책하는 데 초점이 모아진 것으로 파악한다. 반면에, 황중윤이 달천몽유록을 창작한 때는 임진란이 종전된 지 14년이 지난 광해군 3년(1611) 봄인데, 이때는 패전에 대한 냉철한 반성이 있었을 것으로 추측하였다. 그래서 패전의 결과보다는 그 원인, 즉 우리나라 兵制의 제도적 모순 등을 비판하고 전후의 상벌에 대한 문제점을 지적하는 등 보다 여러 가지 사회적 문제를 지적하는데 중점을 둔 것으로 파악한 것이다.

물론 시간의 경과가 일정 정도의 시각 차이를 가져올 수도 있다. 그러나 작가의식의 차이가 時間的 相距에서 비롯되었다는 주장은 윤계선과 황중윤이 역사과정을 이해하고 바라보는 시각이 동일하다는 전제에서만 가능한 추론이다. 따라서 두 작품에 나타난 신립에 대한 평가의 차이를 단순한

15) 차용주, 「<달천몽유록>에 반영된 壬亂의 前後意識에 대한 비교연구 : 윤계선과 황중윤의 작품을 중심으로」, 『고소설연구논총』(茶谷 李樹鳳先生 회갑기념논총), 1988.

시간의 경과만으로 보는 것은 문제적이라 할 만하다. 설령 그의 주장을 받아들여 당대의 분위기를 작가가 받아들여 창작했다 하더라도 어떤 입장에서 어떤 주제의식에서 그러한 분위기를 받아들일 수밖에 없었는지에 대한 해명이 있어야 한다.

어찌 되었든 부분적인 장면의 비교를 통해, 두 작품은 공히 임진란 때 申砬의 忠州 ㄷ川 전투라는 역사적 사건을 주요 소재로 하고 있으면서도 신립에 대한 평가가 서로 다르게 형상화되어 있고, 그에 따라 주제적 차이가 나타나 있다고 한다. 곧, 황중윤의 <달천몽유록>은 윤계선의 몽유록에 비해 단순한 감정적 차원의 패전을 규탄하는 것이 아니라 좀 더 패전에 대한 심층적 원인분석을 하고 있다고 결론짓는다. 당시 국가에서 시행한 兵農制의 제도적 모순을 날카롭게 지적하고, 또 戰時에 시행한 상벌의 불공정과 아울러 개인의 영달을 위해 동족까지도 살해하는 경우가 있었음을 지적한 것이라 한다.16)

이처럼, 두 작품에 대한 비교 연구가 그 나름대로 괄목한 연구 성과를 도출해낸 것은 분명하다. 그러나 이제는 그러한 비교연구방법론에서 벗어날 때가 되지 않았나 싶다. 중세적 모순이 심화되던 조선 중기에 사림들이 분열하는 과정에서 사림들 나름대로 대응하며 창작했던 것이 두 작품이다. 여기에는 작가가 처했던 당대적 상황을 고려해야 한다는 의미까지 내포되어 있다. 두 작가의 입장에서 볼 때 과거사이었던 임란에 대해 단순히 반성하고자 했던 것이 아니라 과거사의 하나인 임진란이라는 역사적 사건을 통해 빚어진 당대의 현실적 상황에 대한 작가 나름의 의지적 대응이 투사

16) 황중윤의 <달천몽유록>에 대한 김동협과 차용주의 논의 이후에 나온 논문들이 부분적인 장면 비교연구라는 측면에서는 거의 동일 선상에 있다고 해도 과언이 아니다. 박주선, 「몽유록에 나타난 寓言의 방식과 의미 : 16・7세기 작품을 중심으로」, 석사학위논문, 성균관대학교 대학원, 1996 ; 김정녀, 「몽유록의 현실대응 양상과 그 의미 : 16세기 후반~17세기 전반 몽유록을 중심으로」, 석사학위논문, 고려대학교 대학원, 1997 ; 염동락, 「<달천몽유록>에 나타난 역사의식의 두 면모 : 尹繼善의 義理觀과 黃中允의 是非邪正의 역사의식을 중심으로」, 석사학위논문, 동국대학교 대학원, 1998.

되었을 것으로 보기 때문이다. 그러므로 두 작품의 개별 작가가 현실적 변화에 대해 어떤 입장을 모색했고, 그것이 작품에 어떤 양상으로 구현되었는지에 대한 해명이 있어야 할 것이다.[17] 곧, 하나의 작품에 대해 보다 예각화된 분석의 시각과 방법론을 찾아야 할 때인 것으로 보인다. 개별 작품에 대한 이해의 구체성을 가져야 하겠다.

17) 신해진, 『조선중기 몽유록의 연구』, 박이정, 1998, 230-265면.

龍門夢遊錄

<龍門夢遊錄>은 黃溪子 愼諄(1581년~?)이 1636년에 지은 한문 몽유록이다.

≪居昌愼氏世譜≫[1)]와 ≪居昌郡誌≫[2)]에 의하면, 신착은 字가 而任이고, 호는 黃溪齋 또는 黃溪子이다. 그는 夜川 復振(1536~1619)의 4남 2녀 가운데 장남으로 1581년에 安義에서 태어났다.[3)] 단, 몰년은 현재로서 알 수가 없다.[4)] 그는 타고난 성품이 영특하고 굳세며 문학에 재질이 있고, 항상 말이 황석산성의 함락과 관계된 일에 미치면 일찍이 분격하여 탄식하지 않은 적이 없더니 '黃石山夢遊錄'을 지었는데, 安義 舊邑誌에 실렸다고 한다. '황석산몽유록'은 <용문몽유록>을 지칭하는 것으로 보인다. 이 몽유록의 저술을 통해, 그는 춘추대의의 명분과 권선징악의 뜻을 우의하고자 한 것으로 보인다. 이는 그의 <行錄>[5)]에 서술된 "병화의 끝에 열에 하나도 남

---

1) ≪居昌愼氏世譜≫ 권1 下. "字而任, 號黃溪齋, 有文學, 有黃石山夢遊錄, 入安義舊邑誌, 見後錄."

2) ≪居昌郡誌≫, 거창군, 1964. "居昌人夜川復振子, 宣祖辛巳生, 字而任, 號黃溪子. 天賦英毅, 早襲家庭之學, 以孝友齊家, 詩禮律己. 每語及黃石城陷事, 不嘗不奮鉤歎息. 著夢遊錄, 以寓春秋勸懲之義, 時議爲之快扮. 子孫居黃山."

3) ≪安義邑誌≫, 學行條, 안의향교, 1966, 94장 뒷면. 정명기, 「<용문몽유록> 연구」, 『고소설연구논총』(茶谷 李樹鳳박사 정년기념논총), 경인문화사, 1994, 773면 각주 8) 재인용.

4) 桐溪 鄭蘊이 사망한 1641년까지는 생존했다고 한다. 정명기, 위의 논문, 775면.

5) 정명기, 위의 논문, 773-774면.

아 있지를 않으니…(중략)…天賦가 英毅하고 일찍이 家庭之學을 답습하여 孝友로 齊家하고 詩禮로 律己하여,…(중략)…의리상에 이르러서는 티끌을 나누고 실오라기를 갈랐는데 그릇됨과 바름, 정숙과 간특의 구별에는 더욱 엄하여 베고 짜르고 쪼개고 찢음에 위풍이 늠름하여 범하지를 못하였다."는 기록이 뒷받침하고 있다.

신착의 家系를 살펴보면, 시조 修는 宋나라 開封府 사람으로 고려 문종 때 귀화하여 守司徒 左僕射 參知政事를 지낸 인물로 시호는 恭獻이다. 6대조 後庚은 蔭職으로 集慶殿直에 보임되었으나 수양대군이 다른 뜻을 품었음을 알아채고 벼슬을 물리치고 장인 崔德之와 함께 영광 땅으로 낙향한 인물이다. 高祖 榮壽는 1474년에 진사가 되어 수차 벼슬하기를 권유받았으나 모두 거절하고 처사로 살다가 생을 마쳤으며, 曾祖 友益이 安義 黃山村으로 이주하여 삶으로써 그 후손들의 생활 터전을 마련했다. 祖父 權(1501~1573)은 자가 彦仲이고 호가 樂水였다. 그는 "科名의 얻고 잃음에는 또한 命이 있는 것이요, 또한 人爵은 다른 사람들에게 있는 것이요, 天爵은 나에게 있는 것이거늘 어찌하여 나에게 있는 것은 버려두고 반드시 남에게 있는 것을 구하리오." 하면서 과거에 뜻을 두지 않고 林泉에 물러나 安貧樂道의 삶을 살았으며, 항상 자제들에게는 "함께 앎에 이르렀음에도 행하지 않은 즉 알아도 이익됨이 없는 것이요, 행하고도도 알지 못한 즉 행하되 작용치 못하는 것이다."고 설파하면서 小學을 '平生律身'의 근본으로 삼아 생을 산 인물이었다.[6] 父 復振은 호가 夜川이고, 葛川의 문하에서 수업했으며, 博學篤行하여 부모가 돌아가실 때 죽을 먹으며 여묘를 보살폈던 인물인데, 문정공 李縡가 묘갈명을 지었다. 그리고 과거에 급제한 두 아들 景稷, 光盛(誼에게 出系)을 포함하여 2남 2녀를 두었다.[7]

신착은 생장지가 安義였고 성품이 곧고 강직하였는데, 황석산성이 함락

6) 정명기, 위의 논문, 774면.
7) 정용수, 「<용문몽유록> 연구」, 『한문학보』 1, 우리한문학회, 1999, 132-133면.

되었을 때 순사한 柳世泓 父子와 인척 관계였을 뿐만 아니라 황석산 전투에 대한 처리 및 공론 과정에 대해 불만을 품고 있었던 까닭에, 춘추대의와 권선징악의 뜻을 나타내고자 <용문몽유록>을 지은 것이다. 이 작품은 현재 日本 大阪府立圖書館 소장본이 유일본이다. 표제의 좌측 상단에 세로글씨로 '夢遊錄'이라 적혀 있고, 우측 상단에는 '金烏'와 '龍門'이라 2행으로 적혀 있다. 1책 한문필사본에 <琴生異門錄>의 이본인 <金烏夢遊錄>과 합철되어 있다. <금오몽유록>이 11장까지 먼저 필사되어 있고, 작품이 끝난 뒤 한 면을 여백으로 남겨 두고 12장부터 19장까지 <용문몽유록>이 필사되어 있다. 界線이 그려진 종이에 매장 10행, 매행 18자의 楷書體로 균일하다.

<용문몽유록>의 창작연대는 작품의 내용으로 보아 대개 병자호란 즈음으로 추론되어 왔는데,[8] 1636년으로 특정하는 논의가 있어 경청할 만하다.

> 작자 신착은 1581년 출생하여 적어도 桐溪 鄭蘊(1569~1641)의 졸년인 1641년 이후까지는 생존했던 것으로 추정된다. 동계를 祭한 글이 남아 있기 때문이다. 작품 속에서 작자는 을해년(1635)에 남교에 살다가 다음 해인 병자년(1636) 정월에 화림에 사는 누이동생의 집을 찾아갔다. 작품 속의 연대를 작자의 생존과 일치한다고 단정할 근거는 없지만, 우선 작자가 굳이 1635년에 남교에 살고 있었다고 밝히고 있음은 당시의 현장성을 암시하는 것으로 보인다. 이곳을 지나던 것이 계기가 되어 이 작품을 창작하게 되었다는 것은 그가 계속적으로 이 문제에 관심을 갖고 있었음을 암시하는 대목이다. 작품 속에서 '내가 무신년 봄에 풍류암에 놀며'라는 기록은 상기 연표대로 하면 무신년은 1608년이 되는 것이어서 실제 사실로 보아도 무리가 없다. 창작 연대를 밝힐 수 있는 결정적인 근거를 작품 속에서 찾을 수 있다. 작자는

8) 강동엽, 위의 논문, 138면 ; 정명기, 앞의 논문, 775-776면.

> 작품 속에서 '오늘같이 변방에 놀랄 만한 일이 있어 나라 운명에 어려움이 많은데도 벼슬아치들의 의견만 분분하고 오랑캐를 막을 대책은 아예 없으니'라고 말한 바 있다. 이때 정국을 남한산성을 두고 '死守之論', '決死之義'가 강렬하게 거론되고 있었고, 동계 정온이나 金尙憲이 이 문제에 대표적으로 앞장선 인물이었음은 밝힌 바 있다. 즉 이듬해 화의가 성립되었다는 언급이 없어 조정 의견이 분분하다고만 하고 있음은 이 작품의 창작 시기가 바로 이때임을 말해준다. 병자호란과 일치하는 기록뿐만 아니라, 월연의 모임에 가서 귀신들과 대화를 나눈 시기인 병자년 전후에 월연의 모임이 있었다는 知足堂(인용자 주 : 朴明榑의 호) 연보의 기록도 확인되고 있는 바, 창작연대를 병자년(1636)으로 보는 데 무리가 없을 것이다.[9]

이 작품은 丁酉再亂 당시 三南의 要路였던 安義 소재 黃石山城의 함몰에 따른 비참한 역사적 상황을 그 배경으로 삼고 있는데, 黃溪子가 병자년(1636) 정월에 막내 누이를 보러 花林으로 가다가 龍門에서 며칠을 묵게 되는 것으로 시작된다. 달 밝은 밤에 객사에서 혼자 잠을 이루지 못하다가 시 한 수를 지어 읊고는 잠이 들어 入夢한다. 몽중세계가 성격상 크게 두 부분으로 나누어진다는 점에서 특이한 작품이다.

우선 전반부에서는 황계자가 나비의 인도에 따라 어느 정자에 이르렀을 때 몇 사람이 앉아 있었다. 그들로부터 환대를 받고, 그들의 권유로 황계자는 上座에 앉고 서로 통성명을 한다. 그들은 花林에 거주하는 선비들로, 지난 밤 黃石諸公과의 약속 때문에 月淵의 모임에 갔다가 이제야 돌아왔다며 아무도 없는 곳에 머무르게 한 것을 황계자에게 사과한다. 황계자는 이 화림에 거주하는 선비들로부터 정유재란 당시 황석산성에서 몰사한 寃魂들의 이야기를 듣게 된다. 곧, 이들을 黃石諸公이라 하는데, 趙宗道, 郭䞭과 그의 두 아들인 履常과 履厚, 그리고 柳世泓과 그의 아들 櫶과 榎, 鄭

9) 정용수, 앞의 논문, 130-131면.

彦男 등이다. 황석제공은 서로 각자의 억울한 심회를 호소하고 詩와 詞를 매개로 하여 주정적으로 토로하는데, 자신들의 죽음 자체는 나라의 은혜에 보답하기 위한 것이었기에 마땅하다고 하면서도, 세상에서 자신들의 죽음을 헛된 죽음이었다고 말하는 데 대해서는 그 울분을 격정적으로 토해낸다. 또 맡은 바 책무를 버리고 자신의 목숨만을 위해 당시 산성의 북문을 열고 도주함으로써 왜적이 그 문을 통해 들어와 성이 함락될 수밖에 없게 만든 白士霖에 대해 맹렬히 규탄한다. 술이 몇 순배 돌고 있을 즈음 백사림이 월연의 모임에 왔다가, 柳櫃이 주먹을 휘두르며 심하게 질책하며 쫓아내자 얼굴을 붉힌 채 물러간다. 해가 저물어 화림의 선비들이 돌아가려고 하자, 유강이 애석해하며 돌아가는 것을 만류한다. 이에 화림의 선비들이 황계자가 용문원에 와 있으므로 가서 모셔야 한다고 말하자, 유강이 황계자와의 인연을 이야기하며 자신의 집안을 일으켜 세워주기를 부탁하는 시 한 수를 지어서 황계자에게 전해줄 것을 요청한다. 이러한 내용을 전해들은 황계자는 황석제공의 충절을 찬양하고, 자신만의 살 길을 찾고자 도망친 백사림은 곽후에게만 죄인이 아니라 한 나라의 죄인이라며 비판한다. 화림의 선비들이 백사림에 대한 황계자의 비판을 듣고 모두 놀란다.

반면에, 화림의 선비 중 특히 朴叔善이란 사람이 談論과 詩詞에 능하여 황석제공의 일을 매우 곡진하게 전해주었는데, 그와 황계자가 서로 이야기를 주고받는 후반부는 황석산성의 일과 전혀 무관한 내용인 것처럼 보인다. 박숙선은 고려 말 사람으로 猿鶴에서 花林으로 이주해왔다고 자신을 소개한다. 그는 林樾·河千·安祖·朴蕃·朴有齡 등이 모두 당시의 관리들이며, 지금의 林·河·安 세 성씨가 곧 그 후예라며 성씨의 유래를 설명한다. 그러나 자신은 친구인 朴習의 일에 연좌되어 이 골짜기에서 죽었는데, 후손이 끊기고 향화가 멈춘 지가 오래되었다고 한다. 또한 그는 猿鶴洞의 絶景을 찬양하고, 亡羊·虎陰 등의 지명 유래를 설명하고, 사람들이 세 골짜기의 勝景 가운데 원학을 최고로 여기지만 尋眞의 풍경도 그에 못지않다고 한다. 무엇보다도 무슨 바위, 무슨 臺, 무슨 연못 등과 같은 이름은 사람들이 억지로 끌어다 붙인 것에 불과하며, 산수를 즐기는 즐거움은 이름에 있는 것이 아니라 산수 그 자체에 있다고 강조한다. 그리고 황계자가 무신년 봄에 風流巖에서 노닐다 지은 詩句에 대해 시 읊기를 잘하는 승려 贊惠도 화답을 못했다면서 저승에 있는 귀신조차 울릴 만한 문장이라고 극찬하더니, 자신의 처지를 丁令威에 비긴 시를 읊조린다. 이어 술잔을 기울이며 당시 나라의 운명이 매우 위급한데도 조정의 벼슬아치들이 이전투구만 할뿐 오랑캐를 막을 계책을 세우지 않음을 한탄한다. 어느덧 자리가 무르익자, 자리에 모인 사람들이 황계자의 만수무강을 축수하고, 황계자 역시 그들에게 사례의 뜻으로 시 한 수를 읊조린다. 미처 끝나기도 전에 문득 새벽을 알리는 닭 울음소리에 놀라 覺夢하는 것으로 結構되어 있다.

이러한 <용문몽유록>은 황계자가 꿈속에서 화림의 선비들을 만나 咸陽郡 安義(古 安陰縣) 주변의 忠賢, 성씨 유래, 勝景, 지명 유래, 詩詞 등 고을의 時事와 관련된 이야기를 나누다가 꿈을 깨는 것으로 서사가 진행되고 있어 마치 한 권의 邑誌를 축소하여 문학적으로 형상화해 놓은 듯한 느낌을 준다.[10] 특히 향촌의 사적을 단순히 나열한 것이 아니라 몽유록의 형식을 빌려와 이를 문학적으로 형상화하면서 작자의 개인적·사회적 현실인식을 우의적으로 드러내고 있어 주목된다.[11]

요컨대, <용문몽유록>의 전반부는 花林의 선비들이 月淵의 모임에 참여하여 들은 黃石諸公들의 이야기를 황계자에게 들려주는 방식이다. 곧 화림 선비들의 입을 통해 황석제공이 직접 이야기하는 것처럼 문학적 장치를 꾀함으로써, 몽유공간이란 액자 속의 액자라는 이중적 서사구조를 창

10) 김정녀, 앞의 논문, 1997, 97면.
11) 장효현 외, 『교감본 한국한문소설 몽유록』, 고려대 민족문화연구원, 2007, 180면.

안하였다. 반면, 후반부는 주로 황계자와 박숙선이 고을의 時事에 대해 서로 대화를 주고받는 문답법을 활용하는 방식으로 구성되어 있다.

그런데 이 작품을 정유재란 당시 三南의 요로였던 安義 소재 黃石山城의 함몰에 따른 비참한 역사적 상황 곧 전반부에만 맞추어 이해한 것이 그간 논의의 경향이라 하겠다. 그리하여 이 작품의 역사적 배경으로서 황석산성 함몰에 따른 전후 사정을 밝히는 관계 자료를 살피는 데 역점을 두었던 것이 또한 사실이다.12) 이와 관련된 문헌이나 향촌 동향을 살피고 난 뒤에는, 그 전투에서의 억울한 죽음을 슬퍼하고 전쟁의 뒷마무리를 제대로 못한 당시의 治政을 고발한 것으로 파악한 논의,13) 맡은 바 책무를 내팽개치고 자신의 안위만을 꾀하는 데 급급했던 武將 白士霖으로 인해 황석산성에서 억울한 죽음을 겪게 된 숱한 魂靈들의 이에 대한 泣訴와 抗辯, 한편으로 그들이 겪어야 했던 처지에 대한 위무로 파악한 논의,14) 忠節論의 입장에서 황석산성의 죽은 원혼들의 입장을 대변하여 위무하고 백사림을 도망죄로 처벌해야 한다는 時事觀의 반영으로 파악한 논의15) 등이 있었다. 그리고는 이들 논의 대부분은 <용문몽유록>의 후반부를 내용상 아무런 연관성이 없는 이질적인 것으로 파악하여 구성면이나 주제적 선명성 등에서 뛰어난 작품이 아니라는 평가, 작가의 문학적 역량이 미흡하다는 평가 등으로 귀결짓고 말았다. 이러한 논의들은 결국 작품의 전모를 이해하기보다는 부분적 해석에 머문 것이라 하겠다.

한편, <용문몽유록>의 전반부와 후반부를 아우르는 전체 서사구조 내에서 살핀 논의16)가 있어 주목할 필요가 있다. 곧, 작품의 서사를 이끌어 가는 주인공들은 바로 몽유자와 화림의 선비들이며, 安義縣 忠賢에 관한

12) 정용수, 앞의 논문, 113-130면.
13) 강동엽, 앞의 논문, 139-140면.
14) 정명기, 앞의 논문, 778면.
15) 정용수, 앞의 논문.
16) 김정녀, 앞의 논문, 1997, 95-104면.

소재로서 黃石諸公이 등장한 것으로 파악한 것이다. 황석제공의 충절을 선양함과 동시에 이들을 安義 지역과 연결시킴으로 향촌의 위상을 높이고 있는 것으로 보았다. 이전 시기의 몽유록이 지녔던 문제의식을 유지하면서도 향촌사에까지 관심을 두었던 까닭에 몽유록의 기능 확대를 보여준 작품인 것으로 평가한 것이다. 한 마디로 요약하자면, 향촌사를 통해 당대 정치현실까지 비판한 작품인 셈이다.

따라서 <용문몽유록>은 함양군 安義 지역의 향촌사를 선양하는 가운데, 황석제공이 억울한 죽음을 맞이한 개인적 恨의 吐露와 그릇된 사회현실로 인해 자신들의 죽음이 올바르게 평가되지 못한 사회적 恨을 표출하게 함으로써, 지배계층의 무능력을 비판하고 있는 작품이라 하겠다. 작품의 전개를 추동하는 중심축이 향촌사의 선양에 있음을 유의할 필요가 있는 작품인 것이다.

錦山夢遊錄

<錦山夢遊錄>은 梧淵 金冕運이 1825년에 지은 것으로 추정되는 한문 몽유록이다. 이 작품의 제목 밑에 '乙酉'라고 부기되어 있다.

김면운은 父 始采와 母 延安 李氏 사이에 1775년 晉陽(지금 경남 진주시의 옛 지명)의 鴨峴里[1]에서 태어나, 1839년 65세의 일생을 마친 인물이다. 그의 본관은 義城, 號는 梧淵, 휘는 冕運이며 字는 天贊, 初諱는 勉運이며 字는 敬可였다.[2] 그의 家系[3]를 보면, 曾祖 文粹는 자가 晦甫인데, 南冥 선생의 외손서인 東岡 文貞公 金宇顒의 5대손이다. 경북 星州로부터 옮겨와서 진양의 동쪽 鴨峴里에 살았는데, 일찍이 龍奉面의 <規約案>을 처음으로 만들었다고 한다. 祖父 瀐은 文行이 있었으나 자식 없이 요절하였다. 父 始采는 鶴峯 誠一의 長兄인 藥峯 克一의 7세손[4]으로서 瀐의 후사로 들어

1) 東岡 金宇顒을 모신 龍江書堂이 있는 곳.

2) ≪司馬榜目≫을 보면, 김면운의 長兄 輝運(1756~1819)이 을축년(순조 5, 1805) 增廣試 생원 2등 7위에 오른 기록이 있다. 이 기록 가운데 있는 세 동생의 이름을 소개하는 '金長運, 金樂運, 金躋運'이란 기록과, 信古堂 金克永이 쓴 김면운의 <家狀> 가운데 있는 '모두 네 아들이 있는데, 그 중 막내아들(擧四子, 府君其季也)'이란 기록을 비교하면, 김면운이 '躋運'으로도 불렸던 것 같다. 그리고 정용수의 「<금산몽유록> 연구」(『반교어문연구』 7, 반교어문연구회, 1996) 151면에 있는 김면운이 4형제 중 둘째란 언급은 정정되어야 한다.

3) ≪晉陽續誌≫(1932년 간행된 목판본) 제2권 '儒行'에 金文粹와 金輝運·金樂運 형제가, '人物'에 金冕運이 등재되는 등 다수의 이 집안 후손들이 수록되어 있다.

4) 靑溪 金璡은 5남(克一, 守一, 明一, 誠一, 復一)을 두었고, 藥峯 극일은 수일의 아들 澈로 후

온 사람인데, 호가 湖園居士이다. 그는 湖園書室을 개설하고 후진을 양성하였다. 母夫人은 安東 權氏 植亨의 딸인데 자식이 없었고, 모친은 延安 李氏 善胤의 딸인데 모두 네 아들을 두었다. 김면운은 이 가운데 막내아들이었고, 부인은 全州 崔氏 益大의 딸이었다.

이러한 가계에서 태어난 김면운은 어릴 때부터 총명하였고 행실이 의젓하였으며, 독서를 유달리 좋아했다. 12세 때 만형인 鵝湖公 輝運을 따라 吾道山 절에서 책을 읽는데, 책을 한번 펼치면 잠잘 줄을 모르니, 아호공이 "내 아우가 이같이 책 읽기를 좋아하니 장차 우리 집안은 글이 끊어지지 않겠구나.(吾弟已能如此, 將門戶不寂寥矣)"라고 했다는 일화가 전해진다. 그 뒤, 경서를 통달하고 역사서를 두루 섭렵하였으며, 科擧文에도 남다른 조예가 있었지만 과거에 나아가지 않았다. 이렇듯, 그는 부귀공명을 추구하기보다는 자기 자신을 수양하는 일에 더 몰두했다.

김면운은 유림의 일에도 남다른 관심을 보였다. 嵋淵影堂 창건과 慶林書院 배향, 晴川廟宇 중건 등의 일을 주장하거나 주도적으로 처리했으며, 또 남명선생을 모신 德川書院을 비롯하여 臨川書院[5]・鼎岡書院[6]・淸谷書院[7] 등의 원장을 두루 지내면서 지역 儒風을 고취하는 데에 힘썼다. 만년에는 晉陽 龍鳳里에 살면서 자호를 龍岡이라 했고, 또 그 집에 '梧淵幽居'라 써 붙이니 배우는 자들이 '梧淵先生'이라 칭했다 한다. 이때 梧淵은 '오동나무 연못'이라는 뜻일진댄, 聖人의 탄생에 맞추어 세상에 나타나는 새로 알려진 봉황과 깊은 연관이 있어 보인다. 봉황은 수컷과 암컷이 사이좋게 오동나무에 살면서 醴川(甘泉, 중국에서 태평할 때에 단물이 솟는다고 하는 샘)을

사를 삼았고, 瓢隱 是檻에 이어 대사성을 지낸 芝村 邦杰, 그리고 진사 世重, 汝欽, 光漢을 뒤이은 7세손이다.

5) 新庵 李俊民, 誠齋 姜應台, 浮査 成汝信, 滄洲 하징, 釣隱 韓夢參 5현을 모신 서원.

6) 隅谷 鄭溫, 守軒 姜叔卿, 雲水堂 河潤, 鼎山 兪伯溫, 陶丘 李濟臣, 雲塘 李琰, 新溪 河天澍, 凌虛 朴敏 등 9현을 모신 서원.

7) 日新堂 李天慶을 모신 서원.

마시고 대나무 열매를 먹는다고 하니, 아마도 그는 성현이 세상에 나타나길 바라는 마음을 자신의 호로 삼은 것이 아닌가 한다. 이렇듯 제자들을 가르치며 유유자적한 삶을 살았던 것으로 보인다.

그의 학덕을 세상에 널리 알리고자 信古堂 金克永이 쓴 <家狀>[8]을 보면, 江左의 儒範을 받아서 후인들에게 모범을 보인 것에 대해 "內而瓢隱·霽山諸先生緖業之懿, 外而錦陽·蘇湖以下淵源之盛."이라 한다. 경상도에서 퇴계는 江左[안동], 남명은 江右[진주]를 대표하는 당대의 성리학자였음은 주지의 사실이다. 표은은 김면운의 부친 생가 쪽으로 6대조인 金是榲(1598~1669)이다. 김시온은 병자호란 뒤에 出仕를 단념하고 와룡산 아래 도연 위에 臥龍草堂을 짓고 40여 년 동안 절의를 지키고 후진 양성에 이바지한 인물이다. 제산은 嶺南 儒學의 巨匠인 金聖鐸(1684~1747)이다. 김성탁은 西山 金興洛과 함께 退溪學脈의 三高峰을 이루었으며 특히 花山風雨五龍飛의 한 사람으로 英祖의 寵愛를 받았다. 금양은 葛庵 李玄逸(1627~1704)이다. 이현일은 영남학파의 거두로 이황의 학풍을 계승한 대표적인 山林으로 꼽힌다. 仁祖朝와 孝宗朝에는 벼슬에 뜻이 없어 향리에 칩거하더니, 顯宗朝에 들어 경상도 지방의 士林을 대표하여 宋時烈·許穆·尹善道 등의 禮說을 비판하는 <服制疏>를 작성하면서 정치적 의견을 개진하기 시작하여, 1689년 己巳換局으로 남인이 집권하면서 남인의 정치적 학문적 입지 확대에 중심적 역할을 했던 인물이다. 소호는 大山 李象靖(1711~1781)이다. 이상정은 1735년(영조 11) 사마시를 거쳐 增廣文科에 병과로 급제하여 가주서가 되었으나 곧 사직하였고, 1739년 連原察訪이 되었다가 이듬해 사직하고 고향의 大夕山 기슭에 大山書堂을 짓고 학문연구와 제자교육에 힘썼다. 1753년(영조 29) 연일 현감이 되었다가 사직하려 하였으나 허락되지 않자 벼슬을 버리고 고향에 돌아갔으므로 告身을 박탈당

8) ≪梧淵集≫ 권5, 附錄.

하였다. 그 후 다시 벼슬에 나아가지 않았던 인물이다.

요컨대, 김면운은 철저히 江左 곧 퇴계학풍을 이어받으면서도 江東의 중심지인 진주에서 후인들에게 모범을 보인 인물이다. 이는, 동강의 가르침 곧 '바른 학문(正學)'과 '곧은 행실(直道)'을 잘 받들어 가학의 전통을 이으면서, 한편으로는 학문과 인품이 뛰어났고, 또 한편으로는 남명선생을 모신 덕천서원의 원장을 두 번이나 지낸 데서 보여주듯 포용성을 지녔기 때문에 가능했던 것으로 보이며, 이로 말미암아 그는 유림의 추앙을 받은 인물이었던 것으로 판단된다.

김면운의 나이 51세 때인 1825년에 <금산몽유록>을 지었다. 그간 이 작품은 계명대학교 도서관이 소장하고 있는 1928년 목활자판으로 간행된 ≪梧淵集≫의 권4 '雜著'에 수록된 것이 유일본으로 여겨져 왔다.[9] 그런데 편역자에 의해 ≪梧淵遺稿≫의 3면에서 7면까지 수록된 <금산몽유록>의 존재를 확인함으로써 이제 계명대학교 소장본은 유일본이 아닌 셈이다. ≪오연유고≫는 1872년(壬戌) 정월에 묶은 것으로서 한문필사본인데, 2001년 6월 25일 국립중앙도서관 고문서운영실(古 3648-10-802)에 등록되어 있다. 본 편역서에서 <금산몽유록>의 한문필사본을 목활자본과 견주어 글자의 출입을 서로 대교해 놓았으며, 또한 말미에 한문필사본을 부록으로 영인하여 첨부했다. 대교해 본 결과, 작품의 뼈대는 변함이 없고, 다만 글자의 출입이 있을 뿐이었다.

이 작품의 줄거리는 다음과 같다.

梧淵翁은 품은 생각이 넓고 커서 하늘과 우주를 뛰어 넘으려는 욕망 때문에 늘 명산대천을 유람하려는 뜻을 지니고 있다. 녹음이 뜰에 가득하고 매미소리가 요란하던 어느 여름날, 그는 오동나무에 기대어 잠을 자다가 꿈을 꾼다.

9) 장효현 외, 앞의 책, 452면.

꿈속에서 바람과 구름을 타고 錦山의 정상에 이르렀다. 九井峯, 音聲窟, 虹門, 龍窟 등 여러 勝景들을 구경하느라 돌아갈 줄 몰랐다. 이때 羽衣道士가 다가와 流霞酒를 권하며, 금산에서 노니는 즐거움이 어떠한지 묻는다. 오연옹은 즐겁기는 하나 바닷길이 험하고 멀며, 봉우리가 가파르게 버티고 있는 궁벽한 곳에 있어 평범한 사람들이 찾아와 노닐기가 어렵다고 탄식한다. 또한 금산을 嶺湖南과 京畿의 접경지역에다 옮겨 놓을 수만 있다면 세상의 많은 사람들이 그 절경을 즐길 수 있을 뿐만 아니라, 금산의 신비하고 오묘한 地境을 세상에 전할 수 있을 것이라고 말한다. 그러자 도사는 빙그레 웃으며 세속에 알려지는 것은 이 산이 바라는 바가 아니라며, 일전에 錦山神君과 露梁水府가 주고받은 牒文을 보여준다.

금산신군이 노량수부에게 보낸 첩문의 내용은 이렇다. 금산은 하늘이 그 신비스러움을 아끼고 땅이 그 절경을 숨긴 곳이어서, 진기한 날짐승과 들짐승이 무성한 숲 속에서 마음껏 뛰어 놀고, 琪花瑤草가 만발하고, 벼랑에 부딪쳐 떨어지는 폭포수가 장관을 이루는, 말 그대로 속세에 견줄 바가 없는 곳이다. 그래서 풍류인사만 가려서 들여야 하는데도, 이제는 속세의 사람들이 누구나 水路로 접근하여 신성한 땅을 더럽히고 있다 하면서, 금산으로 들어오는 길목의 나루터를 지키는 직분을 맡고 있는 노량수부가 지금까지는 그것을 게을리 해서 그런 것이지만, 이제부터는 철저히 단속해달라고 당부한다. 이에, 노량수부는 천하의 이름난 금산의 絶景과 壯觀을 보고자 하는 것은 사람이면 누구나 가지는 바라면서 어찌 차별을 두겠느냐고 반박한다. 그 예로, 공자의 제자가 삼천으로 그들이 모두 안회 등과 같은 경지에 오른 것은 아니었으나 선을 흠모하고 덕을 사모하는 마음으로 이르렀기 때문에 성인께서 포용한 것이라 하고, 저 周나라와 殷나라 조정에 등용되었던 자들이 모두가 周公이나 伊尹, 傅說인 것만은 아니었지만 성인들이 사물에 구애되지 않고 능히 세상의 변화와 함께했기 때문이라 하고, 水府는 맑은 물과 흐린 물, 짠물과 싱거운 물 가리지 않고 받아들임을 이야기한다. 그러니 금산 또한 여러 사람들이 보고 즐길 수 있도록 허락하는 것이 덕을 베푸는 일이며, 지나치게 스스로 고결한 것은 바람직하지 못한 것이라 한 답신을 보낸다.

오연옹은 읽기를 마친 후, 우의도사에게 금산신군이 정숙한 여자와 같아서 금산이 일점이라도 세속에 더럽혀질까 두려워하여 사람들의 발길을 막는 것이나, 노량수부가 達人과 같아서 그 무엇이든 용납하지 않는 바가 없는 것이든, 각기 극단으로 치우치는 폐단이 있으니 中庸의 道를 취하는 것이 마땅하다고 말했다. 그 말을 들은 도사가 크게 웃는 바람에 놀라서 꿈을 깨는 것으로 結構되어 있다.

대개의 몽유록이 꿈속에서 역사적인 인물들을 만나 그들의 이야기를 듣거나 함께 토론·시연을 베푸는 내용으로 이루어져 있는데 반해, 이 <금산몽유록>은 인물이 등장하지 않고 허구적인 신령들이 주고받은 첩문을 읽는 것으로 되어 있어 특이하다. 이 첩문이 작품 전체 분량의 3분의 2 정도를 차지하고 있다. 작자는 지나치게 맑아 편협한 금산신군의 태도나, 가리지 않고 받아들이는 노량수부의 태도 모두를 비판한 것을 볼 때, 중용의 도를 취해야 한다는 것을 효과적으로 드러내기 위해 선택한 전개방식이라 하겠다.

기존의 전형적 몽유록 서사방식에서 탈피하고 새로운 서술구조를 창안하여 작가 자신의 개인적 관심을 형상화한 것[10]이라고 이해할 때, 지금처럼 단순히 작가가 중용의 도를 취해야 한다고 내세운 것을 작품의 主旨로 범박하게 이해하는 것[11]이 바람직한지 이제는 자문해 볼 단계이다. 그래서 작가가 힘들여 강조하는 주지 단락의 문맥을 정교하게 이해할 필요가 있다.

10) 김정녀, 앞의 논문, 2002, 167-170면.
11) 차용주, 앞의 책, 247면.

"그러나 백이는 고결한 의리가 뛰어났지만 막힌 것이 폐단이었고, 유하혜는 화합에 뛰어났지만 공손하지 못한 것이 폐단이었으니, 요컨대 백이도 치우쳤고 유하혜도 정도를 넘은 것입니다. 옳거나 그르거나 어쨌든 중용을 행하는 것만이 군자의 행할 바이옵니다!(然伯夷, 一於淸而其弊隘, 柳下惠, 一於和而其弊不恭, 要之不夷不惠. 可否之間, 其惟中行, 君子之所履乎!)"

"그 큰 것에 극진한 뒤에야 中을 구할 수 있으며, 그 中에 머무른 뒤에야 큰 것이 있을 수 있다. 큰 것은 또한 성인의 소임이니, 백이의 '지나친 결백'과 유하혜의 '정도를 넘은 온화함'처럼 치우친 경우가 아니라면, 여전히 힘써서 크게 하는 것을 잊지 말아야 한다.(極其大而後中可求, 止其中而後大可有. 大亦聖之任, 雖非淸和一體之偏, 猶未忘於勉而大爾.)"

앞 인용문은 <금산몽유록>이고, 뒷 인용문은 宋나라 張載의 ≪正蒙≫ <中正篇>에 나오는 것이다. 서로의 논리체계가 아주 흡사하다. 따라서 중국 성리학 내에서 장재의 학설이 지니는 의미와 특징을 파악하고, 또한 김면운이 문집에 남긴 글을 통해 평소 추구했던 지향성이 무엇인지를 추출하여 그것과 세밀하게 견주어야 할 것이다. 그래야만 작가가 중용의 도를 추구한 방식에 대한 보다 구체적이고도 정치한 의미를 찾을 수 있을 것으로 생각된다.

그리고 <금산몽유록>을 전대의 몽유록이 지닌 심각한 주제 의식이나 이 시기에 전개되는 서사화 경향과는 동떨어진 작품으로 평가하는 시각이 있다. 현실적인 문제의식이나 주제의식이 약한 편이라고 보는 것들이다. 물론 그러한 시각도 유효한 측면이 있다. 하지만, 작품 말미의 후기는 그렇게만 바라보도록 내버려 두지 않는 것 같다.

> "마침내 그 전말을 기록하여 <금산몽유록>을 지었으니, 호사가들에게 한바탕 웃음꺼리를 제공하려는 것이며, 감히 지금의 세상을 헐뜯고 책망하려는 것이 아니라 평범한 사람들을 훈계하려는 것뿐이다. 보는 사람들은 너그럽게 용서해주기를 바라노라.(遂記其顚末, 爲錦山夢遊錄, 以供好事者一笑, 非敢譏切當世, 鍼砭俗耳也. 觀者, 幸有以恕焉.)"

이 인용문을 보면, 작가는 자신이 <금산몽유록>을 지은 것을 두고 오해의 소지가 생길까 상당히 조심스러워하고 있음을 읽을 수 있다. 따라서 일반적인 의미 외에, 당대 晉州라는 향촌사회의 특정한 상황이나 인물집단을 염두에 둔 일종의 우의일 가능성을 완전히 배제할 수 없다고 생각된다. 곧, 창작배경에 대한 정치한 탐색이 요구된다.[12]

12) 정용수, 앞의 논문, 1996, 153-161면. 그는 창작배경으로 임란 당시 진주성 전투에서 관민을 통솔하여 전쟁을 승리하고 다음해에 관사에서 병사한 鶴峯 金誠一을 봉안하려던 鶴翁書院을 창건하기 위해 鶴翁呈文을 쓰는 과정에서 타 문중과의 갈등을 주목하고 있다. 이는 창작배경을 나름대로 주목했다는 점에서 진일보한 것이라 하겠다. 그러나 논자가 자신의 가설을 작품에 지나치게 대입했다는 혐의를 벗어나기 힘들 것 같다. 김면운이 그의 나이 51세에 이르러 <금산몽유록>을 지어야만 했던 필연적 저간의 사정을 설득력 있게 찾아야 할 것 같다. 1825년 전후의 진주라는 향촌사회 내지 특정집단 간의 곡절에 대해 ≪오연집≫을 통해 먼저 정밀하게 살펴서, 창작동인을 규명해야 한다. 1872년에 간행된 김면운의 유고집 ≪梧淵遺稿≫의 첫 작품으로 수록되어 있다는 점도 결코 간단히 넘길 일은 아닌 것으로 보인다.

참고문헌

강동엽, 「<용문몽유록>에 대하여」, 『한국문학연구』 14, 동국대학교 한국문학연구소, 1992.

김기동, 「<사수몽유록>」, 『한국고전소설연구』, 교학사, 1983.

김동협, 「<달천몽유록> 고찰」, 『국어교육연구』 17, 경북대학교 국어교육연구회, 1985.

김동협, 「황중윤 소설 연구」, 박사학위논문, 경북대학교 대학원, 1990.

김동협, 「<용문몽유록> 고찰」, 『국어교육연구』 29, 경북대학교 국어교육연구회, 1997.

김정녀, 「몽유록의 현실대응 양상과 그 의미 : 16세기 후반~17세기 전반 몽유록을 중심으로」, 석사학위논문, 고려대학교 대학원, 1997.

김정녀, 「조선후기 몽유록의 전개양상과 소설사적 위상」, 박사학위논문, 고려대학교 대학원, 2002.

박주선, 「몽유록에 나타난 寓言의 방식과 의미 : 16·7세기 작품을 중심으로」, 석사학위논문, 성균관대학교 대학원, 1996.

백운룡, 「<달천몽유록>의 구조와 현실인식」, 석사학위논문, 경북대학교 대학원, 1996.

소재영, 「<달천몽유록>」, 『한국민족문화대백과사전』 28, 한국정신문화연구원, 1995.

신해진, 「윤계선의 정치적 입장과 <달천몽유록>」, 『한국학연구』 8, 고려대학교 한국학연구소, 1996.

신해진, 「황중윤의 정치적 입장과 <달천몽유록>」, 『국어국문학』 118, 국어국문학회, 1997.

신해진, 『조선중기 몽유록의 연구』, 박이정, 1998.

신해진, 「몽유록에서의 좌정대목이 지니는 의미 : <금생이문록>·달천몽유록(윤계선)을 중심으로」, 『한국언어문학』 43, 한국언어문학회, 1999.

양언석, 「<사수몽유록> 연구」, 『연민학지』 4, 연민학회, 1996.

양언석, 『한국한문소설작품연구』, 국학자료원, 1997.

염동락, 「<달천몽유록>에 나타난 역사의식의 두 면모 : 尹繼善의 義理觀과 黃中允의 是非邪正의 역사의식을 중심으로」, 석사학위논문, 동국대학교 대학원, 1998.

유종국, 「<사수몽유록>」, 『몽유록소설연구』, 아세아문화사, 1987.

이규호, 「<사수몽유록>」, 『한국민족문화대백과사전』 10, 한국정신문화연구원, 1989.
장효현 외, 『교감본 한국한문소설 몽유록』, 고려대학교 민족문화연구원, 2007.
정명기, 「<용문몽유록> 연구」, 『고소설연구논총』((茶谷 李樹鳳박사 정년기념논총), 경인문화사, 1994.
정용수, 「<금산몽유록> 연구」, 『반교어문연구』 7, 반교어문연구회, 1996.
정용수, 「<용문몽유록> 연구」, 『한문학보』 1, 우리한문학회, 1999.
조세용, 「<사수몽유록>考」, 『국문학』 6, 고려대학교 국문학학생회, 1962.
차용주, 「<달천몽유록>에 반영된 壬亂의 前後意識에 대한 비교연구 : 윤계선과 황중윤의 작품을 중심으로」, 『고소설연구논총』(茶谷 李樹鳳先生 회갑기념논총), 경인문화사, 1988.
차용주, 『한국한문소설사』, 아세아문화사, 1989.

찾아보기

ㄱ…………

ㅎ …………

부록 1

한국학중앙연구원 장서각 소장본

문셩궁몽유록

▸이 이본은 한국학중앙연구원 藏書閣 소장본(귀 K4-6743)인데, <공문도통>과 함께 합철되어 있고, 『필사본 고전소설전집』 3권(김기동 편, 아세아문화사, 1980)의 489-593면에 영인되어 있기도 하다.

문셩궁몽유록

동원의 훈 션비 이시니 일홈을 셥이롱
훈ᄃᆞᆯ 혹 문을 볼뒤 도하ᄒᆞ야 황권가 옴ᄯᅢ
ᄇᆡᆺ셩현을 뒤ᄒᆞ매 가연이 탄식ᄒᆞ야 골
오뒤 하ᄂᆞᆯ이 어ᄂᆞ긔 싱졉조ᄒᆞᆯ 셩인을 내시ᄂᆞ시
졀ᄅᆞᆯ을 만나지 못ᄒᆞ샤 ᄯᅳᆺ을 ᄂᆡ여 텬하의 셔ᄒᆡᆼ
ᄒᆞ시게 ᄒᆞᆫ 안증 졍명 ᄌᆞᄒᆞᆯ 대현을 ᄂᆞᄂᆞ니
군을 만나 도ᄅᆞᆯ 힝치 못ᄒᆞ고 남은 지ᄂᆞᆯ 시ᄇᆡ례 조와 ᄎᆞᆷ
적녑ᄂᆞ라 군현이 다 간셰ᄒᆞᆯ 졔 조와 ᄎᆞᆯ 누ᄒᆞᆯ
러구을 ᄯᅳᆺᄂᆡ 조ᄒᆞ야 의 가 ᄯᅳᆺ을 ᄒᆞ여 사회 장셩
을 ᄒᆞ여 ᄂᆡ음 오 ᄉᆞᆫ시 졀ᄅᆞᆯ을 보지 못ᄒᆞ게 ᄒᆞ시

실ᄂᆞ하 [illegible]ᄆᆞᄋᆞᆷ 줄 이ᄒᆞᆫ이 [illegible]을 셰ᄒᆞ여 셔 안ᄋᆞᆯ
쳐량ᄒᆞ야 ᄀᆞᆯ오ᄃᆡ 낭ᄌᆡ 잇ᄉᆡ의 머리ᄉᆞᆯ 오ᄉᆞᆫ이
잇ᄉᆡ의 ᄆᆞᆯᄒᆞ여 시니 오ᄅᆞᆸ다 부ᄌᆞ여 되 횡지
못ᄒᆞ신 려ᄒᆞᆫ 분개ᄒᆞᆫ ᄆᆞᆯ 마나 아니ᄒᆞ시니
호올 연고ᄅᆞᆯ ᄒᆞ여셔 안을 비져 ᄌᆞᆷ을 드니ᄃᆡ
쳥의 동ᄌᆡ 학을 ᄇᆞ라 이ᄅᆞᆯ ᄯᅥ와 ᄃᆡᄒᆞᆫ ᄀᆞᆯ오
ᄃᆡ 쥬벽 낭셩군이 독벽이 쳥ᄒᆞ시 러이
다 싱이 ᄀᆞᆯ오ᄃᆡ 나ᄂᆞᆫ 하계 옥병이 오ᄌᆞ ᄇᆞᆯ을
상편 녕셜이니 엇디 시러ᄀᆞᆷ 만나리오 동
지ᄃᆡ 외ᄋᆞᆯ 셩싱은 서 양치 마ᄅᆞᆫ다 만학의
동의 오ᄅᆞᆫ 면ᄌᆞ 연가 ᄒᆞ라 ᄒᆞᄂᆞᆫ 도리여 쳥학

울가져와꼿츨너거놀싱이학의등의올ᄂᆞ

(학이두어번놀개ᄅᆞᆯ붓치매ᄇᆞᄅᆞᆷ셔반공의오ᄅᆞ니엇던)

매강을굽어보니불근꼿굴이아득ᄒᆞ여

어업혀ᄉᆞᆫ디강안이바득낫만ᄒᆞ여뵈ᄃᆞ시희

잔의꿀ᄭᅩᆺ더라져근덧ᄒᆞ여ᄒᆞᆫ곳의니ᄅᆞ니

큰마을이잇ᄂᆞᆫᄃᆡ의ᄲᅧ시되옥졍ᄂᆞᆫ창벽과

ᄒᆞ엿ᄉᆞ러라동졍ᄃᆞ려가보ᄒᆞ러니죽시나와

쳥ᄒᆞ여ᄃᆞ려가숙졍쳥아셔니ᄅᆞ니두셤당

이ᄇᆡᆨ옥으로뫼오회안쟈나가싱을보ᄂᆞᆫ뫼

예노셔읍ᄒᆞᆫ좌의올녀거놀말셕의올나

진비부복ᄒᆞᆫ디쳔안이우어골오ᄃᆡ그디엇

놉흔쳔비로셔ᄇᆡᆺ슬을만히ᄂᆞ리어[illegible]

알녀ᄃᆞ 하ᄂᆞᆯ 뜻을 모ᄅᆞᄂᆞᆫ 망녕된이 하ᄂᆞᆯ을
원망ᄒᆞᄂᆞ니라 하ᄂᆞᆯ이 동나ᄅᆞᆯ 니여고 위ᄅᆞᆯ 엇
지못ᄒᆞᆫ 편하의 주륙ᄒᆞ게 ᄒᆞᄂᆞᆫ 나ᄅᆞᆯ 뜻이아
니라 만이 일편주 위ᄅᆞᆯ 맛져 세상을 나ᄉᆞ셤만
방이 험ᄃᆡ화ᄒᆞᆫ 빅셩이 오변ᄒᆞᆸᄋᆞ이 브ᄅᆞᆯ다
일시 ᄋᆞᆼ회 오하 위예 구죠ᄒᆞ야 ᄉᆞᄯᆞᆫ을 숭거
ᄒᆞ여 ᄯᅩᆨ락을 도도로의 ᄉᆞᆯ횡ᄒᆞ여이 왕셩인
의 도ᄅᆞᆯ 나ᄉᆞ게 ᄒᆞᆫ 광녀ᄒᆞ옵 ᄯᆞᆫ을 여러 편하
의 아독ᄒᆞᆯ거 ᄉᆞᆯ셰 ᄃᆞᆺ게 ᄒᆞᆫ ᄯᆞᆫ이 만셰예 러
ᄐᆞᆯᄀᆡ이 오귀ᄒᆞᆫ미 현져되ᄃᆞ가 ᄋᆞᆸᄯᅥᆯ ᄯᆞᆫ ᄉᆞ회ᄅᆞᆯ
독미이 블ᄅᆞᆯ가 일시 ᄌᆞᆷ귀ᄒᆞᆫ미 오ᄆᆞᆫᄂᆞᆫ의 도러ᄉᆞ

을텬ᄒᆞ여ᄉᆞ회안다ᄅᆞᆯ황밧기며우ᄒᆞᄂᆞᆫ텬
즈ᄅᆞᆯ부허아와셔인ᄉᆞ니정셩을갈ᄒᆞᄂᆞᆫ
옴을라ᄒᆞ여ᄃᆞᆼ경ᄒᆞᄂᆞᆫ존봉ᄒᆞ여현ᄉᆞᆫ식을쳔
ᄂᆞᆫ의졔리아니ᄒᆞ니어ᄉᆞ리이ᄅᆞᆯ시에귀ᄒᆞᆷ라ᄀᆞᆺ
ᄒᆞ시오ᄒᆞ블며우시ᄅᆞᆯ이ᄉᆞ블을족광ᄒᆞ엿
ᄂᆞᆫ리라옥뎨긔여ᄉᆞ와ᄉᆞ속우회봉ᄒᆞ여구ᄉᆞ
ᄒᆞᆫᄃᆞᆯ소ᄅᆞ라ᄒᆞᄂᆞᆫ왕ᄒᆞᆫᄃᆞᆯ분셩이라ᄒᆞ며만ᄂᆞᆫ
욱현을ᄃᆞ리ᄂᆞᆫ치화ᄃᆞᆯ쟈하놀이거ᄌᆞᆯᄂᆞᆫᄉᆞ라히
ᄂᆞᆯ거도망ᄒᆞᆯ적이어업게ᄒᆞ여시니어ᄉᆞ리랑
우삼티예ᄇᆞᆨ년다비ᄒᆞ시오이졔그티ᄀᆞᆯᄃᆞᆯ쳥
ᄒᆞ여오ᄂᆞᆫᄒᆞᆯ변ᄉᆞ왕의벌여하ᄌᆞᆯ거ᄃᆞᆯ이ᄋᆞ

ᄒᆞᆫ오ᄯᅡᄉᆞ믄을ᄯᅥ러ᄇᆞ리리라ᄒᆞ니ᄒᆞᆫᄭᅮᆷ을ᄭᆡ올
계ᄒᆞ미니ᄯᅡ라ᄌᆞᆨ시ᄃᆞᆼ졀ᄅᆞᆯ브ᄅᆞ러우러ᄒᆞ니ᄒᆞᆯ
주어싱을주어ᄉᆞᄉᆞᆨ오회소왕과도회ᄒᆞ샤
ᄒᆞ거ᄂᆞᆯ싱이졀ᄒᆞ여하직ᄒᆞᆫ하직을ᄃᆞᆯᄅᆞᆯ
졀ᄅᆞᆯ조차가더니ᄒᆞᆯᄯᅡ회나ᄃᆞᆯ나니이ᄅᆞᆯ워ᄌᆞ이
명낭ᄒᆞᆫ화ᄒᆞᆯ과온이ᄇᆞᆫ이ᄯᅥ기ᄅᆞᆯ회낭녜길
ᄒᆞ믈분ᄒᆞᆫᄂᆞᆯ고니짐을이니지ᄂᆞᆫ바가ᄂᆞ니ᄀᆞ을
슉양ᄒᆞᆫ어질아회ᄃᆞᆯ은강구의노새부ᄅᆞ고
ᄂᆞᆯ고니ᄂᆞᆫ져양시ᄀᆞᆯᄅᆞᆯ웅거ᄂᆞᆯ싱이ᄃᆞᆼ졀ᄅᆞᆯ도ᄅᆞ
문왈이어녀ᄃᆞᆺ이왕대왈연이ᄒᆞᆫ져과
샹이며당우젼쟝쇽이노ᄃᆞᆼ져ᄃᆡ외올샹

숙니졍이오ᄂᆞᆯ주ᄂᆞᆫ셩왕의나라히라ᄒᆞᆯ
싱을인ᄒᆞ여주ᄀᆞ의ᄃᆞ러가니죵족이더
욱ᄉᆞᆷ화ᄒᆞᄂᆞᆫ인심이ᄃᆞᆯ박ᄒᆞ여라결ᄂᆞᆫ바
러나ᄃᆞ와싱을셰우ᄂᆞᆫᄆᆞᆫ져ᄃᆞ러가거ᄉᆞᆯ싱이
ᄃᆞᆯ어보니즁장이ᄂᆞ인이나고ᄂᆞᆫ을ᄃᆞ지못
ᄒᆞ면ᄀᆞ죵ᄂᆞᆫ의미ᄒᆞᆷ다빅단의부ᄒᆞᆫᄂᆞᆯ보니
못ᄒᆞᆯ너라이욱ᄒᆞ여ᄒᆞᆯ간원이ᄃᆞᆼᄌᆞ(와)ᄒᆞᆷ거나
와결지ᄒᆞ여부ᄅᆞᆯ신라ᄒᆞ여ᄉᆞᆯ싱이조장ᄒᆞᆫ
여ᄃᆞ러가보니ᄒᆞᆯ련이이셔ᄃᆡ크게ᄀᆞᆷᄌᆞᄅᆞᆯ빼
시되(대)쳥련이라ᄒᆞᄂᆞᆫᄃᆡ안회일원의왕최안자
계시니고나마ᄅᆞᆫ이ᄋᆞᆯᄌᆞᄅᆞᆯ고무ᄋᆞᆯᄋᆞᆯᄌᆞᄅᆞᆯ고

게ᄂᆞᆫ 경ᄉᆞᆼ 산ᄌᆞ히 리ᄲᅧ 이쇠 ᄂᆞᆫ하오시고 신ᄃᆞᆺ
은 미ᄉᆞᆺ리 ᄆᆞᆺᄒᆞᄃᆞ 이ᄉᆞᆸ시 우ᄅᆞᆯ이 ᄂᆞᆸᄃᆞ니 ᄃᆞ허나 며ᄅᆞᆨ
귀ᄂᆞᆺ 치리 셔희 나고 ᄂᆞᆸᄒᆞᆫᄆᆞᆫ 하ᄂᆞᆯ ᄌᆞᄃᆞ고 블리으ᄆᆞᆫ 일
원ᄅᆞᆯ ᄌᆞᄒᆞ니 ᄭᅴ희 비컨대 차 산ᄌᆞᄃᆞ ᄆᆞᆯ의 비컨 제[뎨]
하희 ᄌᆞᄒᆞ며 녕어ᄒᆞᄆᆞᆫ리 쳔ᄌᆞᄃᆞ 상셔ᄅᆞᆯ 오ᄆᆞᆫ
봉황 ᄌᆞᄒᆞ니 셩민이 이시ᄆᆞ 굴부허 오ᄆᆞ 굴ᄌᆞᆺ
은재 어ᄇᆞ 선리라. 은낭ᄒᆞ시[며] ᄃᆞᆼ거ᄉᆞᆸᄒᆞ시며 신ᄌᆞ
ᄒᆞ시며 올ᄌᆞᄒᆞ시되 고ᄲᅴᄂᆞ고 ᄒᆞᄆᆞᄂᆞᄃᆞᆨ 양으ᄅᆞᆯ ᄅᆞᆨ
ᄒᆞᆯᄌᆞᆺᄒᆞ며 강ᄒᆞᆯ울 라ᄀᆞ ᄒᆞᆯᄌᆞᆺᄒᆞ신리라 ᄂᆡᄀᆞᆯ
형상ᄒᆞ여 리ᄅᆞᆨ리 ᄆᆞᆺᄒᆞᆯ어라 마허의 ᄌᆞ뎡
울ᄲᅳᆫ 시ᄃᆞ ᄆᆞᆷ의 ᄉᆞᆯ상을 ᄂᆞᆸ으시ᄃᆞ ᄉᆞᆯ의 ᄇᆡᆨ옥

ᄒᆞᆯ을쥐여저시러와좌우의셰셩인이뫼셔
시니동남졔일위예놉연구둥안연이니삼
졀화ᄒᆞᆯ리온ᄌᆞᄃᆞᆯ재위예놉거구둥증ᄌᆞ이
니ᄌᆞ놈ᄌᆞ시오셔남졔일위예놉셔구둥증ᄌᆞ이
오졔이위예놉흐구둥밍가니ᄌᆞ놈ᄌᆞ여니뎌샹
이안ᄌᆞᄒᆞᆯ리샹이러와안연을뎌시되여ᄉᆞ등
곱은뎌빅오둥ᄌᆞᆷ을뎌빅니이삼둥이라왕을
도아치ᄃᆞᄅᆞᆯ의놉ᄒᆞᆫ밍가ᄌᆞᆫ충빅단ᄒᆞᆼ지리
여시니빅단을거ᄂᆞ셔ᄉᆞ회ᄅᆞᆯ라ᄉᆞ리니이뻐
날죽둥의ᄒᆞᆫ양런벼술리러와쳥두즈ᄅᆞᆯ노ᄋᆞᆯ
사ᄅᆞᆷ이버러시 비둥민ᄉᆞᆷ의ᄌᆞ놈ᄌᆞ건이ᄋᆡ

시오셜ᄋᆞᆼ 엽옹의 ᄌᆞ놀 동궁이나 ᄎᆞᆷ벅 오동궁
엽셩(경)의 ᄌᆞ놀 빅우(우)나 ᄎᆞᆷ벅나이 놀삼다라 삼ᄋᆞᆼ
울ᄅᆞ아치 ᄅᆞᄅᆞᆯ의 논ᄒᆞᆫ녜ᄋᆞᆼ 란북ᄉᆞ(의) ᄌᆞᄂᆞᆫ즈ᄋᆞᆼ
이나재 동빅울ᄒᆞᆫ 여ᄉᆞᆫ위ᄋᆞᆼ 동우의 ᄌᆞ놀조ᄅᆞᆯ
나러ᄉᆞ마 ᄅᆞᄅᆞᆯᄒᆞᆫ 여ᄉᆞᆫ위ᄋᆞᆼ 북 상의 ᄌᆞᄂᆞᆫ경하 나재
ᄉᆞ주ᄅᆞᄅᆞᆯᄒᆞᆫ 여ᄉᆞᆫ셔ᄋᆞᆼ 엽주 놀즤(의자) 의앙우나 재ᄉᆞᄋᆞᆼ울
ᄒᆞᆫ 여ᄉᆞᆫ오ᄋᆞᆼ(안언) 의ᄌᆞ놀조 우나 재 ᄉᆞᄅᆞᄅᆞᆯᄒᆞᆫ 여ᄉᆞᆫ경ᄋᆞᆼ을
후욱 악온 상ᄎᆡ 우ᄅᆞᄅᆞᆯᄒᆞᆫ 여ᄉᆞᆫ쳬ᄋᆞᆼ즈 여(의ᄌᆞ) ᄂᆞᆫ즈이
나우ᄃᆡ 언울ᄒᆞᆫ야 왕명울ᄌᆞᆯ 납ᄒᆞᆫ 더라ᄒᆞᆼ
셔두즈ᄂᆞᆫ 빅여 인이 미셔시니 련하의 라ᄌᆞᆷ
디헌이라 위의 쳬ᄌᆞᄒᆞᆫ거 상이 을ᄒᆞᆫ러라ᄀᆞᆼ

의횡인숭셔젹이ᄯᅴ를ᄃᆞᄅᆞ올을잡ᄇᆞ련
에올나주왈밧고아ᄒᆞᆸ사ᄅᆞᆷ이와시니라ᄃᆞᆼ
국사ᄅᆞᆷ이라셔로충안항이란사ᄅᆞᆷ은국ᄒᆞ여
ᄒᆞᆨ문ᄃᆞᆼ사ᄅᆞᆷ이아니로ᄃᆡ셩문의ᄃᆞᆼ이이실
최치원이란사ᄅᆞᆷ이ᄒᆞᆫᄒᆞᆯᄒᆞᆨ문이어ᄇᆡ슨뎐ᄃᆞᆼ
방의문ᄌᆞ를쥐음을창거ᄒᆞ여사ᄅᆞᆷ을ᄀᆞᄅᆞᆫ
여ᄉᆞᆷ문한을알게ᄒᆞ니이셩문의젹ᄃᆡ아닌
ᄃᆞᆼ이오경ᄇᆞᆼ쥬란사ᄅᆞᆷ은ᄒᆞᆨ문이우여ᄒᆞᆫ
ᄃᆞᆼ셩이란이일ᄒᆞᄃᆞᄂᆞᆷ은다ᄉᆞᆺ사ᄅᆞᆷ은다ᄒᆞᆨ
문이ᄃᆞ명ᄒᆞᄃᆞ셩덕이졍신ᄒᆞ야ᄃᆞᆼ국사ᄅᆞᆷ
의게지고아니ᄒᆞᆫ 말자셔쉴사ᄅᆞᆷ은더욱

긔질이 출숙ᄒᆞᄂᆞᆫ 셔ᄀᆡ 이ᄂᆞᆫ 명을 ᄒᆞ야 너ᄀᆡ 이라
의올나 실에 ᄃᆞ셥족ᄒᆞ오니 일의ᄂᆞᆫ 이라 왕
비 ᄀᆞᆯ오샤ᄃᆡ 그러면 ᄃᆞ려오미 맛당타 ᄒᆞ신대 야
ᄒᆞᆸ시ᄉᆞᆷ이 이일시의 ᄃᆞ려와 ᄉᆞᄇᆡᄒᆞ니 그ᄌᆞᆯ 맛고 즁셔로
갈나셧ᄉᆞ려 나셔젹이 ᄎᆞᆷ알의 ᄃᆡ쇼 둑어 사ᄅᆞᆷ
이와 머ᄆᆞᆺ거려 ᄃᆞ니 ᄆᆞᆺᄒᆞ니 ᄇᆞᆯ직ᄒᆞᆫ 재ᄌᆞᆨ지쳐
ᄇᆞᆯ나치나 ᄇᆞᆯ어갓라 가라시 왕ᄂᆞ이라 왕이
잠간 오ᄉᆞ시ᄃᆞ 명ᄒᆞ야 ᄃᆞ려오라 ᄒᆞ신대 이인이
ᄃᆞ려와 왕씌 ᄇᆡ옵ᄃᆞ 둥 셔로 미말항의 셧ᄉᆞ러라
왕이 ᄀᆞᆯ오샤ᄃᆡ 경옵나라 빈ᄀᆡᆨ 아ᄂᆡ 능히 븟ᄋᆞᆯ 옹
ᄒᆞ야 써 이일을 빗나게 ᄒᆞᆯ ᄃᆞ뇨 ᄒᆞ라 ᄀᆞᆯ오ᄃᆡ ᄆᆡᆼ개 지 홈

젹되얏ᄂᆞ니이다왕왈욕되다ᄒᆞᄋᆞᆸ나ᄆᆡᆼ가아
녜ᄡᅥ도ᄅᆞᆯ편ᄒᆞ야시니이에정ᄇᆞᆯ지어다ᄆᆡᆼ셰
졀ᄒᆞᄂᆞᆫ머리ᄅᆞᆯ두ᄃᆞ려쥭희제ᄉᆞ양ᄒᆞᆯ제왕이
ᄅᆞᆯ오샤ᄃᆡ왹라어쥭희아ᄡᅥ도ᄅᆞᆯ베니어만ᄂᆞᆫ
의ᄇᆞᆼᄒᆞ옥을여니ᄂᆡ이졔앗ᄂᆞᆫ다이ᄯᅥᆨ이ᄂᆞ니
녜가흠ᄒᆞ도다왕이왈언아빅셩이친ᄒᆞ랴ᄂᆞ니
ᄒᆞ며오ᄅᆞᆷ이ᄉᆞᆫ히안니ᄒᆞ며베ᄉᆞ리리여ᄉᆞ니
오ᄅᆞᄅᆞᆯ삼가베ᄑᆞᄃᆡ너그럽게ᄒᆞ라ᄒᆞ언이며
리조아졍호의게ᄉᆞ양ᄒᆞᆯᄃᆡ왕왈젹ᄒᆞ다
너호아도ᄒᆞ옥이횡ᄒᆞ리ᄭᅩᆺᄒᆞᆫ편헤ᄇᆞᄂᆞᆫᄒᆞ여고
양ᄒᆞ믈바ᄅᆞᆯ아니ᄭᅩᆺ거ᄅᆞᆯᄡᅵᄒᆞᆯᄂᆞᆫ편히ᄭᅩᆺ

노도졸장셔가 옵지 어려나여 황연이 각시
하의 붉게 ᄒᆞᆫ 뿐이 어허 희둥이라나 아ᄅᆞᆷ다이
너기ᄂᆞ니 이제 널 노뫼 ᄎᆞᄉᆞ도ᄅᆞᆯ ᄒᆞ이ᄂᆞ니 네
왕ᄒᆞ야 홍ᄒᆞ라 왕의 ᄂᆞᆯ 져ᄉᆞᄒᆞ라 상아 네 ᄉᆞ리
되엿ᄂᆞ니 형을 ᄒᆞ옴ᄒᆞᆯ리 어다 상이 두ᄉᆞᆨᄒᆞ
여 령이 게 ᄉᆞ양ᄒᆞᆫ대 왕의 ᄂᆞᆯ 져ᄉᆞᄒᆞ라 너 이 아 ᄂᆞᆯ
노뫼 ᄎᆞᄉᆞ구ᄅᆞᆯ ᄒᆞ이ᄂᆞ니 ᄒᆞᆯ가 지ᄅᆞᆯ ᄒᆞ라 왕이 ᄒᆞᆯ
ᄉᆞ아 네 두 빅이 되엿ᄂᆞ니 네 네 악을 니ᄅᆞ려
신인을 다ᄉᆞ리며 상ᄒᆞ기ᄅᆞᆯ 화케ᄒᆞ라 ᄀᆞᆫ뭑시
계ᄉᆞᆨᄒᆞ여 ᄎᆞ옹 의게 ᄉᆞ양ᄒᆞᆫ대 왕이 ᄀᆞᆯ오샤
되 옹아 네 ᄒᆞᆯ가 지ᄅᆞᆯ ᄒᆞ라 옹이 ᄀᆞᆯᄉᆞᄒᆞ야 ᄀᆞᆯ오

뎌 신이 이 ᄉᆞ임을 당치 못ᄒᆞ리니 각별이 ᄒᆞᆫ
사ᄅᆞᆷ을 쳔거ᄒᆞ리이다 한의 ᄒᆞᆫ 사ᄅᆞᆷ이 이시니
셩명은 졔갈냥이오 심히 뎨상인ᄆᆞᆯ이라 거의
녜악을 ᄒᆞ리니 이 사ᄅᆞᆷ이 (시랑) 혜오리아 낫거니와
원컨대 대왕은 부ᄅᆞ소셔 왕이 즉시 경지ᄒᆞ
야 부ᄅᆞ시니 이윽고 냥이 (공명) 드러와 뵈ᄋᆞᆸ시온 옹
우아ᄒᆞ야 진짓 ᄋᆞ자의 긔상이러라 왕의 일걱
ᄒᆞ라 너 냥아 네 냥인을 도아 녜악을 나ᄀᆞᆯ쳐
라 왕이 ᄀᆞᆯ오샤ᄃᆡ 뎌적ᄒᆞ라 너 냥적이 아 엿노ᄒᆞ
마ᄅᆞᆯ ᄒᆞ이 ᄂᆞ니 너 노ᄉᆞᄅᆞᆯ거ᄂᆞᆯ쇄 나라 즁을 ᄒᆞᆼ
계 ᄒᆞ라 왕 왈 겨 ᄒᆞ라 너 ᄉᆞ마 강아 [illegible]

긔ᄅᆞᆯ 죵을 삼ᄂᆞ니 네 왕ᄒᆞ야 흠ᄒᆞ라 왕외ᄅᆞᆯ
격ᄒᆞ라 너 죡도아 널노 ᄎᆞ상을 ᄒᆞ이ᄂᆞ니 ᄆᆡᆫ
시와 다ᄅᆞᆯ 이라 흠진ᄒᆞ라 왕외ᄅᆞᆯ 젹ᄒᆞ라 너 ᄒᆞᆫ
우아 널노 ᄡᅥ 남언을 삼ᄂᆞ니 네의 명을 좃ᄎᆞᆯ
ᄒᆞ리오 직을 ᄒᆞ여 ᄂᆞ려 ᄆᆞᆯ을 세로오리면 ᄌᆞᆼ
ᄒᆞᆯ ᄆᆞᆯ서 가흠ᄒᆞᆫ 언을 두리 말나 왕외ᄅᆞᆯ 격ᄒᆞᆯ
라 ᄎᆞᆼ용아 네 ᄒᆞᆫ련을 흠약ᄒᆞ며 일월 셩신
을 녀상ᄒᆞ야 인시ᄅᆞᆯ 삼가 맛니 ᄡᅥ 칠졍을
고ᄌᆞ기 ᄒᆞ라 너 ᄌᆞ희아 이제 졍세 잔ᄃᆞᆯ ᄒᆞ여 ᄉᆞ
ᄒᆞᆨ이 ᄇᆞᆰ히 ᄆᆞᆺᄒᆞᄂᆞ니 네 셩의 ᄅᆞᆯ ᄇᆞᆰ혀 쇠인으
로 ᄒᆞ여 음 ᄯᅢ 벽히 알게 ᄒᆞ라 두져 비ᄉᆞ 외ᄅᆞᆯ

네도 견ᄃᆡ 강식라 ᄒᆞᆯ 가지로 ᄒᆞ여 지이다 왕왈
격ᄒᆞ라 식도 겸ᄒᆞ야 네 왕ᄒᆞ여 ᄒᆞᆫᄒᆞ라 경ᄒᆞ라
ᄉᆞ마광아 ᄉᆞ혹이 오셔 ᄇᆞᆰ히니 ᄆᆞᆺᄒᆞ야 족ᄒᆞ미 ᄯᅥᆯ
ᄒᆞᆯ 쫏즁을 알니 업ᄉᆞ니 네 녀뢰ᄉᆞ 거ᄀᆞᆯ 닷ᄀᆞ라 ᄒᆞᆫ
이 벋 ᄎᆞ명 왈 신이 죄 진 업서 ᄇᆞᆫ댱은 한 우마
ᄆᆞᆺᄒᆞᆫ 회 벅ᄒᆞᆫ기 놀죄ᄀᆞ 명누 향ᄒᆞ낭 ᄒᆞ양을 ᄒᆞ
만ᄒᆞ니 ᄃᆞ리건 ᄃᆡ 등 잇ᄃᆞᆯ 강치 ᄆᆞᆺᄒᆞᆯ 가ᄒᆞ오
이다 왕 왈 견ᄀᆞᆨᄒᆞ라 ᄉᆞ옹아 복회시 ᄆᆞᆯᄒᆞ면 (너 죄구 ᄒᆞᆷ명 ᄂᆞ 향 공양 공양 드ᄒᆞ야 네 ᄒᆞᆫ…) (로왕ᄒᆞ다 셔ᄒᆞ라 ᄃᆞᆼ왈 ᄅᆞᆫ져ᄀᆞᆨᄒᆞ라)
로브워 죄ᄀᆞᆯ ᄃᆡ ᄀᆞᆯ 알니 업ᄉᆞ니 네 죄 여ᄀᆞ을 강
명ᄒᆞ야 읇양지 니ᄀᆞᆯ ᄇᆞᆰ히라 옹(공)이 벋 왈 신
은 역수ᄀᆞᆯ 알ᄃᆞᆫ 여ᄀᆞ ᄀᆞᆯ ᄆᆞᄅᆞᆫ니 경이(ᄌᆞ)라 ᄒᆞᄂᆞ…

지금 ᄉᆞᄅᆞᆷ을 쳥ᄒᆞᄂᆞᆫ 이 다 거ᄌᆞᆺᄒᆞ리라 너[경저]이 아ᄂᆞᆫ가
지ᄅᆞᆫᄒᆞ라 군신을 녕ᄒᆞᆫ 물ᄆᆞᄎᆞ매 정히 벽ᄋᆞᆼ
을ᄉᆡ러 브ᄉᆡ러 도ᄅᆞᆯ의 논ᄒᆞ셔 나ᄒᆞᆯ 연외 셰금
히 ᄃᆞᄉᆞ려 와 보ᄒᆞᆫ 디 양쳑ᄒᆞᆫ ᄉᆞᄅᆞᆷ 다 ᄇᆞᆨ ᄌᆡᆨ 이ᄒᆞᆫ
ᄉᆞᄅᆞᆷ이 가각 십여 만[인] 울 거ᄂᆞ려 동원 빅셩
을 반ᄂᆞᆷ아 항복 받ᄋᆞ오리 지졔ᄅᆞᆯ 벼ᄉᆞᆯ ᄒᆞ야 시
나 양쳑 ᄂᆞᆫ 블디 제 ᄆᆞᆷ만 위ᄒᆞ니 ᄒᆞᆯ 허턱을 ᄲᅡ
혀 편하ᄅᆞᆯ 나케 ᄒᆞᄂᆞ라 ᄒᆞ야도 아니ᄒᆞᆯᄆᆞᆨ 젹
이 ᄒᆞᆫ ᄉᆞᄅᆞᆷ 은 ᄉᆞᄅᆞᆷ을 념이 ᄉᆞ랑ᄒᆞᆯ 머리 ᄀᆞᆯ브
허 발ᄀᆞ디 나ᄅᆞ셔 도 편하 일을 나케 ᄒᆞ쇠 라ᄒᆞ
면 라ᄒᆞ니 이 두 ᄉᆞᄅᆞᆷ은 남군이 어ᄇᆞᆫ 아비 업슬

부쇠와숩히쳐업시리아니면화일큰환이
되리이라왕이좌우를도라보아골오샤되뉘가
히이도적을쳐평경홀고등위분연히내
도라골오되신이청컨대신군을거느려나가홀
칼노쓰러브리리이다왕이빙그레골오샤되범
을주어멱을도치근꼴을헤여건어주어도넉온
리아니노자놀질브의옹이라서죽이리아니스
너부긋장숙된거술일을닌호야두려호는되
골도리녀여야이기녹라쌍치경아줄히나아
가죽와실신이청컨대나아가이도적을쓰러브
리리이다왕이 신대쌍지하기로나하

쳔뎨ᄌᆞᄅᆞᆯ거ᄂᆞ려 양복다 더진ᄒᆞᆯ셔 진상의셔
크게ᄉᆞᆨ지 저 외ᄅᆞᆯ네 음낭ᄒᆞᆯ 횡실라 샤륙ᄒᆞᆯ 말ᄂᆞ
인심을 힝ᄒᆞ니 ᄒᆞᆯ 우리 길흉을 어ᄌᆡ 이니ᄊᆡ
이졔 소명왕(병)을 반ᄌᆞ와 션셩의 도ᄅᆞᆯ 브ᄅᆞ러
너희 샤륙ᄒᆞᆯ 누구ᄅᆞᆯ 막ᄌᆞᄅᆞᆯ 노라 이 인이 자ᄎᆞᆯ
ᄅᆞᆨ지 저 외ᄅᆞᆯ 우리 놀인의 편리와 검혀ᄉᆞᆫ의ᄉᆞ
회예 져져ᄉᆞᆫ되라 엇디 너희 왕의 도ᄅᆞᆫ 만도ᄃᆞᆺ
ᄌᆞᆯ 뇌오 ᄎᆞᆯ니 보ᄅᆞᆫ긔 ᄂᆞ려 힝복ᄒᆞ야 만리의오
음ᄉᆞᆯ을 업게 ᄒᆞ라 뵝긔 자로ᄒᆞ야 진보ᄂᆞᆫ을 크게
여ᄅᆞᆫ셔 ᄀᆞᄅᆞᆯ 니며 감병을 ᄃᆞ러 크게 쇄치니
양복이 자죄ᄉᆞ(ᄒᆞ야) 방을 해여 저ᄅᆞ라 낭병 젹해

양복이 뎌재ᄒᆞ여 ᄂᆞ방으로 ᄒᆞ여 재ᄃᆞ라나니
명텨헤쳐ᄒᆞᆫ 줄이 ᄒᆞᆯ개가ᄅᆞᆯ 벗ᄉᆞᆯ어ᄃᆞ라와
왕거븨오니 왕이 ᄀᆞᆯ오샤ᄃᆡ 되라 녯날 하우
시슉도ᄅᆞᆯ 평뎡ᄒᆞ엿더니 네 이제 양복을 라
ᄒᆞ니 ᄀᆞᆼ이 우의 아래 잇더 아니라 ᄒᆞ시더라
ᄌᆞᆯ매 ᄌᆞᆸ보와 ᄌᆞᆯᄌᆞᆫ 현사ᄅᆞᆷ노ᄅᆞᆷ이라 ᄒᆞᆯ재ᄉᆞᆯ
징ᄒᆞ리 벽양진인이ᄅᆞ라 ᄒᆞᆯ 쳥졍ᄇᆞ위ᄒᆞᆫ
을 ᄃᆞ러을 삼아 편하 사ᄅᆞᆷ을 ᄉᆞ여 니ᄅᆞ오리
황제현ᄒᆞᆫ시ᄃᆞᄅᆞᆯ 횡ᄒᆞᄂᆞ라 편하 사ᄅᆞᆷ이미
연이 ᄌᆞᄎᆞᄂᆞ ᄀᆞᄉᆞ하의 ᄃᆞ리장이 이시ᄃᆡ ᄒᆞᄂᆞᄃᆞ을
경다 사ᄅᆞᆷ 여ᄉᆞᆯ어 ᄀᆞᄂᆞ 경오ᄅᆞᆯ 어ᄃᆞᆼ겨라 ᄒᆞᄂᆞ

ᄒᆞ나흔 봉ᄯᅡ 사ᄅᆞᆷ 장ᄎᆔ니 죵호ᄅᆞᆯ 낫화 셔인이라
ᄒᆞ니 이 두 사ᄅᆞᆷ이 황낭ᄒᆞᆫ 말ᄅᆞ라 져ᄀᆡ 죄ᄒᆞᆫ ᄀᆞᆯ을
지어 ᄃᆡ왕을 만모ᄒᆞᄂᆞ 우리ᄅᆞᆯ 거ᄅᆞᆼᄒᆞ여 ᄇᆞ옥
ᄒᆞ미 심ᄒᆞᆫ지라 이제 진나라 회ᄃᆞ려와 왕사의
부리ᄅᆞᆯ 어부려 합세ᄒᆞ야 우리ᄅᆞᆯ 침노ᄒᆞ니
청컨ᄃᆡ ᄃᆡ왕은 인의 예ᄉᆞ군ᄉᆞᄅᆞᆯ 니ᄅᆞ혀 ᄎᆞᄌᆞ셔
왕이 좌우ᄃᆞ려 부ᄅᆞ오샤 ᄃᆡ ᄂᆡ 날ᄅᆞᆯ 위ᄒᆞ여
이 적을 평ᄒᆞᆯ고 ᄉᆞ마 장직가 ᄂᆡᆯ 원ᄒᆞᆫ거ᄂᆞᆯ 왕
이 허ᄒᆞ신ᄃᆡ 장직 즉시 인의 병 삼쳔을 거ᄂᆞ려
나아가 ᄂᆞᆫᄃᆡ 군을 막ᄌᆞᄅᆞᆯ 셰ᄒᆞᄅᆞᆫ이 긴모ᄅᆞᆯ 열
고련ᄒᆞ니 ᄂᆡᄀᆞᆷ이 모ᄅᆞᆷ의 우의ᄅᆞᆯ 남ᄀᆞ 머리 예 황

관을ᄡᅳ고이일쳑쳥옥홀을가시니불근긔운이하ᄂᆞᆯ
의ᄲᅩ이고샹셔비범ᄒᆞ여나마의날빗치잇고볼이
긔졀ᄂᆞᆫ질ᄀᆞᆷ랑이어렵신당이이일강이쳔이
나소히신긔로온놋곳허라ᄉᆞ마광거셔셩ᄌᆡ
왈네주ᄒᆞᆯ인다ᄶᅥᆯ고ᄒᆞᆯ의물ᄉᆞ로ᄃᆡ이로
라ᄒᆞ야우리ᄌᆡ왕을업슈이녀기고우리ᄅᆞᆯ
혀ᄒᆞ니이진지나ᄅᆞᆯ바우블슈의안자ᄒᆞᆫ울을
보며ᄅᆞᆯ오리ᄒᆞᆫ울이ᄲᅧ각ᄒᆞ미라이제니ᄌᆡ왕명
을바다와너희ᄅᆞᆯ랑멸ᄒᆞ라ᄒᆞ시니제이제항
복ᄒᆞ면죽기ᄅᆞᆯ면ᄒᆞ리라ᄒᆞᆯ제노긔이장
주광슈모ᄒᆞ여ᄂᆞᆫᄂᆞ가ᄃᆡ덕ᄒᆞ야ᄒᆞᆯ리ᄂᆞᆼ

명ᄒᆞ야 나올ᄉᆡ 열어 수ᄂᆞᆫ 번라ᄂᆞᆫ 올ᄂᆞᆫ 장ᄃᆞᆨ ᄂᆞᆨ
ᄅᆞᆯ ᄂᆞ롯 긴 방거 나크게 우상 책로 져굴 젹ᄉᆞ지 져
왼ᄂᆞᆯ에 지구ᄅᆞᆯ로 잡[덕]을 부로 나시 려ᄒᆞ여 나ᄂᆞᆯ
[라]리 비다 네 재로 지러지 세예 손흠 쥭로러 보러ᄒᆞᆯ
가지ᄅᆞᆯ 쳐ᄒᆞ며 만물 노러보러 보리ᄒᆞ여 벽셩
이 노ᄒᆞ을 비자[리] 나ᄉᆞ리 고음 시ᄉᆞ을 ᄅᆞᆯ게 어이며 수거
쳐ᄅᆞᆯ 평안이 어져 희음 엄시 화ᄒᆞ시니 도당
시게 니ᄅᆞ러 비로소 인의ᄅᆞᆯ 쎈ᄃᆞ라 ᄃᆞ러을 쉬[려]
별쉬니 혈혜 재란ᄒᆞ야 젼ᄂᆞ려 하우시와은
왕랑다 부왕 창다 무횡 발의 게미 친ᄅᆞ우
ᄒᆞᆯ 일외의 본ᄒᆞ은 거술[패ᄒᆞᆫ데] 아래로 신쳡의 정리、

글삭ᄒᆞᆯ가 ᄋᆞᆯ려 글ᄉᆞ시예 화 글쳐 잘 ᄇᆞ리시초
부금슈의 ᄇᆞ리다 쳔셩을 일ᄒᆞ니 이ᄅᆞᆯ 편할ᄅᆞᆯ
크게 어즈러 비미라 이제 우리 노ᄅᆞᆷ이 업ᄉᆞᆫ 도덕을
려편하 글 건져ᄂᆡ라 ᄒᆞ시니 어희 좃ᄎᆞ만 무리감
히 큰말을 ᄒᆞᆯ다 강쥐지 글ᄒᆞ야 의마 글 노코셔
원을 부라 ᄲᆞ화 십여 합의 장녈이 ᄃᆡ졔ᄒᆞ야 볼
진의 도라 와 노ᄅᆞᆷ이 일원ᄃᆡ 노ᄅᆞᆷ이 란 외ᄅᆞᆯ 강을
긴다 졍을 ᄒᆞᆯ군 졀ᄅᆞᆯ 강키어 려오니 아직 장ᄉᆞ 간ᄂᆞᆫ
너도 글을 간ᄉᆞᆺ가 라시 옭만 곳라 못ᄒᆞ가 ᄒᆞᆯ도리 여
셔 글을 보라며 도라나 려하ᄂᆞ 슈관의 도라 다 영을
말ᄉᆞ로 여ᄉᆞ 경ᄋᆞ 니어 주ᄀᆞ기 ᄉᆞ리 ᄉᆞ미 강

승련ᄒᆞᆯ디라 와 이ᄅᆞᆯ 원ᄌᆡ왕이 ᄌᆡ회ᄒᆞ야 ᄌᆞᆯ오
샤ᄃᆡ 이제 ᄉᆞᆯ편ᄒᆡ ᄎᆡ 평ᄒᆞ야 가샤ᄒᆞᆯᄭᅮ디 ᄀᆞᆯ나
ᄲᅳ러보셔시니 만낭이 경ᄅᆞᆼ을 위ᄒᆞ야 ᄒᆞᆯ쟝졀
ᄀᆞᆯ여러 승을 하례ᄒᆞ리라 ᄒᆞ더니 분ᄃᆞᆨ녹셩
ᄆᆡ겹보외ᄅᆞᆯ 셔방 쳔ᄃᆞᆨ국의 ᄌᆡ셩인이 나시니
ᄀᆞ날 제ᄯᅡ 희년ᄀᆞᆺ지 나고리 이ᄒᆞᆯ 샹셰만 ᄒᆞ더니이
졔 쳔ᄃᆞᆨ국 국낙셰계예 이셔 이ᄅᆞᆫ가 셥다
ᄃᆞᆫ음 보살다 불츅 보현 미륵 불다오 벽나한
다ᄅᆞᆯ ᄃᆡ금당 다삼 졍ᄯᅢ ᄀᆞᆯᄃᆞ리고 스승ᄀᆞᆫ 징
ᄒᆞ되 쳥졍 법신을 ᄃᆡᄒᆞ야 죽셰ᄒᆞ야 ᄃᆞᆼ셩
울졔ᄂᆞᆫ ᄒᆞ노라 ᄒᆞ니 이ᄅᆞᆯ 졔음은 셕가여래라 법

녁이부랑ᄒᆞ야 텬뎡을부ᄉᆡ며귀신을조ᄎᆞ
령ᄒᆞᆫ불셩불멸ᄒᆞᆫ ᄒᆞ며 쳥졍[졍]념을도법을
[고]ᄉᆞ마ᄌᆞ비지심을ᄉᆡ여억만즁ᄉᆡᆼ을구졔ᄒᆞ
삼쳔셰계를둥탕ᄒᆞ야화축옥마지옥을
ᄢᅢ둘ᄂᆞᆫ을회보응ᄒᆡ법을지어어린자ᄅᆞᆯᄒᆞ
여ᄅᆞᆷ젼ᄒᆞ게ᄒᆞ며사오나온쟈ᄅᆞᆯᄒᆞ여ᄅᆞᆷ경[졔]계ᄒᆞ
ᄂᆞ니법이호대ᄒᆞᆫᄃᆡ뢰죡낭뢰못ᄒᆞᆯ나라빅
셩을다ᄉᆡ려옥게ᄒᆞᆫ사ᄅᆞᆷ을젼ᄒᆞ여도졔
ᄒᆞ니ᄎᆔ억의ᄒᆞᆯ뎡ᄃᆡ마자ᄒᆞ니방ᄂᆞᆫ터동구ᄉᆞ
의ᄃᆞ러와진위낭ᄒᆞᆫ슈낭ᄌᆞᄅᆞᆯ남근을향ᄒᆞ
라ᄒᆞ니 뎌노ᄅᆡ를ᄆᆞᄎᆞ니 낭ᄌᆡ뎌와장원ᄉᆡᆼ이여

옥술봉ᄒᆞᄋᆞ니라 이제 회의 ᄌᆞᆯ시ᇝ이구랴ᄒᆞᆫ
너시ᇝ뎐군현을거ᄂᆞ려둥원을나ᄒᆞᇝᄇᆞᆯ송ᄒᆞ오ᄅᆞ
우리지계ᄅᆞᆯ반남ᄒᆞ야아시ᄂᆞᆫ이라 왕이 ᄭᅧᆼ라
의근신ᄒᆞ야ᄀᆞᆯ오샤ᄃᆡ 쳑[셕]이 강ᄒᆞ미 이러ᄃᆞᆺᄒᆞ
니우리나라희 큰화근이오 양ᄇᆞᆨ노의 비ᄒᆞᆯ배
아니라 뉘능히 오랑캐ᄅᆞᆯ 졔어ᄒᆞᆯ고 뎐하의 ᄒᆞᆫ
외ᄌᆞᆯ반ᄌᆞᆨ와실신이 젼[죄]업ᄉᆞᆸᄂᆞ 원컨대 대왕은
외ᄒᆞ야 이 젼[도]ᄎᆞᆨ을 막ᄌᆞᆯᄉᆞ 화근을 업시ᄒᆞ리이다
왕왈 ᄌᆞᇝ진ᄒᆞ라ᄒᆞ시니 ᄒᆞᆫ 외ᄌᆞᆨ 승명ᄒᆞ야 ᄌᆞᆯᄌᆞᆯ
ᄒᆞ야 낭군이 ᄎᆡ 진ᄒᆞ니 ᄒᆞᆫ 외ᄌᆞᆨ ᄇᆞᆯ을 ᄂᆞ려 셕가와
말ᄒᆞ쟈ᄒᆞᆯ ᄯᅵ여 ᄒᆞᆫ마리의 ᄎᆞᆯ 보장 업ᄯᆞ 간을 보ᄂᆞᆯ

븜의ᄅᆞᆷ노오셔가사ᄅᆞᆯ남ᄇᆞᆫ북의마리여목구ᄅᆞᆯ
걸ᄂᆞᆫ발의라리혜ᄅᆞᆯ실ᄂᆞᆫ솔의와ᄅᆞᆷ년화ᄒᆞᆯ가지ᄅᆞᆯ
쥐ᄂᆞᆫ죽보라ᄅᆞᆯ밧치ᄂᆞᆫ년화ᄃᆡᄅᆞᆯᄂᆞᆫ셔시이며
리우희이ᄅᆞᆯ두ᄅᆞᆷ랑이두ᄅᆞᆯ여ᄉᆞᆫ빅랑희라온
이니쉬나니셔리춍능ᄒᆞ셔라좌우의삼쳔
졔블다오빅나한이버려시니위의졍졔ᄒᆞᆫ
ᄃᆞ리되엿연ᄒᆞ여라두장츄븐져나와ᄡᅡ호자
ᄒᆞ니ᄒᆞ나ᄒᆞᆫ뭇슉보살이니쳥ᄉᆞ진ᄅᆞᆯᄅᆞᆫ
ᄉᆞᆫ의나혜것ᄉᆞᆯ잡으ᄂᆞᆫᄒᆞ나ᄒᆞᆫ보현보살이니혈
코기ᄅᆞᆯᄅᆞᆫᄉᆞᆫ의반야봉을잡아셔라한위인
의치ᄅᆞᆯ셰우ᄂᆞᆫ계 [illegible] 강울ᄅᆞᆯ지ᄡᅡ화븍여 [illegible]

빠ᄒᆞ니보ᄉᆞ보현이되셔ᄀᆞ보ᄒᆞ여ᄃᆞ라나거ᄅᆞᆯ
한웨승세ᄒᆞ야셜와ᄌᆞᆺ치니셔ᄀᆡ지괴ᄒᆞ야셔
혀ᄋᆞᆯᄃᆞ라나니한웨군ᄉᆞᆯ거ᄂᆞ려ᄃᆞ라와왕
긔뵈오니왕이ᄀᆞᆯ오샤ᄃᆡ네이번ᄃᆡ이ᄌᆞᆨ히병
가와ᄌᆞᆺ츌리ᄃᆞ나말이잇니잇ᄒᆞ여ᄎᆞᆷ출이보ᄒᆞ
되셔가여럿ᄂᆞ감다ᄒᆞᆸ셰ᄒᆞ야셜와칭ᄂᆞᆫᄒᆞᄂᆞ니
이번을그세러욕큰니라되셔기어려울가ᄒᆞᄂᆞ
이라왕이ᄀᆞᆯ오샤ᄃᆡ이도적을심상흘도적
이아니라ᄎᆞᆯ불만복ᄒᆞ야ᄌᆞᆯ우리지계ᄅᆞᆯ
칭ᄂᆞᆫᄒᆞ니반ᄃᆞ시ᄃᆡ쟝을보ᄂᆡ여야ᄃᆡ을ᄂᆞᆯ우
리라ᄒᆞ시고밍조ᄅᆞᆯ불어닐어ᄀᆞᆯ오샤ᄃᆡ네이

졔ᄃᆞᆷ졔형을ᄃᆞ리고나가져도젹을ᄡᅳ러ᄇᆞ리
ᄃᆞ영이화근을업시ᄒᆞ여나시화ᄅᆞᆯ지ᄉᆞ게말
나밍졍빈ᄉᆞᄒᆞᆫ나와ᄌᆞᆯᄉᆞᄒᆞᆯ셔낭졍ᄅᆞᆼ
군ᄉᆞ마ᄅᆞᆯ삼ᄂᆞ로희ᄅᆞᄂᆡ션봉을삼ᄂᆞ졍ᄒᆞ
졍이ᄅᆞ좌우장군을삼ᄂᆞ한우ᄅᆞ죵ᄉᆞᄅᆞᆯ삼
아나갈셔군용이용장업ᄉᆞᆷ을ᄒᆞᄂᆞᆯ니ᄅᆞ괴록
니못ᄒᆞᆯ셔라횡ᄒᆞ야낭ᄉᆞ이되긴ᄒᆞ매병졍
긴박ᄉᆞ리ᄇᆞᆯ을셰우ᄂᆞ산ᄅᆞᆯ브쳐셕가와말ᄒᆞ자
ᄒᆞᆯ재셕개ᄉᆞᆫᄒᆞᆯᄇᆞᆯ대여긴박ᄉᆞ리셔거ᄂᆞᆯ병졍ᄉᆞ
릐ᄅᆞᆯ가라ᄃᆞ아챡죵ᄒᆞ야ᄅᆞᆯ오되미친오랑캐
귀ᄉᆞ서시알히어ᄂᆞᆫ 온말을ᄒᆞ여셩민을

혹게ᄒᆞᆫ ᄌᆞ로 우리 나제 ᄀᆞᆯ치ᄂᆞᆫᄒᆞ야 화란을
리ᄉᆞᆫ나 이제 황뎐이 간ᄂᆞᆫᄒᆞ사 날을 명ᄒᆞ여
희누구ᄅᆞᆯ ᄲᆞ러 보리게 ᄒᆞ시ᄂᆞ니라 내 ᄒᆞᆫ 명을 밧
ᄃᆞ러와 시ᄃᆡ 셜니 항복ᄒᆞ야 죄ᄅᆞᆯ 면케ᄒᆞ라 석
개 항복광ᄒᆞ여 ᄋᆞᆸᄒᆞᆫ ᄎᆞ와ᄅᆞᆯ 그ᄃᆡ 노하 ᄂᆞᆯ을 두려
날을 져히거나 와 우리ᄅᆞᆯ 하ᄂᆞᆯ을 부리ᄅᆞᆫ ᄊᆞᆯ ᄒᆞᆯ
니 회ᄒᆞᆫᄃᆡ 황뎐ᄒᆞ 회나ᄂᆞ 외회 해차 어시니 그리
의 ᄃᆞ못 티적ᄒᆞ오리오 이제 우리 그리와 벽(병혁)너ᄒᆞ을 결
우리 말ᄃᆞᆯᄀᆞᆯ 결워ᄌᆞ옹을 거ᄉᆞᆯᄒᆞ미 어시ᄂᆞᆫ 맹
적 외ᄅᆞᆯ 그리ᄒᆞᆯ 거시ᄃᆡ 네 불져니ᄅᆞᆫ라 석게 외ᄅᆞᆯ 우
리로러ᄒᆞ 운ᄌᆞ 비로옷ᄌᆞᆫᄅᆞᆫ을 삼ᄂᆞᆫᄃᆞᆯᄒᆞᆫᄒᆞᆫᄃᆡ을 귀하

너 져블시ᄂᆞᆯ알면블셩을이ᄂᆞ니 셩ᄒᆞᄂᆞᆫ
업ᄅᆞ며ᄒᆞᄂᆞᆫ도업서긜희노흥ᄒᆞ야망상
을나서업시ᄒᆞᆯ호이 너ᄅᆞᆯ재 원각이라십
방셰계ᄅᆞᆯ쎄보ᄅᆞ어만중싱을졔도ᄒᆞᄂᆞ니
이제그리도ᄂᆞᆫ블을다ᄂᆞ옭잡기ᄅᆞᆯ옷ᄂᆞᆼ을삼ᄂᆞ니
우리ᄂᆞ옭업시ᄒᆞᆯ라어ᄉᆡ허ᄒᆞ며너희도ᄂᆞᆫ블을
다옥의ᄒᆞᄂᆞᆯ옷ᄂᆞᆼ을삼ᄂᆞ니우리ᄂᆞ의ᄒᆞᆯ라
어ᄉᆡ허ᄒᆞ노너희도ᄂᆞᆫ블을라셩졍을지히어 가
거니와우리젹며ᄅᆞᆯᄒᆞᆯ라어ᄉᆡ허ᄒᆞ며너희도ᄂᆞᆯ
블라한을을의라ᄀᆞᄒᆞ야바ᄅᆞ노라ᄒᆞ거니와
우리를한을브리ㅣ 어ᄉᆡ허ᄒᆞ며 너희ᄂᆞᆯ쥐시ᄂᆞᆼ

동경ᄒᆞ거나와오리놀귀신을니희ᄒᆞ나어ᄃᆡ
ᄒᆞᆫ놀말이못ᄒᆞ니못ᄒᆞ여서ᄉᆡᆼ젼난반ᄀᆞ서녹고
경이셔ᄃᆞ라평ᄉᆡ니알외다서시의말을ᄃᆞ
릇니라연오리도의셔나오니허리ᄀᆞᆯ굽혀
항복ᄒᆞᆸ만못ᄒᆞ니못ᄒᆞ라ᄒᆞᆯ지족젼ᄒᆞᆨ지저ᄀᆞᆯ오되
그러ᄒᆞ나 젼이이러ᄐᆞᆺ볽ᄀᆞ니못ᄒᆞ니반ᄉᆡᆼᄒᆞ야ᄆᆞᆯᄒᆞᆫ
런ᄌᆞᆼ븨어ᄃᆡ잇ᄉᆞᆫ고경이ᄌᆞᆷ다ᄒᆞ야ᄂᆞᆯ셔나더
라ᄉᆡᆼ젼순을셧가ᄀᆞᆯ가ᄅᆞ쳐ᄒᆞᆨ지저왈아비
업ᄂᆞᆫ니ᄂᆞᆫ업ᄉᆞᆫ놈이감히사롬ᄒᆞᆫ말을ᄒᆞᄂᆞ뇨
셰상을속이ᄂᆞᆫ빅셩을ᄒᆞᆨ게ᄒᆞᄂᆞᆫ라데말이
굿니ᄒᆞᆫ듯ᄒᆞ나잘지ᄉᆞ도에고게어조러옥니라너

이제 너ᄃᆞ려 니ᄅᆞ리라 사ᄅᆞᆷ이 세상의 나매
군신과 부모와 부ᄇᆞ와 댱유와 붕우의 닐온 오
륜이라 사ᄅᆞᆷ이 오륜곳 업ᄉᆞ면 사ᄅᆞᆷ이 아니어
ᄂᆞᆯ 이제 너ᄂᆞᆫ 도ᄅᆞᆯ ᄒᆞ되 반ᄃᆞ시 텬뉸을 ᄯᅥᄅᆞ쳐ᄂᆞᆯ
ᄉᆞᆼᄒᆞ야 ᄅᆞᆯ 쳥졍젹멸ᄒᆞᆫ 곳을 일ᄏᆞᄅᆞ니 부모 곳 ᄋᆞ니
면 네 몸이 어ᄃᆡ로셔 나 도ᄅᆞᆯ ᄒᆡᆼᄒᆞ며 부ᄌᆞ 아
니면 사ᄅᆞᆷ의 ᄯᅱ 아조 업서 ᄉᆡᆼ〻지 회곳 되지
리니 어ᄂᆡ 사ᄅᆞᆷ이 이셔 네 도ᄅᆞᆯ 귀경ᄒᆞ며 군
신이 업ᄉᆞ면 텬하 ᄇᆡᆨ셩을 통녕ᄒᆞ리 어ᄇᆞᆯ
리니 강ᄒᆞᆫ 재 약ᄒᆞᆫ 쟈ᄅᆞᆯ 솟기ᄂᆞᆫ 셜ᄒᆞᆫ 재 약ᄒᆞᆯ
쟈ᄅᆞᆯ 이긔리니 굿ᄒᆞ거 나 이런 혹뒤 라시 ᄀᆞᆯᄋᆞᆯ

야뎨ᄃᆞ를 좃게 ᄒᆞ리오 ᄒᆞᆫ슉비록 미ᄉᆞᄅᆞᆷ이나 오ᄒᆡ
려 부ᄌᆞ와 군신이며 ᄌᆞ웅이 이ᄉᆞᆯ거야 미와 벌이
오히려 군신지분을 아ᄂᆞ니 이졔 ᄂᆡ ᄆᆞᄋᆞᆷ으로 오히려 금슈
만 갓디 못ᄒᆞᄂᆞ니 녯날 우리 셩인곳 아니면 사
륜의 녹아 조업ᄉᆞ니 오갈니라 금슈로셔 브러
ᄒᆞᆯ가지로 쳐ᄒᆞ면 시ᄅᆞᆷ을 지ᄉᆞ라 ᄒᆞᆯ라 비ᄉᆞᆯ이 업
ᄉᆞ니 엇기 ᄎᆞᆯ릭와 거온 ᄃᆡ와 ᄌᆞ긴 ᄃᆡ를 ᄲᅥ거ᄒᆞ
며 ᄃᆞᆷ다 업나 업ᄉᆞ니 엇기 음식을 ᄃᆞᄃᆞ와 며ᄉᆞ
우리오 이ᄃᆞ믈 셩인이 ᄒᆞ롱사와 금슈로 ᄆᆞ다
산닙쳔릭의 ᄂᆡ치시ᄂᆞᆫ 칩거ᄃᆞᆫ 오ᄉᆞᆯ 닙ᄂᆞ록
라거ᄃᆞᆫ 밥을 먹ᄂᆞ나 ᄆᆞ오희 이시면 업ᄉᆡ질

ᄒᆡ가 오ᄅᆡ 이시면 병를 거시매 지ᄇ을 지어 잇게
ᄒᆞᄂᆞᆫ 당장을 ᄒᆞ여 ᄂᆡᆯ 술ᄡᅳ게 ᄒᆞᆯ 장ᄉᆞᄅᆞᆯ ᄒᆞ
여ᄃᆞᆲ이 시ᄇ업ᄉᆞ믈 통케 ᄒᆞᆫ 의약을 ᄆᆡᆫᄃᆞ라 올
전ᄒᆞᆫ ᄒᆞ믈 구ᄒᆞ게 영ᄒᆞ고 쟝ᄒᆞᆫ 졔ᄉᆞᄒᆞ야 고ᄋᆞᆫ 외ᄅᆞᆯ
기ᄇ게 ᄒᆞᆫ ᄯᅢ블을 ᄆᆡᆫᄃᆞ라 션ᄒᆞᆫ 굴를 ᄎᆞ쳬ᄒᆞᆫ ᄅᆞᆼ
누ᄀᆞᆯ ᄆᆡᆫᄃᆞ라 올져구ᄒᆞ믈 졔케 ᄒᆞᆫ 졍ᄉᆞᄅᆞᆯ ᄆᆡᆫ
ᄃᆞ라 ᄀᆞ게 어ᄅᆞᆯ 누ᄀᆞᆯ 나ᄉᆞ신 ᄒᆡᆼ벌을 ᄆᆡᆫᄃᆞ라 ᄀᆞ사오나
오거술 얼재ᄒᆞᆫ 인신 라마ᄃᆡ와 저오ᄅᆞᆯ ᄆᆡᆫ
ᄃᆞ라 서ᄅᆞᆯ 속이니 못ᄒᆞ게 ᄒᆞᆫ 셩각다 갑병을 ᄆᆡᆫ
ᄃᆞ라 서ᄅᆞᆯ 아니 못ᄒᆞ게 ᄒᆞ니 그ᄃᆡ ᄇᆞᆰ히 기ᄉᆞᆸ고ᄅᆞᆯ
ᄒᆡᆼ이 ᄏᆡ 쉬올니라 기 ᄆᆞᄅᆞᆯ ᄂᆡᄇᆞᆫ을 외ᄒᆞ면ᄉᆞᆫ

ᄒᆞᆯᄌᆞ셔ᄒᆞ면사ᄅᆞᆷ을외오ᄒᆞ면ᄉᆞ랑ᄒᆞᄂᆞᆫ동벋
되여ᄂᆡ몸을다ᄉᆞ리면화평ᄒᆞᄂᆞᆫ텬하국가ᄅᆞᆯ
다ᄉᆞ리면태평ᄒᆞᄂᆞ니어시너희ᄂᆞᆫ조흔니오에
ᄉᆞᄅᆞᆷ은날오랑ᄂᆡ의ᄒᆞ락ᄒᆞ면ᄯᅦᄂᆞᆷ에의복을
닙ᄂᆞᆫ이ᄇᆡ에음식을먹으며집속이셔너희부
킈ᄅᆞᆫ서ᄇᆞ려법을ᄂᆡ이니어시니ᄂᆡ외ᄒᆞᆯ작시리
오네옥시ᄂᆞᆫ이업ᄉᆞ락ᄒᆞ리보시ᄅᆞᆯ만히ᄒᆞ
ᄃᆞ숙ᄅᆞᆨ을셩해ᄒᆞ면비ᄅᆞᆨ악ᄒᆞᆫ자라도복을
엇슬다ᄒᆞᄂᆞ니이어시너옥ᄒᆞᆯ작시며에날오리시
ᄅᆞᆷ이즉어ᄂᆞᆯ회ᄒᆞ여다시사ᄅᆞᆷ이된다ᄒᆞᄂᆞ니이
러옥빙낭ᄒᆞᆫ말이라ᄒᆞ부이ᄒᆞᆫ번죽으며나

ᄆᆞ의ᄌᆞᆯ이나시나ᄅᆞᆯ조ᄇᆞᆨ이되리아니ᄒᆞᆫ블
이ᄒᆞᆯ번ᄡᅥ긴ᄒᆞᆨ나시블이되리아니ᄒᆞᄂᆞ니
사ᄅᆞᆷ이다만ᄆᆞᆯ라다ᄅᆞᆷ이업ᄉᆞ리라ᄒᆞᆯ번ᄌᆞᆨ
우ᄯᅢ셔ᄉᆞᆨ은나 ᄆᆞᆫ둥거ᄉᆞᆯ다ᄡᅥ진젼ᄌᆞᆫ어내거운이
잇셔나시사ᄅᆞᆷ이되며세ᄯᅩ니ᄅᆞᆯ오되사오나온사
ᄅᆞᆷ은지옥이잇셔형벌노나ᄉᆞ린다ᄒᆞ니사
ᄅᆞᆷ이죽은후ᄐᆡ벽이다ᄒᆞᆺ터져시니어ᄂᆞᆺ의
형벌바드리오이다나ᄇᆞᆺ거오한ᄒᆞᆯ말이라
블ᄅᆞ다어진벽셩을다ᄒᆡ여ᄒᆞᆨ게ᄒᆞ엿나와
어리ᄀᆞᆷ히군ᄌᆞ의일ᄌᆞ어진말을내리오
블너항복ᄒᆞᄆᆡ ᄋᆞᆫ의도다오ᄅᆡᄒᆞ다셧ᄀᆞ

이말을듯고놀치ᄒᆞ긔긋ᄒᆞ여말을못ᄒᆞ거ᄂᆞᆯ
김냥정근와광근등을거ᄂᆞ려일시의ᄂᆡ도라
ᄐᆡ니석개ᄃᆡ죄ᄒᆞ여셔쳥을보라ᄀᆞ라라날
신명진이ᄭᅢ여쳐며준ᄒᆞ여아조화근을어업시
고져ᄒᆞ여급히ᄶᅩᆨ글ᄂᆡ니왕이ᄃᆡ동ᄇᆡᆨ주중을
명ᄒᆞ여날오샤ᄃᆡ뎐ᄉᆞ글을보니음긔졈ᄯᅳ
셩ᄒᆞ니이도젹이음긔ᄅᆞᆯ타낫ᄂᆞᆯ리라아조멸
치못ᄒᆞᆯ거시오병법이궁구ᄅᆞᆯ막췌라ᄒᆞ
여시니그만ᄒᆞ여도라오라ᄒᆞ신ᄃᆡ빙졍군현
울거ᄂᆞ려도라와왕긔뵈온ᄃᆡ왕이ᄅᆞᆯ뢰라이
랑의ᄒᆡ글을업시ᄒᆞᆫ오로글을ᄇᆞᆰ게ᄒᆞ옴을라

너의ᄋᆞᆼ이라ᄒᆞ시더라ᄂᆡᄉᆞᄌᆞ죠혀도를반ᄌᆞ왈
이제양ᄇᆞ이노블에해를거허시나잔황
녀졍이로악부로ᄒᆞ야우리졔ᄌᆞ를ᄇᆞᆺ지ᄂᆞ셔
죽이ᄃᆞ졍셔를블질셔어ᄇ시ᄒᆞ니맛강
[이]죄를부럼족ᄒᆞ니이다왕이ᄌᆞ하를명ᄒᆞ
야죄를나수리라ᄒᆞ신ᄃᆡᄌᆞ해마올의야차
살를보시며로인향ᄌᆡᆨ을블셔ᄂᆞᆯ오릐이ᄭᅦ
진황녀졍이부로ᄒᆞ여셜비를ᄇᆞᆺ지를경
셔를블러그니그죄사하ᄇᆞᆺ올다라네[이제]셰상
의나가녀산을ᄇᆞᆺ기ᄂᆞᆯ너션비ᄇᆞᆺ지를죄를가
ᄒᆞ리라향ᄌᆡᆨ이셔 올바다나가녀산을ᄇᆞᆺ

글ᄂᆞᆫ아방궁을ᄇᆞᆯ지글ᄅᆞᆯ조영을주어고쳐글
라ᄒᆞ시리니라ᄃᆞᆼ셔적이경에올나주왈ᄒᆞᆫ
졔녹방이ᄎᆡ리글ᄅᆞᆯ드리ᄂᆞᆫ뵈오ᄂᆞᆫ물쳥ᄒᆞᄂᆞᆫ
이라왕이드러오라ᄒᆞ시니ᄒᆞᆫ졔드러와ᄂᆞᆫ
죽ᄉᆞ뵈ᄒᆞ신ᄃᆡ왕왈ᄌᆡ라너방아젼ᄌᆞ이
정병ᄒᆞ고글브러ᄃᆡ해ᄃᆡ란ᄒᆞ여다왕도
글젼히너기고되도ᄂᆞᆼ글글샹ᄒᆞ야날을ᄃᆞᆫ주
리어ᄇᆞ셜ᄌᆡ수빅여년이러니이졔네와ᄌᆡ
음으ᄅᆞᆯ비나가장아글나온리라서일ᄂᆞᆫᄲᅡᄉᆞ
빅녕긔어ᄇᆞ을현케ᄒᆞ노라왕이뵈ᄉᆞᄒᆞᄂᆞᆫ뵐
너나라ᄉᆡᄒᆞ올ᄇᆞ졔와명졔와강ᄒᆡ중라ᄉᆡ쉐

죵다ᄇᆞ른숑젹ᄂᆞ니다 ᄯᆡ 명ᄃᆞᆫ황졔다ᄎᆡ
릐ᄅᆞᆯ드리ᄃᆞᆫ비와 리라ᄒᆞ거ᄂᆞᆯ 왕이 다불
너 도회ᄅᆞᆯ 받ᄃᆞᆫ 쳐 외ᄅᆞᆯ ᄒᆞ시더니 한 명졔
와 숑신죵다 ᄒᆞᆫ죵을 불너 ᄯᆡ 칙ᄒᆞ여ᄅᆞᆯ
오샤 ᄃᆡ 너 명졔 ᄂᆞᆯ부 간이 불법을 드려와 만
디에 화ᄅᆞᆯ ᄭᅵ치ᄃᆞᆫ 너 신라 죵 ᄒᆞᆫ죵을 령ᄒᆞ령이와
장직 ᄒᆞᆫ 용ᄉᆞ왜 마당 쥭 회ᄅᆞᆯ ᄲᅳ리 아니 ᄒᆞᄂᆞᆫ 죠
인을 신임ᄒᆞ니 이 엇디 졔왕의 도리리오 셜
니 ᄇᆞᆯ셔 가라 ᄒᆞ신 ᄯᆡ 샹졔 ᄯᆡ 찬ᄒᆞ여 ᄇᆞᆯ셔
가니라 왕이 한 ᄃᆞᆫ 졔ᄅᆞᆯ 니ᄅᆞᆯ어 ᄅᆞᆯ 오리 네 ᄃᆞᆫ 인
ᄒᆞ야 ᄭᅦ 황의 긔ᄉᆞ 이 이 시너 마ᄉᆞ 광이 ᄌᆡ ᄅᆞᆯ

치ᄂᆞᆫ 왕ᄂᆞᆫ 굴횡ᄒᆞ여 셰 아지 리니 론혀 샹ᄃᆡ
굴니 업ᄉᆞ 족ᄒᆞ거ᄂᆞᆯ 보ᄂᆞᆫ ᄎᆡ니 혀 공녀 ᄒᆞ 블면 ᄒᆡ 보ᄉ
ᄒᆞ니 가히 아ᄉᆞ가ᄇᆞ도다 ᄂᆞᆫ 졔리 왈 신이 블리 칼
ᄆᆞ기와 블졸니 기굴이 알ᄂᆞᆫ 유슉굴 이니 보ᄉ
ᄒᆞᆯ신 ᄒᆡ 쇼ᄅᆞᆫ이 울족 ᄉᆞ짓ᄂᆞᆫ니 이셔 날ᄋᆞᆯ 왕
도굴도 우리 업ᄂᆞᆫ다 만ᄂᆞᆨ가 ᄉᆞ하 의 무리 굴ᄂᆞᆯ
키ᄂᆞᆫ 업ᄉᆞ리 샹ᄉᆞ리 지리 굴ᄒᆞ리 잇ᄉᆞ가 ᄒᆞ여라 강
ᄎᆡ ᄌᆞᆼ울 닐어 ᄲᅩ 왈너ᄂᆞᆫ 나 라ᄒᆞᆯ 각ᄉᆞ리 미 녜ᄉ 졔 왕의
게 ᄂᆞᆯ리 니 아니 ᄒᆞ리라 만 셩신이 업ᄂᆞᆫ가 법울
졍ᄐᆡ 보ᄉ ᄒᆞ니 ᄌᆞᆼ이 만 비록 ᄒᆞ나 명ᄂᆞᆫ ᄃᆞᆼ 죄인이 되리
ᄂᆞᆯ 다 ᄎᆡ ᄌᆞᆼ 의 블ᄂᆞᆫ 셔 갈히 우리 ᄀ 보리 보ᄉ ᄒᆞ여

라 숑ᄒᆡ조ᄅᆞᆯ 니ᄅᆞ오샤 뎌ᄂᆞᆫ 둉븐을 훤히 열러
신ᄒᆞᆨ을 ᄭᆡᄃᆞᆺᄂᆞᆫ 현하ᄅᆞᆯ 아의게 젼ᄒᆞ여 오ᄂᆞᆯ의
ᄂᆞᆷ옹을 법바ᄃᆞ 닐ᄋᆞᆷᄒᆞᆯ거시 업ᄉᆞ리라 만질ᄂᆞᆫ
에 회군ᄒᆞᆯ 일이 이러ᄒᆞ(온) 일홈을 면ᄎᆡ 못ᄒᆞ리라
가 ᄒᆡ히 안가ᄇᆞ거나 와이ᄂᆞᆯ ᄒᆞᆯ 현쉬라 현마 엇ᄃᆡ혹
킈오 송졔 되왈 이ᄂᆞᆫ 신의 죄 안니라 석슈 신ᄒᆞᆼ의
현법 박ᄒᆞᆯ ᄇᆡ 안니이라 왕이 미초왈 네 진 짓ᄂᆞᆷ
이 업ᄉᆞ면 엇디 다ᄅᆞᆯ 시ᄅᆞᆷ이 현법 박ᄒᆞᆯ ᄇᆡ 리오 숑
졔 ᄃᆡ개 ᄅᆞᆯ ᄉᆞ이 ᄃᆞᆨ 션ᄒᆞ러라 이 ᄯᆡ 나라 죄 일ᄒᆞ여
업ᄉᆞ니라 왕은 남면ᄒᆞ여 ᄅᆞᆯ 광ᄎᆞᆫ 젼우 죄
[illegible] 옹히 ᄃᆞᄅᆞᆯ 놀ᄒᆞᆯ [illegible] 족 [illegible]

큰시러샹샹근이나ᄋᆞᆸ샹원이라ᄒᆞ시니라엇지
나ᄀᆞᆫ시미나잇가왕이ᄀᆞᆯ오샤ᄃᆡ셩이란거ᄉᆞᆫ하
ᄂᆞᆯ이삼겨내신거라볼ᄃᆡ어ᄀᆞᆯᄂᆞ사오나오미
업져 (나와) 그러나사ᄅᆞᆷ이날제긔ᄎᆞᆷ이ᄒᆞᆯ가지아녀
졍긔ᄅᆞᆯ타ᄂᆞᆫ쟈도잇고탁긔도타ᄂᆞᆫ쟈도이시니
증부ᄅᆞᆯ도ᄃᆡ나ᄒᆞ이면탁ᄒᆞᆫ쟈도졍ᄒᆞ여질
쳥ᄒᆞᆫ사ᄅᆞᆷ도증부ᄅᆞᆯ도ᄃᆡ아니면탁ᄒᆞᄂᆞ니그러
므로ᄋᆞᆸ샹원이라ᄒᆞᄂᆞ니비ᄅᆞᆯ지라도지셩을ᄂᆞᆯ너
도봉영지셩을나ᄀᆞᆫ미아니라졍이(지)주왈이심
이욱뇌ᄒᆞᆯ도심이욱이란말이어이나ᄀᆞᆯ말ᄉᆞᆷ이
나잇가왕왈사ᄅᆞᆷ이비록셩인이라도인욕

이업ᄉᆞ리못ᄒᆞᆯ블쵸ᄒᆞᆫ재라도심이업ᄉᆞ리아니
ᄒᆞ니인심은위ᄐᆡᄒᆞ야평안키아니ᄒᆞ고도심은
미묘ᄒᆞ야보기어려오니이러ᄆᆞ로오직졍일
ᄒᆞ여야그즁을집ᄒᆞᄂᆞ니라소옹이주왈복희시
절ᄯᆡ글을ᄒᆞᄂᆞᆫ부터상다슈와나그가운ᄃᆡ이시
되셰상사ᄅᆞᆷ이혹그상을보아그슈를알니도
이시며그만알니도이시니엇지ᄒᆞ여울ᄒᆞ니잇
가왈쥬역이란거시 음양쇼장지니이시니
글블리그슈만젼주ᄒᆞ면이그슈혹이라그젹북
셔의녹되그쥬역이변화부상ᄒᆞ니이만젼ᄒᆞ
그슐을블리면기 이혹ᄉᆡᆨ분이라엇지그르실

왕녀ᄒᆞᆫ노모외골알니오한웨저왈절국이
후골즁힝지술라형명지ᄒᆞ옥을숭상ᄒᆞ야
인의골알재업서니오직노국시ᄉᆞᆸ경[괴]왕
망적방웅이홀노인의골힝ᄒᆞ야재왕을
즁승ᄒᆞ니가히불너ᄲᅥ족ᄒᆞ니이라족히[제]ᄉᆞᆷ
리ᄅᆞᆯ너왈한웨제ᄒᆞ옥분이머리업슨ᄒᆞ옥분이라
시비불명ᄒᆞ야망녕도이알외ᄒᆞ니이라술경
[이]날오리산골의결성이불리사오나라[오나]ᄒᆞ니고제
즈니신고ᄒᆞ옥을혈ᄒᆞ야설빈골즉이고정선골
불지골즁이라흘정의[외]오방웅을날오리산골의
혈성이결리정ᄒᆞᆯ거시업서시오나옵다어

졀미셧기엿다ᄒᆞᆯᄯᅢ엿번셜을지어내여망
녕도이셩인을죠쳐ᄒᆞ니가샹ᄎᆞᆷ남ᄒᆞᆯ왕망
을셤겨미신확을지어아강ᄒᆞ니이주살ᄅᆞᆷ을
오ᄂᆞᆯ에ᄌᆞ격이ᄂᆞ셩문의죄인이라엇디ᄇᆞᄅᆞ리잇
가왕이ᄀᆞᆯ오샤ᄃᆡᄌᆞ이인의죄비록그러ᄒᆞ나그ᄃᆡ
죄앗가온ᄇᆞᆯ어ᄂᆞᆯ죄졍히ᄒᆞ리라ᄒᆞᆯᄌᆞ긔신
ᄇᆞᄅᆞ니낭인이드러와ᄇᆡ복ᄒᆞ거ᄂᆞᆯ왕이칙ᄒᆞ
야ᄀᆞᆯ오샤ᄃᆡ살ᄅᆞᆷ의젼셩이블리어긔ᄅᆞᆯ긔ᄅᆞᆯ
경이엇디사오납다니ᄅᆞ며오ᄂᆡ도ᄅᆞᆯᄒᆡᆼ샹ᄒᆞᆯ쳬엿
긔ᄅᆞᆯ어ᄉᆞ리셧악이ᄆᆞᆯᄒᆞ라ᄒᆞ며ᄌᆞ웅이여ᄌᆞ경을
쳐ᄂᆞᆫ셔ᄇᆞᆺ그쳐오ᄂᆞᆯ[illegible]니이엇디ᄒᆞᆫ국의졈[illegible]

리오낭이 샤죄ᄒᆞᆯᄲᅮᆫ이러라 ᄯᅩ 동동셔와 앗
동다ᄒᆞ여 형을 블너 ᄌᆞᆯ오샤ᄃᆡ 동동셔의 나ᄅᆞᆯ
바ᄅᆞ에 ᄀᆞ른 블이 ᄒᆞᆫ ᄌᆞᆯ의셔 낫다 말다 ᄒᆞ로ᄅᆞᆯ ᄇᆞᆰ
히ᄂᆞ니ᄅᆞᆯ 폐라 말ᄉᆞᄋᆞᆸ다 왕동의 나ᄅᆞᆯ 바람
운코고져 심ᄒᆞ고 은 쳔ᄉᆞ그져 ᄒᆞᆯ다 ᄒᆞ여 그 말이 가ᄂᆡ의
ᄃᆞᄅᆞᆯ 알 말이라 ᄂᆡᄀᆞ 장아ᄅᆞᆷ다 이어이노라 ᄯᅩ
허형 블너 ᄌᆡ쵹 왈 세혹 분을 깁히 동ᄒᆞᆯ ᄅᆞᆯ
의녑이 아라 군조에 살음이 어ᄂᆞᆯ ᄌᆞᄅᆞᆯ 쳐ᄃᆡ 져ᄉᆞᆯ을
블나오랑ᄭᅵ게 허리ᄅᆞᆯ 구ᄇᆞ혀 셤기 블ᄅᆞᆯ 게녀
이ᄉᆞᆯ다 녜 노동 념은 졔 나라 ᄒᆞᆯ 션비 ᄀᆞ득 진나라
황녜리 블 부그셔 동횟ᄅᆞᆯ 블ᄅᆞᆯ 아ᄌᆞ구으셔 ᄒᆞᆯ

관둉이 뎍궁을 ᄲᆞ나 쳐주시믈 쳥ᄒᆞᆫ대 궁지크
게 너이 니이제 너ᄅᆞᆯ 관둉다 ᄂᆞᆷ둉년의 죄인이로
다 허형이 면식이여 둔ᄒᆞ야 ᄃᆡ답ᄒᆞᆯ 말이 업
더라 군신이 도의 논ᄒᆞ기ᄅᆞᆯ 못ᄎᆞᆫ매 왕이 ᄀᆞᆯ오사
ᄃᆡ 너희 각각 ᄯᅳᆺ을 니ᄅᆞ라 누ᄅᆞᆯ 부슘ᄒᆞᆯ 져ᄒᆞᆯ
일이 이시며 누ᄅᆞᆯ 부슘 붓그러운 일이 이시면 ᄂᆞ
ᄅᆞᆯ 부슘 흘려운 일이 이실 ᄂᆞᆫ다 각각 니ᄅᆞ셔 ᄉᆞᆷ기
지 말나 군뢰 ᄂᆡ도라 ᄀᆞᆯ오ᄃᆡ 나ᄂᆞᆫ 쳔승 나라ᄒᆞᆯ 가
ᄉᆞ신으로 삼군을 거ᄂᆞ려 젹국을 횡힝ᄒᆞ믈 ᄒᆞᆯ
젼ᄒᆞᄂᆞ이다 왕이 졈슈ᄒᆞ시셔 ᄀᆞ라사 안연이 ᄀᆞᆯ오ᄃᆡ
로ᄂᆞᆫ 황의 이쳐 깃 ᄂᆞᆫ 소와 이ᄅᆞᆯ 흘으으로 ᄀᆞᆯ이 싀ᄃᆞ시

콰도리의 의도를비화복의젼ᄒᆞ니이즐거옴
빼러이라빙자ᄒᆞᆯ오되ᄂᆞᆯ호연거긔를잘치니
그리온이지극히편ᄒᆞ니이의극ᄒᆞᆯ니라편하
안희의이셔편하평녹의횡ᄒᆞ니오러ᄒᆞ하
놀긔부ᄌᆞᄒᆡ오미어부굽어산쥴의게부ᄌᆞᄒᆡ오
미어부ᄒᆞ니ᄌᆞ장즐거오미러이라경희주일슈슈
주의노라ᄂᆞᆫ즐ᄎᆞᄌᆞ며버들을와(ᄯᅳᆯ)봄빗줄구경ᄒᆞ
니이즐거오미러이라ᄌᆞ두이ᄅᆞ오되간들비ᄉᆞ라빗
난부랑이갈ᄇᆡ의비취니채색ᄒᆞ여ᄒᆞᆯ젹ᄂᆞᆫᄌᆞ를어
업스니ᄑᆡᆫᄒᆞᆯᄌᆞᆯ거오미러이라슈마광이주일신
운남군을만나시되왕안석의ᄃᆞᆼ젹ᄒᆞᆯ배되여

종시도ᄅᆞᆯ횡치못ᄒᆞ니이홀ᄒᆞᆯ배로소이다주
희졸오되동원이이격의찬히되ᄃᆡ이제북마
의가ᄅᆞ여시되ᄎᆞ인이화의로ᄂᆞᆷ운을숙여충시
회북을못ᄒᆞ니이홀ᄒᆞᆯ배로소이라춍옹이주활
날뭄이원로궁의놀ᄂᆞᆫ불의편근을불와갈
국의주국ᄒᆞ니마힝거엽스나이줄거오미귀히
라경이주활편하의도ᄅᆞᆯ횡ᄒᆞ여우ᄒᆞ로ᄂᆞᆷ을
을오ᄂᆞᆯ을빙그지못ᄒᆞᆯ아잡로ᄂᆞᆫ빅셩을랑
우지못ᄒᆞ니이나의부ᄅᆞ되ᄂᆞᆫ비로소이라제갈
낭이주활동으로송전이옹리ᄒᆞᆯ부ᄀᆞ을로조
종횡ᄒᆞ여져우ㅣ 폐ᄅᆞᆯ어ᄃᆞ되동원이

니ᄆᆞᆺᄒᆞᆯ네 아지리ᄅᆞᆯ 나ᄅᆞ혀 ᄆᆞᆺᄒᆞ여 새의 올ᄒᆞ
논배ᄅᆞᆯ 소이다 군신이 각ᄀᆞ 언니ᄅᆞᆯ ᄒᆞ기ᄅᆞᆯ ᄆᆞᆺᄎᆞ매
왕이 ᄌᆞ등을 블너 ᄅᆞᆯ오샤ᄃᆡ 네 평일 인믈 비방
ᄒᆞ기ᄅᆞᆯ 잘ᄒᆞ더니 네 군신을 이ᄅᆞᆺᄒᆞ여 의논ᄒᆞ여
고하ᄅᆞᆯ 뎡ᄒᆞ라 ᄌᆞ등이 ᄃᆡ왈 신이 식견이 업ᄉᆞ
언디 감히 군셩현을 의논ᄒᆞ리잇가 왕왈 네
논앙 말ᄅᆞᆯ 소견을 다ᄒᆞ라 ᄌᆞ등이 비ᄉᆞᄒᆞᆯ ᄯᆞ롬이어
나 군신을 ᄃᆞᄅᆞᆺ서 본ᄃᆞᆺ 쇄ᄅᆞᆯ의 논ᄒᆞᆯ 심안 연을
ᄌᆞᆯ 쳐 왈 츄인은 ᄒᆞ수ᄒᆞᆯ ᄃᆞ려 연ᄌᆞᆼ을 알ᄂᆞᆫ 소옥
을 이귀여 렬니ᄅᆞᆯ 회복ᄒᆞ니 성인의 혜ᄐᆡᆨ이 ᄌᆞᆼ
노리라 봄긔운이 만믈을 화성ᄒᆞᆯ 긔상이라

죡히 하우시의 엇게ᄅᆞᆯ 죡이ᄒᆞ리잇가 ᄯᅩᄒᆞᆫ 슌ᄉᆞᆷ을
증쳐 왈 츙인은 날마다 세가지 일노 몸을 ᄉᆞᆯ피라
ᄒᆞ엿ᄉᆞ오니 죡이 일관ᄒᆞᆯ 도ᄅᆞᆯ 드러 ᄲᅥ 힝ᄒᆞ여 죡기의
나ᄅᆞ혀도 졍도의 어그릇지 아니ᄒᆞ니 죡히 셩량
의게 머리ᄅᆞᆯ ᄉᆞ양치 아니ᄒᆞ리이다 ᄯᅩ ᄌᆞᄉᆞᄅᆞᆯ 구
급쳐 왈 셩도의 둉쟈ᄅᆞᆯ 어려 듕용을 지어도
후에 졔옹을 ᄇᆞᆰ히ᄃᆞ 텬니예 비은을 알게ᄒᆞ여
이ᄅᆞᆯ 죡히 여간을 지으신 왕다 ᄒᆞᆯ거시오 밍ᄌᆞ
ᄂᆞᆫ 쳔셩에 블셜ᄒᆞᆫ 뜻을 날어 도의ᄅᆞᆯ 니리 아니ᄒᆞ게ᄒᆞ
ᄃᆞ쳐 도ᄅᆞᆯ 니쳐 왕도ᄅᆞᆯ 죵ᄒᆞᆯ이 갈을 막ᄌᆞ오ᄃᆞ
ᄅᆞᆯ 븟ᄃᆞ니 셩인, 만금이 ᄅᆞᆯ 뎌그 온이 너ᄆᆞ ᄇᆞᆯ

외로ᄒᆞᆯ지 최너ᄡᅳ러 나니 북야 ᄃᆞᆨ 흘치 설무ᄉᆡᆼ
다ᄎᆞᄒᆞ니 이다 둥궁은 위인이 간낙ᄒᆞ니 인군의
폐되잇ᄂᆞ 민즈 건은 조ᄒᆞᆯ 죄영이 지국ᄒᆞ니 사굴이 외
논ᄒᆞᆯ 말이 업ᄉᆞᆯ 염비 우ᄂᆞᆫ 셩인의 허ᄀᆞ이 잇ᄉᆞ
조ᄅᆞᆫ 날 옹다의 사굴의 제그 나ᄅᆞ 어브 강ᄋᆞᄒᆞᆯ 즉
술ᄒᆞ야 정미ᄒᆞᆯ 도굴 브ᄅᆞᆫ지 야 ᄂᆞᆫ 말ᄉᆞᆷ이 횡
ᄒᆞᆯ바의 그나ᄅᆞ 염우ᄂᆞᆫ 뜻이 비록 ᄒᆞᆯ 중우ᄂᆞᆯ 놉
ᄒᆞ되 부러ᄒᆞᆯ 졔 ᄒᆞᆯ 둑 시ᄅᆞᆫ ᄒᆞ되 변ᄃᆞᆼ이 업ᄉᆞᆯ
쟝은 낭우ᄒᆞ되 인이 부족ᄒᆞᄂᆞ 원헌은 너ᄡᅳᄂᆞ 집
ᄒᆞᄂᆞ 최ᄂᆞᆫ 너ᄡᅳ와 그ᄋᆞᆨᄒᆞᄂᆞ 중념 치ᄅᆞᆯ ᄆᆞᆺ ᄒᆞᆫ 인의 ᄃᆡ
의굴 보아 셩인의 과상이 이시나 당연ᄒᆞᆫ 여 졈

리못ᄒᆞᆯ쥬ᄅᆞᆯ이노쇠각ᄒᆞ믄ᄌᆞᆼ겸ᄒᆞ되시ᄅᆞᆯ형
이낫고경ᄒᆞᆯ상셔의날다화ᄒᆞᆯ빗ᄎᆞᆺᄒᆞ니안연
의부리오경이ᄉᆞᆷ조빅에부리슉슉의맛ᄎᆞᆺᄒᆞ니
조ᄉᆞ의뉘오광젼노ᄂᆞᆫ비ᄅᆞᆯᄒᆞᆯ번박ᄎᆞ지국ᄒᆞᆫ도
에낫하가니증ᄌᆞ의ᄲᅡᆨ이오소옹을영매ᄒᆞ미쉬엿
나ᄅᆞᆯ오리ᄅᆞᆯ오미텬니에ᄒᆞᆯ노셔니빅이와방블
ᄒᆞᆯ소마당은심의와재되ᄅᆞᆯ셔여이이시며ᄌᆞᆼ이이
시니이울라비ᄒᆞᆯ거시오ᄌᆞ희노도쉬빅쳥을
ᄉᆞᆯ리ᄅᆞᆯ우쉐만ᄒᆞᆯᄅᆞᆯ연ᄎᆞᆺᄒᆞ니뷩ᄌᆞᆺ아니면ᄃᆞᆯ을
재업ᄉᆞᆯ거시오광시은넘지예제원ᄅᆞᆯ이비ᄅᆞᆯ
리슉에ᄌᆞᆯᄌᆞᆼ을각ᄒᆞ니부ᄌᆞ하의비ᄅᆞᆷ이쥐ᄂᆞ

시오녀도 졈은 긔슈 셰예 부형을 나혀 인신의 도를
화를 날위나 언승우를 붓그리리 아닐거시오 졔
갈낭을 우졀ᄒᆞ거 혜놉지 신ᄅᆞᆯ 나강쥬 아의 계잔
글ᄉᆞ 양키 아니리 이ᄌᆞ 졍승이 의논ᄒᆞ기를 라ᄒᆞᆫ
매왕이 오ᄉᆞᄅᆞᆯ 오샤 네 군신의 논ᄒᆞᆫ 말이 명감을
비ᄉᆞ쳐 돗ᄒᆞ야 이일ᄒᆞ오ᄃᆞ 군이ᄅᆞ미 업ᄉᆞ니 시혀ᄃᆞᆫ ᄒᆞ야 낙
을 의논ᄒᆞ라 졍승이 졔(티) 왈 이 엇지 감히 ᄃᆡ왕을 의논
호리 잇가 ᄒᆞ놀(을) 우러러 보매 그 놉ᄒᆞᆫ 줄을 아나 그 놉흔
바ᄅᆞᆯ 엇지 알며 이일월이 비로ᄉᆞ 붉은 줄을 아나 그 밝
붉은 줄 엇지 알니잇가 신의 ᄉᆞ견으로 ᄃᆡ왕을
의논ᄒᆞᆯ진ᄃᆡ ᄃᆡ왕은 그로 하놀을 붉돗ᄒᆞ며 조ᄎᆡ

개겁질ᄂᆞᆫ바라ᄒᆞᆯ길ᄇᆞᆺᄒᆞᆯ니라 엇지 알니잇가
그러ᄒᆞ나 임의 명이 계시니 감히 외람ᄒᆞᆫ 말ᄂᆞᆫ 알
외리이라리나 실바의 신기로아 롱누글ᄃᆞ려
그졍ᄉᆞ롤 알며 그사ᄅᆞᆷ을 보아 네 도롤 알
시ᄂᆞᆫ 빅셰 아래로 말리 잇아 빅셰 예왕
의게 어긔리 아닐니라 편리로 더부러 구력
이 합ᄒᆞᆯ 이일 워ᄂᆞᆫ 더브러 그지ᄂᆞᆫ ᄒᆞᆼ이 합ᄒᆞᆫ
며 하ᄂᆞᆯ의 ᄯᅳᆺ졔ᄒᆞᆺ시 하ᄂᆞᆯ이 어긔리 아니ᄂᆞᆫ
하ᄂᆞᆯ의 후의 ᄒᆞᆫ매 편시롤 밧ᄌᆞ시니 그어리
로시미 온ᄎᆞᆫ의리나 시미 머로시니 이라 왕
이 ᄌᆞᆯ오ᄇᆡ훠 이 어ᄉᆞ던 말 네 너ᄭᅩ라 도히 ᄂᆞ니

너 날노ᄒᆞ여 ᄃᆞᆯ브ᄌᆞ리게 ᄒᆞᄂᆞᆫ도다 네 날ᄅᆞᆯ 의ᄂᆞᆫ
ᄒᆞ니 내 엇디 너 ᄀᆞᆯᄅᆞᆯ 의논ᄒᆞ리라 너ᄂᆞᆫ 영오ᄒᆞ미 졀뉸ᄒᆞ
고 ᄌᆞ용ᄒᆞ며 낙이ᄒᆞ여 군ᄌᆞ에 ᄌᆞᆼ되이 시니 비컨대
ᄀᆞᆼ옥으로 빗ᄌᆞᆫ 그ᄅᆞᆺ셰 구ᄉᆞᆯ 노흔 ᄃᆞ시 ᄒᆞᆯ니라 너
내의 심히 ᄉᆞ랑ᄒᆞᄂᆞᆫ 배라 ᄒᆞ니 ᄌᆞᆼᄉᆡᆼ이 별ᄉᆞᄒᆞᄋᆞᆸ마
니 아니 ᄒᆞ리라 왕이 명ᄒᆞ야 잔치ᄅᆞᆯ ᄇᆡ셜ᄒᆞ여 군신
으로 ᄒᆞ여곰 즐길ᄉᆡ 대셕ᄉᆞᆼ 옥연ᄒᆞ ᄀᆞᆯ 즐히
고ᄃᆡ ᄉᆞᄅᆞᆷ 악풍뉴ᄅᆞᆯ 즐비ᄒᆞᆯ식 화연이 지극ᄒᆞᆯ왹의
졔ᄒᆞᆫ 희ᄌᆞ의 ᄉᆞᆯ을 ᄌᆞᄀᆞᆫ 브어 ᄌᆞ어 ᄉᆞᆯ리나ᄯᆡ ᄉᆞᆯ
ᄉᆞᄅᆞᆷ 경회ᄃᆡ상을 드러 잔ᄋᆞᆷ을 젼ᄌᆞᆨᄒᆞᆫᄃᆡ ᄉᆞᆯᄂᆞᆫ
ᄌᆞ위 ᄎᆞᆫ ᄉᆡᆼ을 주ᄒᆞ니 ᄂᆞᆯ이 화ᄒᆞᆫ 오ᄋᆞᆷ이 ᄀᆞᄋᆞᆷ

나지신라상졀이화ᄒᆞᆯ오쳐봉황을못오회셔오
의ᄒᆞᄂᆞᆫ이ᄅᆞᆯ가긔친은셤아뢰셔롬추러라왕이스스
로라졋굴거블ᄂᆞᆫ글어로만긔시며노래거어ᄌᆞᆯ오
샤리하ᄂᆞᆯ명을바다이에흠명ᄒᆞ미여ᄇᆡᆨ셩이
ᄎᆞ명ᄒᆞᄂᆞᆫ말ᄉᆞᆷ이협화ᄒᆞᆯ도다셔적이라ᄒᆡᆼᄒᆞ
니ᄇᆡᆨ승이이에나ᄅᆞ러도다빙친비슈졔슈ᄒᆞᄂᆞᆫ
말ᄉᆞᆷ을드러ᄌᆞᆯ오되그덕을쳔ᄒᆞ여야난명긔졀회
ᄒᆞ리이다이에나어노래ᄒᆞ여ᄌᆞᆯ오되왕의덕이넙
이옴ᄋᆞᆯᄒᆞ며비치소ᄅᆞᆯ의니ᄇᆡᆨ히도다덕을명ᄒᆞ여
이에보ᄒᆞ도다ᄇᆡᆨ승이서로화답ᄒᆞ여노래브를
거ᄂᆞᆯ오[illegible]졍화에구름이나[illegible]나미여상[illegible]

날이기ᄉᆞᆺ도라 우리ᄂᆡᄃᆞᆯ이 신명ᄒᆞ미 여ᄆᆡᆫ 나실
황의지 나도라 쳔추만세예 ᄒᆞᆺ명이 부강ᄒᆞ도
다 한위츌 반주왈 오늘 셩ᄒᆞᄂᆞᆫ 강우 졔도 업스
일이라 마강이 거록ᄒᆞ여 세상의 젼ᄒᆞ야 ᄌᆡ왕
의 지극ᄒᆞᆫ 리화를 알게ᄒᆞᆫ셔 왕이 ᄒᆞᆫ우글
명ᄒᆞ샤 나오라ᄒᆞ시ᄆᆡ 한위승명ᄒᆞ야 글을 지
을시 뎐ᄒᆞ슉 말을 나이룻 ᄒᆞ기 거록ᄒᆞ니 문장은 강
하 글기우 ᄭᅵᄃᆞ리를 져ᄋᆞ 울지신을 놀니더라 모
다 칭찬ᄒᆞ더라 이ᄯᅢ 분창부동 지셩을 도라
잇나가라 엽ᄒᆞ 물 보ᄂᆞ나 가져 록ᄒᆞ거ᄂᆞᆯ 싱이 왕
의 별스ᄒᆞᆫ ᄌᆡ왕 왈 네 ᄒᆞᆺ울 ᄒᆡᄯᅢ 뻐도 글 힝ᄒᆞ니

셔장안흠나이넉이놓아라셰셰상의나가이글을
젼ᄒᆞᆯ내ᄃᆞᆫ홋을빗나게ᄒᆞ야만리예ᄭᅩᆺ다온일
홈을드디오게ᄒᆞ라ᄒᆞ시니한우의가온글을쟈
시거늘셩이바라ᄉᆞ매예녀코지비하니구나와셩
울놓더라가시글족ᄒᆞ야셰ᄃᆞ니남가일봉이라
황연이ᄭᆡᄃᆞ니화셔의노라글편을쓰ᄂᆞ공뎟ᄒᆞᆯᄉᆞ
매숙의녀종바한우의가운글이이서졀ᄒᆞ수
미볼ᄯᆞ시거룩ᄒᆞ야알니라이에긔졀연을나와삼
가거룩ᄒᆞ야셰상의젼ᄒᆞ노라

부록 2

국립중앙도서관 소장본

錦山夢遊錄

▶ 이 이본은 국립중앙도서관 소장(古 3648-10-802) ≪梧淵遺稿≫(壬申 1872년 정월 간행)의 3-7면에 영인된 한문필사본이다.

讀畢翁謂道士曰錦山如靜女嬰人惟恐一点受污水府如達人長者於物無所不
容亦各行其志耳然伯夷之於清也其弊隘柳下惠之於和也其弊不恭要之不
夷不可惠否之間其惟中行君子之所履乎道士拊髀大笑余亦驚悟遂記
其顛末為錦山夢遊錄以供好事者一笑非敢議當世鍼砭俗耳也覌者幸毋嗤焉

荒之夜何嘗鞋絶人耶且夫天下之生久矣物衆地大世降風漓薰蕕同器嫫媸并處
翶翔廊廟者未必皆周召伊傅蟬聯臺閣者未必房杜褚遂良於嬪嬙之
列而稚黃戴綠者又不必西子王嬙凡若此類者何恨而其誰能盡除耶是故聖
人不凝滯於物而能與世推移清斯濯纓濁斯濯足何者嶢嶢過自高潔不度
其狹且汚耶且以水府之事證之百川咸灌萬流同湊涇渭不擇淄澠不問濱汚
潢潦之横洊蹄車轍之涔無不容受全論鱗介之產則不但神虯玄黿鼉龍大
貝之屬而已如鰻鱺鱷鯃鰍鯃鰢鰕鰳鰣之微蟦獺蟹蝦蠔蝗蛤之細與夫台
靈秘怪蓋不可數計而周知而蜿蜒游泳合煦卵育各適其願各充其量此
海之所以爲大也嫫母來照無損之兩於鏡浮塵之暫翳無害於白圭更願明皇
恢弘山藪之量勉副輿人之情洞開門特許迎接則感德先揮永有辭於海
邦敢控荒說仰希神鑒

水府職官要津護不調問任其舟揖剝致貽害於弊境無過此以後痛如懲艾風
伯與河伯神其怒逞俗輪於渡頭回塵舡於洋中勿令靈區丹屏〇靈界水府回
移牒曰屏岳靈栈問罪水濱責之以俗客穿年站污名區鄙府忝在衿喉安
敢辭責茅屋惟錦山一區天下名岑海東仙窟烟霞水石之勝風雲月露之態
直與楓嶽蓬瀛相上下厭人耳目香人牙頰夫靈芝朱草厠顏亦知其芳奇祥稔
瑞鳳鵷儒咸顯其先覩彼一猿雲山今以資壯觀人情大抵同然初豈有智愚賢不肖
之間哉況又聞之天地無棄物聖人無棄人試以孔門言之摳衣於杏壇之下周旋於三千列者
寔盡冉閔顏曾之姿耶苟以回吾蕪穢之心至焉則無不與受而弁蓄故互鄉之難言
世而得於浴瀛掃原壤之狂猾也而弁置於故舊至於矍圃之射也四方畢來觀者堵
墻則夫子使子路告于衆曰僨軍之將亡國之臣與夫爲人後者去於是去者過半
而僅有存焉盖三者之見擯於射禮以其有遺君後親之惡而無是大過聖人包

水府有往復牒文莫欲一覽乎卽自袖中投示鮫綃之牋龍煤之墨光耀炫煌
盖非塵世之所有矣○錦山靈祇謹牒水府牒曰嶽瀆形分曹局雖殊撲地
鱗接聲勢相賴茲將微悃仰瀆神史惟我錦山僻在鰲背遠接鵬翅天慳其
靈地秘其境星分南孤之躔井有甘露之源珍禽異獸翔躍於雲林琪花瑤
樹列植於巖畔芝田蕙圃行彿乎閬苑雲台石蓮蹲矣乎華山與夫水涯瑞
瀑之勝琳宮梵宇之盛冠截東南超絶塵寰自非朝廷明吏刺史守丞及風
人韻士之洒落塵臼有仙風道味者曾不能覩其境而問其津也奈之何挽近以來
游衍成風致敎其咸聲人侍孟陽之假家畜浩然之驢山翁濟老驂節而比跡麥西
張三拐手而渡海熏々雅々應接不暇塵容俗狀雜還於雲扃里語蠻音嗔
咽於靈關又或唐突風月吟弄雲烟洩漏眞境誇張閭里其所鋪述不遜鴛鴣
鏤之章而遺迷焉佛頭之穢所以松桂無顔芳林慚而間愧者也壯帶憤慨則雲巢

錦山夢遊錄

梧岡翁老而倦遊棲遲江上憂思蓬萊無復四方之志惟以懷觀然河漢無極常有凌霄漢出宇宙之想凡天下之名山大岳絶巘詭觀未嘗不心馳神逞而朝暮之適當感暑流金之節綠陰滿庭鐘聲慣耳翁方晩中露頂攄梧交睫忽然一夢乃風生兩腋雲飛復駕十洲三山惟意所適乃超然眞而南直到錦山之頂所謂九井峰音聲窟虹門龍窟之勝一寓目而盡之遂解衣盤礴樂而忘反有羽衣道士顏色綽約揖余於遊仙台上酌以流霞餉以玲脯曰錦山之遊樂乎翁曰樂則樂矣而海途險遠仙凡超截塵世蹤跡未易攀援倘使有女者負而移之於巔湖斫面之間則探奇選勝之人不啻一日萬千而惜乎處之窮海僻靈區奧境不得盡傳於世也道士逌然而笑曰君言過矣揭聲而彩播樂人寰此世俗之情非靈山之意也且者錦山神君與蓬萊

조선후기 몽유록 影印

한국학중앙연구원 장서각 소장본

〈문셩궁몽유록〉

국립중앙도서관 소장본

〈錦山夢遊錄〉

여기서부터 영인본을 인쇄한 부분입니다. 이 부분부터 보시기 바랍니다.